Bibliografische Information Der Deutschen Bibliothek

Die Deutsche Bibliothek verzeichnet diese Publikation in der Deutschen Nationalbibliografie.
Detaillierte bibliografische Daten sind im Internet über <http://dnb.ddb.de> abrufbar.

1. Auflage 2007

Lektorat:
Gisela Hack-Molitor

Druck:
Fuldaer Verlagsanstalt, 36037 Fulda

Vertrieb:
GeoCenter, 70565 Stuttgart

Herausgeber:
WOMO-Verlag, 98634 Mittelsdorf/Rhön
Fon: 0049(0)36946-20691
Fax: 0049(0)36946-20692
eMail: verlag@womo.de
Internet: www.womo.de

Autoren-eMail: Greus@womo.de

ISBN 978-3-939789-65-9

Ralf Gréus

Die Gordische Lüge

Roman

WOMO®
DER WOHNMOBIL-VERLAG
D-98634 Mittelsdorf/Rhön

1

Hans Dobler hatte sich an diesem Donnerstagabend, zehn Tage vor Ostern, tief in einen Stapel liegen gebliebener Akten eingearbeitet, als es an der Tür läutete. Seine Sekretärin war vor einer Stunde bereits gegangen, mit einem Gruß, der deutlich knapper ausgefallen war als sonst. Nicht weil sie wieder länger hatte bleiben müssen, das war längst Normalität. Aber seinen Anpfiff wegen des heutigen 19-Uhr-Termins, von dem sie ihn am Mittag beiläufig unterrichtete, konnte sie ihm nicht so schnell verzeihen. Sie war überzeugt, in seinem Sinn gehandelt zu haben, als die Anruferin um einen Eiltermin in einer Erbsache bat.

Abendterminen konnte Rechtsanwalt Dobler selten etwas abgewinnen. Sie unterbrachen die kreativste Phase seines Arbeitstages, und gerade die späten Klienten waren oft nur zu unflexibel, um sich früher am Tag Zeit zu nehmen. Doblers Unmut war aber schnell verflogen, nicht zuletzt dank der beiden Zigaretten, die er sich nachmittags gegönnt hatte. Seit Jahren wurde er einige Tage vor Urlaubsbeginn immer wieder schwach, im Wissen, dass er sich das Laster in den folgenden Ferien schnell abgewöhnen würde. Außerdem waren ihm ein paar ältere Akten in die Hände gefallen, bei denen die Abrechnung noch ausstand. Das durfte er nun nachholen, in der angenehmen Gewissheit, sich die bevor stehende Osterreise redlich verdient zu haben.

Als er jetzt den elektrischen Türöffner betätigte, beschlich ihn dennoch das vertraute ungute Gefühl, fremdbestimmt zu sein – durch seine Sekretärin, durch den Zwang, Geld zu verdienen, durch die Mandanten, die Akten, die Kollegen und sogar den bevorstehenden Urlaub. Jetzt war aber nicht der Zeitpunkt zu begreifen, dass er selbst es war, der ihn antrieb und ihn nötigte, um sieben Uhr abends, zwei Tage vor seinem Urlaub und sieben Monate und 22 Tage nach seinen letzten Ferien, eigenhändig den Knopf des Haustürsummers zu drücken.

»Guten Abend«, rief ihm lächelnd eine junge, schlanke Frau entgegen, noch ehe sie die letzte Stufe zu seiner im ersten Obergeschoss gelegenen Kanzlei genommen hatte.

»Guten Abend«, antwortete Dobler, dessen Stimmung sich unmittelbar aufhellte, »kommen Sie rein.«

Während er ihr aus dem leichten Mantel half, kam ihm der Gesang der Amsel in den Sinn, dem er am frühen Morgen im Bett erfreut gelauscht hatte. Das und der helle Sommermantel wiesen auf den beginnenden Frühling hin. Und beim Blick in das freundliche, offene Gesicht der Besucherin erinnerte er sich für einen kurzen Moment wieder daran, wie er als Jüngling Jahr für Jahr den Entschluss gefasst hatte, sich frisch zu verlieben, wenn das erste zarte Amselflöten zu vernehmen war.

»Vielen Dank, dass Sie so spät am Abend noch Zeit für mich haben«, sagte die Dame, während er linkisch den Mantel über einen Bügel schob.

»Es ist mir ein Vergnügen«, antwortete Dobler. »Diese Tageszeit ist mir für Gespräche mit Mandanten sowieso am liebsten.« In dem Augenblick war er ganz und gar überzeugt von dem, was er da sagte. Das musste gar nicht an dem nach Zitrusblüte und Maiglöckchen duftenden Wölkchen liegen, das die junge Frau umwehte. Dobler war in diesem Moment durchdrungen von der Gewissheit, es sei seine berufliche Bestimmung, bis spät in den Abend Dienstleistungen zu erbringen. Wenn er sich selbst hätte beobachten können, wäre ihm die Wechselwirkung zwischen seinem Übereifer und dem äußeren Erscheinungsbild der Klientin allerdings kaum entgangen.

»Ich habe mich noch nicht vorgestellt: ich heiße Clara Conrad – und Sie sind sicher Herr Dobler?«

Der Angesprochene geriet darüber noch mehr in Verwirrung als durch das zarte Parfüm. Doch seine Intuition, erwachsen aus fünfundzwanzig langen Jahren beruflicher Routine, ließ ihn nicht im Stich. Schon in dieser Sekunde schwante ihm, dass es dieses Mal nicht um ein fettes Mandat gehen würde, das auf die Schnelle an Land zu ziehen war.

Das sagte ihm auch der Blick auf die voluminöse Aktentasche, die Frau Conrad jetzt abstellte, und die einen dicken Leitzordner befürchten ließ.

Mindestens einen.

Doch Hans Dobler gab sogleich den souveränen, allen attraktiven, zickigen und sonstigen Damen gewachsenen Advokaten und wies mit großzügiger Geste auf die beiden schwarzen Ledersessel vor seinem Schreibtisch. Mit einer Armbewegung, die lässig wirken sollte, schob er durcheinander liegende Akten auf die Seite, während er »Was kann ich für Sie tun?« in den Raum fragte. Diesen Satz, der zugleich generös und distanzierend klingen sollte, hatte Dobler vor Jahren dem Anwalt eines Fernsehkrimis abgeguckt. Gemeint war damit: Ich bin gerne ihr Anwalt, vor allem, wenn sie pünktlich zahlen und der Streitwert hoch ist; aber ich bin nicht ihr Kumpel!

»Ich habe ein Problem«, antwortete Frau Conrad, was Dobler erlaubte, eine weitere seiner Standardphrasen loszuwerden.

»Fast jeder, der mir gegenübersitzt, hat ein Problem. Es ist mein Beruf, das Problem zu lösen.«

Wenn Dobler sich in diesem Moment wieder selbst zugeschaut und vor allem zugehört hätte, wäre ihm wohl genauso übel geworden, wie es ihm selbst mit der Mehrheit seiner Kollegen erging: Er war davon überzeugt, dass ihre dummlichen Phrasen das Abbild ihres Geistes waren.

Aufmunternd schaute er seine Mandantin an, die seinem Blick mit einem selbstbewussten Lächeln standhielt. Dennoch schien ihm, als sei sie ein wenig nervös, während sie einen Ordner auf den Tisch hievte und begann, darin zu blättern. In diesem Moment musste Hans Dobler sich eingestehen, dass der Umfang der Akte bei ihm eine freudige Zuversicht auslöst: durch die Erwartung eines ordentlichen Honorars, eines interessanten Falls – und weil Frau Conrad ihm noch eine Weile gegenübersitzen würde. Vermeintlich unauffällig schob er sich eines der Pfefferminzbonbons in den Mund, die er in seiner linken Jackentasche bevorratete. Vor Jahren hatte er die Entdeckung gemacht, wie er mit dem auf diese Weise gewonnenen frischen Atem deutlich an

Überzeugungskraft gewann – vornehmlich bei Gerichtsverhandlungen am späten Vormittag, wenn sich die Prozessparteien am Richtertisch über die Akten beugten.

»Mein Vater ist verstorben.«

Dobler nickte. Nach solchen Äußerungen hatte er sich schon lange abgewöhnt zu kondolieren. Er bekundete nicht mal mehr sein Beileid, wenn Mandanten schwarz gekleidet und mit verheulten Augen eintraten. Jedenfalls nicht seit dem Tod seiner eigenen Mutter, als dem Bestattungsunternehmer kein Wort des Beileids über die Lippen gekommen war und Dobler das angenehm empfunden hatte, genauso wie die Leichtigkeit, fast schon Fröhlichkeit, mit der die Beerdigungsformalitäten erörtert worden waren. Auch nach tödlichen Verkehrsunfällen setzte Dobler jetzt allenfalls ein betroffenes Gesicht auf.

An diesem Abend wären ihm Beileidsbekundungen ohnehin nicht in den Sinn gekommen, denn Clara Conrad stellte schnell klar, dass ihr Vater bereits vor fast elf Monaten das Zeitliche gesegnet hatte. Hans Dobler erinnerte sich sofort an die Todesanzeige in der Zeitung. Er las schon seit ein paar Jahren bei seiner Frühstückslektüre die Namen innerhalb der schwarzen Umrandungen gleich nach dem Lokalteil und sogar noch vor dem Sport. Die Anzeige war ihm aufgefallen, weil der Betreffende relativ jung verstorben war.

Und weil es Johannes Conrad, ein Anwaltskollege war.

Ein unnahbarer und bei den anderen Anwälten der Stadt wenig beliebter Einzelanwalt, der bei einem Autounfall ums Leben gekommen war. Immerhin war es ihm gelungen, neben dem Nachruf seiner Kanzleimitarbeiter noch eine respektable, drei Spalten breite Todesanzeige des örtlichen Kunstvereins zu verursachen. Sogar die Lokalredaktion der Rhein-Neckar-Zeitung hatte Johannes Conrad gewürdigt. So ausführlich, dass Dobler damals mutmaßte, die Witwe oder ein naher Verwandter hätten womöglich den Zeitungsartikel verfasst. Den Verdacht hatte er öfters, wenn er redaktionelle Beiträge über Verstorbene las.

»Um es gleich vorweg zu nehmen, Sie sind nicht der erste Anwalt, den ich konsultiere.«

Die Vorwarnung hätte sie sich sparen können. Wenn ein Nachkomme elf Monate nach dem Tod des Erblassers und mit einem dicken Leitzordner in der Tasche bei ihm auftauchte, dann hatte er, wie Dobler wusste, vorher wenigstens einen anderen Anwalt beauftragt.

Die Dame mit dem akkurat geschnittenen, halblangen blonden Haarschopf hatte schlagartig viel an Reiz eingebüßt.

Dobler verlor zwar nicht den Blick für ihre elegante Erscheinung, den edlen schwarzen Mohairpullover, der unter der bereits abgelegten Jacke zum Vorschein gekommen war, und die wohlproportionierte Figur, die dieser umhüllte. Aber ehe er auch nur eine Seite der Unterlagen gelesen hatte, war ihm klar, dass der pekuniäre Rahm bereits abgeschöpft war. Dass andere Anwälte vor ihm den leichteren Teil des Mandats bearbeitet und dafür ordentlich zugelangt hatten und ihm nur der undankbare, fachlich schwierige Rest blieb. Bei den Verkehrsunfällen, die er früher bearbeitet hatte, gab es auch eine höchst unbeliebte Kategorie von Mandanten: die regulierten alle Schadensteile mit hohem Streitwert, vornehmlich die Reparaturkosten, selbst und suchten ihn erst dann auf, wenn es nur noch um den Nutzungsausfall oder die Wertminderung ging. Er hatte dann fast die ganze Arbeit, aber weil die Anwaltsgebühren nach dem Streitwert berechnet wurden, war sein Verdienst minimal und er musste sich zudem von rechthaberischen Schulmeistern nerven lassen.

»Und weshalb kommen sie jetzt zu mir? Und so dringlich, kurz vor meinem Urlaub?«

Die Mandantin war auf seine Enttäuschung vorbereitet und schmeichelte ihm.

»Herr Dr. Dobler, mein bisheriger Anwalt kommt nicht mehr weiter, und als ich kürzlich gegenüber einem guten Bekannten, dem Landgerichtspräsidenten, den Fall erwähnte, riet er mir, Sie einmal unverbindlich zu konsultieren. Er meinte, Sie seien der richtige Ratgeber für so eine schwierige Entscheidung.«

Die Sätze verfehlten ihre Wirkung nicht. Dobler lehnte sich zurück und war zumindest gewillt abzuwarten, wie die

Klientin den eiligen Abendtermin begründete.

»Der Rechtsanwalt von Brigitte Conrad, der zweiten Frau und Witwe meines Vaters, hat meinem Anwalt eine Frist gesetzt: Bis übermorgen muss ich erklären, ob ich bereit bin, gegen die Zahlung restlicher 3.000 Euro auf alle weiteren Pflichtteilsansprüche zu verzichten.«

Das Mandat war also noch undankbarer als der Auftrag, nach einem Verkehrsunfall die letzten Kröten beizutreiben.

Nicht nur, weil es inzwischen Viertel nach sieben war und er am Abend noch ein paar Akten bearbeiten wollte, um dem Urlaub beruhigt entgegenzusehen.

Kein Lichtblick, nirgends. Erst musste er sich eine längere Geschichte anhören. Wenn er dann zu später Stunde nach Hause kam, würde er bestenfalls noch eine Tiefkühlpizza in den Ofen schieben können, die er dann mit einem Bier aus der Flasche runterspülte. Und was den Fall betraf: Ihm wurde die Verantwortung aufgebürdet, spontan über nicht unbeträchtliche Vermögenswerte zu entscheiden. Das Honorar dagegen würde bei weitem nicht dem Umfang der Leitzordner entsprechen, da die Mandantin die Beratung als nahezu unentgeltlichen Service ansah.

»Ihr Vertrauen und die Empfehlung des Herrn Landgerichtspräsidenten ehren mich sehr, aber so kurz vor meinem Urlaub kann ich nicht die notwendige Geduld für diese verantwortungsvolle Entscheidung aufbringen.«

So hätte er antworten sollen.

Doch er tat es nicht. Dobler war zu sehr Anwalt, allzeit bereit, seinen Mandanten zu helfen, möglicherweise auch nur zu feige. Oder war Clara Conrad einfach zu attraktiv? So bat also der Rechtsanwalt die Mandantin, die immer noch ein wenig nach Zitrus und Maiglöckchen duftete, ihm die ganze Geschichte zu erzählen.

Gegen 21 Uhr hatte Hans Dobler seinen Vorrat an Pfefferminzbonbons verbraucht und lechzte nach Bier. Unter normalen Umständen hätte er die Dame zu diesem Zeitpunkt mit dem Versprechen weggeschickt, die Angelegenheit in ein paar Tagen neu zu erörtern, nach eingehendem Studium der Ordner. Das hätte nur die Hälfte seiner Zeit beansprucht, da er seine Konzentration ungehindert den Schriftstücken hätte widmen können, statt gleichzeitig auch noch Konversation zu betreiben. Doch wegen seines Urlaubs war das nicht möglich.

Was er las, kommentiert und ergänzt von Clara Conrad, war zunächst nicht überraschend. Ein klassisches Streitmuster in Erbfällen, nur hatten sich hier nicht Geschwister untereinander oder Geschwister mit Halbgeschwistern zerstritten. Die konträre Interessenlage war jedoch ähnlich häufig und ähnlich traurig:

Clara war das einzige Kind. Ihre Eltern, Johannes und Christa Conrad, hatten sich scheiden lassen, als sie sieben Jahre alt war. Clara zufolge hatte ihr Vater gut verdient, was Hans Dobler etwas überraschte, genoss Rechtsanwalt Conrad doch nicht gerade den Ruf eines erfolgreichen Kollegen. Dobler war ihm nur selten im Gerichtsgebäude begegnet, und in den Fällen, in denen der verstorbene Rechtsanwalt Conrad sein Gegner war, wurde meist um niedrige Vermögenswerte gestritten. Bei diesen Prozessen trat Conrad mürrisch, herablassend und ein wenig hinterhältig auf, was Dobler immer unangenehm berührt hatte. Von der Kritik an der mangelnden Kollegialität oder gar Freundlichkeit Johannes Conrads abgesehen, war er in Anwaltskreisen ein derart unbeschriebenes Blatt, dass Dobler ihn nicht einmal als Gebührenschneider im Gedächtnis hatte. Dennoch hatte er es offenbar auf nicht unbeträchtliche Vermögenswerte gebracht.

Sein Geld verhalf Conrad, dessen kleine Tochter nach der Scheidung bei der Mutter aufwuchs und mehr und mehr den Kontakt zum Vater verlor, ein flottes Leben zu führen. Er reiste viel, meistens nach Südfrankreich. Clara wurde immer wieder zugetragen, ihr Vater habe wechselnde Liebschaften.

Die Gerüchte hielten an, obgleich Conrad schon weniger als ein Jahr nach der Scheidung wieder geheiratet hatte, seine zweite Frau Brigitte Conrad, die jetzige juristische Gegnerin, den in Leitzordnern zu Papier gewordenen Feind.

Conrad gegen Conrad, hieß die Sache.

Wie einst im Kino: *Kramer gegen Kramer.*

Tochter gegen Ehefrau.

Clara hatte ihren Vater zuletzt etwa vier Monate vor dessen Tod gesehen, anlässlich eines der im mehrmonatlichen Abstand stattfindenden gemeinsamen Abendessen, bei denen der Vater regelmäßig Wert auf ein gepflegtes Lokal und guten französischen Wein gelegt hatte. Dabei hatte Conrad erwähnt, er werde seine Berufstätigkeit in Kürze womöglich reduzieren.

An drohende Erbstreitigkeiten hatte er bei diesem beiläufigen Hinweis sicher nicht gedacht. Johannes Conrad, der mit 57 Jahren starb, hatte aber in einem Mindestmaß erbrechtlich vorgesorgt und schon vor längerer Zeit ein Testament verfasst. Der dürre Inhalt lautete:

Nach meinem Tod soll meine Ehefrau Brigitte Conrad meine Alleinerbin sein.
Johannes Conrad

Clara Conrad blieb also nur der Pflichtteil. Über dessen rechtliche Bedeutung war sie bereits von ihrem bisherigen Anwalt, Dr. Schwarz, der als profunder Kenner des Erbrechts galt, umfassend aufgeklärt worden. Die Sozietät *Rothberg, Schwarz & Partner* genoss einen derart guten Ruf, dass es auch unerschrockenen Anwälten mulmig wurde, wenn sie als Prozessgegner einen Schriftsatz dieses Büros auf den Tisch bekamen. Was sollte er, dachte Dobler bei sich, hier ausrichten, wenn ein dermaßen versierter Kollege wie Schwarz bereits die Segel gestrichen hatte. Diese Bedenken behielt er aber für sich; erst siebzehn Monate später, nachdem die Sache endgültig geklärt war und er seine Tüchtigkeit hatte unter Beweis stellen können, gestand er Clara beiläufig ein, wie er an diesem Märzabend, als der Name Dr. Schwarz fiel, im Geiste zusammengezuckt war.

Clara Conrad war also bestens darüber im Bilde, dass ihr Pflichtteil ein Viertel des Nachlasswertes betrug und ein Anspruch auf Bezahlung eines reinen Geldbetrages war. Dobler musste ihr auch nicht erklären, wie man den Wert des Nachlasses und damit letztlich den Wert des Pflichtteils ermittelte: Vom Wert des sogenannten Aktivvermögens wurde der Wert des Passivvermögens abgezogen.

Genau dort lag das Problem. Weiß der Pflichtteilsberechtigte nämlich nicht, aus welchen Vermögensgegenständen sich der Nachlass zusammensetzt – und welcher enterbte Abkömmling weiß das schon –, ist es Aufgabe des regulären Erben, eine Liste zu erstellen, die alles das enthalten muss, was der Verstorbene hinterlassen hat.

Brigitte Conrad hatte diese Aufstellung, die Juristen spröde Nachlassverzeichnis nennen, mit der Akribie errichtet, die alle Witwen obwalten lassen, wenn Kinder aus der ersten Ehe des Gemahls honorige Kanzleien mit der Geltendmachung des Pflichtteils beauftragt haben: Die Addition der Passiva war ellenlang, von der letzten unbezahlten Telefonrechnung des Erblassers bis zum Trinkgeld der Sargträger.

Um so weniger zahl- und einfallsreich waren die Posten, die in der Kolonne der Aktiva aufgeführt waren: Zwei Bankguthaben, ein kärgliches Aktiendepot, ein Zweitwagen, dessen Wert in einem beigefügten Sachverständigengutachten unverschämt niedrig heruntergerechnet worden war, eine nahezu wertlose Kanzlei und ein bescheidener Hausrat, der ohnehin zur Hälfte der Witwe gehörte. Zu guter Letzt der Bestand des überalterten Weinkellers, zu dem Brigittes Anwalt angemerkt hatte, die Flaschen seien schon seit Jahren nicht mehr genießbar – falls sie das überhaupt je gewesen seien.

Dr. Schwarz hatte sich ordentlich ins Zeug gelegt und mit seiner ganzen Routine auf der Klaviatur des Erbrechts gespielt. Es war ihm gelungen, den sogenannten Praxiswert der Kanzlei annähernd zu verdoppeln. Er hatte herausgefunden, dass die Witwe eine nach dem Tod ausbezahlte Krankenversicherungsleistung in Höhe von über 1.000 Euro verschwiegen, dass sie dafür aber Arzt- und Krankenhausrechnungen in gleicher Höhe in die Passiva eingestellt hatte. Auf seine scharf und pointiert formulierten Schreiben – der Ordner enthielt davon mehr als zwanzig – hatte Brigitte Conrad das eine oder andere wertvolle Möbelstück einräumen und am Ende sogar zugeben müssen, der Ehemann habe ihr ein paar Monate vor seinem Tod ein Sparguthaben übertragen. Das wiederum war bei der Ermittlung des

Pflichtteils zu berücksichtigen, wie alle Schenkungen an einen Ehepartner – und übrigens alle Schenkungen der letzten zehn Jahre vor dem Tod an andere Personen – dem Wert des Nachlasses hinzuzurechnen waren. Auch war Dr. Schwarz eine deutlich niedrigere Bewertung des Passivvermögens gelungen. So durfte Clara Conrad vor ein paar Monaten – nach Abzug des Honorars der Kanzlei *Rothberg, Schwarz & Partner* – rund 124.000 Euro auf ihrem Bankkonto verbuchen.

Die vielen Einzelbeträge, von denen es in der Korrespondenz wimmelte, ließ Dobler bei seiner Lektüre der Akten unbeachtet. Das sollte nicht seine Aufgabe sein, Clara Conrad wollte offenkundig etwas anderes von ihm.

Sie lenkte sein Augenmerk auf die Passagen der Briefe, die sich mit dem vermeintlichen Grundbesitz beschäftigten. Conrad besaß eine nicht ganz lastenfreie Immobilie in schöner Lage über dem Neckar. Aber sie gehörte ihm nur zur Hälfte. Eigentümerin des anderen Teils war seine Witwe, und Dr. Schwarz hatte vergeblich viel Mühe und Drohkapital daran verschwendet, Brigitte Conrad das Zugeständnis zu entlocken, auch ihre Hälfte wäre vom Geld des Verstorbenen gekauft worden. Dann hätte er nämlich auch diesen Teil zur Berechnung des Pflichtteils heranziehen können. Die Witwe konnte aber die Herkunft ihres Beitrages belegen, verfügte sie doch zu Beginn der Ehe über ein dickeres Konto als ihr Gemahl. Auskünfte über die Quelle dieses Geldes verweigerte sie nach Ansicht von Dr. Schwarz zu Recht. Auch Dobler nickte zustimmend, als er davon las. Vom Wert des Hausgrundstücks am Hang hatte Clara folglich nur ein Achtel bekommen.

Die Witwe hatte zu Lebzeiten ihres Mannes von Conrads Geld keine weiteren Immobilien erworben. Dafür gab es jedenfalls keinerlei Anhaltspunkte. Nicht mal ein winziges Abschreibungsobjekt, eine Beteiligung an einem Immobilienfond oder an einer so bezeichneten *Schrottimmobilie* waren auszumachen. Dr. Schwarz hatte Brigitte Conrad unter strengem Hinweis auf die möglichen strafrechtlichen Folgen der Unwahrheit aufgefordert offen zu legen, ob sie von weiterem Grundbesitz des Erblassers wisse und ob sie selbst namhafte Geldzuwendungen erhalten habe. Beide Fragen wurden schriftlich verneint. Daraufhin hatte Dr. Schwarz Clara gegenüber bekannt, er sei mit seinem Latein am Ende.

»Auf welche Weise sollte ich Ihnen jetzt noch helfen können?« Dobler blickte nach über einer Stunde konzentrierten Studiums der Korrespondenz frustriert auf. »Meine Waffen sind auch nicht schärfer als die des geschätzten Kollegen Schwarz, von dem Sie nach meiner Einschätzung optimal vertreten wurden. Sie sind dort in besten Händen. Wenn Brigitte Conrad Ihnen nun sogar noch weitere 3.000 Euro bezahlen will, erhalten Sie womöglich mehr als Ihnen zusteht …« – und Herr Schwarz noch eine zusätzliche Vergleichsgebühr. Letzteres sprach Hans Dobler aber nicht aus, er gönnte jenem ein kleines Zubrot, schließlich war Clara Conrad dank seiner anwaltlichen Hilfe keine arme Frau.

Doch ehe Dobler seinen Satz zu Ende gesprochen hatte, ließ ihn das Vergleichsangebot doch noch stutzig werden. »Können Sie mir erklären, weshalb Brigitte Conrads Anwalt noch ein Einigungsangebot unterbreitet hat, wenn Ihre Karten doch längst ausgereizt sind?«

Die junge Frau, die sich gespreizt eine Strähne aus dem Gesicht strich, konnte: Es gab noch zwei Ungereimtheiten. Zum einen wurde Brigitte Bezugsberechtigte einer Lebensversicherung. Die fiel zwar, wie Schwarz Clara erklärt hatte, nicht in den Nachlass und kam als Bezugsgröße für den Pflichtteil demnach nicht in Betracht. Anders war es mit den zu den zu Lebzeiten Monat für Monat bezahlten Prämien. Doch diese waren vermutlich wiederum nicht zu berücksichtigen, weil die Versicherung vereinbarungsgemäß der Altersvorsorge von Brigitte dienen sollte.

Der zweite Punkt war schwieriger zu klären. Auf die Frage, was aus einem Haus in Südfrankreich geworden sei, hatte die Witwe geantwortet, sie wisse von einem derartigen Objekt nichts, ihr Mann habe kein Haus in Frankreich besessen. Das wollte Clara nicht glauben, hatte sie doch als Kind mit den Eltern in einem Haus die Ferien verbracht. Und sie erinnerte sich, wie die Eltern stets von »unserem

Haus« gesprochen hatten. Auch ihre Mutter, die geschiedene erste Ehefrau, hatte ihr vor ein paar Tagen nochmals versichert, das Feriendomizil müsse damals dem Vater gehört haben. Dr. Schwarz war darauf aber nicht näher eingegangen und hatte dieses Haus als Hirngespinst der Exfrau abgetan.

Dobler erklärte, was die Versicherung anginge, könnte er ihr sicher helfen: Wenn man ihm etwas Zeit ließe, könnte er sowohl die Rechtsfrage der Versicherungszuwendung verlässlich klären wie auch den Betrag, um den sich gegebenenfalls der Pflichtteil erhöhte.

»Wie aber soll ich herausfinden, ob Ihr Vater Eigentümer eines Hauses in Frankreich war?«

»Die Frage wollte ich eigentlich Ihnen stellen«, antwortete Clara Conrad. Der genervte Unterton war nicht zu überhören.

»Ich überlasse Ihnen gerne ein paar Adressen französischer Anwälte mit guten Deutschkenntnissen«, konterte Dobler, nun seinerseits leicht verärgert. Sollten die doch die Stecknadel im Heuhaufen suchen. In juristischer Hinsicht war sein Rat jedenfalls nicht gesucht.

Er warf einen, wie er hoffte, auffälligen Blick auf seine Armbanduhr. Es war Zeit, die unergiebige Besprechung zu beenden. »Ich schlage vor: Sie bleiben bei Dr. Schwarz und erwähnen mich nicht. Der Kollege wird sich die Annahmefrist für den Vergleich unter dem Vorwand der bevorstehenden Osterferien um drei Wochen verlängern lassen. Nach meinem Urlaub kann ich die Überprüfung wegen der Lebensversicherung vornehmen. Brigitte Conrad wird auch in einem Monat noch zu einer Einigung bereit sein. Lassen Sie die Unterlagen hier und melden Sie sich in drei Wochen erneut.«

Hans Dobler stand hinter seinem Schreibtisch auf. Er war todmüde und brauchte endlich ein kühles Bier.

Erst an seiner Kanzleitüre, beim Händeschütteln, traute er sich zu fragen, was ihn seit einer Stunde, vom angenehmen Erscheinungsbild der Mandantin abgesehen, an dem Fall hauptsächlich interessierte:

»Ist Brigitte Conrad Weintrinkerin, und hatte Ihr Vater

einen kühlen Keller?«

Nach den erstaunten Antworten »Ich glaube nicht« und »Meines Wissens ja« setzte Dobler einen eigenwilligen Schlusspunkt unter seinen anstrengenden Arbeitstag:

»Bitten Sie Dr. Schwarz doch, der Witwe den Vorschlag zu machen, Ihnen als Andenken an Ihren verstorbenen Vater den verdorbenen Wein zu überlassen.«

Als er Clara Conrad nachsah, die nun rasch die Treppe hinablief, überlegte Hans Dobler, ob dem Landgerichtspräsidenten in Zukunft auf die Frage nach einem engagierten Anwalt wohl ein anderer Name als seiner einfallen würde.

Am folgenden Tag, dem Freitag vor Palmsonntag, war Dobler in Hochform. Er hatte keine Termine und warf sich voller Elan auf den Stapel liegen gebliebener Akten, die er in den vergangenen Wochen höchstens mal von einer Ecke seines Schreibtischs in die andere geschoben hatte. Bis zum Abend würden sie aus seinem Gesichts- und Betätigungsfeld verschwunden sein, dachte er befriedigt. Dann würde er rasch noch bei dem Wohnmobilhändler vorbeifahren und das gemietete Wohnmobil übernehmen. Samstagfrüh konnte er mit Helga in Ruhe packen, das neue Gefährt mit allen Urlaubsutensilien beladen und am Nachmittag, nach Abebben der Ferienstaus auf den Autobahnen, endlich starten. Zunächst wollten sie ins Elsass fahren und dann weiter in den warmen Süden von Frankreich, in die Provence. Diese Gegend hatte er zuletzt als 17-Jähriger gesehen, ein Jahr vor seinem Abitur, als er einige Wochen dort herumgereist war. Ihn lockte es, neu zu entdecken, was ihn damals als Tramper so sehr begeistert hatte und was er nun, am Steuer seines Wohnmobils, neu zu entdecken hoffte: ein Stück der Freiheit des Sommers von 1968.

Bis zum Nachmittag hatte sich der Aktenberg erfreulich gelichtet, und Doblers summte bereits Chansons von Jacques Dutronc und Joe Dassin vor sich hin, die ihm nach Jahrzehnten wieder in den Sinn gekommen waren. Dann erfolgte der Anruf von Helga. Ihre Mutter war am Vormittag gestürzt und lag jetzt mit schmerzhaft verstauchtem Fußgelenk in der Ambulanz. Helga hatte sich kurz entschlossen ins Auto gesetzt und war zu ihr nach Amorbach gefahren, um sich ein paar Tage um sie zu kümmern. Doblers Hochstimmung fiel zusammen wie ein elsässischer Gugelhupf, der zu früh aus der Röhre genommen wurde.

Aber seiner Frau war, wie immer, eine Lösung eingefallen, wie sie allen gerecht werden konnte, sowohl der hilfsbedürftigen Mutter als auch dem Mann und den gemeinsamen Reiseplänen. Eine Teillösung, zumindest. Sie könne, so erklärte sie mit aufgesetzter Munterkeit, in ein paar Tagen mit dem Zug nach Avignon nachkommen, wo er sie vom Bahnhof abholen könnte. Dobler schwieg einen Moment und versprach dann, darüber nachzudenken. Das Reisemobil war fest gemietet, der Urlaub mit den Kollegen abgesprochen, einige Gerichtstermine waren sogar eigens wegen seiner Ferien verlegt worden. Entweder er folgte Helgas Vorschlag oder er wartete alleine in seinen vier Wänden auf die Genesung seiner betagten Schwiegermutter.

Im Verlauf der nächsten Stunde, nach dem Diktat einiger unfreundlicher Mahnschreiben, hatte sich Doblers erste Enttäuschung gelegt. Nun sah er sich in der Lage, Clara Conrad anzurufen, um das weitere Vorgehen in ihrem Fall zu besprechen.

»Guten Morgen, Herr Dobler, mit Ihrem Anruf habe ich frühestens in drei Wochen gerechnet. Lässt Ihnen der Wein keine Ruhe?«

Dobler erstarrte einen Moment; die Undankbarkeit dieser Frau, für die er sich gestern Abend immerhin zwei Stunden Zeit genommen hatte, und ihre blanke Ignoranz der Tatsache, dass er als Anwalt nicht für die Gestaltung der Sachverhalte, sondern allenfalls für deren juristische Aufarbeitung verantwortlich war, verschlugen ihm die Sprache. Es wollte ihm keine angemessene Antwort einfallen. So war es pure Verlegenheit, die ihn schließlich nach dem Ort fragen ließ, in dem das Ferienhaus ihrer Kindheit stehen sollte. Als Clara Conrad nicht gleich antwortete, fügte er erklärend hinzu: »Ich reise nämlich in den nächsten Tagen in die Provence in den Urlaub und könnte mich bei dieser Gelegenheit ein wenig umsehen.«

»Und mir Ihre Urlaubsaktivitäten dann in Rechnung stellen?«

»Mit 160 Euro pro Stunde, zuzüglich Umsatzsteuer.« Jetzt war er auf Zack und konnte ihre Unverfrorenheit mit gleicher Münze heimzahlen.

»Ich wünsche Ihnen eine erlebnisreiche Reise, Herr Dr. Dobler.«

Sie legte auf.

Sollte er vielleicht lieber seiner Frau helfen, den Knöchel ihrer Mutter zu kühlen und zwischendurch, statt römischer Bauten in der Provence, den Limes im Odenwald besteigen?

Eine Weile saß Hans Dobler regungslos in seinem Chefsessel mit Wippmechanik. Doch bald schon beugte er sich wieder entschlossen über die Post auf dem Schreibtisch. Das Telefongespräch hatte nur vorübergehend vermocht, ihm die Stimmung zu verhageln. Die Aussicht auf zwei Wochen Urlaub, fern vom Alltagsstress und all seinen Widrigkeiten inklusive unverfrorener Mandantinnen, ließ ihn mit neu erwachtem Elan weiterarbeiten. Da legte ihm seine Sekretärin ein gerade eingegangenes Fax auf den Tisch:

Pardon,
falls Sie als Honorar für Ihre Recherchen in Frankreich mit einem provenzalischen Abendessen zufrieden sind: das Dorf heißt Gordes!
Es liegt etwa 40 km östlich von Avignon. Ich werfe in den nächsten zwei Stunden zwei Fotos in Ihren Briefkasten. Eines zeigt mich als Mädchen an der Gartenmauer besagten Ferienhauses, das andere meinen Vater im selben Jahr.
Bon voyage und herzlichen Dank!

Clara Conrad

Wie konnte er nur kurzzeitig den Limes im Odenwald ernsthaft in Erwägung ziehen!

2

Gegen 17:30 Uhr kam ein besorgter Anruf vom Händler, der an den Mietvertrag erinnerte und auf seine Öffnungszeiten hinwies. Hans Dobler verließ daraufhin überstürzt die Kanzlei und empfand es als gutes Omen, seinen Schreibtisch zum ersten Mal im Leben vor dem Urlaub nicht völlig abgearbeitet zu haben. Nun hieß es also früher als erwartet Farbe bekennen zu Freiheit und Abenteuer, dem unausrottbaren Slogan der Wohnmobilbranche. Seine persönliche Freiheit bestand zunächst darin, unerledigt zu lassen, was schon seit Wochen unerledigt war. Doch wer verträgt gleich die ganze Freiheit? So packte er schnell noch ein paar Akten und das Diktiergerät ein, in der besten Absicht, das Versäumte bei Rotwein und Käse – er fuhr schließlich nach Frankreich – nachzuholen.

Dass aus der Arbeit in den nachfolgenden Wochen nichts werden würde, lag dann vor allem daran, dass in Doblers erstem Wohnmobilurlaub an Abenteuern kein Mangel herrschte.

An Rotwein und Käse auch nicht.

Dobler nahm den Bus – das Reisemobil wollte er ja gleich mit nach Hause nehmen – und traf eine halbe Stunde darauf beim Händler ein. Der empfing ihn bereits ungeduldig und ein wenig gereizt, schließlich hatte er an diesem Tag bereits sieben Kunden ertragen, denen vor Ferienbeginn die Kompliziertheit eines Hightechproduktes erklärt werden musste. Was das bedeutete, wurde Dobler erst nach und nach klar. Vor allem überraschte ihn, wie viele Details es zu beachten gab. Der Handbremshebel etwa war links des Fahrersitzes montiert, die Schalter für Licht und Scheibenwischer befanden sich an ähnlich ungewohnter Stelle und durch den inneren Rückspiegel fiel Doblers sorgenvoller Blick auf eine Küchenzeile. So vergingen immerhin gut und gerne fünfzehn Minuten, bis der Wohnmobil-Neuling, der bis dahin nur zweimal im Leben ein Nutzfahrzeug gelenkt hatte, zuletzt nach dem Tod seiner Mutter, als er den Eichensekretär aus der verwaisten Wohnung abtransportiert hatte, mit den Grundfunktionen des Fahrzeugs vertraut gemacht worden war.

Doch das war noch simpel im Vergleich zu dem, was nun folgte: die Einführung in die Geheimnisse des Wohnteils. Dobler begann über die zwitterhafte Wesenheit eines Wohnmobils nachzugrübeln, das offenkundig weit mehr war als ein Fahrzeug mit gewissem Nutzwert auf Reisen. Verlor es seine Mobilität oder taugte es nicht mehr zum Wohnen, so verlor es seine Seele. Ein Defekt von Kocher, Heizung oder Wasserpumpe konnte, wie Dobler besorgt erwog, den Urlaub genauso verderben wie ein verstopfter Kraftstofffilter, ein ausgefallenes Relais oder ein gerissener Keilriemen. Zugegebenermaßen Kleinigkeiten gegenüber einem kapitalen Triebwerksschaden während einer Flugreise, wie der Händler mit geübtem Humor hinzufügte.

Der Wohnmobilist in spe verzog pflichtbewusst den Mund zu einem amüsierten Grinsen, während er sich insgeheim fragte, ob er mit einer *Studiosus*-Reise nicht artgerechter bedient worden wäre. Dieser Gedanke nahm konkretere Formen an, als der Vermieter die erforderlichen Handgriffe zur Entleerung der Chemietoilette erläuterte, den Dobler schon deshalb nicht mit der erforderlichen Aufmerksamkeit folgen konnte, weil für ihn das denknotwendige vorherige Befüllen des Fäkalientankes, das der Händler routiniert umschrieb, mitsamt der Empfehlung, nicht zu störriges Klopapier zu gebrauchen und die Chemie richtig zu dosieren, kaum vorstellbar war. Nicht ohne Grund fiel ihm gerade bei dieser Unterweisung wieder die Annonce des Reiseunternehmens für Kulturbeflissene ein, auf die er neulich gestoßen war: »Provence – Zauber der Düfte und des Lichts«.

Wenn nur Helga da wäre, dachte Dobler gequält, als die Erläuterungen kein Ende nehmen wollten. Seine Frau hatte einen besonderen Sinn fürs Praktische und würde sich alles gewiss viel besser merken können. Ihm fiel es zunehmend schwer, sich auf die nicht enden wollende Fülle von Informationen zu konzentrieren: das Bunkern von Frischwasser und die Entsorgung von Altwasser, die Bedienung der Stromzentrale, der Gaszufuhr, des Warmwasserboilers und den Umbau von Sitzbänken zu einem Bett. Schließlich wies der Vermieter, der nach Hause wollte, auf das Schrankfach hin, in dem die Bedienungsanleitungen für die vielen technischen Geräte ihren Platz hatten.

Zuletzt fand sich Dobler am Schreibtisch des Händlers wieder, der nun übergangslos vom Kumpelton ins schulmeisterlich Autoritäre wechselte:

»Sie müssen immer peinlichst genau Höhen- und Breitenmaße des Fahrzeugs beachten! Die sind auf dem Armaturenbrett angebracht, damit Sie sie immer im Blick haben. Die ungewohnten Abmessungen machen Ihnen mit Sicherheit weitaus größere Schwierigkeiten als alle technischen Besonderheiten.«

Wie Recht er damit hatte! Doch das begriff Dobler, der zu diesem Zeitpunkt längst Fluchtreaktionen bei sich feststellte, genauso wenig wie alle anderen Wohnmobil-Neulinge vor der ersten Fahrt.

»Die Vollkaskoversicherung haben wir also abgeschlossen; jetzt schreibe ich Ihnen noch eine Quittung über die Kaution.«

Hier allerdings ahnte der Anwalt, dass sein Gegenüber genau wusste, wovon er sprach. Tatsächlich bestritt der Fahrzeugvermieter einen nicht ganz unbedeutsamen Teil seines Lebensunterhaltes damit, dass in seiner Werkstatt repariert wurde, was Greenhorns und alte Hasen an spanischen, französischen oder schwedischen Ästen, Hausecken und Torbögen zu einem Versicherungsfall hatten werden lassen. Die Schilderungen der meisten Mieter nach der Heimkehr begannen mit den Worten: »Wir hatten da ein kleines Problem.« Über all die kleinen Probleme und ihre Folgen könnte der Profi am Ende seines Vermieterlebens ein Buch schreiben, neben dem der Jahreswirtschaftsbericht der Bundesregierung wie ein Faltblatt daher käme.

Endlich legte der Vermieter Autoschlüssel und Papiere auf den Tisch. Er fragte Dobler jovial, wo denn die Reise hinginge und drehte ihm dann schnell noch den Reiseführer *Mit dem Wohnmobil in die Provence* an – »steht alles drin, was Sie brauchen: Wohnmobilstellplätze, Sehenswürdigkeiten, Tipps!«. Danach verzog er sich rücksichtsvoll in seinen Bürocontainer. Dieses Taktgefühl verstand er als wesentlichen Teil seines Kundenservices: War der Zündschlüssel gedreht, das Fahrzeug während der ersten Einkupplungsversuche erst mal abgewürgt und schließlich mit aufheulendem Motor glücklich in Gang gebracht worden, sollte der Kunde als König der untergehenden Sonne entgegenfahren – und nicht einer tiefen Stirnfalte seines Autovermieters.

Von Abendsonne war allerdings keine Spur, als Dobler das große Gefährt vorsichtig durch den Nieselregen nach Hause kutschierte. Noch nie waren ihm die vielen herunterhängenden Zweige aufgefallen und die Straßen schienen auch merklich schmaler geworden zu sein. Es dauerte lange, bis er in der Nähe seiner Wohnung einen Parkplatz fand, der groß genug war; und am Ende des Tages sehnte er sich am morgigen Samstag eine Gerichtsverhandlung herbei, statt mit diesem Ungetüm von einem Fahrzeug in Urlaub fahren zu müssen.

Doch nach einer guten Nacht waren solche Gedanken vergessen und er begann am nächsten Morgen mit viel Elan, die neue Behausung einzuräumen.

Helga hatte neben ihrer eigenen Kleidung auch Doblers Hemden, Socken und Unterhosen – genug, um nicht waschen zu müssen – in einen Wäschekorb gepackt, dessen Inhalt Dobler nun säuberlich hinter den raffinierten Schrankklappen des Wohnmobils verstaute. Bereits drei Korbladungen waren es allein für Kleidung und Bücher, danach folgten Lebensmittel und Geschirr. Hans Dobler fing an, die Wohnmobilbesitzer zu beneiden, die im Unterschied zu den Mietern ihre Ausrüstung nicht für jeden Urlaub neu verstauen mussten. Warum wurde ein Mietmobil nicht mit einem Grundstock an Besteck, Tellern und Töpfen bestückt, überlegte er. Und mit Weingläsern. Mit großer Sorgfalt polsterte er in einem der Küchenoberschränke über der Spüle jeweils drei Rotwein- und drei Weißweingläser mit papiernen Küchentüchern aus. Von jeder Sorte eines zur Reserve.

Als er gegen Mittag fertig war, vergewisserte er sich, die wichtigsten Dinge nicht vergessen zu haben: Scheckkarte, Ausweis, die beiden Fotos von Clara Conrad, das Funktelefon, Fotoapparat, Landkarte, Adressbuch und so fort. Alles Notwendige hatte er auf einer Liste notiert, in seinem Alter war das ganz selbstverständlich, nicht nur vor den Ferien, sondern auch beim Einkaufen oder vor der Autoinspektion. Es irritierte ihn, wie viele Dinge urlaubsnotwendig waren.

Immer wieder öffnete er die Schränke, den Kühlschrank, das Handschuhfach – hauptsächlich als Vorwand, um seine Abreise noch ein wenig zu hinauszuschieben. Unruhe befiel ihn, und dass sein Herz noch zu Hause in Richtung Hose rutschte, hatte immerhin den Vorteil, in den nächsten zwei Tagen die Chemietoilette nicht entleeren zu müssen. Dieses mulmige Gefühl vor der Abreise überkam Hans Dobler auch noch Jahre später, obwohl er dann längst als vollwertiges Mitglied im imaginären Club der Wohnmobilreisenden aufgenommen war. Und es bewog ihn Jahr für Jahr, sich auf der ersten Etappe nicht allzu weit von der gewohnten heimischen Umgebung zu entfernen.

Irgendwann ließ sich der Start einfach nicht mehr verschieben. Dobler telefonierte noch einmal mit Helga, wobei er den Klos im Hals herunterschluckte, und jonglierte danach mit größter Vorsicht das kolossale Gefährt von 2,30 Meter Breite, 3 Meter Höhe und 6,80 Meter Länge zur nächsten Autobahnauffahrt.

Der Lärm des Motors übertönte die Verkehrsdurchsagen im Radio, die größten Reisebusse zogen auf der Überholspur an ihm vorbei, und Dobler empfand alle denkbaren Gefühle; Freude und Glück waren nicht dabei.

Nach etwa 50 Kilometern, sie dauerten wie ein halber Arbeitstag, wurde der Chauffeur mutiger. Er hatte gelernt, die Maße und Abstände besser einzuschätzen, dem Radau des Diesels mit dem Lautstärkeregler des Radios Paroli zu bieten und sogar die ganz linke der drei Autobahnspuren zu benutzen. Als er nach fast zwei Stunden Fahrt sogar ein wenig schläfrig wurde, hatte er das Schlimmste geschafft und empfand einen Hauch von Entspannung. Bei Baden-

Baden entsagte er der deutschen A 5, querte den Rhein und erreichte jenseits eines längst aufgelassenen Zollhauses fast unbemerkt Frankreich.

Der Urlaub hatte begonnen.

Das Wohnmobil-Abenteuer war Dobler vor allem von Jochen eingeredet worden, einem Lehrer, mit dem Dobler seit Jahren wöchentlich Doppelkopf spielte. Der hatte seinen Freund immer wieder ermuntert, es einmal mit einem solchen Gefährt zu versuchen. Jochen hatte auch nicht mit guten Ratschlägen gegeizt und vor allem eine grüne Plastikgießkanne zum Wasserholen empfohlen. Und er hatte den Stellplatz von Kaysersberg im Elsass als ideales Ziel für die erste Nacht angepriesen. Das erwies sich insoweit als sinnvoll, als Dobler zumindest nicht unter Einsamkeit zu leiden hatte und dem schaurigen Schrei der Eulen, knackenden Ästen oder undefinierbaren Schatten hinter einem allmählich von der Nacht verschluckten Wohnmobil.

Das Gegenteil war der Fall. Der riesige, fein geschotterte Parkplatz am Rande des romantischen Fachwerkstädtchens war mit Einrichtungen versehen, die in den Werbeprospekten der Reisemobilwirtschaft niemals vorkommen: einer Bedürfnisanstalt, die sinnigerweise nachts abgeschlossen wurde; einem Altglasbehälter, absolut notwendig, wie Dobler sich schon beim Einpacken der Weingläser hätte denken können; und einem Parkscheinautomaten, den der Rechtsanwalt erst nach zähem inneren Ringen fütterte. Und mit siebenunddreißig ordentlich aufgereihten Wohnmobilen, zwischen denen sein Mietfahrzeug puppenhaft wirkte.

Hesselbachs waren auch schon da.

Sie saßen auf Klappstühlen an Campingtischen zwischen den Autos und tranken Bier. Dank der abendlichen Kühle musste Dobler den Feinripp unter den Trainingsjacken nur erahnen. Er spähte aus nach Gartenzwergen oder der Deutschlandfahne und bemerkte erst viel später, dass die meisten Besucher Franzosen waren. Kurzzeitig hatte er das Verlangen, umzukehren, Gas zu geben und erst zu Hause wieder anzuhalten. Doch instinktiv vermied er schon am ersten Abend einen Kardinalfehler wohnmobilen Reisens: Er fuhr nicht plan- und ziellos in die einbrechende

Nacht.

Er telefonierte mit Helga und schwärmte von sympathischen Nachbarn.

Und insgeheim pries er seine Voraussicht, nicht ohne Weinvorrat losgefahren zu sein. So entkorkte er ein mitgebrachtes, eher ordinäres Gewächs aus dem Supermarkt. Das mochte zwar im Angesicht der Rieslinghügel hinter dem Städtchen ein Frevel sein. Dobler war aber nicht in Stimmung, um alleine noch einen Bummel durch die Stadt zu machen und sich mit regionalem Wein angemessen einzudecken.

Das Radio ließ er ausgeschaltet, der Nachrichtensprecher interessierte ihn nicht. Er lauschte bei offenem Fenster den Gesprächsfetzen der Nachbarn. Er sah den Boules-Spielern zu, den Kindern, den Hundehaltern beim Gassi gehen, den Menschen, die verschämt mit der Klopapierrolle in der Tasche zum Toilettenhaus eilten, Campern beim Wasserholen und beim Abendspaziergang.

Familien und Paaren.

Das Wohnmobil war nicht für einen Single geschaffen, erst recht nicht für einen ungewollt Alleinreisenden.

Mit dem vielen Geld der Reisemobil-Miete hätte er auch einen richtig aufregenden Single-Urlaub buchen können. Nach wenigen Flugstunden würde er jetzt bereits mit anderen Singles in einer Taverne auf Kreta anstoßen, lachen, genießen und mit weiblichen Singles flirten.

Nachdem er mit einigen Mühen sein Bett im kastenähnlichen, über das Führerhaus hinausragenden Alkoven gerichtet hatte und auf den Schlaf wartete, waren die Bilder von Clara Conrad und dem ominösen Haus in Gordes hinter Doblers Schwermut verblasst. Nach der Rückkehr von diesem kläglichen Ausflug in die Provence würde er seine anwaltliche Beratung mit dieser Mandantin abrechnen. Er sehnte sich nach Helga.

Die Geräusche aus den benachbarten Fahrzeugen, die Mühen der mobilen Anrainer beim Bettenbau und dem Sortieren der Körper auf kleinem Raum, das leichte Rumpeln, die geflüsterten Kinderstimmen mochten ihn ein wenig behütet fühlen, doch das konnte er sich nicht mehr eingestehen. Er war eingeschlafen, während er sich gerade grimmig darauf einstellte, in diesem Kabuff kein Auge schließen zu können.

Nicht einmal die Dieselmotoren der ersten Camper, die schon früh am Morgen aufgebrochen waren, hatten ihn aus dem Schlaf gerissen. So rieb er sich verwundert die Müdigkeit aus den Augen, als er kurz nach acht Uhr das Rollo des großen Fensters nach oben gleiten ließ. Wohnmobilisten waren offenbar Frühaufsteher, was Dobler nicht von sich behaupten konnte. Bis er gegen neun Uhr gefrühstückt hatte, war der Stellplatz von Kaysersberg fast wie leergefegt. Den Parkscheinautomaten hätte er schon ab acht Uhr wieder bedienen müssen. Mit gro-ßem Interesse sah Dobler zu, wie die Abwasserablasshähne über das kommunale Entsorgungsloch am Rande des Platzes rangiert wurden und entschied sich, sein Duschwasser später heimlich an einen verschwiegenen Straßenrand trielen zu lassen. Eine Todsünde, die man ein Leben lang ohne weiteres begeht, die man aber niemals zugeben darf.

Dobler beschloss, sich auf der Reise in den Süden der Gemächlichkeit der Landstraße anzupassen. Er genoss die Vorstellung, jederzeit die Fahrt unterbrechen zu können, ein paar Stunden, eine Nacht oder sogar eine ganze Woche. Niemand bestimmte sein Tempo, seine Route, seine Gedanken, den Rhythmus seines Urlaubes. Keine Termine störten ihn, kein Telefon, keine Verabredung zum Tennis und auch keine Bustour zu minoischen Gräbern.

Unmerklich war der raue Ton des Motors zur Musik der Ferien geworden. Hans Dobler begann sogar, mit erhobener, lässig angewinkelter Handfläche den Gruß entgegenkommender Wohnmobilpiloten zu erwidern – eine Geste, die er bislang nur bei Motorradfahrern beobachtet hatte. Er freute sich, dass die ans Heck geklebte Werbung *Hymer Rent* wenigstens vom Gegenverkehr nicht erkannt werden und ihn als das verraten konnte, was er wirklich war: ein Anfänger, nur ein Gast in der Gemeinschaft der Wohnmobilisten.

Erst gegen Mittag gelangte er auf die Höhe von Besançon, wo er an der Mautstelle der Autobahn dann doch ein

Ticket zog. Er hatte den Entschluss gefasst, den zweiten Abend seiner Reise im milden Klima Südfrankreichs, am Nordrand der Provence, zu erleben.

So brauste er lange Zeit mit hohem Tempo die Straße entlang und berauschte sich an der Höchstgeschwindigkeit seines Vehikels, bis südliche Vegetationen und blühende Bäume in sein Blickfeld gerieten.

Nördlich von Lyon wich er wieder vom direkten Kurs ab und nahm den Weg mitten durch die Stadt, als Reminiszenz an seine Jugend. Im Sommer des Jahres 1968 hatte er hier seine Tramp-Reise für eine Nacht unterbrochen. Zuerst im Schlafsack auf einer Wiese im Park, bis ihn die französischen Polizisten, die *Flics*, davon vertrieben hatten, danach in der Badewanne eines Neubaus. Der Höhepunkt der sogenannten Mai-Unruhen war gerade überschritten, an unzähligen Häusern der Stadt prangten noch die Parolen der Studentenbewegung. Auf den Plakatwänden warb Esso mit dem Slogan

Mettez un tigre dans votre moteur – Pack den Tiger in den Tank.

Es wurde ein sehr kurzer Versuch der Begegnung mit der Vergangenheit. Dobler fand keinen geeigneten Parkplatz und erkannte nichts wieder. Keine Tramper, langen Haare oder Gitarren in der Öffentlichkeit. Auch das Velo-Solex, dieses so typische Fahrrad, das durch einen über dem Vorderrad montierten Motor angetrieben wurde, war offenbar ausgestorben. Ein Schicksal, das den Citroën 2-CV gerade zu ereilen begann. Doblers Lyon der Erinnerung hatte mit der heutigen Stadt nichts mehr gemein. Es war nicht Wehmut, was in ihm aufstieg, aber dieser Satz: *Erinnerungen sind Rosen am Stamme der Wirklichkeit;* diese Lebensweisheit seines Großvaters, fürchtete Dobler, werde auf dieser Reise noch oft wach gerufen.

In La Garde Adhémar, einem Dorf am Nordrand der Provence, aber noch zum Departement Drôme gehörig, war Vergangenheitsbewältigung nicht nötig, hier war Dobler noch nie gewesen. Ein Bilderbuchdorf, fest in der Hand von Zweitwohnungsbesitzern. Immerhin gab es noch einen Laden und eine Post. Und eine prächtige Fernsicht. Hans

Dobler musste das Wohnmobil über enge Kurven hoch an den Ostrand des Rhônetals quälen. Endlich fand er vor der gut erhaltenen Stadtmauer den Parkplatz, der in seinem neu erworbenen Wohnmobilreiseführer in den höchsten Tönen gelobt wurde. Aber außer ihm schien niemand dieses Buch gelesen zu haben. Dobler war der einzige Besucher, der von der Balustrade direkt bei der romanischen Kirche auf die bedrohlichen Kühltürme des Atomkraftwerkes tief unten am Rand der Rhône hinabblickte. Und er blieb auch der einzige. Als Neuling beim mobilen Reisen konnte er sich noch nicht ausmalen, wie mulmig es ihm im Dunkeln auf diesen Traumplatz werden würde.

Sein Reiseführer hatte ihm ein Restaurant empfohlen, das talwärts in zehn Minuten zu Fuß erreichbar war. Dobler entschied sich dort für das große Menü mit zwei kleinen Flaschen Wein, die erste weiß, die zweite rot, und einen Digestif ganz zum Schluss. Die ungewohnte Einsamkeit machte ihm zu schaffen. Hätte ihn nicht der Alkohol am Führen seines Kraftfahrzeuges gehindert, er wäre womöglich noch am selben Abend weitergefahren. Er war der einzige Gast, der alleine speiste, und tapfer nickte er nach zwei Stunden beim Verlassen des Lokals den Paaren an den Nachbartischen zu, die er wegen Ihrer Zweisamkeit beneidete. Auf dem steil nach oben führenden Heimweg durch die Finsternis schaute er sich mehrfach um, im unsicheren Gefühl, dass ihm jemand folgte; erst recht, als er auf dem stockdunklen Parkplatz die Türe aufschloss. Von dem lauschigen Flair des Nachmittags war nichts mehr zu spüren, ebenso wenig von seiner morgendlichen Euphorie. Tag und Nacht unterschieden sich im Wohnmobil noch ausgeprägter als bei anderen Urlaubsarten. Ähnlich den Reisenden selbst, den typischen Campern, die er bald für sich die *Adidas-Fraktion* nannte, und den Herrschaften in Jacketts und mit geputzten Schuhen. Egal wer – im Moment wäre ihm jeder recht gewesen, würde er nur als Nachbarn neben ihm nächtigen; er dürfte beim Bettenbau sogar ein wenig rumpeln.

Eine Weile lauschte er ängstlich allen näher kommenden Motorgeräuschen und atmete erleichtert auf, wenn die Autos ungebremst vorbeifuhren. Alle fuhren sie weiter, weshalb Hans Dobler bald einschlief.

3

Nachts fegte der Mistral durchs Rhônetal und rüttelte heftig am Fahrzeug. Dobler erwachte plötzlich und konnte nicht mehr einschlafen. Unruhig wälzte er sich von einer Seite auf die andere, kämpfte mit dem Kopfkissen und versuchte, für den noch vom Alkohol schweren Kopf eine bequeme Lage zu finden. Um den Schlaf herbeizuzwingen, besann er sich auf verschiedene schöne Urlaubserlebnisse früherer Zeiten. Dann ließ er einige erfolgreich verlaufene Fälle seines beruflichen Alltags Revue passieren.

Es half alles nichts, Dobler lag weiter wach.

Plötzlich schreckte er auf: Wie konnte er nur einen solchen Anfängerfehler begehen! Das Haus in Gordes – es stand in Frankreich! Da galt natürlich das französische Erbrecht, nicht das deutsche! Jedenfalls für den Teil des Falls, den Dobler mit der Entlohnung durch ein Abendessen im Vorbeifahren während der Ferien erledigen wollte. Er sah Frau Conrad schon vor sich, wie sie nach einer *Tapenade* behutsam ihren Mund abtupfte, um dann beiläufig zu erwähnen, Dr. Schwarz habe, auf die Nachlasszugehörigkeit einer französischen Immobilie angesprochen, kenntnisreich über die Erbfolge in Frankreich referiert – und beiläufig einfließen lassen, diese werde von vielen deutschen Anwaltskollegen nicht bedacht.

Doblers Gehirn arbeitete auf Hochtouren.

Eine Ausrede hatte er schnell parat: Verehrte Frau Conrad, würde er zu ihr sagen, weshalb soll ich Sie mit den Feinheiten des französischen Erbrechts belasten, bevor wir nicht wissen, ob sie in unserem Fall überhaupt eine Rolle spielen?

Doch lieber wäre ihm, keine Ausreden erfinden zu müssen. Er musste das Haus finden. Und er musste sich umgehend über die Rechtslage informieren, und zwar bevor er seiner investigativen Urlaubsbeschäftigung nachging. Letzteres konnte er telefonisch herausfinden, da war er zuversichtlich. Er entspannte sich wieder; es war wie zuhause, wenn er nachts über die ungelösten Fälle nachgrübelte: Sobald er dem Ergebnis ein Stück näher gekommen war, konnte er beruhigt einschlafen.

Am nächsten Morgen war die Welt wie verwandelt. Nach dem starken Mistral der Nacht schienen die Berge der Ardèche auf der anderen Seite des Rhônetals zum Greifen nahe. Die Luft war so klar, dass man die Kamera einfach in die Landschaft halten und auf den Auslöser drücken konnte, und schon hatte man die schönsten Fotos. Sogar der fast waagerecht nach Süden gedrückte Dampf der Kühltürme des Kernkraftwerkes war ein fotogener Blickfang. Dobler schraubte ein Teleobjektiv in seine Kamera und vertiefte sich in der nächsten halben Stunde völlig ins Fotografieren. Bei diesem Hobby war er erzkonservativ, sein Zoomobjektiv ließ er konsequent zu Hause.

Von Licht und Landschaft beflügelt, begab er sich daraufhin mit großem Elan an die juristische Arbeit. Zunächst rief er seine Sekretärin an, die ihm die Telefonnummer von Maître Brandt in Straßburg heraussuchen musste. Dobler hatte bei Brandt, der fließend deutsch sprach, einen Stein im Brett, nachdem er für dessen Klienten einen komplizierten Markenrechtsstreit beim Landgericht in Mannheim gewonnen hatte. Den Erfolg hatte er gemeinsam mit Brandt bei *Da Gianni* gefeiert – ohne den Mandanten. Dessen Essenseinladung hatte er auf dem Gerichtsflur höflich und mit dem überzeugend geflunkerten Hinweis auf einen Folgetermin ausgeschlagen. Brandt hatte das imponiert, ebenso wie ihn die Auswahl des Lokals begeistert hatte. Der Kollege war insoweit ein echter Elsässer. Brandt hatte Doblers Mandanten auch mehrfach bei der Regulierung von Verkehrsunfällen geholfen, die in Frankreich passiert waren.

»Welche Freude, endlich mal wieder von Ihnen zu hören!«

Maître Brandt saß in seinem Straßburger Büro und schien bester Laune. Das ermutigte Dobler, sogleich seine Fragen zu stellen, bei denen er peinliche Ahnungslosigkeit bekennen musste.

»Wenn ein Deutscher in einem deutschen Testament einen Erben einsetzt, ist der dann auch Erbe eines Grundstücks in Frankreich?«

»Selbstverständlich nicht zwangsläufig«, gab Brandt bereitwillig Auskunft. »Wer Eigentümer einer Immobilie in Frankreich ist, ganz gleich ob Franzose oder Ausländer, kann nicht wirksam per Testament Erben einsetzen, sofern er Frau oder Kinder hinterlässt. Dann erben bei *einem* Kind die Frau und das Kind jeweils die Hälfte. Es sei denn die Ehefrau erhält den Niesbrauch, oder die Eheleute haben eine *Société Civile Immobilière* gegründet, eine Grundstücksgesellschaft. Dann fällt nämlich keine Immobilie in den Nachlass, sondern nur ein Gesellschaftsanteil.«

Dobler hatte es nicht auf Anhieb verstanden, er begriff aber die Bedeutung dieser Auskunft für seine weiteren Recherchen. Brandt wiederholte deshalb noch einmal geduldig:

»Wenn der Vater Ihrer Mandantin im Zeitpunkt seines Todes verheiratet war, gelten weder das deutsche Erbrecht noch das Testament für eine Immobilie des Vaters in Frankreich.«

Dobler hatte das vergangene Nacht bereits geahnt: »Sie sind sicher, dass in diesem Fall das französische Recht dem deutschen vorgeht?«

»Aber ja, es gilt das Recht der …« – Monsieur Brandt rang nach dem passenden Begriff.

»Der Belegenheit?« Dobler war froh, mit einer klugen Hilfestellung seine fachlichen Unkenntnisse ein wenig wettmachen zu können.

»Ganz richtig, der Belegenheit. Also das Recht des Landes, in dem das Grundstück liegt, in Ihrem Fall also französisches Recht.«

»Eine Frage habe ich noch: Bei welcher Behörde wird in Frankreich das Grundbuch geführt?«

Gewitzt antwortete Brandt: »Das ist wie bei Ihnen in Baden, die Gemeinden sind zuständig. Wenn Sie in Frankreich ein Grundbuch einsehen wollen, müssen Sie keinen besonderen Grund angeben. Sie wissen ja, dass es in unserem Land sogar erlaubt ist, in der Zeitung die Namen der Beteiligten eines Verkehrsunfalls zu nennen, mit Alter und Wohnort. Da macht man kein Geschiss, wenn jemand wissen will, wem ein Haus oder ein Stück Land gehört.«

»Ich danke Ihnen. Unter Umständen rufe ich in den nächsten Tagen noch einmal an, falls nötig.«

»Ich hätte da eine bessere Idee. Sie steigen in Ihren Wagen, und wir dinieren gemeinsam im *Krokodil*.«

»Ein anderes Mal sehr gerne, aber heute habe ich leider zu tun.«

Monsieur Brandt wähnte Dobler offenkundig in dessen Kanzlei, und nicht am Resopaltisch eines gemieteten Wohnmobils. Aber auch Brandt hätte für das *Krokodil* keine Zeit gehabt, er plädierte über Mittag beim Tribunal und war davon ausgegangen, dass Dobler seine Höflichkeitsfloskel nicht für bare Münze nahm.

Doblers Gedanken gingen längst andere Wege: Hatte Johannes Conrad, genauso wie zunächst auch Dobler, den Einfluss französischen Rechts übersehen? Was unwahrscheinlich war, wenn man bedachte, dass sich ein Rechtsanwalt als Eigentümer ausländischer „Belegenheiten" informiert haben dürfte. Conrad musste also gewusst haben, dass nach seinem Tod neben seiner Frau auch seine Tochter Miteigentümerin des Hauses werden würde und dass er dies durch ein Testament nicht würde verhindern können. Entweder wollte er das, oder er hatte das Hausgrundstück schon zu Lebzeiten seiner Ehefrau überschrieben. Am wahrscheinlichsten war die Gesellschaftslösung. Dann müsste im Grundbuch aber auch eine Gesellschaft eingetragen sein.

Oder es gab gar keinen Grundbesitz und Conrad hatte solchen nie besessen. Oder er hatte ihn verkauft; und was hatte er dann mit dem Erlös gemacht? Ihn verjuxt? Alles war möglich.

Nur Recherchen vor Ort konnten Klärung bringen. Dobler betrachtete die Fotos, die Clara Conrad ihm in den Briefkasten geworfen hatte. Eines zeigte den Vater als jüngeren Mann, mit gebräunten, fein geschnittenen Zügen. Auf dem anderen stand Clara als kleines Mädchen mit einer viel zu großen Einkaufstasche vor einem eisernen Tor, dahinter war noch der Sockel eines Hauses zu erahnen.

Nach zweieinhalb Stunden Fahrt war Dobler in Gordes. Der Wohnmobilführer wies dort einen Stellplatz aus, so trefflich beschrieben, dass Hans Dobler zielsicher auf den Parkplatz einbiegen konnte, der etwa zweihundert Meter oberhalb des gewaltigen, die Ortsmitte beherrschenden Schlosses lag. Dort standen bereits drei andere Wohnmobile mit herausgeklappten Ausstiegsstufen, was in Dobler die Hoffnung nährte, an diesem Zustand werde sich für den Rest des Tages und vor allem während der Nacht nichts mehr ändern.

Der Ankömmling beschloss, die klare Luft und das milde Nachmittagslicht für sein Hobby zu nutzen. Vielleicht gelang es ihm schon bei seinem ersten Rundgang durch das Dorf, das ominöse Haus zu entdecken und sogar zu fotografieren. Für die kriminalistische Seite seines Urlaubs blieb ihm ohnehin nicht mehr viel Zeit. Bald würde er Helga in Avignon abholen, sie hatte ihm gerade telefonisch von der fortschreitenden Genesung der Mutter berichtet.

Er steckte das Lichtbild der kleinen Clara ein und blieb am Schaufenster eines Maklers stehen. Es gab viele Makler in Gordes, wie es überhaupt viele Makler in allen Touristenorten Südfrankreichs gab. Kein Gewerbe verfügte über ähnlich zahlreiche Lokalitäten, allenfalls noch die Händler von Souvenirs und Nippes. Das Angebot an Häusern war riesig, doch die Preise bewegten sich in astronomischen Höhen. Eine provenzalische Bruchbude kostete mehr als ein freistehendes Einfamilienhaus an der badischen Bergstraße. Dobler registrierte das durchaus erfreut, denn so würde sein Honorar mühelos einen weiteren Urlaub abdecken – wenn er das Haus fand und Johannes Conrad bis zu seinem Tode dessen Eigentümer war.

Wenn!

Hans Dobler war eine Stunde unterwegs, doch er konnte kein Gartentor aufspüren, das dem des Fotos glich. Er war sich so sicher gewesen; er hätte wetten mögen, er müsse nur anreisen, sich ein wenig umschauen und würde gleich fündig. Enttäuschung begann sich breit zu machen.

Das Fotografieren munterte ihn wieder auf. Bei seiner Suche nach Motiven war er auch an den kleinen Felsvorsprung geraten, der sich direkt an der Zufahrtsstraße südwestlich des Dorfes erhob. Von hier nahm er das Motiv auf, das identisch in jedem Reiseführer, an jedem Ansichtskartenstand und in jedem Kalender vorkam. Er sollte Reiseveranstalter werden, dachte Dobler. Dann müsste er sich nicht mit Gartentoren und dem französischen Erbrecht herumschlagen. Er würde seinen Gästen einen Bildband in die Hand drücken und dann mit ihnen all die Stellen abklappern, die auf den Fotos zu sehen waren. Die Kundschaft wäre überzeugt, mit perfektem Insiderwissen durch die Region geleitet worden zu sein. So einfach war das! Die durchschnittliche Touristenseele ließ sich doch am erfolgreichsten massieren, wenn man den Leuten ein solches Wiedererkennungserlebnis gönnte. Dann musste man sie nur noch zu einem angeblich authentischen Olivenölproduzenten karren und sie den Rest der Zeit am Pool oder Strand bei möglichst viel Sonne liegen lassen.

Dobler packte die Kamera schließlich wieder weg und ließ die Landschaft ungehindert auf sich wirken. Die Aussicht war wirklich einzigartig: Auf der linken Seite kletterten malerische Natursteinhäuser den Hang hinauf, überragt von der Kirche und einem Bilderbuchschloss. Geradeaus schweifte der Blick weit in das Tal des Flusses Cavalon hinein und über unendlich viele Hügelchen, Felder und Obstgärten. Rechts ragte der dunkelgrüne, runde Rücken des Luberon auf und bildete den Rahmen einer Landschaft, die Dobler zu den schönsten zählte, die er je bereist hatte.

Er blieb noch lange sitzen und genoss die Aussicht, bis die Sonne untergegangen war und der scharfe Wind ihn von einer Minute auf die andere frösteln ließ. Mit der Kälte kroch auch wieder die Einsamkeit in ihm hoch, und er gestand sich ein, so etwas wie Heimweh zu verspüren. Er war an diesem Nachmittag sicher mehr als hundert Touristen begegnet – alle zu zweit oder in der Gruppe unterwegs. Ihm schien, als wäre er der einzige Single weit und breit.

Gedankenschwer zog er den Reißverschluss seiner Jacke nach oben und wandte sich zum Gehen, über den

Tourismus im Allgemeinen und die passende Reiseform im Besonderen nachdenkend. Eines war sicher: der Wohnmobilurlaub war für einen einzelnen Menschen nicht geeignet. Zumindest nicht für ihn!

Zunächst musste er ein Gasthaus fürs Abendessen finden. Ein gut besuchtes Gasthaus sollte es sein, oder besser noch: brechend voll, eines von der Sorte, die auch von Einheimischen frequentiert wurde, welche am Tresen standen, sich unterhielten und tranken. Alleine an einem Zweiertisch mochte Dobler jetzt auf keinen Fall sitzen.

Aber solche Lokale gab es in den Dörfern der Provence schon lange nicht mehr. Wenn ein Ort gerühmt wurde als *„Eines der schönsten Dörfer Frankreichs"* – und diese Ehre war Gordes zuteil geworden –, war das ein sicheres Zeichen seiner Leblosigkeit. Die pittoreske Lage oder das malerische Ortsbild, die Bildbandfotografen und die Makler hatten die dörfliche Struktur vernichtet.

Ehemals bescheidene Häuser wurden für horrende Summen als Ferienhäuser verscherbelt. Für das viele Geld kauften sich die Erben in der Stadt ein neues Haus – und einen neuen Peugeot obendrein. Als der Luberon, also die Gegend zwischen dem Plateau de Vaucluse und dem Bergkamm des Luberon, in den 90er Jahren in den Büchern des Engländers Peter Mayle gepriesen wurde, gab es bei den Ferienhaus-Interessenten aus ganz Europa kein Halten mehr. Und bei den Preisen erst recht nicht. Das Gesetz von Angebot und Nachfrage funktionierte mustergültig, die Dörfer wurden herausgeputzt – und sie verödeten, weil am Ende die Mehrzahl der Häuser die meiste Zeit des Jahres leer stand, die blau lackierten Klappläden fest verrammelt. Die Lebensmittelläden mussten sich den gigantomanischen französischen Supermärkten ergeben, aber auch Metzger und Bäcker konnten nicht mehr überleben, wenn die Hausbesitzer nur für wenige Wochen des Jahres im Dorf weilten. In die verwaisten Etablissements zogen Andenkenläden ein – und Makler.

Und in den Dorfkneipen wurde nur noch während der Sommermonate aufgedeckt. Mit feinem Tuch, Servietten und der Illusion einer typisch provenzalischen Küche. Serviert für Gäste, die sich die teuren Häuser leisten konnten und das Besondere erwarteten. Ehepaare jenseits der Vierzig, dafür prädestiniert, schweigend an Zweiertischen zu speisen.

In Gordes war die Entwicklung ein wenig anders verlaufen. Das Städtchen drohte nach dem Zweiten Weltkrieg auszusterben, als noch kein Tourismus existierte, erst recht nicht im Luberon. Aber es gab schon diese fantastische Landschaft, die Sonne und die malerische Lage um das Schloss. Und es gab Künstler, zu jener Zeit als Existentialisten belächelt, denen schon damals die Côte d'Azur zu bürgerlich und zu teuer war. Lange vor den Touristen nahmen sie das Dorf in Besitz, allen voran Victor Vasarély, der zwischen 1948 und 1960 in Gordes die Sommermonate verbracht und später das verfallene Schloss für einen symbolischen jährlichen Zins von einem Franc angepachtet und restauriert hatte.

So wurde Gordes von den Folgen der Landflucht gegen Ende des 20. Jahrhunderts und der Zweithausbewegung nicht ganz so getroffen wie benachbarte Ortschaften. Das malerische Dorf war wenigstens noch das ganze Jahr über bewohnt. Zwar standen auch hier mehr als die Hälfte der Häuser leer, aber es gab ein Wirtshaus, das den dörflichen Charakter bewahrt hatte. Und dort trat Dobler jetzt ein, nachdem er in die Scheiben einiger anderer Restaurants geblickt und schließlich entschieden hatte, für ihn käme allenfalls die *Auberge Provençale* in Frage.

Hier gab es tatsächlich ein paar Franzosen, die am Tresen ihr Bier tranken – keinen Rotwein, das war an französischen Theken schon lange nicht mehr üblich. Höchstens die Hälfte der Gäste, die hier ihr Abendessen einnahmen, sahen wie Touristen aus. Und am Zweiertisch neben Dobler speiste ein einzelner Herr. Besser gesagt: er las Zeitung und aß nebenbei, wenn er sich nicht lautstark mit der Wirtin unterhielt, deren derbe, mit rauer Stimme in den Raum gebrüllte Anzüglichkeiten die soignierten Gäste an den Zweiertischen merklich irritierten.

Der Mann am Nachbartisch schien Mitte fünfzig, seine Kleidung hatte schon bessere Tage gesehen. Sie bestand aber aus zeitlosen, klassischen Stücken, die vor Jahren ersichtlich viel Geld gekostet hatten. Das erlaubte den Rückschluss auf einen persönlichen, nicht notwendig sozialen, aber doch finanziellen Niedergang. Das Gesicht zeigte Spuren von Verlebtheit. Auf den ersten Blick konnte man sich den Nachbarn gut unter den Männern vorstellen, die sich nachmittags versammelten und viele Stunden dem Boules-Spiel widmeten. Bei genauem Hinsehen dagegen wirkte er gebildet, fast aristokratisch. Und Dobler vermisste den harten südfranzösischen Akzent, als der Fremde ihm jetzt das Tagesessen, Nierchen auf provenzalische Art, empfahl.

»Als Vorspeise würde ich die Spargeln mit Vinaigrette nehmen.«

Der Nachbar übernahm auch die Weinauswahl. Erst kam ein *Pichet* mit Weißwein zu den grünen Spargeln. Die folgenden leckeren Nierchen wiesen nicht mal den Hauch eines Hautgout von Urin auf und harmonierten vortrefflich mit dem ungefragt aufgetischten Rotwein.

»Sie sind wohl aus Deutschland?« fragte der Franzose und fügte, ohne eine Antwort abzuwarten, hinzu: »An Ostern kommen nur Italiener und Deutsche hierher. Einen einzelnen Italiener habe ich noch nie gesehen. Also sind Sie Deutscher. Wissen sie, den *Plat du Jour* gibt es eigentlich nur mittags, aber Stammgäste und deren Freunde dürfen am Abend fragen, ob noch eine Portion übrig ist.«

Dobler erwiderte die Höflichkeit. »Es ehrt mich, dass Sie mich zu Ihren Freunden zählen.« Die Distanzlosigkeit des Nachbarn hatte ihn zwar ein wenig irritiert, aber er wollte nicht schroff wirken. »Sind Sie hier täglich zu Gast?«

Dobler sprach gut Französisch und freute sich, seine Sprachkenntnisse so rasch und erfolgreich einsetzen zu dürfen.

Der Nachbar antwortete, im Winter esse er hier fast täglich, im Sommer jedoch sei die *Auberge* eine Touristenfalle. »Darf ich fragen, woher Sie kommen?«

»Aus Heidelberg.«

»Ich bin vermutlich ein paar Jahre älter als Sie, aber wenn Sie dort schon lange wohnen, sind wir uns sicher einmal begegnet, vielleicht im *Weißen Bock* oder im *Drugstore*.«

Das konnte Dobler zwar nicht ausschließen, da er beide Lokale aus seiner Studentenzeit kannte, aber er war beinahe sicher, den Franzosen noch nie gesehen zu haben. So übte er sich ein wenig in allgemeinem Geplauder. »Der langjährige Wirt des *Weißen Bocks* ist kürzlich verstorben.«

Der neue Bekannte lud ihn nun an seinen Tisch ein und Dobler ergriff bereitwillig sein Glas, setzte sich mit einem Dankeschön zu dem Provenzalen und orderte einen Literkrug mit Rotwein.

Aber das Gespräch verlief nicht weiter auf den begonnenen vertraulichen Bahnen. Der Franzose fragte Dobler weder nach dem Namen noch nach dem Beruf oder seinen Reisezielen. Die beiden schwadronierten auch nicht über die Sehenswürdigkeiten der Gegend und schon gar nicht über das Wetter. So distanzlos das Gespräch begonnen hatte, so zurückhaltend wurde es fortgeführt. Dobler schien, als bereue der Herr aus Gordes die spontane Äußerung über Heidelberg. Kurz zog er sogar in Erwägung, die Begegnung könne ihn bei der Lösung des Falls voranbringen. Er verwarf das jedoch sofort wieder. Johannes Conrad war nicht der Typ, der im *Weißen Bock* verkehrt haben könnte, von Mitte der 60er bis Ende der 70er Jahre Treffpunkt der linken Bewegung. Ebenso wenig wie im *Drugstore*, wo die Gäste, die in der Mehrzahl wohl kaum einem geregelten Studium oder gar einer Arbeit nachgingen, stundenlang Schach spielten. Conrad gehörte sicher den etablierten und konservativen Kreisen an. So wie Dobler ihn einschätzte, hätte Conrad wohl lieber Wasser getrunken als mit den Mitgliedern sogenannter K-Gruppen Bier zu bechern, das im *Bock* damals noch in Halbe-Liter-Gläsern ausgeschenkt wurde.

Das Gespräch schleppte sich hin, Dobler wurde müde. So verabschiedete er sich alsbald, obgleich der Weinkrug noch nicht geleert war.

»Ich wünsche Ihnen alles Gute, vielleicht treffen wir uns irgendwann in Heidelberg.«

Der Franzose antwortete nur mit »Gute Nacht und weiterhin gute Reise«.

Nachts las Dobler in seinem Reiseführer von den Künstlern, die in den 60er Jahren in Gordes sesshaft geworden waren, und erinnerte sich erneut an den Nachruf des Kunstvereins, dessen Finanzvorstand Conrad war. War er auf der richtigen Spur?

Am nächsten Morgen fragte sich Dobler im Rathaus, das in einem Teil des Schlosses untergebracht war, zum Grundstückskataster durch. Er rechnete fest damit, den Namen von Johannes Conrad im Verzeichnis der Grundstückseigentümer zu finden. Bürokratische Hindernisse schienen seiner Suche jedenfalls nicht im Wege zu stehen: Der zuständige Sachbearbeiter entpuppte sich als sein Tischnachbar vom vorigen Abend. Sein Name war Robert Benoit, wie Dobler dem kleinen Schild an der Tür entnahm. Höflich und zuvorkommend und ohne ein Wort des Erstaunens gab er Dobler die Hand. Er gab sich aber streng und beamtenhaft, als der Besucher sein Anliegen vortrug:

»Gibt es eine Liste aller Grundstückseigentümer von Gordes und kann ich diese einsehen?«

»Mein lieber Freund, gerne bin ich zu jeder erdenklichen Hilfe bereit, Ihr Wunsch verstößt jedoch gegen die Bestimmungen.«

Aber er lenkte sogleich ein: »Ich teile Ihnen selbstverständlich mit, wer als Eigentümer eines konkreten Grundstücks im Grundbuch steht, wenn Sie mir die Lage oder Adresse nennen. Eine Auskunft auf Ihre Frage ist allerdings unzulässig. Gewiss gibt es ein solches Verzeichnis. Das dient aber ausschließlich dem internen Gebrauch. Ich bedaure sehr, Ihnen Ihren Wunsch abschlagen zu müssen.«

»Würden Sie Auskunft erteilen, wenn ich einen Makler oder Notar beauftrage?«

»Es kommt darauf an, ob der Notar einen plausiblen Grund nennen könnte.«

Dobler zog seinen Anwaltsausweis aus der Tasche und legte ihn auf den Schreibtisch.

»Schon gestern hatte ich den Verdacht, Sie könnten aus geschäftlichen Gründen in Gordes weilen.«

Dobler stellte klar, er befinde sich eigentlich im Urlaub und wolle nur nebenbei klären, ob Johannes Conrad, dessen

Tod er nicht erwähnte, Grundbesitz in Gordes habe. Das machte die Sache offenkundig leichter.

»Die Vorschriften verbieten nur eine Auskunft aus dem Eigentümerverzeichnis. Wenn ich Ihnen nun sage, dass eine bestimmte Person – sagten Sie Johannes Conrad? – dort nicht eingetragen ist, verrate ich Ihnen ja nicht den Inhalt der Liste. Wo nichts geschrieben ist, kann ich auch nichts preisgeben.«

Zur Sicherheit ging er einige Seiten eines Ordners noch einmal durch.

»Nein, Johannes Conrad ist tatsächlich nicht Eigentümer eines Grundstücks in Gordes.«

»Und er war es auch niemals?«

Diese Frage ging eindeutig zu weit, Monsieur Benoit beantwortete sie nur mit einem missbilligenden Blick. Dobler hatte mit unhöflicher deutscher Beharrlichkeit versucht, die flüchtige Bekanntschaft des gestrigen Abends auszunutzen. Unbeliebter konnte er sich nun nicht mehr machen. Also setzte er aufs Ganze:

»Wenn es ein Verzeichnis aller Personen und Gesellschaften gibt, die in den letzten zehn Jahren Grundeigentümer in Gordes waren, würde ich mir das gerne selbst ansehen. Ich könnte mich danach in Ihrem schönen Land an den Ferien erfreuen und meinen Beruf für ein paar Tage vergessen. Mir ist es selbst am unangenehmsten, wenn ich die Sympathie, die wir gestern füreinander empfanden, für dienstliche Vorhaben missbrauchen muss. In solchen Momenten hasse ich meinen Beruf. Leider wird unsereins nur am Erfolg gemessen.«

Dobler redete sich in Fahrt, es war ein bisschen wie im Gerichtssaal; nur dass Benoit weder Richter noch gegnerische Partei war, dafür ein äußerst aufmerksamer Zuhörer.

»Wenn ich einen Prozess gewonnen habe, egal wie nachlässig meine Arbeit war, schenkt man mir teuren Wein und meiner Sekretärin Pralinen. Verliere ich aber einen Rechtsstreit, obgleich ich diesen mit großem Einsatz und Sachverstand geführt habe, muss ich meinem Honorar hinterherlaufen. Und nach einer verlorenen Auseinandersetzung habe ich in über zwanzig Berufsjahren nie auch nur eine Flasche Wein als Geschenk erhalten.«

Das Gesicht des Beamten nahm einen zunehmend verständnisvollen Ausdruck an, doch er schwieg weiter. So fuhr Hans Dobler fort, für seine Recherchen um Verständnis zu werben.

»Auch für meine Mandantin, die Tochter jenes Johannes Conrad, übrigens eine sehr attraktive Frau, zählt nur der Erfolg. Und ich habe die fremde Angelegenheit zu meiner eigenen gemacht. So sehr, dass mir die Liste inzwischen wichtiger geworden ist als das Wetter hier oder der Luberon.«

Benoit räusperte sich und blickte nachdenklich vor sich hin. Dann richtete er den Blick auf Dobler. »Wir hätten gestern Abend den Wein noch gemeinsam leer trinken sollen. Dann hätte ich Ihnen gesagt, Sie müssten doch ein zufriedener Mensch sein. Ihr Beruf beschert Ihnen wenigstens ab und an ein Erfolgserlebnis. Schauen Sie mich hingegen an. Im Büroalltag ist mir nicht mal ein Misserfolg gegönnt. Tagein, tagaus dasselbe und jeden Monat dasselbe Gehalt. In zweieinhalb Jahren wird mein Berufsleben beendet sein, ich gehe in Rente. Sie dagegen werden noch gebraucht und haben sicher eine Menge interessanter Aufgaben.«

Robert Benoit gab sich einen Ruck.

»Um das Thema abzuschließen: Prüfen Sie die Liste in Ruhe. Aber ich kann Ihnen versichern, heute ist nicht Ihr Erfolgstag.«

Er wies auf einen unbenutzten Schreibtisch im Nachbarraum. »Sie werden Ihren Herrn Conrad nicht finden. Er hat in Gordes nie ein Haus besessen, weder alleine noch als Gesellschafter einer *Société Civile Immobilière.*«

Dobler wuchtete den Ordner zu dem bezeichneten Schreibtisch und sichtete ihn. Alle Grundstückseigentümer waren hier alphabetisch geordnet und mit Adressen samt Hauptwohnsitz eingetragen. Auf einer weiteren Liste standen alle ehemaligen Eigentümer seit dem Jahr 1962. Johannes Conrad war definitiv nicht dabei. Genauso wenig wie seine Frau oder ein anderer Deutscher aus Heidelberg oder Umgebung.

Dobler las das und war enttäuscht und erleichtert zugleich. Zwar war ihm das Honorar durch die Lappen gegangen, dafür durfte er sich fortan unbeeinflusst von dienstlichen Störungen an seinem Urlaub erfreuen. Er lud Robert Benoit zum Mittagessen ein, das sie auf dem Platz hinter dem Schloss unter den riesigen, noch unbelaubten Platanen einnahmen. Dobler räkelte sich in der Sonne und trank entgegen seiner Gewohnheit schon mittags ein Gläschen Rosé.

Benoit schlug im Laufe des immer lockerer werdenden Gesprächs vor, sie sollten sich mit den Vornamen ansprechen. So prosteten Hans und Robert sich zu, und der Deutsche forderte den Franzosen auf, ihn doch einmal in Heidelberg zu besuchen. Er erzählte ihm von seiner ersten Wohnmobilreise und lobte den praktischen Stellplatz von Gordes, für den Robert Benoit als Verwalter aller gemeindlichen Liegenschaften verantwortlich war. Im Gegenzug empfahl der Franzose verschiedene Restaurants, die sie bei nächster Gelegenheit gemeinsam besuchen könnten. Als sie sich voneinander verabschiedeten, deuteten sie sogar eine Umarmung an. Sie tauschten die Adressen aus, und Dobler fotografierte seinen neuen Freund. Beide lobten noch einmal die warme Frühlingssonne sowie den schönen Blick zum Luberon, dann gingen sie ihrer Wege.

Beide waren insgeheim davon überzeugt, sich niemals wieder zu begegnen.

Hans Dobler genoss den Rest des Tages. Er fuhr mit dem Wohnmobil zum Kloster Sénanque, nach Joucas und zu den Ockerbrüchen von Roussillon. Die Sonne schien, das Fahrzeug gehorchte ihm inzwischen anstandslos und er hatte zum ersten Mal in diesem Urlaub das Gefühl der Erholung vom Alltag. Im Fall von Clara Conrad hatte er alles getan, was er tun konnte; die Mandantin wollte er allerdings erst nach seiner Rückkehr von seinen Bemühungen informieren.

Beim abendlichen Telefonat berichtete Helga, sie könne ihre Mutter nun alleine lassen und werde am kommenden Abend in Mannheim in den Zug steigen. Sie hoffte, der Zug treffe am übernächsten Morgen pünktlich um 8:37 Uhr in

Avignon ein.

Diese Nacht wollte Dobler ein letztes Mal in Gordes bleiben.

Aber er war noch ein Anfänger in der Kunst des mobilen Reisens. Die Tricks der alten Meister waren ihm fremd; das betraf auch den Umgang mit der Chemietoilette. Die hätte er in der nächsten Nacht unbeachtet und ohne Peinlichkeiten auf dem Campingplatz von Avignon, wo er vor Helgas Ankunft nächtigen wollte, in ein eigens dafür vorgesehenes Becken entleeren können. Die Entsorgung war notwendig, weil Hans Dobler das Plastikklo inzwischen bestimmungsgemäß eingeweiht hatte und es ihm nun ein gewisses Unbehagen bereitete, seine Exkremente spazieren zu fahren. Er packte also den Behälter am dafür vorgesehenen Griff und eilte mit der bangen Hoffnung, es werde ihm kein Bekannter oder gar ein Mandant aus der Heimat begegnen, vom Parkplatz zum neuen, halb unterirdischen *WC-Public* gegenüber dem Schloss von Gordes. Gemeinhin ist es lustigen Romanen vorbehalten, dem Leben ihrer Helden beim Gang zur Bedürfnisanstalt eine Wendung zu geben. Hans Dobler fühlte sich keineswegs als komischer Held, als er beim Gang zur öffentlichen Toilette in Gordes eine ganz entscheidende Entdeckung machte.

Eher war ihm unbehaglich zumute, als er eilig an das WC herantrat und es öffnen wollte. Doch oberhalb des Türgriffs leuchtete die rote Markierung, also stellte er seinen Behälter verschämt in eine Ecke und beschloss nach einem kurzen Moment des Wartens, sich ein wenig die Füße zu vertreten. Zunächst vom WC zum gegenüberliegenden Postamt und wieder zurück. Es war immer noch besetzt. Dann von dort zu einem Gebäude oberhalb des öffentlichen Abortes, zu einem großen Haus mit verrammelten Fensterläden, abblätternder Fassade und einem verwilderten Vorgarten. Zufällig fiel sein Blick auch auf das rostige Gartentor – wie hypnotisiert blieb er stehen. Das Gartentor mit der kleinen Clara davor. Er hatte es gefunden.

Später, nachdem er sich die Hände gewaschen und erneut das Foto von Clara Conrad studiert hatte, wurde ihm klar, weshalb er das Haus nicht früher entdeckt hatte. Der kleine Platz vor dem Gebäude war durch das *WC-Public* umgestaltet und der auf dem Foto abgebildeten Proportion und Perspektive beraubt worden. Aber es gab keinen Zweifel, sogar der halb herausgebrochene Stein links des Eingangs existierte noch, er war in den letzten Jahrzehnten nicht repariert worden. Clara Conrad hatte als Kind in dem großen Haus ihre Urlaube verbracht, am Rondell vis à vis des Schlosses und seitlich der *Auberge Provençal*. Es war vielleicht das stattlichste alte Haus in Gordes, dennoch stand es leer. Womöglich, weil es ein wenig zu sehr am Rande des Verkehrsgeschehens lag. Aber es war, wenn man ein Stadthaus mochte, den Luberon und Gordes liebte, ein Traumhaus.

Hans Dobler jedenfalls hätte es sofort genommen.

»Bonjour, mein Freund. Heute Morgen, als du noch schliefst, bin ich über den Parkplatz gelaufen und habe deinen *Camping-Car* gesehen. Aber ich wollte dich nicht wecken. Ich habe nicht mehr mit deinem Besuch hier bei mir gerechnet.«

Robert Benoit war sichtlich erstaunt, Dobler erneut im Rathaus anzutreffen. Aber er zeigte sich hilfsbereit und ließ seinen neuen Freund aus dem Grundbuch Namen und Adresse der Eigentümerin des entdeckten Hauses abschreiben: einer Madame Mireille Gillot aus Bonnieux. Robert berichtete, Mireille Gillot habe das Haus vor ein paar Jahren von einer Tante geerbt, einer Madame Brousse, die ihrerseits, wie Dobler aus den Eintragungen nachvollziehen konnte, schon im Jahre 1971, als man das Grundbuch neu angelegt hatte, eingetragen war.

»Warum lässt Madame Gillot das Haus leer stehen?«, wollte Dobler wissen.

»Sie lebt in Bonnieux und kann sich nicht für eine Verwendung entscheiden. Zurzeit erwägt sie einen Verkauf, den die Gemeinde befürwortet. Das Anwesen verlangt nach Renovierung und nach Bewohnern. Dafür fehlt Madame Gillot meines Wissens das erforderliche Kapital. Die Makler rennen ihr die Bude ein. Sogar mein Chef, der Bürgermeister von Gordes, hat ihr zweimal seine Aufwartung gemacht. Alle dachten, sie brauche wegen der hohen

Erbschaftssteuer dringend Geld, und es existierten schon Pläne für eine rentable Vermarktung. Aber die Dame erweist sich als standhaft, obwohl alle paar Monate eingebrochen wird und die Zimmer inzwischen ziemlich verwüstet sein sollen. Ich selbst habe das allerdings noch nicht mit eigenen Augen gesehen.«

Robert Benoit machte jetzt ein verschmitztes Gesicht. »Es tut mir leid, aber Gordes ist offenbar nicht der Ort deiner Sternstunden – von unserer Bekanntschaft einmal abgesehen.«

Dobler legte seine letzte Karte auf den Tisch – das Foto des jugendlichen Johannes Conrad.

»Kennst du den Mann?«

Robert schaute genau hin, er legte das Bild zur Seite, hielt es nochmals vor sich und runzelte die Stirn. Sogar ein bedächtiges Wiegen des Kopfes half nichts.

»Ich glaube nicht, dass sich dieser Herr jemals länger in Gordes aufgehalten hat. Ich kenne ihn jedenfalls nicht.«

War das die Wahrheit? Conrad hatte seine Ferien mehrfach in Gordes verbracht, das bewies das Foto am Gartentor. Andererseits würde sich auch der aufmerksamste Gemeindebeamte nicht an jeden Touristen erinnern können. Und selbst wenn Dobler wüsste, dass Robert Benoit gelogen hätte, würde ihn das nicht weiterbringen. Allen Mutmaßungen zum Trotz, fiel das Haus mit Sicherheit nicht in Conrads Nachlass.

Dobler machte eine kurze Bestandsaufnahme: Er hatte das Haus gefunden und festgestellt, dass weder Johannes Conrad noch seine Ehefrau je im Besitz dieses Hauses waren. Er hatte seine Hausaufgaben gemacht. Dennoch kehrte er mit leeren Händen nach Heidelberg zurück.

Er rüttelte an der verschlossenen Haustür und fotografierte das Haus von allen Seiten, um Clara Conrad zumindest einige Fotografien mitbringen zu können. Dann wandte er sich zum Gehen. Er war so sehr in seine Gedanken und Betrachtungen über das Haus versunken, dass er nicht bemerkte, wie Robert Benoit seinerseits eine ganze Serie von Fotos schoss, die keinen anderen Zweck haben konnten, als Dobler möglichst lebensnah abzubilden.

4

»Schau mal, der Kühlschrank ist beleuchtet!«
Mit einem Stolz, als habe er das elektrische Licht erfunden, öffnete Dobler die mit imitiertem Holzfurnier verkleidete Gerätetür. »Der hat sogar ein Gefrierfach – mit Eiswürfelbehälter!«

Er klappte die gläserne Abdeckplatte des Gaskochers hoch. »Und wir können auf drei Flammen kochen.«

»Je eine für Gemüse, Soße und Schweinebraten?« Helgas Begeisterung hielt sich in Grenzen. Doch sie wollte keine Spielverderberin sein. Sie blickte um sich, öffnete hier eine Klappe und dort eine Schublade und zog dann ein kugelgelagertes Gestell aus dem Küchenschrank, in das, wie zu Hause, hintereinander zwei Mülleimer gehängt waren: ein grüner und ein weißer. Das Wohnmobil war zweifellos in Deutschland hergestellt. »Mülltrennung auch auf den Straßen von Freiheit und Abenteuer!«

Sie schüttelte den Kopf und blickte Dobler mit hochgezogenen Augenbrauen an. »Ich musste tagelang meine Mutter bekochen und hoffe sehr, dass du dich inzwischen mit dem Michelin-Führer vertraut gemacht hast. In Avignon dürfte an geeigneten Adressen wohl kein Mangel sein.«

Dobler schwieg. Es war besser, jetzt nichts zu sagen, das wusste er aus Erfahrung. Helgas Blick fiel auf das gemütliche Doppelbett im Alkoven, wo ihr Kopfkissen, gehüllt in ihren Lieblings-Bettbezug, auf sie wartete. Zum ersten Mal, seit sie mit deutlicher Skepsis das Wohnmobil betreten hatte, erschien ein Lächeln auf ihrem Gesicht. Sie zog die Vorhänge zu, küsste ihren Mann und begann sich auszukleiden.

»Danke, dass du meine Zudecke mitgenommen hast.« Dobler fing einen liebevollen Blick auf. Er begann sich ebenfalls auszuziehen und überlegte gerade, ob das Wohnmobil wohl auffällig schaukeln würde. Da schlüpfte Helga schon unter die Bettdecke, murmelte noch ein »gute Nacht« und war, übermüdet von der nächtlichen Zugfahrt, sofort eingeschlafen. Ein wenig enttäuscht zog Dobler sich wieder an, bemüht, dabei möglichst leise zu sein und nirgendwo anzustoßen. Er blickte auf den dunklen Haarschopf, der unter der rotvioletten Decke im Paisleymuster hervorlugte. Was sollte er nun tun? Zum ersten Mal in diesem Urlaub stieg Langeweile in ihm auf.

Er entschloss sich zu einem Rundgang über den Campingplatz, der auf der Rhôneinsel westlich von Avignon angelegt war. Es war früher Vormittag, die Luft begann sich zu erwärmen und war von einer Vielfalt von Geräuschen erfüllt. Am Vorabend hatte Dobler bei einbrechender Dunkelheit auf dem Campingplatz eingecheckt. So war ihm keine Gelegenheit geblieben, sich umzusehen. In den über dreißig Jahren seit seinem letzten Aufenthalt auf einem Zeltplatz hatte sich sicher so manches geändert. Wahrscheinlich nicht nur die äußeren Anlagen, sondern auch die Camper: ihre Gewohnheiten, aber auch ihre Altersstruktur und womöglich die soziale Herkunft. Dobler war entschlossen, der Sache auf den Grund zu gehen.

Die Hände in den Hosentaschen, lief er los. Kein Zweifel: Im Vergleich zu seiner Studentenzeit sah vieles anders aus. Er vermisste zum Beispiel die sogenannten Steilwandzelte, kastenartige Stoffhäuser aus grünen, blauen oder braunen Zeltplanen, die einst die Campingplätze beherrschten.

An ihrer Stelle standen nun Wohnmobile in großer Zahl. Darunter gab es sehr ausladende und teure, aber auch spartanische Kleinbusse und ausgebaute Lieferwagen. Es sah so aus, als hätten sich die meisten Besitzer auf ein längeres Verweilen auf diesem Campingplatz eingestellt. Markisen waren ausgefahren, vor den Türen standen Campingmöbel-Sitzgruppen. Hier und dort saßen Leute vor ihren Wagen, tranken Kaffee, aßen Baguette und Croissants und lasen in ihren Zeitungen.

Dobler betrachtete die Fahrzeuge mit Interesse. Zahlreiche Reisemobile waren mit Metallstützen unter dem Heck ausgerüstet, die sich an Ort und Stelle herunterschrauben ließen. Das sollte, vermutete er, das Schaukeln des Mobils verhindern. An seinem Fahrzeug gab es eine solche Vorrichtung jedenfalls nicht, was ihn verunsicherte.

Jetzt gelangte er an die Sanitäranlagen. Sie waren gegenüber früher wesentlich gepflegter, das fiel Dobler gleich auf. Er konnte auch keine unangenehmen Gerüche feststellen, die früher über den Campingplatz-Toiletten wie schwere Wolken gehangen hatten. In den öffentlichen Duschen lief richtig heißes Wasser.

Als Dobler seine Schritte durchaus beschwingt wieder zu seinem Wohnmobil lenkte und über die Leute nachdachte, die er bei seinem Rundgang gesehen hatte, machte er eine überraschende Feststellung. Dieser Campingplatz unweit der Touristenhochburg Avignon war ziemlich groß und bereits zu Ostern gut belegt. Damit bot er ein ideales Panorama seiner Benutzer. Soweit Dobler feststellen konnte, gab es dort die unterschiedlichsten Menschentypen. Gemeinsamkeiten hatte er, ganz entgegen seiner Erwartungen, kaum feststellen können. So etwas wie den Durchschnitts-Camper gab es auf diesem Platz ebenso wenig wie den Durchschnitts-Touristen, ganz gleich ob per Wohnwagen oder Wohnmobil unterwegs. Jedenfalls hatten die Leute nichts mit denen gemeinsam, die er von vergleichbaren Plätzen an deutschen Badeseen kannte.

Helga war gerade am Aufwachen, als Dobler vorsichtig ins Innere des Fahrzeugs trat. Er heizte das Wasser an Bord auf, um ihr den Gang zu den Campingplatzduschen zu ersparen.

Helga blinzelte gut gelaunt durch den Vorhang nach draußen. »Ich fühle mich wie neugeboren. Dass die Betten hier so gut sind, hätte ich nicht gedacht!«

Ein wenig amüsiert ob der Enge trat sie in die Duschekabine, während er einen Tisch im Restaurant *Hiely-Lucullus* reservierte, das seit Jahrzehnten zu den besten Adressen der Stadt zählte.

Gut gelaunt warfen sie sich in ihre feinsten Kleider und schlenderten dann vom Campingplatz aus über die Rhônebrücke in die Altstadt von Avignon. Helga war hingerissen.

Sie war zum ersten Mal hier und betrachtete beeindruckt die mit Zinnen bestückte Stadtmauer und den Papst-Palast. Auch der malerische Blick auf die Rhône und die multikulturelle Umtriebigkeit der Stadt munterten sie nach den zähen Tagen im Odenwald sichtlich auf.

Hans Dobler hatte ganz andere Empfindungen. Er konnte nicht wiederfinden, was ihn vor sechsunddreißig Jahren begeistert hatte. Zum ersten Mal war er damals ohne Eltern oder Betreuer losgetrampt und eine Woche durch die Lande gezogen, ehe er hier angekommen war. Diese Zeit war ein Wendepunkt seines jugendlichen Lebens. Avignon umgab eine reizvolle Aura, ein Gemisch aus historisch hochbedeutsamer Vergangenheit und mediterraner Lebensfreude, aus Aufbruch und Laisser-faire. Nur wenig war davon noch zu spüren, obgleich die Stadt erst ein paar Jahre vorher als Kulturhauptstadt Europas Gelegenheit gehabt hatte, an ihre Traditionen anzuknüpfen.

Wahrscheinlich hatte man sich dazu alle erdenkliche Mühe gegeben. Die alten Gemäuer waren vom Ruß befreit, aber auch von ihrer Patina, wie der Papstpalast von den Gesten und Worten der Fremdenführer aus Fleisch und Blut. Zum Rundgang wurde nur noch ein Kopfhörer gereicht.

Auch dem langgezogenen Platz unter Platanen, auf halbem Weg vom festungsartigen Schloss der Päpste zu den Geschäftsstraßen, hatte man seine Einzigartigkeit genommen. Er war zwar immer noch ein schönes, sehenswertes Zentrum einer weiterhin lebhaften Stadt. Doch er war seines besonderen Flairs beraubt und wirkte wie einer von vielen anderen schönen Plätzen der Welt. Verkehrsberuhigt wie die ganze Altstadt, aber touristisch geglättet und kommerzialisiert bis zur letzten Pflasterplatte. Die Tische und Stühle der Cafés und Freiluftkneipen waren längsseits bis fast zur Hälfte des Platzes vorgerückt. Dicht an dicht, alle mit dem gleichen überteuerten Angebot an Eisbechern, Speisen und Cocktails.

Einst konnte man auf Mäuerchen und Bänken einfach dasitzen, ohne etwas verzehren zu müssen. Das große Denkmal am oberen Platzrand vermisste Dobler besonders.

Dort hatte er sich im Jahre 1968 zwischen die anderen Tramps gemischt, den Gitarren gelauscht und sich endlich, nachdem einer der steinernen Löwen frei geworden war, rittlings draufgesetzt. Er hatte dann eine ganze Weile gesessen und ein Buch gelesen. So machten es andere auch. Man las damals viel in der Öffentlichkeit.

Das Denkmal war Geschichte, es hatte einem läppischen Karussell weichen müssen.

Die Einkaufsstraßen sahen aus wie überall. Es gab kaum noch kleine Geschäfte, dafür Filialen internationaler Ketten, *Mac Donald* und *Companie*. Spazierte er überhaupt durch Avignon? Oder war es Montpellier, Nîmes, Florenz oder Heidelberg?

Und die Tage der authentische *Quincaillerie* schienen gezählt. Doblers Mine hellte sich aber auf, als er sah, wie Helga in einer Seitenstraße zielstrebig diesen Laden, eine Mischung aus Eisenwarengeschäft und Drogerie, ansteuerte. Er wusste, sie werde gleich irgendetwas entdecken, was ihm nicht aufgefallen wäre. Helga hatte einen Blick für schöne, originelle Dinge, die meist nicht viel kosteten, aber in ihrem Alltag unaufdringlich an zurückliegende Ereignisse, an Urlaube oder an bestimmte Personen erinnerten. Nach kurzer Zeit zog sie auch schon einen grazilen, silbernen Ausgießer unter Plastikgerätschaften hervor:

»Solch ein Teil suche ich schon lange für unsere Olivenölflasche«.

Sie bezahlte mit leuchtenden Augen das in weiches Papier gewickelte Souvenir, und Dobler nahm sie liebevoll in den Arm.

Als sie später bei *Hiely-Lucullus* saßen, fühlte Hans Dobler sich wieder vollends mit der Welt versöhnt. Hier roch und schmeckte es noch so, wie es nur in Frankreich riechen und schmecken konnte. Aber Dobler verspürte auch ein wenig Endzeitstimmung und Wehmut. Zu aufdringlich wirkten die Restaurants der schnellen Küche.

Er beschloss, sich in den nächsten Jahren mit dem Reisen zu beeilen – und sich nach seiner Heimkehr intensiv mit dem Kauf eines Reisemobils zu beschäftigen. Doch davon erzählte er Helga zunächst noch nichts.

Die nächsten Tage verliefen angenehm und abwechslungsreich. Helga gewöhnte sich langsam an das mobile Wohnen, auch wenn sie gelegentlich den Komfort eines Hotelzimmers vermisste. Doch das Erkunden von Städten wie Orange, St. Rémy und Arles, ohne jedes Mal nach einer geeigneten Unterkunft Ausschau halten zu müssen, versöhnte sie mit diversen Einschränkungen.

Dobler freute sich an dem Urlaub an der Seite seiner Frau. Doch diese Reise auf den Spuren der Vergangenheit weckte auch zwiespältige Gefühle. Fast nichts war mehr so, wie er es in Erinnerung hatte. Es war wie bei einem aus dem Urlaub mitgebrachten Rotwein. In der Erinnerung waren das feine Bukett und der runde Geschmack auf der Zunge noch ganz nah. Wie sehr hatte man in den Tagen der Ferien für diesen Wein geschwärmt! Endlich war der Weg zum Erzeuger gefunden und der Kofferraum vollgeladen. Man hatte die Flaschen im Keller ruhen lassen und sich an einem grauen Oktoberabend voller Erwartung das erste Glas eingeschenkt. Ein paar Tage später stieg man wieder in den Keller und öffnete, nun bereits mit gedämpfter Vorfreude, die nächste Flasche. Aber kein Glas schmeckte annähernd so gut wie in der Erinnerung.

Ganz schlimm war das Wiedersehen mit Les Baux; es war ähnlich dem Klassentreffen, das fünfundzwanzig Jahre nach dem Abitur stattfand. Dobler saß damals als Erster am reservierten Gasthaustisch, er wusste, welche ehemaligen Mitschüler nun nacheinander durch die Tür treten würden, aber er erkannte weder Susanne, für die er jahrelang geschwärmt hatte, noch Helmi, damals sein zweitbester Freund. Erst nach einem Glas Wein war die Vertrautheit wieder ein wenig zurückgekehrt.

In Les Baux bedürfte es einer ganzen Flasche.

Helga hatte diese Probleme nicht. Sie entdeckte alles neu und war von der Provence verzückt. Auch die Übernachtungen klappten problemlos, meist blieben sie auf ruhig gelegenen Parkplätzen in Ortschaften, mulmig wurde es ihnen nur selten. Die beiden Wohnmobil-Neulinge erlebten eine wunderbar planlose, von Spontaneität und Zufall geleitete Woche. Sie speisten jeden Abend im Restaurant, keines war wie das andere, und sie saßen häufig schweigend an Zweiertischen. Mitunter, wenn sie auf den nächsten Gang warteten, spielten sie das beliebte Beruferaten:

»Die Frau am übernächsten Tisch ist Lehrerin.«

»Und die vier Personen in der Ecke sind garantiert Juristen. Wie der den Hauptgang reklamiert hat!«

Das Spiel funktionierte beinahe jeden Abend, es waren genügend Deutsche unterwegs.

Später im Bett erinnerte sich Dobler gelegentlich an 1968, an Gitarrenklänge und an Susanne. Einmal träumte er sogar von der alten Esso-Werbung: *Mettez un tigre dans votre moteur.*

Das Ende des Urlaubs stand bereits bevor, als das Stimmungshoch der beiden Urlauber jäh absackte.

Zunächst fiel die Wasserpumpe aus, Helga stand gerade mit shampoonierten Haaren im »Bad«. Ihr Versuch, die Seife am Becken der Küchenanrichte abzuspülen, war ebenfalls zum Scheitern verurteilt. Doblers Bemerkung, auch im Hotel falle das Wasser immer beim Haarewaschen aus, vergrößerte eher Helgas Ärger, obwohl es ihr schließlich gelang, das Shampoo mit Sprudelwasser ausspülen. Aber sie konnten keinen Kaffee kochen, Dobler musste erst seinen gut bestückten Werkzeugkasten zum Einsatz bringen, mit dem er eine gelöste Steckverbindung an einem elektrischen Kabel diagnostizierte und den Defekt gleich behob.

Die Verstimmung löste sich rasch auf, und Dobler war um die Erfahrung reicher, Wohnmobile seien nicht für Leute mit zwei linken Händen geschaffen. Diese Erkenntnis sah er fast auf jeder seiner späteren Reisen bestätigt, weil meist irgendetwas repariert werden musste.

Nachhaltiger wurde die Urlaubsharmonie am selben Abend getrübt. Doblers Zunge war ein wenig vom Wein gelöst, als er Helga von seinen Recherchen in Gordes erzählte. Das hätte den Eklat noch nicht ausgelöst. Auch dass er bei Erwähnen seiner Mandantin Clara Conrad zu sehr ins Schwärmen geriet, hätte Helga vermutlich noch toleriert. Aber seine Absicht, am folgenden Tag, dem letzten Urlaubstag vor der Heimfahrt, Madame Gillot in Bonnieux zu besuchen, brachte das Fass zum Überlaufen.

»Früher bist du abends um halb acht nach Hause gekommen und hast samstags für uns gekocht. Inzwischen bleibst du bis halb neun im Büro, kommst zum Essen nach Hause und gehst danach gleich wieder nach nebenan an den Schreibtisch, um die Akten für den nächsten Tag durchzusehen. Es ist selbstverständlich, dass ich den Tisch abdecke und die Küche aufräume; sogar deinen Teller lässt du meistens stehen!«

Dobler protestierte schwach, doch es half nichts.

»Nun ist es schon so weit gekommen, dass der Herr Anwalt sogar seinen Urlaub opfert, wenn junge hübsche Mandantinnen es so wollen!«

Es gab für Dobler kein Entrinnen, der vielfach geführte Grundsatzkrieg über die eheliche Rollenverteilung entbrannte neu – mit den alten Argumenten, aber frischer Munition.

»Wenn du wenigstens ein einziges Mal laut und deutlich nein sagen könntest!«

Wieder ging Helga als Siegerin zu Bett, wie immer. Beim Einschlafen überkam sie dann doch noch der Friedenswille: »Hans, liebst du mich noch?«

»Nein«, sagte Dobler. Laut und deutlich.

Sie fuhren nicht nach Bonnieux.

5

Helga hatte das Wohnmobil gründlich gereinigt, bevor Dobler es am Montagmorgen beim Vermieter abliefern durfte. Der gab sich alle Mühe, eine Beschädigung zu entdecken, um die Kaution hätte verrechnen zu können. Zu seinem Leidwesen fand er nichts. Das Vermietungsgeschäft mit dem Kunden war nicht optimal gelaufen, doch die Geschäftsbeziehung konnte sich noch entwickeln. Immerhin packte Dobler einen Stapel von Prospekten und Preislisten ein, nachdem er flüchtig den Gebrauchtwagenbestand inspiziert und sich über die hohen Preise entrüstet hatte.

Der Lebensabschnitt eines Wohnmobilreisenden war dennoch erst einmal abgeschlossen.

Der Wiedereintritt in den Berufsalltag traf Dobler wie ein Keulenschlag – doch nicht ganz unerwartet. Die unbearbeiteten Akten hingen in einer langen Reihe, der papierne Vorwurf für zwei Wochen Auszeit. Kein einziger Brief war von den zu Hause gebliebenen Kollegen beantwortet worden. Wie immer nach einem Urlaub war der größte Querulant schon für den Vormittag einbestellt, zu einer Uhrzeit, zu der Robert Benoit in Gordes wohl gerade unter den Platanen Platz nahm …

Während seiner Arbeitszeit!

Wie gerne hätte Dobler, dessen Gedanken immer wieder zu dem provenzalischen Dorf abschweiften, mit ihm getauscht. Heidelberg war zwar auch nicht gerade reizlos, aber hier war er kein Flaneur, sondern mit Lug und Trug beschäftigt.

Nach dem Querulanten folgte der Besserwisser, unmittelbar danach der Haarspalter, dem es nicht ums Geld, sondern ums Prinzip ging: »Schon seit über sieben Jahren haben wir unsere Rechtsschutzversicherung nicht mehr in Anspruch genommen!«

Nach der kurzen Auszeit war Dobler die partielle Sinnlosigkeit seines Berufs wieder unangenehm bewusst geworden. Zu oft ging es nicht darum, den Mandanten selbst zu helfen. Nein: er sollte den Gegner in die Schranken weisen und sich mit dem Mandanten daran weiden, wie der Feind im Staube und im eigenen Blute lag.

Wie häufig an solchen Tagen lagen Stumpfsinn und tatsächliche Schicksalsschläge eng beieinander. Für den späten Nachmittag hatte eine jüngere Frau einen Termin vereinbart.

Völlig verstört saß sie vor Dobler mit einer Klage in der Hand. Ein internationaler Versicherungskonzern wollte von ihr etwa 50.000 Euro, was sich auch deshalb als Problem erwies, als die Mandantin nur 1.800 Euro pro Monat verdiente. Brutto! Der Fall schien aussichtslos zu sein, die Schriftsatzfrist lief bereits am nächsten Abend ab. Das Strickmuster der Tragödie war klassisch:

Der Vater, ein gestrandeter Versicherungsvertreter, hatte vor ein paar Jahren einen Neuanfang gewagt, was sich mit einem Buckel voller Schulden und zahlreichen in Wartestellung lauernden Gläubigern als Totgeburt erweisen musste. So gründete die eigene Tochter, damals Azubi, als einzige Gesellschafterin, Geschäftsführerin und »Strohfrau« eine GmbH. Das sogenannte Stammkapital dafür kam von Daddy, der das Töchterchen beruhigte: Bei einer Gesellschaft mit beschränkter Haftung kann, wie der Name schon sagt, überhaupt nichts anbrennen.

Das Unternehmen vermittelte Versicherungen und florierte – mit dem kleinen Schönheitsfehler, dass der Papa, der für die Gesellschaft fleißig Provisionen einheimste und das »verdiente« Geld wieder ausgab, nicht nur real existierende Menschen unter Vertrag nahm, sondern auch die eine oder andere Leiche. Zudem fehlten den meisten frisch versicherten Lebenden die liquiden Mittel für die Prämien. Auf einen versicherungstechnischen Nenner gebracht, die Verträge wurden, wie der Fachmann es nannte, »notleidend«, und das stolze, inzwischen zwei Jahre alte Unternehmen musste den größten Teil der Vermittlungsprovisionen zurückbezahlen.

Richtiger: hätte bezahlen müsse. Kassen und Konten waren vom treusorgenden Vater aber längst geplündert. Anstatt sich dem Staatsanwalt anzuvertrauen und den Vater dorthin zu bringen, wo er hingehörte, zogen die Juristen des Lebensversicherungskonzerns ein Papier aus der Akte. Dort befand sich unter der Überschrift »Mithaftungserklärung« und zahlreichen wohlformulierten Sätzen des Inhalts, der Unterzeichner hafte mit der GmbH für alle Provisionsrückforderungen »gesamtschuldnerisch«, die Unterschrift der Tochter, mit Datum, Vor- und Nachnamen.

Auf eben diese Urkunde war die Klage gestützt. Rund 50.000 Euro waren ausbezahlt, aber nicht verdient und sollten zurück auf das Bankkonto der Versicherung.

»Ich bin ruiniert«, sagte die etwa 25-Jährige und blickte ihm verzweifelt in die Augen. »Es sieht so aus«, antwortete Dobler, den Blick senkend, und murmelte dann etwas von Verbraucherinsolvenz, Entschuldungsverfahren und von sieben Jahren, die so etwas dauert.

»Aber ich habe das nicht unterschrieben, meine Unterschrift ist eine Fälschung!«, entgegnete sie heftig.

Das hatte Dobler im Laufe seines Berufslebens schon oft gehört. In allen Fällen allerdings hatten sich die Unterschriften nach Gutachten von Schriftsachverständigen als echt erwiesen. Dobler sah auch hier schwarz. Dunkelschwarz.

»Sie wissen, dass sie sich wegen versuchten Prozessbetruges strafbar machen, wenn sich ihre Behauptung der Fälschung als unwahr herausstellt.«

»Ich habe das wirklich nicht unterzeichnet, und ich habe das Papier vorher nie gesehen.« Die Mandantin war hartnäckig: »Ich riskiere es.«

Dobler ließ sich zu seiner eigenen Absicherung von der unschuldig wirkenden, ausgesprochen sympathischen Dame eine Erklärung unterschreiben, dass er sie auf die strafrechtlichen Folgen hingewiesen habe; danach eine Vollmacht und einen Antrag auf Prozesskostenhilfe, mit dem er erreichen wollte, dass der Staat seine Anwaltsgebühren übernahm. Er verglich die Unterschriften mit der auf der Haftungserklärung. Es war eindeutig die gleiche, aber die Mandantin blieb auch nach erneuter Nachfrage bei ihrer Version. Der gerichtliche Schriftsatz war schnell diktiert. Dobler bestritt die Höhe der eingeklagten Forderung, die stornierten Verträge und die Höhe der bezahlten Provisionen.

Vor allem aber bestritt er die Echtheit der Unterschrift.

Den Aufschrei der Empörung bei der Lektüre des Schriftsatzes, etwas verhalten aus dem Justizgebäude, aber umso lauter aus der Rechtsabteilung der Versicherung, konnte er sich lebhaft ausmalen. In etwa vier Wochen, beim Verhandlungstermin vor Gericht, würde er ein dickes Fell brauchen.

Die Borniertheit der Mandantin drückte seine Stimmung in gleichem Maße wie die Tatsache, dass der Prozessvertreter der Versicherung ein Herr Dr. Schwarz war.

Clara Conrad rief er erst an seinem dritten Arbeitstag an, die Akten stapelten sich noch immer. Sie war sofort am Apparat, aber als Dobler sich meldete, schien es einen Moment, als müsste sie sich auf seinen Namen besinnen.

Doch dann berichtete sie, es habe sich nichts Entscheidendes ereignet. Dr. Schwarz habe mit ihr das weitere Vorgehen bei einer Einladung zum Essen besprochen; danach sei er – sie habe zuvor eingewilligt – mit dem Anwalt von Brigitte Conrad übereingekommen, Clara werde vorläufig keine Abfindungserklärung abgeben, aber auch keine weitere Zahlung erhalten.

Dobler hörte das nicht gerne. Am wenigsten gefiel ihm die Vorstellung, Schwarz habe womöglich in einer verschwiegenen Nische des Edelitalieners der Stadt groß auffahren lassen, und empfand allen Grund, zu kontern:

»Ich habe das Haus gefunden, in dem Sie einst die Ferien verbracht haben!«.

»Gut! Und wem gehört es?«

»Das ist eine längere Geschichte, Frau Conrad, wir sollten darüber sprechen. Ihrem Vater gehörte es jedenfalls nicht.«

»Ach –«, es folgte eine kurze Pause. »Nun gut: Wie wäre es am nächsten Mittwoch? Meine Einladung zum provenzalischen Abend gilt noch immer.«

Sie vereinbarten, kurz vorher noch einmal miteinander zu telefonieren zwecks endgültiger Bestätigung und wegen der Uhrzeit.

Hans Dobler freute sich auf diesen Abend. Nicht, weil er ein Abenteuer erhofft oder gar erwartet hätte. Der Altersunterschied war viel zu groß, außerdem liebte er Helga. Auch der Streit am Ende des Urlaubs hatte seinem Zugehörigkeitsgefühl und der Hoffnung, mit ihr alt zu werden, nichts genommen. Er erlaubte sich während der folgenden Tage dennoch ein leichtes, heimliches Prickeln und entschied sich zuletzt, mit einem stattlichen Blumenstrauß zu erscheinen. Die Floristin, deren Ladengeschäft seit über zehn Jahren aus einem großen Tisch bestand, der im Hausgang des Zimmertheaters an der Hauptstraße aufgestellt war, wollte ihm Gladiolen binden. Dobler hielt das Ende April für unpassend. Er wählte ordinären Flieder, immerhin in Lila, den er um eine Flasche weißen Châteauneuf-du-Pape aus seinem gut sortierten Weinkeller ergänzte.

Clara Conrad musste nicht lange nach einer passenden Vase suchen. Der Anblick des Flieders auf dem bäuerlichen Küchentisch erinnerte Dobler an ein Gemälde van Goghs, an Arles und an Johannes Conrads Mitgliedschaft im Kunstverein. Man sah der Wohnung an, dass Clara in einem Umfeld aufgewachsen war, in dem man sich mit sicherem Geschmack einzurichten vermochte. Dobler nahm am Tisch in der Küche Platz, während die Gastgeberin mit lässiger Selbstverständlichkeit weiter am Herd hantierte.

Sie hatte ihn zu sich nach Hause eingeladen, was ihm ganz natürlich vorkam; jedenfalls hielt er das weder für eine Folge von Sparsamkeit noch gar für ein Zeichen von Distanzlosigkeit. Es sah auch nicht so aus, als hätte sie auf der Suche nach Rezepten mit hausmütterlicher Pedanterie die letzten Jahrgänge von *Essen und Trinken* durchforstet. Der Tisch in der Essecke des Wohnzimmers war noch nicht gedeckt, genauso wenig wie die Servietten gefaltet waren. Es schien fast, als koche sie für sich und plaudere dabei mit einem alten Freund.

Nur Claras Äußeres fiel aus dem Rahmen: Sie trug einen

schmalen, nicht zu kurzen Rock, Schuhe mit halbhohen Absätzen, ein sich eng anschmiegendes, leicht glänzendes schwarzes Oberteil, darüber ein edel und salopp wirkendes Jackett. Ihr blondes Haar wippte locker bei jeder Bewegung, den Föhn hatte sie ersichtlich erst vor kurzem aus der Hand gelegt. Fasziniert beobachtete er ihre selbstbewussten Bewegungen, und es war ihm, als habe er im Knoblauchdunst der Küche auch das Parfum wieder entdeckt, das ihm seit der ersten Begegnung in der Kanzlei so angenehm in Erinnerung war. Er hatte es zwischenzeitlich ein- oder zweimal im Vorbeigehen an anderen Frauen gerochen und dabei körperliche Nähe zu Clara empfunden.

Als er sich bemühte, weltmännisch den Wein zu entkorken, wünschte er sich, wenn auch nur für einen kurzen Moment, neben Helga vor dem eigenen Fernsehgerät zu sitzen, ohne trockenen Mund und ohne Herzklopfen.

Er nahm sich vor, nur mäßig zu trinken und spätestens um halb zwölf im eigenen Bett zu liegen.

Clara Conrad hatte die Einladung ursprünglich nicht ernst gemeint. Dobler war ihr in der langen Beratung am Abend kurz vor seinem Urlaub die erhoffte zündende juristische Idee zur Lösung ihres Erbstreits schuldig geblieben, aber damit hatte sie im Grunde auch gar nicht gerechnet. Nun war sie fest entschlossen, mit der Hilfe von Dr. Schwarz die Auseinandersetzung mit der zweiten Frau ihres Vaters alsbald zu beenden. Es war ihr fast lästig, dass Dobler sie erneut angerufen hatte, um dieses ominöse Haus, an dessen Existenz sie selbst kaum glaubte, zu suchen; sogar Teile seines Urlaubs wollte er dafür opfern. Damals war ihr spontan keine bessere Idee gekommen, als mit einem provenzalischen Essen zu kokettieren. So wie sich zwei Menschen vage zum Kaffee oder Essen verabreden, beide in der Hoffnung, es möge nie dazu kommen. Nun saß Dobler bei ihr – und das war ihr, wie sie zu ihrem Erstaunen bemerkte, keineswegs unangenehm.

Clara war eine Frau, die ihre Wirkung auf Männer kannte und sie bei Bedarf auch einzusetzen wusste. Wie bei Doblers Termin in dessen Kanzlei. Es hatte sie irritiert, dass er nicht sofort nach seiner Rückkehr aus der Provence bei ihr angerufen, sich seiner Aktivitäten gebrüstet und versucht hatte, sie anzubaggern. Ganz im Gegensatz zu Dr. Schwarz, der nach Carpaccio und Seezunge unverhohlen, aber vergeblich noch einen Cappuccino in ihrer Wohnung eingefordert hatte.

Es war immer das Entfernte, was auf Clara interessant und anziehend wirkte; in ihrem Bewusstsein stieg die Attraktivität eines Mannes mit dem Maß seiner Unerreichbarkeit. Erst recht, wenn jener dabei noch gut aussah, selbstsicher war und ein respektables Ansehen genoss. Hans Dobler erfüllte alle diese Voraussetzungen, obwohl er gut und gerne zwanzig Jahre älter war als sie.

Wie er nun an ihrem Küchentisch saß, mit geschmackvollem Hemd über legeren Jeans, konnte sie kaum den Blick von seinem klugen gebräunten Gesicht und seinen warmen Augen wenden. Sie schob die Töpfe auf dem Herd hin und her, gab die Zutaten hinein, rührte, prüfte den Geschmack und blickte derweil immer wieder zu Dobler hin.

Vorsätze zum Ablauf des Abends fasste sie vorsichtshalber nicht.

»Ich hoffe, Sie haben morgen früh keinen Gerichtstermin.«

Er schaute fragend.

»Wegen des Knoblauchs. Die Suppe ist keine echte Bouillabaisse, dafür fehlen einige typische Fische, die man hier nicht bekommt. Aber das geröstete, mit Knofi bestrichene Weißbrot dürfte authentisch sein.«

»Gut, dass wir beide davon essen.« Diese Bemerkung war ihm nicht zu anzüglich.

Clara servierte eine Suppe, wie er sie in Marseille vor mehr als einem halben Leben gegessen hatte. Sie legte die Brotscheiben in die noch leeren Teller, häufte darauf die sogenannte Rouille, ein scharfes Gemisch aus Mayonnaise und Knoblauch, und goss dann Brühe nach. Erst nachdem sie die Teller leergelöffelt hatten, trug die Gastgeberin die Fischplatte auf. Gekonnt zerlegte sie das Meeresgetier und gab festfleischige Stücke neben nachgelegte Brotstücke in das Geschirr. Danach wurde sparsam mit Suppe übergossen.

Es schmeckte köstlich. Die Zubereitung wirkte einfach. In Wirklichkeit war die Bouillabaisse aber ein Kunstwerk, das nur besten Köchen gelingt, weil die Fische auf den Punkt gegart sein müssen, um den Biss nicht zu verlieren. Clara hatte offensichtlich Übung.

»Haben Sie das in Marseille gelernt?«, wollte Dobler wissen.

»Ehrlich gesagt, ich war noch nie in Marseille. Das Rezept stammt von meinem Vater, der damit die Verwandtschaft und seinen ganzen Freundeskreis bekocht hat.«

Vermutlich hatte Johannes Conrad doch länger in der Provence gelebt, dachte Dobler. Er sagte aber:

»Das passt gar nicht zu meinen Recherchen, denn oft dürfte ihr Vater nicht in Gordes verweilt haben.«

Nun berichtete er von seinen Erkundigungen und legte die Fotos neben die leeren Teller. Clara erkannte nichts wieder, weder das Haus noch Robert Benoit.

»Besitzen Sie kein Fotoalbum Ihres Vaters?«

Clara dachte nach: »Auf dem Dachboden steht noch ein Karton mit Erinnerungsstücken. Er staubt schon seit Jahrzehnten vor sich hin. Mein Vater hat ihn vergessen, als er seine Familie sitzen ließ. Meine Mutter konnte die Sachen eines Tages nicht mehr sehen und wollte sie wegwerfen. Da habe ich die Schachtel unbesehen mitgenommen, um sie bei mir aufzubewahren. Sozusagen im Zwischenlager, bis ich die endgültige Entsorgung über mich bringe. Den Inhalt kenne ich nicht.«

»Schauen wir doch mal nach.«

Sie stiegen die steile Treppe hinauf und Clara öffnete die Deckenklappe. Weil sie keine Taschenlampe besaß, nahmen sie eine Kerze zu Hilfe und begaben sich auf die Suche. Sie mussten erst viel alten Plunder zur Seite rücken. Aber das war keineswegs unangenehm: Jeder der beiden empfand eine heimliche Freude dabei, gemeinsam mit dem anderen bei Kerzenschein auf dem dunklen Speicher herumzukramen. Wenn sie sich über einen Karton beugten, um dessen Inhalt zu kontrollieren, roch Dobler wieder das Parfüm aus ihrem Haar, mit einer kleinen Wolke Küchendunst.

Clara hatte die abgestellten Gegenstände schon lange nicht mehr inspiziert, zu sehr empfand sie in dem finsteren Abstellraum Beklommenheit und fürchtete, hinter einer Pappschachtel könnte eine tote Taube, eine Ratte oder zumindest ein Haufen undefinierbaren Unrates liegen. Seit der Trennung von ihrem Mann vor etwa drei Jahren, als sie in die jetzige Wohnung gezogen war, hatte sie den Dachboden nicht mehr betreten. Aber seitdem hatte sie sich in der Anwesenheit eines Mannes nicht mehr so sicher und behütet gefühlt wie heute Abend.

Sie hätte in diesem Augenblick mit Hans Dobler die Welt umsegelt.

Endlich fanden sie den Karton, trugen ihn in die Wohnung und klopften sich mehr als nötig gegenseitig den Staub von Rücken und Ärmeln. Danach zog Clara ihre Jacke aus und zupfte ihrem Besucher behutsam ein paar Flusen aus dem Haar. Sie setzten sich nebeneinander aufs Sofa, um den Fund gemeinsam zu sortieren. Stück für Stück nahmen sie in die Hand, begutachteten es ausgiebig und legten es dann zur Seite.

Mit vielem konnten sie nichts anfangen: Zuckerwürfel in Papieren verschiedener Restaurants, leere Streichholzschachteln, eine alte Michelin-Karte des südfranzösischen Departements Vaucluse, unbeschriebene Ansichtskarten, den Zündschlüssel eines Citroën, Steine, Muscheln, Aschenbecher mit Pernod-Reklame, leere Filmdosen und unzählige andere Dinge. Vergeblich hoffte Dobler, sie würden ein Tagebuch hervorziehen oder ein Notizbuch, ein Adressverzeichnis oder Vertragsurkunden. Zuletzt stießen sie auf ein verschnürtes dünnes Bündel alter Fotos und stellten die Schachtel zur Seite.

»Sie sollten die Sachen aufbewahren, vielleicht brauchen wir sie noch einmal.«

Clara legte die Bilder nebeneinander auf den Boden und kniete sich davor; Dobler folgte ihrem Beispiel einigermaßen befangen.

Der Parfumduft umschwebte ihn wieder und er hatte Mühe, sich auf die Fotos zu konzentrieren.

»Da ist es«, brach er dann das Schweigen, »kein Zweifel,

es ist das Haus in Gordes.«

Dobler hielt sein frisch entwickeltes Foto darüber; Farbe neben Schwarzweiß. Das war fast der einzige Unterschied. Clara, mit deutlich geröteten Wangen, betrachtete sich das Foto genau.

Es gab Personenaufnahmen von jungen, lachenden Menschen. Viele saßen mit Stiften und Zeichenblöcken an Tischen im Schatten, einige vor Staffeleien. Ein älterer Herr wirkte wie ein Lehrer. Dahinter Weinflaschen, abgegessene Teller und Berge leerer Muschelschalen. Aber man konnte keine Gebäude erkennen. Weder das Schloss von Gordes noch die spitz zulaufende Silhouette von Bonnieux, nichts, um die Bilder örtlich zuzuordnen. Postkartenmotive hatten den Fotografen augenscheinlich nicht interessiert.

»Das ist mein Vater.«

Auf mehreren Fotos war ein strahlender Jüngling von Anfang zwanzig zu sehen, der, wie zu allen Zeiten üblich, überwiegend Fotos gesammelt hatte, auf denen er selbst abgelichtet war.

Clara wies auf einen jungen, bärtigen Mann, der glattes, beinahe schulterlanges und in der Mitte gescheiteltes Haar trug. »Könnte das nicht Robert Benoit sein?«

Dobler hob das Foto näher an seine Augen. Die Ähnlichkeit mit Robert erschloss sich ihm erst, wenn er das Bildnis lange mit dem Foto verglich, das er selbst von Benoit aufgenommen hatte. Er hatte es Clara beim Essen gezeigt. Die engstehenden Augen unter dichten Brauen schienen in der Tat frappierend ähnlich. Und auch der alte Robert hatte glattes Haar.

Dobler nahm das Foto mit einer Lupe vor Augen, um die er Clara gebeten hatte, direkt unter die Stehlampe ins Visier. »Nein, er ist es nicht. Schauen Sie sich die Nase an. Auf dem alten Bild ist sie deutlich nach links gerichtet, während sie bei Robert eher einen Drall nach rechts aufweist.«

»Sie haben recht, schade! Bedauerlich, dass es nur ein Foto von ihm gibt. Oder sehen Sie noch ein weiteres?«

»Nein.«

Enttäuscht gaben sie auf. Sie setzten sich wieder nebeneinander auf das Sofa. Hans erzählte von dem gemieteten

Wohnmobil und was er alles damit erlebt hatte. Clara lauschte gespannt seinem Bericht, in dem Helga mit keiner Silbe Erwähnung fand.

»Wir sollten gemeinsam nach Gordes fahren und Herrn Benoit mit den Fotos konfrontieren. Vielleicht weiß er doch mehr über das Haus.«

»Das ist eine wirklich tolle Idee«, lobte Hans, »wir sollten bald fahren.«

Er bot ihr das Du an, sie hoben die Weingläser und blickten sich lange tief in die Augen, bevor sie tranken. Zu einer Berührung kam es nicht. Danach machten sie noch diverse Stichproben von Conrads Weinkeller, den Clara auf Doblers Rat bei Brigitte abgeholt hatte. Viel Trinkbares war nicht dabei, doch das störte sie nicht.

Es wurde halb eins, bis Dobler Claras Haustüre hinter sich zuzog. Er hatte seine Vorsätze bezüglich der Uhrzeit gebrochen. Und mit zu viel Alkohol im Blut steuerte er seinen Wagen durch die verlassenen Straßen. Er hätte eine Stunde früher gehen sollen.

Er fühlte sich geschmeichelt. Es war ein wunderbarer Abend.

6

»Mein lieber Kollege Dobler, Sie sollten das nochmals mit Ihrer Mandantin besprechen. Wenn erst das Sachverständigengutachten auf dem Tisch liegt, werde ich meiner Auftraggeberin diesen Vergleich nicht mehr empfehlen können. So günstig, mit der Hälfte des geforderten Betrages, wird Ihre Mandantin dann nicht mehr wegkommen.«

Der Rechtsanwalt Dr. Karl-Heinz Schwarz gab sich selbstbewusst und war sich seines bevorstehenden Prozessgewinns sicher. So wie ein Anwalt erfolgsverwöhnt wird, wenn dessen Sozietät seit über vierzig Jahren mehrere

Versicherungskonzerne vertritt. Zuversicht und Überlegenheit müssen dem Mandanten, dem Gegenanwalt und dem Gericht, nicht vorgespielt werden. Sie sind verinnerlicht, wenn man überwiegend auf der richtigen Seite steht. Auf der Seite der Sieger, auf der Seite des Geldes, auf der Seite der Mächtigen. Im Lager derer, die nicht fragen, ob sie ein junges Leben zerstören, zumindest die Illusion einer Zukunft, wenn sie die Mithaftungserklärung einer 20-Jährigen vor dem Landgericht durchsetzen lassen. Zugleich auf der Seite derer, die niemals hinterfragen, wie es zu einer solchen juristischen Dummheit einer Heranwachsenden kommen konnte.

»Wenn das Gutachten erst mal die Unterschrift Ihrer Mandantin bestätigt hat, werde ich voraussichtlich nicht mehr umhin können, die Akten ›ein Haus weiter‹ geben zu lassen. Wegen Prozessbetrugs!«

Das sollte witzig klingen und den Richter beeindrucken, der wusste, dass im Nachbarhaus des Gerichts die Staatsanwaltschaft untergebracht war. Doblers Mandantin verstand die Anspielung nicht, und Dobler gab sich verständlicherweise auch keine Mühe zur Aufklärung.

»Wenn mir meine Mandantin gesagt hat, sie habe die Urkunde nicht unterschrieben, glaube ich ihr das. Wenn sie bei der Version bleibt, nachdem ich sie auf die mögliche Strafbarkeit unwahren Prozessvortrages hingewiesen habe, ist es meine Pflicht, ihr den Beweis der Richtigkeit dieser Behauptung zu ermöglichen. Jedenfalls, wenn die Chance zur Beweisführung besteht.«

Dr. Schwarz lächelte milde zum Richtertisch. Der Kollege tat ihm fast ein wenig leid. Dobler war in Schwarz' Augen ein Idealist, der seine Interessen hinter die seiner Klienten stellte – schon fast ein Querulant, der noch glaubte, was ihm Mandanten erzählten.

Der Richter lächelte aber nicht zurück, noch zwinkerte er. Er gab sich so neutral wie er es tatsächlich war, und Dobler glaubte zu bemerken, dass der Richter im Grunde seines Herzens Doblers Engagement zu schätzen wusste. Nun wandte sich der Richter mit folgendem Hinweis an Schwarz:

»Die Klägerin trägt die Beweislast dafür, dass die Beklagte die Schuldbeitrittserklärung unterschrieben hat. Ihre Mandantin, Herr Dr. Schwarz, muss die Echtheit der Unterschrift nachweisen.«

»Das werden *wir* tun.«

Dr. Schwarz hatte sich mit seinem Versicherungskonzern identifiziert. Er besaß die Fähigkeit des Anwalts, nahezu stündlich die Lager zu wechseln. Um 10 Uhr weisen *wir*, Anwalt und Arbeitgeber X, nach, dass der Arbeitnehmer Y blau gemacht hat. Und um 11 Uhr besiegen *wir*, Arbeitnehmer Z und sein Anwalt, einen anderen Arbeitgeber.

»Das warten wir ab.« Dobler empfand in diesem Moment eine große innere Freude bei der Vorstellung, wie Clara Herrn Schwarz hatte abblitzen lassen. Das hatte sie ihm gegenüber im Verlauf des Abends neulich durchblicken lassen.

Am Ende des Sitzungstages, die Anwälte saßen längst wieder in ihren Kanzleien, beschloss der Richter, ein Gutachten einzuholen. Und er gewährte Doblers Mandantin Prozesskostenhilfe. Dobler wurde also vom Staat bezahlt.

Er übersandte dem Sachverständigen zehn Proben der Unterschrift der Beklagten, vom Personalausweis, dem Mietvertrag und solche, die gerade erst in seiner Gegenwart zu Papier gebracht worden waren. Er hielt es sogar für möglich, dass der Gutachter die Fälschung entlarven werde.

7

Ein dicker Wohnmobilprospekt lag seit der Rückgabe des Mietmobils auf Doblers Schreibtisch zuhause. Kaum dünner war die Preisliste, in der Helga eines Nachmittags blätterte. Unverzichtbare Ausstattungsteile kosteten satte Aufpreise. Geradezu empört war Helga über die Polstermuster. Nur ein einziges Design war zuschlagfrei und so indiskutabel hässlich, dass sich vermutlich nur eine unbedeutende Minderheit von Käufern dafür entscheiden würde. Statt emotionaler Ansprache erzeugten die bunten Bilder ärgerliche Distanz, und Helga legte die Prospekte sehr bald wieder zur Seite. Mit ihrem Mann sprach sie darüber nicht. Der tat so, als handelte es sich um lästige Reklame, die zu entsorgen er sich noch nicht habe aufraffen können.

Aber das Mai-Heft von Deutschlands größter Wohnmobil-Zeitung war Dobler keineswegs als Postwurfsendung in den Briefkasten geflattert, ebenso wenig wie die Ausgabe einer zweiten Wohnmobil-Fachzeitschrift. Dobler beschäftigte sich also zweifellos mit der Anschaffung eines Reisemobils und hatte schon die Phase erreicht, in der Gedanken und Träume konkrete Formen annahmen. Mit Helga sprach er darüber nicht. Das beruhte nicht auf einer gestörten Beziehung, die Ursache war vielmehr Helgas offenkundiges Desinteresse, und Dobler konnte sich nicht zu seinem Wunsch bekennen. Im Grunde war er nämlich sparsam und gönnte sich keinen Luxus. Obgleich er es sich hätte leisten können, kam der Kauf eines Neuwagens für ihn nicht in Frage.

Warum nahm Helga die Hefte und Prospekte nicht einfach mal in die Hand, die er ja nicht wie Pornos versteckte, sondern auffällig herumliegen ließ? Mit der so offensichtlichen Aufforderung, ihn darauf anzusprechen! Sie könnte ihn doch bitten, mit ihr Grundrisse, Ausstattungsdetails, Basisfahrzeuge und Motorstärken zu erörtern, und am Ende vielleicht noch ein paar Euro beisteuern. Etwa mit den Worten: »Ich weiß, dass du, mein Liebster, mir nicht alle Wünsche erfüllen kannst, aber ich denke, wir sind jetzt in dem Alter, in dem man Europa gründlich kennen lernen sollte. Wir brauchen ein Wohnmobil. Lass uns am Samstag mal einige Händler besuchen. Ich denke, ich könnte 10.000 Euro dazugeben.«

Nichts dergleichen. Ihr Interesse an dem Thema war etwa so groß wie an Fußball und der Bundesliga-Tabelle.

Endlich fasste er sich ein Herz und bat sie, mit ihm ein paar Modelle anzuschauen. Und so gingen sie dann am nächsten freien Samstagnachmittag zum Wohnmobilhändler, Dobler voller Spannung und Vorfreude, Helga, wie es aussah, aus Höflichkeit. Als sie von einem Wohnmobil zum nächsten gingen, schaute Dobler bald schon neidisch auf all die anderen Männer, deren Frauen bei der Besichtigung mit Begeisterung Schränke und Klappen öffneten, dem Verkäufer kritische Fragen stellten und ihre Ehepartner vorantrieben. Zum gemeinsamen Ziel eines eigenen oder neuen Wohnmobils.

Dabei war Helga nicht gänzlich unwillig, sie lobte hier oder da ein Detail oder äußerte sich kritisch zu diesem und jenem. Aber ihr fehlte, wie Dobler enttäuscht konstatierte, der Wille zum Unumkehrbaren, die Entschlossenheit, sich durch nichts mehr davon abhalten zu lassen, in spätestens zwei Monaten im eigenen Wohnmobil die Füße hochzulegen.

Dobler bemühte sich, ihr Interesse zu wecken. Das war mühsam, nicht einmal zum Grundriss oder zur Betteneinteilung hatte sie eine Meinung. Dobler selbst redete sich zunehmend in Begeisterung und versuchte ihr den Unterschied zwischen einem »Alkoven-Fahrzeug« und einem »Integrierten«.zu erklären. »Alkoven heißt die Schlafkammer über dem Führerhaus.«

»Alkoven – das Wort kenne ich nur von Gebäuden«, ließ Helga sich jetzt vernehmen. Architektur war ihr Hobby: »Alkoven ist dort jedenfalls eine Art Bettnische, die gab's früher in ganz Europa. Oft war der Alkoven durch eine

Balustrade vom Zimmer abgetrennt, später dann durch Türen.«

»Alkoven-Fahrzeuge hat man in den 80er Jahren auch ›Nasenbär‹ genannt«, fügte Dobler hinzu, erfreut, ihre Aufmerksamkeit geweckt zu haben. »So eins hatten wir an Ostern gemietet.«

»Und was sind ›integrierte‹ Modelle?«

Die Frage, wohl nur aus Höflichkeit gestellt, war Wasser auf die Mühlen von Dobler. Aus seiner Sicht war die Kaufentscheidung ein bedeutendes Stück näher gerückt:

»Das Führerhaus ist bei den ›Integrierten‹ in den Wohnbereich integriert, daher wohl der Begriff. Oder daher, dass ein Bett in die Führerkabine integriert ist. Die Matratze wird nämlich nachts heruntergeschwenkt und man schläft direkt oberhalb des Lenkrads, statt oben im Alkoven.«

»Aha.« Helga überkam eine unwiderstehliche Lust auf eine Flugreise.

In Dobler dagegen erwachte der Jurist: »Für letztere Begriffsdeutung spricht übrigens, dass es auch einen ›Teilintegrierten‹ gibt. Der sieht aus wie ein Alkoven-Modell, das unter einer zu niedrigen Brücke gestaucht wurde. Vom ›Integrierten‹ unterscheidet er sich dadurch, dass der Schlafbereich nicht in den Chauffeurbereich, der aber in den Wohnbereich integriert ist. Demnach ist also der ›Integrierte« nur deshalb ein ›Vollintegrierter‹, weil das Bett integriert ist.«

Helga gähnte. Sie wollte die Debatten über Wohnmobile endlich abschließen und wusste die Signale zu deuten, die ihr Mann aussandte. »Wir sollten einen ›Integrierten‹ nehmen, einen ›Vollintegrierten‹ – und keine halben Sachen. Und dann sollten wir in unseren Nachmittag unbedingt noch ein wenig Zeit für einen Spaziergang am Neckar integrieren.«

Dobler atmete tief durch. Die erste Entscheidung war gefallen.

Allerdings erinnerte er sich des Hinweises in der »Großen Wohnmobilübersicht« in einem der beiden Mai-Hefte, im »Vollintegrierten« würden hauptsächlich kinderlose Paare reiferen Alters verreisen. Vom Rentnerdasein fühlte sich

Dobler noch fast ein halbes Leben entfernt. Trotzdem ließen sie sich vom Händler, der Dobler als ehemaligen Mieter sofort wiedererkannte, nur die ausgestellten richtigen »Integrierten« zeigen. Aber es war ausschließlich Dobler, der die Schränkchen öffnete.

Helga tendierte zu dem Modell mit zwei Einzelbetten im Heck, dazwischen ein putziger Nachttisch, über den Kopfteilen jeweils ein Lämpchen. Das Fahrzeug war gebraucht, es stand aber da wie neu. »Aus erster Hand«, pries der Händler. »Die Vorbesitzer mussten es aus persönlichen Gründen abgeben.«

»Wenn wir einen Sommer lang darin schlafen, werden wir die gleichen Gründe haben.« Dobler wies das Angebot entrüstet zurück. Der Verkäufer war zwar deutlich jünger als er. Doch dass er ihm eine solche Schlafstatt zutraute, kränkte ihn noch mehr als Helgas Interesse am ehelichen Einzelbett.

Der Hof des Campinghändlers war nicht der passende Ort für eine Beziehungsdiskussion, außerdem erwachte in dem Geschäftsmann nun das Gespür, das ihn kurz im Stich gelassen hatte. Er führte das Paar zu einem seiner Vorführwagen:

»Diesen Typ hatten Sie an Ostern gemietet. Der Ausstellungswagen ist allerdings deutlich besser ausgestattet.« Geräuschlos ließ er die elektrische Trittstufe eines Alkoven-Modells ausfahren, das alles andere war als ein Schnäppchen. Der Verkäufer lenkte die Aufmerksamkeit aber geschickt auf einen anderen Umstand:

»Eigentlich kann ich es noch nicht verkaufen. Jetzt, in der besten Zeit, stünde ich eine Zeitlang mit leeren Händen da, wenn meine Kunden das Modell sehen möchten. Die Lieferzeiten sind lange. Hochwertige, wenig gebrauchte Fahrzeuge oder Vorführwagen kauft man am besten im Winter.«

Die Aussage war psychologisch geschickt und traf Dobler bis ins Mark. Er, der sich nach zähem Ringen – trotz spartanischer Sparsamkeit und als Lohn härtester Arbeit! – ein Wohnmobil gönnen wollte, wurde am Ende zurückgewiesen. Wie einst, als er im Burgund tagelang um ein

Weingut geschlichen war, bevor er sich traute, dort anzuklopfen, um ein paar sündhaft teure Flaschen zu erstehen – und ihm keine einzige verkauft wurde. Am Ende würde er den Ladenhüter nehmen und ein kleines Vermögen ausgeben müssen für einen Nachttisch zwischen sich und Helga.

Nicht auszudenken wäre das Gespött seiner Doppelkopfbrüder.

Der Händler nannte für das Alkoven-Modell einen Preis, den Dobler und Helga für den Neupreis hielten und der noch deutlich über dem Listenpreis des Serienmodells lag. Vor einer Generation bekam man dafür noch ein Einfamilienhaus – mit Grundstück in Vorortlage, das nach Jahren mit mehr als dem doppelten Wert den Erben blieb. Das Wohnmobil indes würde spätestens nach vier Jahren die Hälfte seines Wertes eingebüßt haben. So viel wie vier Mittelmeerkreuzfahrten für Dobler und Helga zusammen. Da Dobler aber keine Lust auf vier Kreuzfahrten hatte – Helga allenfalls auf zwei – und er sich mehrere Reisen pro Jahr vorgenommen hatte, die Wochenendtouren noch nicht mitgezählt, reagierte er, wie es ihm die *ADAC-Motorwelt* einmal im Jahr erklärte:

»Für 3.000 Euro weniger würden wir darüber nachdenken.«

»Ich bedaure sehr, Herr Dr. Dobler, aber mein Angebot ist schon ein Superpreis, zwölf Prozent unter dem Listenpreis und demnach ein Festpreis.«

Nicht mal die Miete von Ostern durfte angerechnet werden.

»Ich melde mich in den nächsten Tagen.«

Dobler wollte sich verabschieden, als der clevere Kaufmann die letzte Karte zog:

»Ich kann Ihnen den Wagen nur noch in den nächsten sieben Tagen verkaufen, sonst bekomme ich vom Werk vor dessen Sommerferien keinen Ersatz mehr.«

Der Handelsmann hatte gelernt, einen entschlossenen Käufer von einem Zauderer zu unterscheiden. Helga machte beim Gehen ihrem Mann den Vorschlag, die Entscheidung zu verschieben und sich noch für den Spätsommer bei der Kykladen-Kreuzfahrt anzumelden, wo es noch Plätze gäbe. Das hinderte den Verkäufer aber nicht, am folgenden Montag im Werk eine Reservierung aus dem Sonderkontingent vorzunehmen; lieferbar in spätestens drei Wochen.

Während der nächsten Tage sprach Dobler mit seiner Bank. Die Verluste bei der Auflösung mittelfristiger Geldanlagen würden sich in Grenzen halten. Er telefonierte mit Vertretern anderer Marken, und er fuhr sogar zu einem anderen Repräsentanten des Herstellers, dessen Modell Dobler im Auge hatte. Er hatte nach einem Gerichtstermin bei der Heimfahrt einen Umweg auf sich genommen, um sich in einem Dorf im Kraichgau sagen lassen zu müssen, man könne ihm preisgünstig mehr als zwanzig neuwertige Wohnmobile verkaufen – allerdings erst im September, wenn die Mietflotte wieder im Hafen ankere.

Schließlich bestätigte sich, was seinen Verkäufer so hatte auftrumpfen lassen. Wollte er das Wohnmobil sofort haben, musste er sich schnell entscheiden und durfte keinen Preisnachlass erwarten. Und so war Dobler seine Ersparnisse schneller los, als er gedacht hatte, und ohne mit Helga nochmals eingehend darüber gesprochen zu haben.

Da stand es nun, riesengroß, glänzend, das Aufsehen der Nachbarn erregend, auf dem Parkplatz vor dem Haus. In den ersten Tagen, wenn Dobler aus seiner Kanzlei nach Hause kam, setzte er sich für ein paar Minuten in seine neue Behausung. Mal hinters Steuer, zumeist an den Tisch, und am liebsten hätte er eine Nacht darin geschlafen. Helga blieb distanziert. Höchstens fünf Minuten reichten ihr zu einer persönlichen Inspektion. Dann brachte Dobler die Neuerwerbung in die Scheune eines Bauern, den er als Mandant kennen gelernt hatte.

Dobler fragte sich später oft, wo eigentlich die vielen Wohnmobile über Winter stünden, wo doch vermutlich die wenigsten Besitzer einen Bauern bei dessen Erbstreitigkeiten anwaltlich vertraten und beiläufig die Dringlichkeit eines Unterstellplatzes zur Sprache bringen konnten.

Dobler war also Eigentümer eines Reisemobils.

Einige Tage war er sehr stolz und glücklich. Aber das legte sich. Wenige Tage später war das Leben wieder wie zuvor.

Das würde sich allerdings ändern, was Dobler ahnte und was ja auch der Grund für sein finanziell unvernünftiges Handeln war.

8

»Frau Conrad hat angerufen und bittet um Rückruf.«

Ihr Anliegen schien dringlich. Dobler hatte nach einem anstrengenden Gerichtstermin gerade seine Kanzlei betreten und noch nicht mal nach den Geldeingängen gesehen, als ihn seine Sekretärin mit der Neuigkeit überfiel, die sie für die Top-Nachricht hielt.

Gut drei Wochen waren seit jenem Abend vergangen, an dem sie gemeinsam die Fotos betrachtet hatten. Hätte Clara sich nie mehr gemeldet, Doblers Ruhe und Gleichgewicht wäre das besser bekommen. Freilich dachte er immer noch an sie, doch mit abnehmender Häufigkeit und zuletzt beinahe gleichgültig. Das Mandat interessierte ihn kaum noch. Am liebsten hätte er es beendet und abgerechnet. Das Honorar hatte er Clara aber dummerweise erlassen, als er darum bat, auf eigenes Risiko recherchieren zu dürfen. So blieb noch die Honorarrechnung für seine Beratung, die ihm aber kleinlich erschien, wenn er daran dachte, wie sie sich vor drei Wochen nebeneinander über die Fotos gebeugt und sich danach das Du angeboten hatten.

Nun spürte er, wie sein Herz klopfte: »Wenn sie erneut anruft, bin ich noch nicht zurück.«

Dobler brauchte Zeit.

Am Nachmittag hatten die Tagesgeschäfte in seinen Gedanken wieder die Oberhand gewonnen. Als er Clara gegen Abend anrief, war es die Neugier nach dem Grund ihrer Kontaktaufnahme, die ihn das Telefonat nicht auf den nächsten Tag verschieben ließ. Er nahm sich vor, sie zu einem Gespräch zu bitten und ihr zu raten, die erbrechtliche Auseinandersetzung zu beenden. Das hätte zugleich seiner Nähe zu ihr ein Ende gesetzt. Doch nun schien sich etwas Außergewöhnliches ereignet zu haben, wenn es »wichtig« war, dass er bald zurückrief. Eine kleine Sensation zum Abschluss eines kurzen Lebensabschnitts hätte ihn schon noch interessiert.

»Ich warte schon seit heute Mittag auf deinen Rückruf.«

»Ich bin gerade erst ins Büro gekommen«, log Dobler. Da er sich schon mal eingelogen hatte, log er weiter, um nicht unhöflich zu sein: »Seit Tagen will ich dich anrufen, wie geht es dir denn?"

»Ich muss dir dringend ein Papier zeigen, das ich gestern unter den Sachen meines Vaters gefunden habe. Kann ich heute noch zu dir kommen?«

Zwanzig Minuten später reichte Clara, dieses Mal in enger schwarzer Hose mit dezent gemusterter kurzer Jacke, ihrem Anwalt erwartungsvoll ein gefaltetes einzelnes Blatt. Wenn er weiter gelogen und heute keine freie Minute für sie gehabt hätte, wäre er mit diesem grauen DIN-A4-Bogen ein oder zwei Tage später konfrontiert worden. Schon bevor er das Papier auseinandergefaltet hatte, war Dobler klar, dass er aus dieser Geschichte nicht so einfach herauskommen würde. Seine aktive Mitarbeit war weiterhin gefragt. So las er:

Hiermit erkenne ich an, Herrn Johannes Conrad, geboren am 3.2.1947, DM 100.000,— (in Worten: Einhunderttausend Deutsche Mark) zu schulden.

Gordes, den 5. Juli 1970 Philippe Houssin

Heidelberg, den 22. April 1971 Philippe Houssin

Die Unterschriften waren schwungvoll, das Ende des letzten *n* wurde, typisch französisch, wie eine Unterstreichung unter beide Namen geführt, um danach in einer Gegenkurve auszulaufen. Den Namen konnte man gut lesen:

Philippe Houssin.

Der Text selbst entstammte eindeutig einer anderen,

einer deutschen Hand, wie Dobler erkannte. Er hatte in seinem Berufsleben schon viele handschriftliche Briefe und Schriftstücke von Franzosen gelesen und konnte beurteilen, dass der Verfasser des Schuldanerkenntnisses nicht nur ein deutscher, sondern auch ein juristisch gebildeter Kopf gewesen sein musste, der sich vermutlich durch eine weitere, später in Deutschland geleistete Unterschrift besser abgesichert wähnte.

»Wer ist Houssin?« Er hob fragend den Kopf.

»Ich habe den Namen noch nie gehört. Ich dachte, vielleicht sei dir der Name in Gordes begegnet. Immerhin wurde dort auch unterzeichnet.«

»Das scheint richtig zu sein, sonst wäre die zweite Unterschrift in Heidelberg nicht erklärlich, bei der auch erkennbar ein dicker auftragender Stift Verwendung gefunden hat. Aber das war vor 34 Jahren.«

Dobler überlegte. »Wir könnten Robert anrufen, meinen Bekannten aus der Marie, dem Bürgermeisteramt. Der sitzt an der Quelle und wird uns sagen, ob es einen Philippe Houssin in Gordes gegeben hat oder noch gibt.«

Dobler kannte aber nur die Nummer des um diese Zeit längst verwaisten Diensttelefons, und Robert Benoit saß längst beim Pastis.

»Ich schreibe dir die Nummer auf, damit du morgen anrufen kannst. Sag ihm schöne Grüße von mir.«

Clara blickte ihn verblüfft an. »Ich dachte, du könntest das machen?«

Doch er hatte seine Entscheidung getroffen; auch die feinsten Zitrus-Maiglöckchenwolken würden ihn nicht davon abbringen: »Bei der Aufarbeitung des Lebens deines Vaters brauchst du alles, nur keinen deutschen Advokaten. Fahr nach Gordes und ermittle selbst, oder such dir einen Detektiv, der dir einen Sonderpreis gewährt. Ich jedenfalls möchte das Mandat beenden.«

Ein Kloß steckte in seinem Hals.

Clara schaute ihn lange wortlos an. Dann ergriff sie mechanisch den ihr zugeschobenen Zettel mit der Telefonnummer und verließ grußlos die Kanzlei. Das Schuldanerkenntnis blieb auf Hans Doblers Schreibtisch liegen. Sollte es doch ein Windstoß wegwehen oder von seiner Sekretärin unter die Akten gemischt werden!

Spät am Abend kehrte Dobler noch einmal in sein Büro zurück. Das Papier lag noch unangetastet da und hatte nichts von seinem Geheimnis verloren. Dobler fotokopierte es vorsichtshalber und nahm, was er als Original bezeichnete, mit nach Hause. Das war allerdings selbst nur eine Fotokopie auf glattem, grauem und schwerem Zink-Oxydpapier, wie es gegen Ende der 60er Jahre aufgekommen war. Es hatte über die Jahre einen Rest seines unverwechselbaren Geruchs behalten. Dobler erinnerte sich an seine Studienzeit, als er einen beachtlichen Teil seines Salärs für ein Paket dieser Kopien, schwer wie Blei, aufgewendet hatte. Damals hätte er gewettet, man werde dreißig Jahre später nichts mehr darauf lesen können, so wenig wie auf dem Faxpapier der frühen 90er. Erstaunlicherweise war die Schrift hier noch deutlich lesbar, lediglich an den Knickstellen hatte sich eine dunkle Verfärbung ausgebreitet. Aber war die Kopie überhaupt schon dreißig Jahre alt? Vielleicht wurde sie erst 1980 auf einem dieser dann schon fast antiquierten Kopiergeräte hergestellt?

Helga durfte das Papier aus Gründen der anwaltlichen Schweigepflicht nicht sehen. Aber Dobler sprach mit ihr darüber; er hatte sich zu einem Kompromiss entschlossen und hielt sich mit Abstrichen für berechtigt, mit seiner Frau über den Fall zu sprechen. Schließlich wäre sie im letzten Urlaub beinahe seine Assistentin gewesen. Und überhaupt war das ihm anvertraute Geheimnis zwar mehr als rätselhaft, mit seinem Beruf hatte es aber so gut wie nichts zu tun. Dobler brauchte das Gespräch, um den Tag zu verarbeiten, besonders die emotionalen Tiefen. Die erwähnte er Helga gegenüber aber nicht.

»Ich frage mich, weshalb du dich als Anwalt überhaupt mit einer Fotokopie beschäftigst. Ist sie nicht wertlos, wenn es das Original nicht gibt?«

Helga hatte weitgehend Recht. Aber ihre juristische, beinahe prozessuale Betrachtung änderte nichts an den hinter dem Papier stehenden Ereignissen. So machte Dobler einen Vorschlag: »Wir sollten analysieren, welche Feststellungen dank der Kopie annähernd sicher möglich sind.«

Helga stieg darauf gerne ein; Dobler hatte bei ihr die Lust am Denksport geweckt, die sie sonst nur bei den *Zeit*-Rätseln an Donnerstagen aufbrachte.

»Also gut«, meinte sie herausfordernd. »Wir unterstellen, dass es zur Kopie ein Original gegeben hat.«

Dieser Scharfsinn hätte darauf schließen lassen können, Helga habe die Flasche *Beaujolais* alleine getrunken, die Dobler zur Steigerung der Denkfähigkeit entkorkt hatte. Es war aber klar, was Helga meinte: Im Jahre 1970 hatte sich ein Unbekannter, der sich vielleicht, wenn auch womöglich nur nach großem Aufwand ermitteln ließ, dazu bekannt, Johannes Conrad 100.000 DM zu schulden.

»Der Geldwert entspricht heute in etwa dem dreifachen Betrag, wenn nicht noch mehr.«

Dobler wusste, dass man damals für das Geld fast ein Einfamilienhaus bekam und vermutlich fünf Häuser in Gordes. Conrad war zu jener Zeit 23 Jahre alt und vermutlich in der Mitte seines Studiums. So viel Geld dürfte für ihn etwas ganz Außergewöhnliches gewesen sein.

»Ein Scherz war das Papier sicher nicht, sonst gäbe es den in Heidelberg geschriebenen Zusatz nicht. Außerdem«, Dobler hatte zweifellos Recht, »ist die Diktion der Worte zu juristisch, um nicht ernst gemeint zu sein. Und zumindest einer der beiden, ich vermute, eher der Gläubiger Conrad, hat absichtlich vermieden, einen Schuldgrund zu nennen. Sei es aus persönlichen Gründen oder um die Forderung juristisch leichter durchsetzen zu können. Das zweite halte ich für wahrscheinlicher, weil damit dem Schuldner so gut wie jede Verteidigung, die anerkannte Schuld bestehe nicht, abgeschnitten war.«

»Den Grund der Unterschriften kennen wir also nicht. Genauso wenig, wie wir wissen, ob die geschuldete Zahlung je erfolgt ist.« Helga war mit Freude und einiger Sachkunde dabei.

»Halt!« Dobler unterbrach seine Frau: »Dass wir eine Kopie haben und kein Original, spricht eher *für* eine Zahlung, die nur gegen Rückgabe des Originalschuldscheins erfolgt sein dürfte.«

Das ließ Helga nicht gelten. Immerhin könne das Original weiterhin existieren, oder Conrad könne auf die Forderung verzichtet, das Original der Urkunde zurückgegeben und dann aber vergessen haben, die Kopie zu vernichten. Die Fotokopie sei vielleicht unter anderen Sachen versehentlich zurückgeblieben und belege demnach nur den Zeitpunkt ihrer Entstehung. Seinem beim Tod vorhandenen Vermögen könne man zudem nicht entnehmen, ob er in jungen Jahren reich gewesen war.

»Wo befand sich das Papier eigentlich genau?«, warf Helga ein. »Steckte es in einem bestimmten Bündel von Fotos?«

Dobler musste gestehen, dass er vergessen hatte, Clara danach zu fragen. »Da siehst du, wie untalentiert ich als Kriminalist bin.«

Dem wollte Helga nicht widersprechen. Sie bedauerte aber sehr, die Rätselstunde, zusammen mit dem Rotwein, zur Neige gehen zu sehen, und bat ihren Mann schließlich, die Klärung der Geschichte weiter voranzutreiben.

»Es ist vermutlich nicht wichtig zu wissen, ob das Geld bezahlt wurde. Viel bedeutsamer ist, warum es hätte bezahlt werden müssen. Gönn dir eine Woche Urlaub und weihe das neue Wohnmobil ein. Du weißt, ich kann jetzt nicht mitkommen, es sind keine Schulferien. Aber fahr du nach Gordes und lass dir dafür ein ordentliches Honorar bezahlen. So verdienst du im Urlaub sogar Geld.«

Helga fuhr begeistert fort. »Du musst Robert Benoit in die Augen sehen, wenn du ihn nach der Adresse von Houssin fragst. Bei so viel Geld!«

Das kriminalistische Interesse seiner Frau war eindeutig geweckt worden. Dobler dachte an Clara und schwieg weiter.

»Und du solltest vorher herausfinden, wo Frau Conrad die Kopie gefunden hat.«

Vielleicht war das Leben wie das Rätsel in der *Zeit*: Die Auflösung folgte in einer Woche.

9

Die Jungfernfahrt mit seinem neuen Wohnmobil hatte sich Hans Dobler anders vorgestellt. Bei einer gekühlten Flasche Champagner wollte er am Rande eines elsässischen Dorfes gemeinsam mit Helga zusehen, wie die Schwalben ihre Brut ernährten, wenn nach einem heißen Sommertag in der Dämmerung die gekühlte Luft von den Vogesen wehte. Dafür hatte er den Parkplatz oberhalb von Mittelbergheim auserkoren, mit Blick auf die Türme der Burg Haut-Andlau.

Dort saß er auch an seinem ersten Abend. Aber er war nicht mit Helga unterwegs, und er fühlte sich einsam. Wie bei seiner letzten Reise. Und abermals nahm er sich vor, am nächsten Morgen nach Hause zu fahren. Hätte er nicht fast eine ganze Flasche Crémant getrunken, die er vorsorglich mitgenommen hatte, wäre er am selben Abend umgekehrt, um zwei Stunden später wieder im eigenen Bett zu liegen. Dieser Trip war keine gute Idee. Mit den Kollegen gab es Streit, weil Dobler von einem auf den anderen Tag seine Arbeit eingestellt und die Sozien mit seiner Vertretung beauftragt hatte. Mandanten mussten vertröstet und Clara musste hingehalten werden. Sie war nämlich der Meinung, er werde mit ihr nach Gordes fahren, wenn er schon reise und den Fall weiter bearbeite.

Dobler hatte ihr von seinem Sinneswandel berichtet und das Honorar genannt. Nach einigem Zögern – sie war noch gekränkt wegen der Abfuhr, die er ihr in der Kanzlei erteilt hatte – erklärte sie sich mit der Zahlung einverstanden. Sie übergab ihm einen Scheck sowie einige der Fotos aus dem auf dem Speicher gefundenen Karton. Das Schuldanerkenntnis, erfuhr Dobler nun, steckte gefaltet zwischen den Blättern eines Skizzenblocks, auf dessen Seiten jemand mit einem Kugelschreiber einige Zeichnungen angebracht hatte, eher gekritzelt und wie zum Zeitvertreib während einer Phase des Wartens. Porträts von Gesichtern, die Dobler keinen Personen zuordnen konnte, waren dort zu sehen, außerdem ein undefinierbares Haus, ein Feld mit Bäumen und diverse Frauenakte mit kolossalen, spitzen Brüsten. Den Block hatte Dobler, ebenso wie das Schuldanerkenntnis, in Fotokopie dabei.

Vielleicht wollte Dobler auch deswegen so schnell wieder nach Hause, weil er es nicht fertig gebracht hatte, Claras Angebot, ihm am nächsten Mittwoch in Gordes zu Hilfe zu kommen, zurückzuweisen. Donnerstags sei Feiertag, freitags ein beweglicher Ferientag und am folgenden Montag habe sie wegen des mündlichen Abiturs an ihrer Schule frei. Sie könne also, wenn sie am Mittwoch nach der zweiten Stunde losfahre und neun Stunden später in Avignon einträfe, viereinhalb Tage bei der Aufklärung aktiv mithelfen. Hans Dobler, der den Scheck eingesteckt hatte, gab sich erfreut und schlug spontan ein Lokal vor, in dem sie am Donnerstagabend essen würden. Er war in diesem Moment sogar, wie man gemeinhin sagt, »freudig erregt«.

Davon war in Mittelbergheim nichts mehr geblieben, nachdem Dobler mit Helga telefoniert und diese ihm zugeflüstert hatte, wie gerne sie jetzt bei ihm wäre. Gut, dachte Dobler, dass er für Clara in der *Auberge Provençale* ein Zimmer gebucht hatte. Lieber wäre ihm gewesen, er hätte nichts gebucht und Clara bliebe zuhause – und Helga würde gerade die zweite Flasche Crémant aus dem bestens funktionierenden Kühlschrank des neuen Wohnmobils holen.

Hans Dobler war erst an einem Samstagnachmittag aufgebrochen, weil er am Morgen noch die letzten Diktate erledigen musste. Für den Montagabend hatte er sich bereits mit Robert Benoit verabredet. Der schien sich im Telefongespräch auf das Wiedersehen zu freuen, und seine größte Sorge war es, ein offenes Restaurant zu finden, da montags die meisten geschlossen seien. Dobler hatte den überraschenden Besuch damit erklärt, er wolle mit seinem neuen Wohnmobil eine Testfahrt wagen.

Als Dobler am Sonntagmorgen dann doch nicht den Heimweg angetreten hatte, sondern über eine von Lastwagen verschonte Autobahn nach Süden brauste und sich dabei für die Entscheidung lobte, bei seinem neuen Fahrzeug die starke Motorisierung gewählt zu haben, überlegte er sich eine Strategie: Er würde am ersten Tag klären, ob Robert an den nächsten Tagen im Dienst sei, und Johannes Conrad zunächst gar nicht erwähnen. Erst am Dienstag werde er das Schuldanerkenntnis präsentieren. Von Mittwochabend bis Montag würde er allen Anfechtungen des Lebens entschiedenen Widerstand leisten und dann endgültig den Schlussstrich ziehen. Zum zweiten Mal.

Am Nachmittag traf er in Gordes ein und fand den Stellplatz oberhalb des Schlosses so vor, als sei er erst gestern dort abgefahren. Auch am Haus, er nannte es in Gedanken »Conrads Haus«, gab es keine bemerkenswerten Veränderungen, wenn man davon absah, dass im Vorgarten das Unkraut kräftig gewachsen war. Das Gebäude war weiterhin unbewohnt.

Nach einem kurzen Rundgang durch das Dorf wusste Dobler nichts mit seiner Zeit anzufangen. So beschloss er, wie ein Tourist zu leben. Er vertrödelte den Abend und plante für den nächsten Tag eine Wanderung zum Kloster Sénanque und zu den Bories, einer Ansammlung spitzkegliger Steinhütten, die als große Attraktion gepriesen wurden. Und diesen Plan führte er auch aus. Während sich die alte Zisterzienserabtei als sehr sehenswert erwies, konnte er den Bories nur wenig abgewinnen, nachdem er am Ende seiner Strecke ein kräftiges Eintrittsgeld bezahlen musste und sich durstig in das eine oder andere Häuschen gebeugt hatte.

Danach duschte er, zog sich um, trank fast eine ganze Flasche Mineralwasser und fühlte sich am Ziel eines sonnendurchglühten Tages, als er seine schweren Beine unter dem Tisch der *Auberge Provençale* ausstreckte und den ersten tiefen Schluck Pastis langsam durch die Kehle rinnen ließ. Die Rolle als Urlauber, gestand er sich ein, passte besser zu ihm als die eines orientierungslosen Ermittlers.

So hatte er nur wenig Hoffnung, das Rätsel um Johannes Conrad je zu lösen, als Robert zur Tür hereinkam. Sie schüttelten sich herzlich die Hände und Dobler überreichte dem Franzosen eine Plastiktüte mit sechs Flaschen *Welde-Pils*, ein Bier aus Schwetzingen, das Robert Benoit im Zusammenhang mit seinem Aufenthalt in der Kurpfalz erwähnt hatte. Robert packte die sechs Flaschen sofort aus und stellte sie nebeneinander auf den Tisch. Die Rührung war ihm anzusehen, als er das Bier danach vorsichtig wieder verstaute.

Doblers Durst war so groß wie seine Unvernunft. Mit hastigen Schlucken trank er vom Rotwein und schon nach der Vorspeise, einer rustikalen Leberpastete mit salzig-sauren Gürkchen, musste der Kellner die zweite Flasche bringen. Trotz seines bald benebelten Kopfes gelang es Dobler, darauf zu achten, dass er nicht allein die immer noch drückende Hitze alkoholisch bekämpfte. So goss er Robert genauso zügig nach, wie er sein eigenes Glas immer wieder füllte. Sein Französisch wurde zunehmend schlechter, umso erstaunlichere Fortschritte machte Roberts Deutsch, während sich beide einem handfesten Rausch näherten, noch ehe der Kaffee und zwei Digestifs aufgetragen wurden.

Zu diesem Zeitpunkt hatten die beiden Männer die Vorzüge eines Wohnmobils sowie Details von Roberts Garten, die Eintönigkeit des Beamtendaseins und den Stress einer Anwaltstätigkeit längst abgehandelt. Auch die Frauen waren Gegenstand tiefschürfender Erörterungen. Dabei durfte Dobler erfahren, dass Robert von seiner Gattin nebst der erwachsenen Tochter seit Jahren getrennt lebte und sich mit Hilfe selten werdender Abenteuer hormonell über Wasser hielt.

Sein Hobby sei eigentlich das Malen, aber mit zunehmendem Alter und nach einem Unfall habe ihn die Kreativität im Stich gelassen.

Der Alkohol hatte Doblers Kontrollfähigkeit herabgesetzt und ließ ihn von seinem ursprünglichen Plan abweichen. So schlug er Robert vor, noch in der Nacht sein neues Wohnmobil zu besichtigen und dort zum Abschluss eines schönen Abends gemeinsam noch ein *Welde-Silber* zu verkosten.

Es wurden drei.

Die Artikulation war in die lallende Phase übergegangen, dennoch gelang es Dobler, nun die Fotos auf dem Resopal des Wohnmobiltischs auszubreiten und die Fotokopie des Schuldanerkenntnisses daneben zu legen. Aber Robert war nicht zu bewegen, auf dem Bild mit der kleinen Clara Conrads Haus zu identifizieren. Die Personen kannte er so wenig wie an Ostern und mit dem Namen Houssin wusste er ebenfalls nichts anzufangen. Dobler war zu betrunken, um Roberts Reaktionen bewerten zu können, zumal dieser alsbald schwankend den Heimweg antrat.

In Doblers Kopf hämmerten Urgewalten, beinahe wäre er beim Heruntersteigen aus dem Alkoven abgestürzt. Er warf zwei Schmerztabletten ein und ärgerte sich beim mühsamen Gang zum Bäcker, dass ihn trunkene Sorglosigkeit nicht mal mehr die Wohnmobiltür hatte verriegeln lassen. Sie war völlig unverschlossen, aber das Portemonnaie steckte glücklicherweise noch in der Gesäßtasche der achtlos über die Sitze geworfenen Hose, aus deren Seitentasche das Funktelefon auf den Boden geglitten war. Erst beim Bezahlen des Baguette fiel ihm die ungewöhnliche Position des Geldbeutels auf, der sich über viele Jahre samt der darin befindlichen Ausweispapiere der Rundung seines Gesäßes angepasst hatte, nun aber verkehrt herum in die Tasche geschoben war, mit der Wölbung nach außen. Der mehr als dreißig Jahre alte Führerschein steckte obenauf im Plastiketui des Innenteils, anstelle des Personalausweises, der an die hintere Position geraten war. Scheck- und Kreditkarten waren noch vorhanden, ebenso wie die von Dobler als vollständig taxierten Geldscheine.

Irritiert kochte er Kaffee, der mit Hilfe der allmählich einsetzenden Wirkung des Schmerzmittels seine Lebensgeister wieder erweckte.

Dobler sammelte die auf dem Wohnmobiltisch liegenden Fotos ein. Das Schuldanerkenntnis hingegen war nicht mehr aufzufinden. Er suchte auf dem Boden, im Mülleimer und unter den Polstern, bis ihm endgültig klar wurde, was er bereits beim Bäcker geahnt hatte: Jemand hatte, während er seinen Rausch ausschlief, die Ausweisdokumente durchsucht und das Anerkenntnis mitgenommen. Entweder hatte

Dobler tatsächlich vergessen, die Tür zu verschließen, oder dem nächtlichen Besucher war es gelungen, das Schloss zu knacken, an dem allerdings keinerlei Spuren von Gewalt auszumachen waren.

Ein Dieb, so Doblers schlüssige Erklärung, konnte ihn nicht heimgesucht haben, da dieser den Geldbeutel in Gänze mitgenommen, dafür aber die Schuldurkunde zurückgelassen hätte, über die Dobler in Gordes mit keinem Menschen ein Sterbenswort gesprochen hatte – außer mit Benoit, der offenbar seinerseits zu betrunken war, wenigstens einen ordentlichen Diebstahl vorzutäuschen und zur Tarnung ein paar Geldscheine mitgehen zu lassen.

Vielleicht war er aber auch zu korrekt, dachte Dobler, und empfand immer noch Sympathie für seinen gestrigen Gastgeber, der es sich nicht hatte nehmen lassen, die erkleckliche Zeche in der *Auberge Provençale* zu übernehmen und es sicher als unmoralisch angesehen hätte, sich in der Nacht die Ausgaben zurückzuholen. Aber Benoit war offenkundig zu blau gewesen, um den Geldbeutel in der passenden Richtung in Doblers Hose zurückzustecken.

Spontan rief Dobler in Benoits Büro an und musste sich sagen lassen, Monsieur Benoit habe sich krank gemeldet. Die private Telefonnummer sei geheim und dürfe, da Monsieur es so angeordnet habe, grundsätzlich nicht weitergegeben werden. Nach seiner Adresse fragte Dobler nicht. Er legte sich stattdessen wieder hin und stand erst gegen Mittag auf, als ihm die Hitze einen weiteren Verbleib im unbelüfteten Wohnmobil kaum noch erlaubte.

Dann kletterte Dobler hinters Steuerrad und fuhr zwei Kilometer bergauf, wo er sich nördlich von Gordes auf einem herrlich gelegenen Campingplatz einmietete. Er schwamm im dortigen Pool eine größere Anzahl von Bahnen, setzte sich danach an dessen Rand und überdachte beim prächtigen Blick auf den langgezogenen Bergrücken des Luberon die Lage.

Die erste Erkenntnis war, dass er vermutlich in der ganzen Provence kein schöner gelegenes Schwimmbad hätte finden können, dass er in einer kleinen Oase und an einem Ort der Erholung angelangt war. Die meisten Mittage seines Lebens hatte er in weniger schöner Umgebung verbracht.

Auf der Habenseite war ferner ein gewaltiger Schritt zu verbuchen, den er auf Conrads Spuren weitergekommen war: Im Leben des Verstorbenen spielte nicht nur das Haus von Gordes eine Rolle, auch das Schuldanerkenntnis hatte einen Bezug zu diesem Dorf und, was Dobler nicht überraschte, zu Robert Benoit, der Conrad demnach kannte und Dobler angelogen hatte.

Außerdem war Benoit ein Fehler unterlaufen, genau genommen mehrere: Er hatte eine Beziehung zu Heidelberg eingestanden und dann auch noch in einer nur durch Alkohol erklärlichen Fehlleistung das Dokument an sich genommen und damit eine bis dahin erst vage Spur von Conrad zu ihm bestätigt. Er würde seinen Tag, da war sich Dobler sicher, weniger angenehm verbringen, noch vor dem Abend auf Doblers Handy anrufen und behaupten, er habe das Papier im Suff versehentlich eingesteckt.

Andererseits waren seine Ermittlungen, Dobler musste sich das eingestehen, in die Sackgasse geraten. Die Erkenntnis einer Verbindung zwischen Conrad und Benoit alleine brachte ihn noch nicht weiter. Selbst wenn er in den Telefonverzeichnissen von Gordes oder von ganz Frankreich den Namen Philippe Houssin entdecken würde – vermutlich gab es ihn hundertfach –, wäre das Rätsel dadurch nicht gelöst. Dennoch ließ sich Dobler an der Campingplatz-Rezeption ein Telefonbuch geben. Ein Philippe Houssin war dort für Gordes jedoch nicht eingetragen.

Dobler brauchte professionelle und örtliche Hilfe.

Er schwamm nochmals einige Bahnen, und es war schon nach 17 Uhr, als er auf seinem Handy mehrere Telefonate führte:

Als erstes rief Robert Benoit an. Er beklagte seinen Kater, entschuldigte sein Versehen und schlug ein gemeinsames Abendessen zum Zwecke der Urkundenrückgabe vor. Dobler reagierte freundlich, er hielt aber die Sache für nicht so dringlich und entschuldigte sich mit seiner eigenen Unpässlichkeit. Hätte ihm nicht der Geldbeutel den Beweis geliefert, dass Robert aufdecken wollte, wer Dobler wirklich war, seine Ermittlungen also fürchtete, wäre Dobler von Benoits Entschuldigung womöglich sogar überzeugt worden. Man verabschiedete sich am Telefon freundlich, aber nicht ohne spürbare Distanz.

Das zweite Telefongespräch führte Dobler mit Maître Brandt aus Straßburg, der sein fernmündliches Gegenüber erneut gescheitelt am Schreibtisch wähnte statt in der Badehose an einem südfranzösischen Pool. Nach kurzem Nachdenken erinnerte sich Brandt an einen Anwalt in Apt, einen geschätzten Kollegen aus gemeinsamen Studienzeiten, den er erst unlängst in einer delikaten, aber überaus rentablen Sache um Mithilfe gebeten hatte, als es darum gegangen war, den Kauf mehrerer Kunstfälschungen rückabzuwickeln. Und er erinnerte sich an das vorzügliche Restaurant, in dem sie anschließend den gemeinsamen Erfolg gefeiert hatten.

»Sie sollten den Kollegen in Apt besuchen und dann unbedingt das *Mas des Herbes Blanches* in Joucas besuchen. Das Lamm ist dort ein Gedicht.« Brandt war bei seinem Lieblingsthema und nicht mehr zu bremsen:

»Sie hatten mir doch versprochen, noch in diesem Sommer meine Einladung nach Straßburg anzunehmen. Wir werden dann Monsieur Westermann im *Burehuesel* besuchen, für den ich gerade, Ihnen kann ich das sagen, wieder anwaltlich tätig werden durfte.«

»Und Sie«, entgegnete Dobler, »waren fest entschlossen, sich mit mir in der *Krone* in Herxheim zu treffen, die kürzlich erneut in der Zeitung zum besten Restaurant unserer Gegend gekürt worden ist.«

Beide beklagten, wie wenig Zeit ihnen der Beruf lasse, und tauschten noch diverse Freundlichkeiten aus, nachdem Dobler mit dem im Bund der Badehose steckenden Kugelschreiber Name, Adresse und Telefonnummer des Advokaten aus Apt notiert hatte.

Maître Gauthier war schon im Bilde, als Dobler zwanzig Minuten später anrief und höflich anfragte, ob der Kollege vielleicht am morgigen Mittwoch eine halbe Stunde Zeit aufbringen könne. Dobler würde ihn gerne in seiner Kanzlei besuchen.

»Wollen Sie schon in der Nacht losfahren? Wir könnten Ihr Anliegen doch erst einmal am Telefon besprechen.«

Dobler erklärte ihm, er sei schon in Gordes, was Gauthier hörbar irritierte, aber ihn ebenso spürbar – seinen ohnehin freundlichen Ton konnte er noch erheblich steigern – ein fettes Mandat wittern ließ. Obwohl Dobler mit dem Hinweis abwiegelte, es gehe nicht um eine große Sache, war Avocat Gauthier bereit, ihn am nächsten Vormittag zu empfangen.

Das Ferngespräch mit Helga vermittelte Dobler große Nähe. Sie hörte sich gespannt seine Schilderung an und ermahnte ihn, vorsichtig zu sein. Zum ersten Mal kam Dobler dabei in den Sinn, er könnte sich auf ein gefährliches Unternehmen eingelassen haben. Er verwarf diesen Gedanken schnell wieder als nahezu abwegig.

Das letzte seiner Telefonate war von zwiespältigen Gefühlen begleitet. Insgeheim hatte Dobler gehofft, Clara hätte es sich anders überlegt und würde ihm nicht für vier Tage in die Provence nachfahren. Aber er verspürte dennoch ein leichtes Herzklopfen, als Clara ihm nun ihre genaue Ankunftszeit in Avignon durchgab und sie vereinbarten, sich per Handy abzustimmen, falls es Verzögerungen geben werde. Sich mit einer Mandantin am Ort der Erledigung eines – bezahlten! – Auftrages zu treffen, hielt er moralisch nicht für anstößig. Dass er das aber Helga gegenüber verschwieg und vor allem, weshalb er es verschwieg, erweckte in ihm Gewissensbisse, die seine Stimmung für den Rest des Tages deutlich dämpften. Zumal er – außer einem Gläschen Rotwein zum Abendessen – an diesem Tag keinen Alkohol zu sich nahm.

Eine handfeste depressive Verstimmung blieb ihm letztlich nur deshalb erspart, weil er eine Facette des Wohnmobilurlaubs lieben gelernt hatte, die sich ihm bis zu diesem Tag noch nicht erschlossen hatte: den Campingplatz.

Zwar hatte er sich an Ostern, in Avignon, mit den Vorzügen dieses Refugiums durchaus anfreunden können. Aber eine Portion an Spießigkeit und Gartenzwergmentalität war doch in seiner Erinnerung haften geblieben. Hier in Gordes, auf dem *Camping de la Source*, war davon so gut wie nichts zu bemerken. Die anderen Camper machten einen weltoffenen Eindruck, es gab keine von der Platzleitung aufgezwungene engstirnige Reglementierung. Vor Doblers Wohnmobil pickten sogar ein paar Hühner herum, und die landschaftliche Lage war einfach traumhaft.

Zum ersten Mal in seinem jungen Wohnmobilleben war sich Dobler sicher, kaum je ein Hotel zu finden, das ihn mit einer ähnlichen Kombination von Ungezwungenheit, Freiheit und Ambiente verwöhnen würde. Vor allem lernte er, dass ein sogenannter freier Stellplatz am passenden Ort zwar ein schönes, möglicherweise sogar unvergessliches Erlebnis bieten konnte, aber der geruhsame und völlig entspannende Urlaub eher auf einem Campingplatz stattfand. Dobler ahnte schon damals, dass die Mehrzahl der Campingplätze dafür wohl nicht in Frage kamen, es jedoch ausgewählte Plätze gebe, mit denen ein freier Stellplatz nicht konkurrieren konnte. Der Campingplatz von Gordes war, auch das deutete sich damals an, von dieser besonderen Sorte.

Am Vormittag des nächsten Tages stellte Dobler sein Reisemobil auf einen großen Parkplatz östlich der Innenstadt von Apt, ganz in der Nähe von Gauthiers Kanzlei, nach deren Adresse er sich durchfragen musste. Zufällig blieb Doblers Blick an einem Hauseingang mit einem prunkvollen ovalen Messingschild hängen, mit dem hier wie in ganz Frankreich ein Notar seinen Amtssitz kundtat. Mit belangloser Neugier betrachtete er sich die hohe, mit Schnitzereien verzierte Haustüre und blieb plötzlich wie angewurzelt stehen. Er las nämlich

Philippe Houssin
Notaire

Den Namen kannte er. Genau so hieß der Unterzeichner des Schuldanerkenntnisses.

Dobler verfügte noch über ausreichend Zeit, um auf dem Postamt, das nur leider am anderen Ende der Altstadt lag, in den Telefonbüchern zu blättern: Einen Philippe Houssin gab es in Apt nur einmal, aber zwei weitere in Salon und einen vierten in Avignon. Zu viele, um die gerade gemachte Entdeckung als heiße Spur zu bezeichnen. Aber immerhin hatte Dobler eine weitere Fährte aufgenommen.

Die Kanzlei von Gauthier war in einem älteren Haus aus dem frühen zwanzigsten Jahrhundert untergebracht. Es wirkte nicht ungepflegt, aber das Treppenhaus hätte in Deutschland jeden besseren Mandanten auf dem Absatz umkehren lassen. Nicht dass es schmutzig war, ihm fehlte aber nach deutschen Maßstäben jegliche Gediegenheit.

Umso überraschender war die Solidität jenseits der Abschlusstür im ersten Obergeschoss, wo Dobler von einer elegant gekleideten Dame mittleren Alters empfangen und in ein stilvolles Büro geleitet wurde. Die Ausstattung desselben suggerierte unmissverständlich, die hier in Anspruch genommene Dienstleistung würde eine nicht ganz belanglose Lücke auf dem Konto des Ratsuchenden hinterlassen. Vor Doblers geistigem Auge verwandelte sich sein sauer verdientes, Clara Conrad abverlangtes Honorar alsbald in ein neues Paar hochhackiger Schuhe der Empfangsdame und auf etwas direkterem Wege in ein Fünf-Gänge-Menü des hier residierenden Advokaten im Restaurant *Mas des Herbes Blanche*; Brandts Schwärmereien hatte Dobler nicht vergessen.

Er musste nicht lange warten, bis Gauthier erschien und ihn begrüßte, als seien sie gemeinsam geschäftlich schon vielfach durch dick und dünn gegangen. Dobler überreichte seine Karte und kam nach einigen, in Frankreich unabdingbaren Höflichkeiten bald zur Sache. Er schilderte in wenigen Worten sein Anliegen: Er sei beauftragt, die Eigentumsverhältnisse eines Hauses in Gordes zu klären, und benötige dabei Aufschluss über die Eigentümer seit dem Jahre 1965. Er bat Maître Gauthier, falls möglich, aus dem Grundbuch den Werdegang in Erfahrung zu bringen, und fügte noch an, es werde seiner Mandantin zudem helfen, falls Gauthier Erkenntnisse über Robert Benoit gewinnen könnte.

Die Einzelheiten der letzten Nacht erwähnte Dobler ebenso wenig wie Houssin und das Schuldanerkenntnis, zumal er berechtigterweise annahm, der Notar Houssin und der Rechtsanwalt Gauthier hätten regelmäßigen geschäftlichen Kontakt, was ihn zugleich auch ein wenig am Sinn seines Handelns zweifeln ließ.

»Kennen Sie eigentlich Robert Benoit?«, argwöhnte Dobler.

Gauthier antwortete überzeugend, er habe nur gelegentlich berufliche und sehr flüchtige Verbindungen, wonach Dobler hinzufügte, es wäre seinem Auftrag förderlich, wenn Gauthier das Grundbuch ohne Wissen von Benoit möglichst schon in den nächsten zwei Tagen einsehen würde.

Das hielt Gauthier für unproblematisch, da der Bürgermeister ein Freund von ihm sei, und er rief diesen sogleich an.

»Morgen Abend können wir uns treffen. Sie kommen doch sicher mit?«, fragte Gauthier, wofür sich Dobler herzlich bedankte mit der gleichzeitigen Frage, ob er den Advokaten gemeinsam mit dem Bürgermeister anschließend zu einem kleinen Essen bitten dürfe. Er wusste zwar aus eigener Erfahrung, dass solche beruflichen Einladungen eher lästig waren, hielt die Gelegenheit aber für günstig, den Bürgermeister beiläufig über Robert und vielleicht auch über Conrad oder das Haus ausfragen zu können.

Gauthier griff nochmals zum Telefon und bedeutete Dobler, der Bürgermeister nehme, wie auch er selbst, gerne an, da beide schon seit Monaten einen gemeinsamen Abend ins Auge gefasst hatten. Dass Dobler dazu die Anwesenheit seiner als attraktiv beschriebenen Mandantin ankündigte, schien das Vorhaben nur zu begünstigen.

10

Clara Conrad hatte am selben Morgen in Mannheim den Zug bestiegen und sollte planmäßig um 19:52 Uhr in Avignon eintreffen. Die Vergangenheit ihres Vaters interessierte sie eher wenig. Es war vielmehr die vage Aussicht auf einen höheren Pflicht- oder Erbteil, die sie zu dieser Kurzreise angeregt hatte. Aber sie musste sich auch eingestehen, dass sie nicht gefahren wäre, hätte Dobler nicht eine solche Faszination auf sie ausgeübt. Sie schätzte ihn knapp zehn Jahre jünger als ihren Vater; zu einem Mann dieses Alters hatte sie bislang noch keine Beziehung gehabt. Freilich waren ihre Liebhaber niemals Jungspunde, aber sie konnte sich diese Zuneigung dennoch nicht erklären.

Sie ängstigte sich nicht davor, weil sie von ihrem durchaus ausgeprägten fraulichen Selbstbewusstsein nichts eingebüßt hatte und zudem kein schräges Abenteuer erwartete, sondern sich einfach nur darauf freute, mit einem liebenswerten, Mann in der gebotenen Distanz ein paar aufregende Tage zu verbringen. Sie hatte die vage Erwartung eines Detektivspiels wie etwa der Schatzsuche, die sie von Geburtstagen ihrer Schüler kannte: Da mussten sich die Kinder zu einem Ziel mithilfe mehrerer Zettel mit Hinweisen vorarbeiten, die von den Eltern an bestimmten Stellen des Stadtteils versteckt wurden. Hatte man das Rätsel auf einem der gefundenen Zettel gelöst, konnte man den nächsten finden, dort ein weiteres Denkspiel lösen und so fort. Am Ende grub der Gewinner in der Grünanlage neben dem Spielplatz eine verzierte Blechkiste aus, die einst ein Nürnberger Unternehmen zum Verschicken von Lebkuchen unter die Leute gebracht hatte. Und darin befanden sich dann Süßigkeiten und kleine Geschenke, die das Kinderherz erfreuten.

Clara stellte sich vor, wie sie mit Hans auf Spurensuche gehen und wie er dabei allezeit Herr der Lage sein würde. Die Vorstellung, ein paar Tage mit ihm zusammen zu sein, steigerte ihre Vorfreude, je mehr sich der Zug ihrem Ziel näherte. Dabei bemerkte sie kaum, wie die Wagen auf der Neubaustrecke ab Lyon mit hoher Geschwindigkeit durch die Landschaft zischten.

Dobler war nach dem Gespräch mit Gauthier nach Cabrières d'Avignon gefahren, einem Nachbarort von Gordes, um sich dort ein kleines Lokal anzuschauen, von dem er in Deutschland zufällig gehört hatte. Ein Restaurantkritiker hatte es mit Lob überschüttet, und Dobler gelangte bei seiner Inspektion vor Ort zu der Überzeugung, hier den passenden Rahmen für das gemeinsame Essen am kommenden Abend gefunden zu haben. Eine protzige Einladung hielt er, von den Kosten abgesehen, nicht für angemessen. Der Wirt war gerne bereit, ihm einen Tisch bis gegen 19 Uhr zu reservieren. Bis dahin wollte Dobler seine örtlichen Gäste fragen, ob die Adresse auch bei Einheimischen wohl gelitten war, und gegebenenfalls telefonisch sein Kommen bestätigen.

Von Cabrières war es nicht mehr weit nach Fontaine de Vaucluse, wo Dobler an diesem Mittag enttäuscht erfahren musste, dass sich die laut Reiseführer gerade im Frühjahr so reichlich sprudelnde Quelle der Sorgue im Juni nur noch schlaff über den Rand des Quelltopfes ergoss, bevor sie rasch zu einem breiten, satten Fluss anschwoll, an dessen Ufer aber ein Andenkenstand neben dem anderen das eigentlich prachtvolle Naturschauspiel verunzierten.

Dobler stellte sein Wohnmobil trotzdem an den Rand des tiefgrünen Wassers und wartete lesend auf den Abend.

Beinahe wäre er wegen des Feierabendverkehrs und weil er bei der Parkplatzsuche die Dimensionen seines Wohnmobils erheblich unterschätzt hatte, zu spät zum Bahnhof gekommen. Die Eile war unbegründet. Kaum stand er nämlich auf dem Bahnsteig, verkündete der Lautsprecher, der Zug aus Lyon würde wegen einer technischen Störung mit Verspätung einfahren. Bei Orange hatte, wie Clara ihm später berichtete, die Lokomotive schlapp gemacht. Bis Ersatz besorgt und der liegen gebliebene Zug wieder in den Fahrplan integriert war, verging fast eine Stunde, während derer Hans Dobler zunehmend genervt, durstig und hungrig die Bauart diverser Eisenbahnwagons, die Reisenden und zuletzt nur noch den Fahrplan betrachtete.

Es ging auf 21 Uhr zu, bis Clara endlich ausstieg. Ihre Reize hatten durch die lange Bahnfahrt und die Müdigkeit nicht gelitten.

Dobler hatte sich vorgenommen, sie zur Begrüßung flüchtig zu umarmen und sie auf beide Wangen zu küssen, wie er es während der Warterei ausgiebig bei Franzosen studieren konnte. Als sie jedoch auf dem Bahnsteig vor ihm stand und ihn anstrahlte, gab er ihr stattdessen stocksteif die Hand. Helgas Zug war wenige Wochen zuvor auf demselben Gleis eingefahren. Aber das behielt er für sich.

Wegen der vorgerückten Stunde aßen sie im erstbesten Restaurant in Bahnhofsnähe, froh, überhaupt noch bewirtet zu werden. Dabei wurde ihnen klar, dass sie vor Mitternacht Gordes nicht erreichen würden, und sie stornierten Claras Zimmer für diese Nacht. Beide sagten sich insgeheim, dies sei unverfänglich. Aber sie hatten doch den Verdacht, der andere sei über die Absage nicht allzu traurig.

Später in Gordes, auf dem vertrauten Stellplatz, baute Dobler die Sitzgruppe zu einem Bett für Clara um, bezog für sie sein Federbett mit dem frischen Reservebezug und stopfte für sich die beiden Wolldecken, die er für Kälteeinbrüche oder ein Picknick dabei hatte, in seinen schon benutzten Überzug, während Clara zum ersten Mal in ihrem Leben unter einer Wohnmobildusche stand.

Dobler verspürte ein merkwürdiges Gefühl. Nach den Tagen des Alleinseins war er nun mit einer doch fremden Person im Wagen. Er hatte gelernt, dass ein Wohnmobil nicht dafür geschaffen war, alleine zu verreisen. Genauso ungeeignet war es aber auch für eine Reise mit einem nicht vertrauten Menschen. Es war ihm peinlich, die Toilette zu benutzen, und ihm wurde bewusst, wie unangenehm es für sie sein könnte, wenn sie zur Toilette ging. Taktvoll verzog er sich ins Freie, pinkelte weitab in die Büsche und vertrat sich so lange die Beine, bis er sicher war, sie würde im Pyjama und mit geputzten Zähnen auf der umgeklappten Sitzbank liegen.

Sie saß dann auch bei seiner Rückkehr in einem verführerisch schwarz glänzenden Schlafanzug auf der Bettkante und hielt es für eine gute Idee, noch einen gemeinsamen Absacker zu trinken. Sie mimte Überraschung, als er dem Kühlschrank einen dort angeblich zufällig kaltgestellten Champagner entnahm.

Sie tranken ihn nicht in der Weise, wie man ein schönes Ereignis feierte. Zu ungewohnt war die Situation, zu gekünstelt das Gespräch. Viel zu groß war vor allem die Nähe.

Respektvoll wünschte er Clara bald eine gute Nacht, stieg in sein Alkovenbett, eine Etage höher. Dort zog er unauffällig noch einen Pullover über, weil er unter den Wolldecken fror, und wartete darauf, bis die peinliche Atmosphäre vorübergehen würde. Sie schwand, als er und Clara anfingen im Dunkeln zu flüstern, wie Kinder nach einem erlebnisreichen Tag.

In der Nacht wachte Dobler mehrfach auf. Im fahlen Licht sah er, dass Clara die Bettdecke bis ans Kinn hochgezogen hatte, und hörte ihren gleichmäßigen Atem. Auch er hatte sich inzwischen entspannt, weil er wusste, er müsse keinen Fehler des Abends bereuen. Ein wenig kreisten seine Gedanken zwar um die Fortsetzung des Geschehens, aber er nahm sich vor, auch in den nächsten Tagen nicht schwach zu werden. Ruhig schlief er wieder ein.

So kletterte er am Morgen mit guter Laune und mentaler Frische an der noch schlafenden Frau vorbei, holte Baguette mit Croissants und hielt Clara den frisch dampfenden Kaffee unter die Nase. Sie hatte sich, obgleich schon eine Zeitlang wach, schlafend gestellt und freute sich nun, wie Dobler ihr den Eintritt in einen wahrscheinlich erlebnisreichen Tag bereitete. Der wiederum war überrascht, dass sie sich bis zu seiner Rückkehr vom Einkaufen nicht fertig gemacht und angezogen hatte. Sie lag noch im Bett, als habe sie seine vorübergehende Abwesenheit gar nicht bemerkt. So war es eine Maßnahme zu seinem eigenen Schutz, als er sie gleich nach ihrem ersten Augenaufschlag mit der Empfehlung begrüßte, nach dem Frühstück als erstes im Hotel einzuchecken.

Ihre Antwort fiel lakonisch aus: »Ja.«

Er fragte nach ihrem Befinden, ob das Bett bequem gewesen sei und ob sie gefroren habe. Schließlich schlug er ihr, während er Kaffee nachschenkte, zu seiner eigenen Überraschung vor, sie solle das Zimmer gänzlich abbestellen. »Das Geld kannst du sparen.«

Als ob das eine Rolle gespielt hätte.

Den Tag über zeigte er ihr die Gegend, das Kloster Sénanque und die Ockerbrüche von Roussillon, die er selbst noch nicht kannte. Immer wieder musste er dort mit seiner fast weißen Hose unter einem tiefblauen Hemd vor dem gelben und orangefarbenen Sand eines erodierten Hangs farbige Kontraste schaffen, weil Clara exzessiv die Leistungsfähigkeit ihrer neuen Digitalkamera ausprobierte. Gerne hätte er selbst knallbunte Fotos geschossen, doch wollte er Aufnahmen mit Clara in ihrem kurzen Sommerkleid vermeiden, Helga zuliebe. Bilder ohne Clara hingegen oder mit Clara unkenntlich im Hintergrund machten ihm keine Freude.

Sie sprachen viel miteinander, dabei allerdings wenig über den Anlass des Zusammenseins und gar nicht über einen etwaigen Partner Claras oder die reale Ehefrau von Dobler.

Erst um 18 Uhr näherten sie sich dem Seiteneingang des Schlosses, in dem das Rathaus untergebracht war. Dobler fürchtete, Robert Benoit zu begegnen, sollten sie vor der Tür warten müssen. Verstohlen schaute er sich auf dem Hinweg immer wieder um, ob Robert nicht an einem der Außentische seinen Pastis trank, und war erleichtert, weil die Begrüßungs- und Vorstellungszeremonie im Inneren des Gebäudes stattfand.

Der Bürgermeister, Monsieur Barnaud, hielt sogar so etwas wie eine kleine, dennoch keineswegs kurze Ansprache. Er erging sich in der Geschichte des Schlosses und berichtete stolz von der Attraktivität örtlicher Immobilien und ihren hohen Preisen. Kein Wunder also, dass man sich hier und heute Abend zusammengefunden hatte, um einen

Blick in die Grundbücher zu werfen.

Mit deren Umgang war der Bürgermeister sichtlich ungeübt, ja nachgerade überfordert, und wenn Maître Gauthier nicht geholfen hätte, wäre das konspirative Treffen gescheitert. Aber nach einiger Zeit hatten sie die gesuchte Liegenschaftsnummer gefunden und sogar, kurz bevor sie das Vorhaben frustriert abbrechen wollten, auch die dazugehörenden Urkunden der Vergangenheit.

Robert Benoit hatte Dobler nicht belogen, das Haus gehörte wirklich Madame Gillot aus Bonnieux. Dobler notierte erneut Name und Adresse. Johannes Conrad war in den Archiven nicht verzeichnet.

Madame Gillot hatte das Eigentum erst kürzlich erworben, davor gehörte das Hausgrundstück über dreißig Jahre einer Madame Brousse. Der Bürgermeister übergab Dobler ein paar Papiere, in denen dieser anfangs belanglos blätterte, dann aber plötzlich wie versteinert innehielt.

»Dürfte ich das fotokopieren?«

Dem Gemeindeoberhaupt war die Frage unangenehm: »Das ist leider nicht erlaubt, es sei denn, sie können ein berechtigtes Interesse glaubhaft machen.«

Maître Gauthier, ganz Anwalt, bemühte sich, mit gedrechselten Ausführungen und Scheinargumenten den Vorschriften zu entsprechen, bis dem Bürgermeister plötzlich einfiel, er wolle in seinem Amtszimmer noch ein paar Unterlagen holen, die er am nächsten Morgen zu Hause durcharbeiten müsse.

Das Fotokopiergerät stehe übrigens im Nachbarzimmer.

Bevor der Hausherr zurückkehrte, besaß Dobler so viel Taktgefühl, die frischen Kopien unter seinem Hemd zu verbergen. Claras enges Sommerkleid hätte sich dazu weniger geeignet, zumal Barnaud verstohlene, aber keineswegs seltene Blicke in ihr sehenswertes Dekolleté riskierte.

Das Restaurant in Carbrières hatte die Zustimmung der beiden Herren erhalten, und Gauthier schlug vor, den deutschen Anwalt und dessen Mandantin in seinem Auto mitzunehmen, was Dobler dankend mit dem Hinweis ablehnte, er fahre im eigenen Wagen. Er musste noch die Fotokopien gut verstecken. Die klebte er sodann, verpackt in einen Umschlag, mit Textilklebeband von unten unter den tiefsten Einlegeboden des Küchenschrankes. Ein Dieb hätte rücklings auf dem Boden liegen müssen, um sie zu entdecken.

Dobler stellte das Wohnmobil auf einen geräumigen Parkplatz am Ortseingang von Carbrières und fand die beiden Herren schon beim Pastis und in bester Laune, als er mit Clara die Gasträume betrat.

Der Abend verlief nach Plan. Claras Gegenwart, ihre guten Französischkenntnisse, ihr angenehmes Äußeres, nicht zuletzt ihr Dekolleté wirkten stimulierend auf Barnaud, der sich als glänzender Gesellschafter erwies. Er erzählte von seinem Amt und von zahlreichen Bekanntschaften – er nannte sie Freundschaften – mit prominenten Urlaubern. Sogar mit François Mitterand durfte er dinieren, weil dieser noch zu seiner Amtszeit als französischer Staatspräsident in Gordes ein Haus erworben hatte. Das war für Dobler ein guter Anlass, das Gespräch auf Robert Benoit zu lenken. Er fragte nämlich, wer die häufigen Besuche des Staatsoberhauptes in Gordes organisiert habe, und ohne Argwohn antwortete Barnaud, der Kontaktmann vor Ort sei einer seiner engsten Mitarbeiter gewesen und heiße Benoit. Dobler antwortete erstaunt, er habe Benoit beim Essen in der *Auberge Provençal* kennen gelernt und mit ihm angeregt geplaudert, und gab der Hoffnung Ausdruck, der Bürgermeister werde sich in den nächsten Tagen nicht mit Robert Benoit über dieses Gespräch austauschen.

Barnaud war voll des Lobes über seinen besten Mitarbeiter, einen klugen und gebildeten Mann, dessen Zuverlässigkeit und höfliche Umgangsformen er mehrfach erwähnte.

»Kennen sie ihn schon lange?« Clara brachte das Gespräch weiter in die passende Richtung.

»Als ich vor vierzehn Jahren das Amt angetreten habe, bin ich aus Aix-en-Provence hierher gezogen. Robert Benoit war damals schon auf seiner heutigen Stelle.«

Dobler fasste nach: »Ist es nicht ein wenig merkwürdig, dass ein solchermaßen kultivierter Mann, Sie verzeihen, wenn ich das anmerke, nur den Beruf eines Gemeindebediensteten ausübt, und nicht eine Tätigkeit, die einer akademischen Ausbildung bedarf?«

Der Bürgermeister hielt diesen Einwand für erlaubt und ließ die Tischrunde wissen, Benoit habe die Universität besucht. Er sei in jungen Jahren jedoch auf die schiefe Bahn geraten. Barnaud kenne zwar nur Gerüchte, aber es sei wohl schon etwas dran, dass Benoit, als er noch studiert habe, sogar eines Tötungsdeliktes verdächtigt worden sei. Die Unterstellung habe sich nicht bestätigt, aber Robert Benoit sei durch diese Sache aus dem Tritt geraten und habe seine Ausbildung nicht fortgesetzt. Genaues wisse er nicht, und eigentlich wolle er darüber auch gar nicht sprechen.

Weit wichtiger sei es, zu erwähnen, sein Mitarbeiter habe vor vielen Jahren als bekannter Maler internationale Beachtung genossen und es zu Wohlstand gebracht. Irgendwann sei allerdings die Kreativität versiegt, und Benoits Bilder hätten keine Abnehmer mehr gefunden. Als habe er das Malen von einem auf den anderen Tag verlernt. Schließlich habe Robert Benoit das Malen ganz aufgegeben. Zu einer Zeit, als von dem kleinen Vermögen so gut wie nichts mehr übrig war. Ihm gehöre nur noch sein bescheidenes Haus am Rande von Gordes.

»Hat er denn keine Frau?«, wollte Clara wissen.

»Oh nein, auch in dieser Beziehung verlief sein Leben nicht glücklich. Zu einer Hochzeit mit seiner langjährigen Partnerin ist es nie gekommen. Merkwürdig, dass wir uns ausgerechnet über Benoit unterhalten.«

Der Bürgermeister war plötzlich sehr ernst geworden:

»Ich sollte ihnen vielleicht nicht verschweigen, dass es Benoits Tochter Mireille ist, der das Haus gehört, für das Sie sich interessieren. Eigentlich war Monsieur Benoit der Erbe seiner Tante, der im Grundbuch verzeichneten Madame Brousse, und er hätte das Haus auch bekommen, wenn es nicht das Testament gegeben hätte, das sie fotokopieren wollten. Robert Benoit schien das nicht sonderlich zu stören, weil er, wie er damals sagte, das Erbe ohnehin an seine Tochter weitergereicht hätte, die es ja dann auch so bekommen hat.«

Fröhlich fuhr Barnaud fort, wobei seine Augen ein

wenig zu lange zu weit unterhalb von Claras Gesicht hängen blieben: »Trinken wir auf Robert Benoit, diesen liebenswerten Menschen, der so gut in unsere Runde passen würde.«

Der Alkohol hatte den Bürgermeister enthemmt: »Wir sollten das Thema wechseln, aber eine letzte Anmerkung sei mir noch gestattet: Nachdem ich heute Abend erfahren habe, auf welches Haus ihr Interesse gerichtet ist, muss ich doch empfehlen, die Untersuchungen zu beenden. Zu Ihrem verstorbenen Vater«, Barnaud sprach Clara an, »besteht ersichtlich keine Verbindung, wenn man einmal davon absieht, dass er wohl als Feriengast dort geweilt haben könnte. Benoits Tante hatte nämlich eine Zeitlang Zimmer an Gäste vermietet.«

Clara ließ sich die Enttäuschung nicht anmerken. Sie plauderte über Belangloses, und Dobler führte mit Maître Gauthier noch einige Fachgespräche, ehe die gesellige Runde nach 23 Uhr auseinander ging.

Man verabschiedete sich herzlich, und Dobler erweckte Interesse, sogar Neid, als er erwähnte, er werde die Nacht in seinem Wohnmobil verbringen. Clara habe das Hotelzimmer nicht gefallen, weshalb er sie für drei Nächte habe aufnehmen und für sie so etwas wie ein Gästebett habe richten müssen. Gauthier und Barnaud waren über die Existenz des Reisemobils erstaunt, hatten sie doch angenommen, Dobler logiere in einem der zahlreichen Hotels von Gordes.

Auf der Heimfahrt, Barnaud hing ermattet auf dem Beifahrersitz neben Gauthier, beschlich ihn das Gefühl, an diesem Abend zu weit gegangen zu sein. Er beschwor seinen Freund, die Geschehnisse und Gesprächsinhalte nicht auszuplaudern, da er ansonsten Schwierigkeiten zu befürchten habe. Bevor Barnaud einnickte und noch einmal das genossene Essen sowie die reizende Dame aus Deutschland lobte, gab Gauthier mit zotigen Sprüchen zu bedenken, er habe schon öfters gelesen, ein Camping-Car sei heutzutage sehr gut ausgerüstet, von einem Gästebett darin habe er aber noch nie gehört. Kurzzeitig nahm er beide Hände vom Steuer, um eine eindeutige Geste vorzuführen, die man einem Advokaten sonst nicht zutrauen würde.

»Das war dann wohl das Ende unserer Ermittlungen!« Clara ließ sich auf die Polster fallen, und Dobler hatte den Eindruck, diese Erkenntnis enttäusche sie nicht sonderlich. Er widersprach jedoch energisch:

»Ganz im Gegenteil, wir stehen noch am Anfang und sehen endlich Licht am Ende des Tunnels. Es muss eine Verbindung zwischen Robert Benoit und deinem Vater gegeben haben, sonst hätte Benoit das Schuldanerkenntnis nicht an sich genommen. Je intensiver wir seine Vergangenheit beleuchten, umso mehr erfahren wir über deinen Vater und vielleicht auch über das Haus. Ich glaube nicht, dass Johannes Conrad dort als normaler Tourist Urlaub gemacht hat. Zumindest hat ihn Roberts Anwesenheit nach Gordes geführt.

Der dunkle Punkt in Roberts Leben ist bei dieser Geschichte kein Zufall. Bedenke bitte auch die Malerei und die Aktivitäten deines Vaters im Kunstverein. Das gehört ebenfalls zusammen.«

Clara musste ihm zustimmen und fragte nach einigem Nachdenken: »Warum hast du das Testament im Rathaus fotokopiert? Du hast für einige Sekunden einen völlig konsternierten Eindruck gemacht.«

Dobler löschte das Licht, zog die Rollos herunter und fummelte dann erst den Umschlag mit dem Dokument aus dem Küchenschrank. Die Fotokopie, nun wieder bei Licht, legte er auf den Tisch. Es war eine von einem Notar verfasste Urkunde, in der nur stand, dass Mireille Gillot alleinige Erbin von Bernadine Brousse sein sollte, unterschrieben vor etwa vier Jahren und bestätigt von dem Notar. Daneben vermittelte ein höchst amtliches Dienstsiegel die Echtheit des Papiers.

»Hat dich das Datum so beeindruckt?«

Dobler schüttelte den Kopf: »Kommt dir der Name des Notars nicht bekannt vor?«

Clara schlug sich an die Stirn: »Du hast Recht, denselben Namen hatte der Unterzeichner des Schuldanerkenntnisses. Das kann kein Zufall sein.«

Dobler versetzte sie in noch größeres Erstaunen, als er ankündigte, den Notar am nächsten Morgen befragen zu wollen. Er erklärte ihr, er habe am Vortag das Notariat in Apt entdeckt. »Ich glaube, es ist besser, wenn ich dem Herrn alleine einen Besuch abstatte. Ich bin gespannt, wie er reagiert, wenn ich ihm die Schuldurkunde vorlege.«

Es war ein schwüler Abend. Längst hatten sie die Rollos der großen Seitenscheiben hochfedern lassen, um die Fenster ein wenig zu öffnen. Sie unterhielten sich eine Weile über den Abend und die Andeutungen des Bürgermeisters, bis sich Dobler unvermittelt entschuldigte, er müsse zur Schonung des Toilettentanks einmal »für kleine Königstiger«. Er zögerte einen Moment in der Tür, betrachtete die Sterne und trat dann hinaus in die Nacht.

Der Mond beleuchtete im Süden den dunklen Rücken des Luberon-Massivs, das sich in weiter Entfernung vor der Anhöhe des Stellplatzes von Carbrière erstreckte. Auf der anderen Seite des Parkplatzes erblickte Dobler jedoch deutlich die Umrisse eines Mannes, der zur Straße eilte. Der Anlasser eines Autos war zu vernehmen, und Dobler konnte verfolgen, wie sich der Lichtkegel des Wagens um die Kurven nach Gordes hinab tastete. Diesen Mann hatte er erst vor wenigen Tagen schon einmal in die Nacht verschwinden sehen.

Nach dem Besäufnis mit Benoit.

Dobler lief ein Schauer über den Rücken, und er erwog einen Standortwechsel, trotz vorgerückter Stunde und Promille im Blut. Aber dann entschied er sich, Clara nicht zu beunruhigen. Er würde ihr auch nicht verraten, wie er vorhin zufällig von innen auf den Rückspiegel an der Fahrzeugaußenseite geblickt und darin eine unterhalb des Fensters kauernde Gestalt bemerkt hatte. Einen Lauscher in der Nacht, an der linken Außenwand des Wohnmobils, nur Zentimeter von ihnen entfernt.

Hans Dobler hatte erwartet, der nächtliche Späher werde schnellstens verschwinden, wenn er die Wohnmobiltür auf der anderen, der rechten Seite, öffnete. Genauso geschah es, daher hatte Clara von dem Lauschangriff nichts mitbekommen.

Robert Benoit war demnach das Zusammentreffen mit dem Bürgermeister nicht verborgen geblieben, das ihn augenscheinlich sehr beunruhigte. Er wusste ferner, dass Dobler die Fotokopie des Testaments besaß. Benoit konnte außerdem, wenn er wollte, den Notar vorwarnen, dem er vielleicht schon am Tag nach dem Trinkgelage eine Kopie des Schuldanerkenntnisses übergeben hatte; vielleicht hatte ihn der Gang zu Houssin daran gehindert, am Arbeitsplatz zu erscheinen.

Das Licht am Ende des Tunnels wurde heller.

Den Notar Philippe Houssin und den Makler Patrick Nasarre konnte man ein eintrainiertes Doppel nennen, das sich die Bälle zuspielte. Wer im Umkreis von Apt ein Haus verkaufen wollte, brauchte in der Regel beide.

Die Nachfrage war groß, das Verkaufsangebot deutlich kleiner, wenngleich erstaunlich viele Immobilien auf den Markt kamen. Einige Eigentümer hatten sich übernommen, andere waren gestorben, die meisten waren ihres Grundbesitzes überdrüssig, der ständigen Sorge vor Einbrüchen, Buschbränden und einer Entwertung infolge benachbarter Bautätigkeiten. Trotzdem war der Run auf Ferienhäuser so groß, dass Houssin und Nasarre den Umfang ihrer beruflichen Tätigkeit, vor allem deren Gewinn, leicht hätten verdoppeln können, wenn mehr brauchbare Häuser im Angebot gewesen wären. Über den Preis ließ sich der Profit nämlich kaum noch maximieren, da es eine Schmerzgrenze gab. Die stieg zwar von Jahr zu Jahr, zuletzt aber nur noch unmerklich. An diesem Gefüge hätte sich vermutlich nichts geändert, wenn nicht Nasarres Leute das ewige Gesetz von Angebot und Nachfrage ein wenig beeinflusst hätten, auf ungesetzliche, aber umso wirksamere Weise.

Wer hatte noch Spaß an den südfranzösischen Latifundien, wenn im Winter die Vandalen im Wohnzimmer saßen? Wenn es ständig zu unerklärlichen Stromausfällen kam oder wenn kurz nach Mitternacht jäh die Alarmanlage ansprang?

Das Repertoire war reichhaltig und die Wirkung meist die gleiche: Nasarre und Houssin kamen ins Geschäft, und der eine oder andere Ex-Immobilienbesitzer hatte den Erlös in ein Wohnmobil investiert.

Kurz und schlecht, Nasarre war ein rechter Fiesling, dem aber niemand auf die Schliche kommen wollte, zumal er mit jovialem Auftreten abzulenken verstand und seine Männer, so munkelte man, noch brutaler waren, als sie aussahen.

Mit einem dieser Kerle telefonierte der Notar Houssin noch in der Nacht. Die Worte, die an Houssins Ohr drangen, waren deutlich: »Wir könnten dem deutschen Besucher morgen in Ihrem Büro kräftig einheizen und ihm anschließend mit der Tischplatte etwas kühle Luft zufächeln.«

Der Notar hielt das für eine weniger gute Idee, jedenfalls zu diesem Zeitpunkt: »Ich muss erst mal hören, was er will und wie gefährlich er werden kann. Dennoch, ich brauche zur Sicherheit, sagen wir, zwei kräftige Männer mit guten Manieren, und zwei weitere, die sich erforderlichenfalls der Dame annehmen.«

Diese Dame wusste zur selben Zeit nicht recht, ob sie enttäuscht sein sollte, weil sich ihr männlicher Mitreisender erneut frühzeitig in den Alkoven zurückgezogen hatte. Sie hatte den Eindruck, als stünde seine Ermittlungstätigkeit, der Auftrag, den er offensichtlich zu seiner eigenen Angelegenheit gemacht hatte, über allem.

In Wirklichkeit war Dobler froh über die Ablenkung, nachdem er sich abermals – und erneut endgültig – gegen ein Abenteuer mit Clara entschieden hatte.

Er schlief nicht nur deshalb schlecht. Er musste sich sogar eingestehen, dass er sich auf dem Parkplatz von Carbrières fürchtete. Gerne hätte er in diesem Moment auf einem Campingplatz genächtigt. So fühlte sich Hans Dobler wie gerädert, als er von Claras frisch gekochtem Kaffee geweckt wurde.

Das Büro des Notars Philippe Houssin war deutlich weniger repräsentativ als das des Advokaten Gauthier. Dobler führte das auf die Monopolstellung des Notars zurück, der es nicht nötig hatte, seine Kundschaft durch Äußerlichkeiten zu beeindrucken.

Dobler wurde freundlich empfangen und musste nur kurz warten, obgleich er unangemeldet seine Visitenkarte einer routiniert wirkenden Dame überreicht hatte.

Houssin, er war in Benoits Alter, fragte nach dem Anlass des Besuchs, und Dobler kam gleich zur Sache.

Er übergab dem Notar die Kopie des Schuldanerkenntnisses.

Der derart Provozierte ließ sich nichts anmerken und bat höflich, Dobler möge den deutschen Text ins Französische übersetzen, was jener befolgte und mit der Frage endete, ob Houssin derjenige sei, der das Papier unterschrieben habe.

»Der Unterzeichner trägt tatsächlich meinen Namen, aber ich bin es nicht. Ich habe wohl einen Namensvetter. Interessant, das war mir bislang unbekannt.«

Houssin hatte die Lage im Griff, und Dobler war drauf und dran, wieder zu gehen. Nach kurzem Zögern entschied er sich aber zum Frontalangriff:

»Ich sah auf einer Urkunde Ihres Büros Ihre Unterschrift, und es schien mir, als habe sie eine Ähnlichkeit mit dem Namenszug auf diesem Papier. Vergleichen Sie doch mal Ihren Schriftzug mit demjenigen auf einem anderen Dokument!«

Dobler griff nach einem auf dem Schreibtisch liegenden Vertrag.

Ärgerlich riss Houssin ihm das Papier aus der Hand und sprang auf: »Was erlauben Sie sich? Als Advokat müssten Sie wissen, dass meine Urkunden vertraulich sind.«

Stimmung und Souveränität waren augenblicklich gekippt. Nun war es Dobler, der sich zurücklehnte und kühl erwiderte:

»Ich will nicht den Text dieses Vertrages lesen«, er wies auf das ihm aus den Händen gerissene Schriftenbündel, »sondern nur die Unterschriften vergleichen. Wenn Sie ein anderer sind, steht dem nichts entgegen. Sie könnten sogar auf einem leeren Blatt vor meinen Augen ein paar Probe-Namenszüge schreiben. Und wenn ich dann feststelle, dass diese mit dem Autogramm auf dem Anerkenntnis identisch sind, könnten Sie mir erklären, weshalb Sie sich zur Zahlungspflicht bekannt haben – und mir bis heute Nachmittag die erfolgte Zahlung nachweisen.«

Diese Dreistigkeit ließ Houssins Gesicht dunkelrot anlaufen. Dobler glaubte, ins Schwarze getroffen zu haben.

»Zeigen Sie mir das Original der Fotokopie. Ich nehme an, in Deutschland hat eine Fotokopie genauso wenig Beweiskraft wie in Frankreich. Wenn Sie zudem die Güte besitzen, mir eine Vollmacht Ihres Auftraggebers vorzulegen, und zwar im Original, können wir weiterreden. Aber ich sage es Ihnen noch einmal, ersparen Sie sich die Mühe, ich kenne Ihren Herrn … wie war der Name? ... nicht.«

Dobler blieb äußerlich gelassen: »Der Gläubiger hieß Johannes Conrad, er ist verstorben und ich bin von seiner Tochter beauftragt.«

»Das kann jeder behaupten, woher weiß ich, ob die Tochter die Erbin ist? Nein, wir vertun unsere Zeit. Ich habe jetzt einen Termin, und wenn Sie Ihre Unterlagen beisammen haben, können Sie sich wieder melden.«

Houssin drückte zwei Tasten seines Telefons, woraufhin die Empfangsdame in Begleitung zweier kräftiger Männer das Zimmer betrat.

Dobler war aufgestanden: »Entschuldigen Sie die Störung, ich werde heute noch nach Deutschland zurückfahren.«

Grußlos verließ er das Etablissement.

Für den Rest des noch jungen Tages musste sich Hans Dobler um die Schadensbeseitigung kümmern. Als Clara von ihrem Stadtbummel auf den belegten Parkplatz von Apt zurückkehrte, war ihr Reisegefährte gerade dabei, die Radmuttern wieder festzuziehen. Den zerstochenen Vorderreifen schraubte er erst gar nicht wieder an die Stelle des Ersatzrades unter den Fahrzeugboden, sondern fuhr mit Clara schnurstracks zum nächsten Reifenhändler, wo glücklicherweise derselbe Reifentyp, ein für Wohnmobile entwickeltes Modell, vorrätig war. Der Monteur kümmerte sich auch um die beiden eingeschlagenen Seitenscheiben des Führerhauses. Telefonisch hatte er einen Spezialbetrieb für Autoglas in Avignon herausgefunden, der die benötigten Gläser auf Lager hatte. Dobler fertigte ein paar Beweisfotos für die Versicherung an, und am späten Nachmittag sah man dem Wohnmobil die Attacke nicht mehr an.

»Weshalb sind in Avignon die Scheiben vorrätig, sogar beide?«

Den Fenstermonteur überraschte die Frage: »Wir ersetzen pro Jahr etwa fünfzig Seitenfenster eines Fiat Ducato beziehungsweise der Schwestermodelle von Peugeot und Citroën.«

Dobler fand das plausibel, hatte er doch gelesen, Frankreich nehme bei Autoaufbrüchen in Europa einen Spitzenplatz ein. Vermutlich war er eines der wenigen Opfer, das nicht bestohlen wurde.

Houssins Leute hatten ihn abgeschreckt, bevor er die Rätsel hätte lösen können. Sein Elan war verflogen, er war eingeschüchtert und genervt zugleich. Er verließ mit Clara Avignon noch am selben Abend in nördlicher Richtung.

Erst in Grignan hielten sie wieder an. Am Fuße des gewaltigen, fast auf das Dorf gebauten Schlosses parkten sie auf einem von Platanen beschirmten Platz und erfrischten sich im nahen Freibad. Bei einer Flasche Châteauneuf-du-Pape, einem Weißen, den Dobler besonders schätzte, kehrte die Lebensfreude zurück. Und sie genossen die Ruhe und Abgeschiedenheit im Speisesaal des stilvollen Hotels *Roseraie*, das inmitten eines schattigen Parks gelegen war.

Es waren nicht nur Schuldgefühle wegen der erlittenen Unannehmlichkeiten, die Clara bewogen, ihren Anwalt zum Besten einzuladen, was die exquisite Küche zu bieten hatte. Aber auch das änderte nichts daran, dass ihr Anwalt weder in dieser noch in der nächsten Nacht ihr Liebhaber wurde.

11

Für einen Rechtsanwalt ist die Rückkehr in seine Kanzlei nach mehrtägiger Abwesenheit stets eine spannende Angelegenheit, bei der sich Erfreuliches und Enttäuschendes vermischen: gewonnene und verlorene Prozesse, Krankheiten und Schwangerschaften weiblicher Mitarbeiter, unerwartete Geldeingänge, Defekte an der Büroelektronik, Dankesschreiben von Mandanten und – glücklicherweise selten – Kündigungen von Mandaten.

Mit erhöhter Spannung sah Dobler die Post durch, die während seiner Reise eingegangen war, und fand dort das Gutachten des Schriftsachverständigen aus der Sache seiner jungen Mandantin gegen den Versicherungskonzern. Der Gutachter vertrat die Auffassung, mit sehr hoher Wahrscheinlichkeit – einem Grad, der für die gerichtliche Urteilsbildung ausreichte – stamme die Unterschrift auf der zugunsten des Konzerns abgegebenen Haftungserklärung von seiner Mandantin.

Dobler legte die Akte erst einmal enttäuscht zur Seite, aber das sachverständige Urteil lastete den ganzen Tag über auf seiner Anwaltsseele. Weder der gute Kontostand noch ein paar erfreuliche Prozessentwicklungen, am wenigsten ein Anruf von Clara vermochten seine Stimmung aufzuhellen.

Für die junge Frau bedeutete das Votum des Graphologen, sie würde schon sehr bald die sogenannte Verbraucherinsolvenz beantragen müssen. Das hieß, ein jahrelanges Leben am Existenzminimum zu führen. Und Dobler malte sich mit Unbehagen aus, mit welcher Selbstgerechtigkeit Dr. Schwarz in der nächsten Gerichtsverhandlung auftrumpfen würde. Obwohl Dobler das Gutachten nicht verfasst hatte, es auch nicht beeinflussen konnte, empfand er es als schwere persönliche Niederlage. Es tröstete ihn nicht, dass derartige berufliche Misserfolge im Leben eines Anwalts ähnlich schicksalhaft waren wie der plötzliche Tod eines Patienten, um dessen Überleben sich der Arzt nach allen Regeln der Kunst bemüht hatte.

Ehe der Arbeitstag aber zu Ende ging, erwachte in Dobler der Kampfgeist, die Entschlossenheit, das schier Unmögliche zu versuchen, jene Eigenschaft, die maßgeblich zu seinem Renommee beigetragen hatte.

Er setzte die Mandantin telefonisch vom Gutachten in Kenntnis, sprach ein paar aufmunternde Worte und vereinbarte für den nächsten Tag eine Besprechung, an der auch der Vater teilnehmen sollte, der Unhold, welcher die Misere eingebrockt hatte.

Er fand sich tatsächlich am folgenden Nachmittag gemeinsam mit seiner Tochter in Doblers Kanzlei ein und gestand ohne spürbare Reue, aber glaubhaft, die verfluchte Unterschrift gefälscht zu haben.

Dobler legte nun zehn weiße Blätter auf den Schreibtisch, die er von eins bis zehn durchnummeriert hatte. Er bat seine Mandantin, auf fünf Briefbogen je eine Unterschrift zu leisten. Dasselbe musste der kriminelle Vater tun – doch der sollte mit dem Namenszug der Tochter unterschreiben, wie damals bei der Fälschung. Dabei assistierte Doblers Sekretärin und vermerkte sorgfältig unter Doblers Aufsicht, zu welcher Blattnummer wessen Unterschrift gehörte. Am Ende sammelte der Rechtsanwalt zehn Blätter ein, auf denen nichts stand außer einer Zahl und einer Unterschrift. Ferner gab es in seiner Akte – und in Kopie in seinem Banktresor – eine Liste, der man entnehmen konnte, welche Blattziffer die Unterschrift der jungen Frau trug und welche die des Vaters.

Danach fertigte Dobler einen Schriftsatz an das Landgericht an, dem er die zehn Blätter beifügte und in dem er beantragte, das Gericht möge den Sachverständigen beauftragen, zu identifizieren, welche der zehn Unterschriften von seiner Mandantin, der Beklagten, stammten. Gleichzeitig kündigte er schriftlich an, nach dieser zweiten sachverständigen Beurteilung unter Vorlage der Nummernliste zu offenbaren, welche Unterschriften von der jeweiligen Person gefertigt worden waren. Bezeugen würden das seine Sekretärin und er selbst.

Beinahe postwendend bestimmte der Richter einen Verhandlungstermin, zu dem er die Beklagte und deren Vater lud.

Unter schärfstem Protest von Dr. Schwarz, der diese Vorgehensweise für ungesetzlich hielt und verletzte Prinzipien der Prozessordnung reklamierte, griff der Richter Doblers Idee auf. Er legte seinerseits der Beklagten und deren Vater nummerierte Seiten vor und ließ diese von beiden mit dem Namenszug der Tochter unterschreiben. Selten sah man ein ähnlich verblüfftes Richtergesicht, als der Vater die Unterschrift seiner Tochter aus dem Stehgreif nachahmen konnte; ohne jede Vorbereitung und so perfekt, dass sie sich für den Laien durch nichts von derjenigen der Tochter unterschied.

Ein paar Wochen später lag das Ergänzungsgutachten auf Doblers Schreibtisch. Er hatte gewonnen. Der Graphologe konnte keine einzige der Unterschriften mit höherer Wahrscheinlichkeit der Mandantin zuschreiben als eine andere. Er war zu dem Ergebnis gelangt, dass mit derselben »sehr hohen Wahrscheinlichkeit« Namenszüge auf Blättern, deren Ziffern dem Vater zuzuordnen waren, von dessen Tochter stammten und – das war das Entscheidende – vom Unterzeichner der Haftungserklärung, die von dem Versicherungsunternehmen vorgelegt worden und die Anlass des Rechtsstreits war.

Da der Versicherungskonzern im Prozess die Beweislast dafür trug, dass die dortige Unterschrift von der Beklagten – und nicht von ihrem vermögenslosen Vater – stammte, war der Beweis nicht geführt. Die Klage gegen Doblers Mandantin wurde abgewiesen.

Das Urteil hielt sogar der von Dr. Schwarz beim Oberlandesgericht verbissen geführten Berufung stand. Das stellte sich allerdings erst über ein Jahr später heraus, zu einem Zeitpunkt, als Dobler gerade dabei war, Licht in das Dunkel um Johannes Conrads und Robert Benoits Vergangenheit zu bringen.

Am Abend des Tages, an dem sich Hans Dobler in seinem Büro hatte vorführen lassen, wie die Unterschriften seiner Mandantin von ihr sowie von ihrem Vater unterschiedslos produziert werden konnten, saß er zu Hause in seinem Arbeitszimmer. Noch wusste er nicht, dass es sogar einem Sachverständigen nicht gelingen würde, echt von falsch, wahr von unwahr zu unterscheiden.

Dobler trank Wein, hörte Musik und dachte über die Wahrheit nach, über seinen Umgang mit der Wahrheit und wie unwichtig in seinem Alltag wahr und unwahr geworden waren. Wie wenig es ihm bedeutete, ob seine Mandanten ihm einen Sachverhalt richtig oder falsch schilderten. Seine Aufgabe bestand darin, grobe, offensichtliche Lügen ausgenommen, die Version des Mandanten dem Richter als so wahrscheinlich darzustellen, dass das Ziel des Mandanten erreicht wurde.

War es inzwischen nicht sogar ihm, der in jungen Jahren aus Überzeugung und mit festem Rückgrat Anwalt geworden war, fast gleichgültig, ob seine Mandantin das Papier unterschrieben hatte? War ihm nur noch wichtig, dass sie – mit legalen Mitteln – den Prozess gewann? Und Dr. Schwarz verlor?

Wie oft in seinem beruflichen Leben hätte er eingreifen können, wenn er Lügen von Zeugen bemerkt hatte? Und wie oft hatte er tatsächlich interveniert, wenn die Unwahrheit für seine Partei günstig war?

Er wäre brotlos geworden, hätte er der Wahrheit statt einer papiernen Gerechtigkeit zum Sieg verholfen. Der Anwalt, der statt auf den Erfolg des Mandanten auf die Wahrheit hinarbeitet, erwirbt den Ruf eines Sonderlings, eines Spinners. Vor allem hat er wirtschaftlich keine Überlebenschance.

Hatten sich deshalb Wahrheit und Unwahrheit in seinem Alltag untrennbar vermischt?

Es war sicher nicht Helgas Vorstellung von Wahrheit, wenn sie in dem Glauben belassen wurde, er habe das neue Wohnmobil während des verlängerten Wochenendes in der Provence allein eingeweiht. Vielmehr verbreitete er selbst die Unwahrheit, wenn er ihr Claras Anwesenheit verschwieg.

Warum hatte er dennoch so sehr Gefallen gefunden am Wunsch, die Wahrheit über Robert Benoit und Johannes Conrad herauszufinden? Und war das, was er glaubte herausgefunden zu haben, die Wahrheit?

Helga setzte sich zu ihm.

Er hatte ihr schon gleich nach seiner Rückkehr von seinen Beobachtungen während der Reise berichtet.

Was er erzählt hatte, entsprach der Wahrheit. Aber er hatte nicht alles erzählt: Claras Besuch hatte er verschwiegen. Also war es doch nur ein Teil der Wahrheit gewesen. In der Erwartung, die ganze Wahrheit könnte ihrer beider Leben eine nachteilige Wendung geben.

So wie Dobler sich Tage und Wochen mit einer Teilwahrheit arrangierte, hatten sich wohl auch Robert Benoit, Johannes Conrad und andere eingerichtet – ein halbes Leben oder länger. War es dann nicht geradezu vermessen, wenn er, Hans Dobler, aus Neugier, Erfolgshunger oder anderen eigennützigen Motiven diese künstliche Ordnung am Ende durcheinander brachte? Wo es doch keinen Zweifel mehr daran geben konnte, dass Johannes Conrad *kein* Haus besessen hatte, das zur Vergrößerung von Claras Erbansprüchen hätte beitragen können, und Dobler sich eingestehen musste, die Aufdeckung der Wahrheit über Johannes Conrad werde ebenso wenig einen wirtschaftlichen Nutzen haben?

Helga empfahl ihm, sich eine Zeitlang nicht mehr mit der Sache zu beschäftigen, um abzuwarten, ob er sein Interesse verlöre. Helga war ihm so nah wie seit Jahren nicht mehr, und er befolgte ihren Rat.

Mit Clara hatte er sich seit dem Ende ihrer Reise nicht mehr getroffen. Er behielt die ihm überlassenen Fotos und Papiere. Clara nahm es bedauernd hin, dass sie beide fortan keinen Kontakt mehr haben würden.

Auch Dr. Schwarz hatte seine Akten geschlossen, weil Clara ihn gebeten hatte, Brigitte Conrads Angebot einer Einigung anzunehmen. Schwarz hatte sich noch einmal ins Zeug gelegt und angespornt von einer Vergleichsvergütung – aber ohne weiteres Abendessen – eine Aufstockung des

Vergleichsbetrages auf 5.000 Euro erreicht.

Die Wahrheit interessierte Clara kaum. Ihr Vater war tot, und schon zu seinen Lebzeiten hatte es seine Vergangenheit nicht gegeben, in den letzten Jahren sogar kaum seine Gegenwart. Zu wenig, um den Vater und seine Eigenarten zu verstehen. Er hatte ihr nichts hinterlassen, was sie in Frage stellen konnte und – außer den Fotos im Karton – nichts, was es real gab. Warum sollte sie sich noch mit ihm beschäftigen? Mit einer Person, die zeitlebens keinen Beitrag geleistet hatte, der eigenen Tochter etwas zu überliefern; ein Stück Familie, etwas Tradition oder auch nur ein paar Habseligkeiten.

Clara konnte sich schon wenige Tage nach ihrer Rückkehr aus der Provence nicht mehr erklären, weshalb sie sich überhaupt mit mehr als finanziellem Interesse dem Vorleben ihres Vaters gewidmet hatte.

12

Die Mauersegler waren vor zwei Wochen von einem auf den anderen Tag verschwunden. Noch in keinem Jahr war es Dobler gelungen, den Tag, an dem das schrille Kreischen nicht mehr zu hören war, genau zu bestimmen. Der Abzug hatte auch dieses Jahr wieder unmerklich stattgefunden, und mit ihm, wie Dobler wusste, war der Höhepunkt des Sommers überschritten. Dieser unwiderrufliche Übergang irritierte ihn jährlich mehr, als rücke mit ihm auch der kleine Zeiger seiner Lebensuhr ein Stück voran.

Rechtsanwalt Dobler hatte seinen Sommerurlaub noch vor sich, den seine Kollegen gerne »Jahresurlaub« nannten, wenn sie Termine verlegen wollten, und damit verbrämten, dass sie wenigstens dreimal im Jahr verreisten. Er freute sich, zum ersten Mal gemeinsam mit Helga im eigenen Wohnmobil loszufahren. Auch Helga schien zunehmend

Gefallen an der Vorstellung zu finden. Sie schürte ihre Vorfreude, indem sie Kleinigkeiten an der Einrichtung veränderte, zusätzliche Vorhänge nähte sowie Hausrat kaufte, der für immer seinen Platz in den Schränken und Schubladen der fahrbaren Behausung finden sollte. Schon zweimal war sie zu IKEA gefahren, um Bestecke, Geschirr und Textilien zu kaufen. Tassen und Gläser sollten nicht aus Kunststoff sein, auch die Töpfe wählte sie in einer Qualität, wie sie es von zu Hause gewohnt waren, und richtig gute Messer. Vom heimischen Hausrat wollten sie nichts verwenden, um nicht vor jeder Reise von Einräumtätigkeiten sowie der Vergesslichkeit geplagt zu werden.

In den letzten Augusttagen schwammen sie im klaren, weichen und angenehm kühlen Wasser des Verdon, erfreuten sich der legeren und doch bequemen mobilen Behausung, genossen ihre Zeit in Harmonie und Entspannung und bedauerten allenfalls, dass die Lavendelblüte in der Haute Provence schon seit einem Monat verblasst war. Erfreulich war dagegen, dass auch der lebhafte Sommertourismus an den Stauseen des Verdon bereits abgeflaut war. In den nächsten zehn Monaten würde hier Ruhe herrschen. Sogar auf den wenigen Campingplätzen an der Côte d'Azur bekamen Hans und Helga Platz. Ab und zu, aber sehr selten, befiel Dobler ein Anflug schlechten Gewissens, wenn er an Claras Anwesenheit bei der letzten Reise und ihre Nächte im Wohnmobil-Bett dachte. Diese Anflüge gingen aber immer schnell vorüber. Mehr Gedanken verschwendete Dobler nicht an Clara Conrad und die Suche nach den Spuren ihres Vaters, und ihm ging es sehr gut dabei.

Das änderte sich schlagartig, als Helga zu Beginn der letzten Urlaubswoche vorschlug, den Heimweg nicht über Sisteron und die Route Napoléon zu wählen, sondern über die Berge des Luberon zu fahren und in Bonnieux Station zu machen.

»Willst du den Gordischen Knoten nicht mehr entwirren? Wir könnten mit Mireille Gillot sprechen und sie über Robert Benoit befragen.«

Dobler stutzte. Helgas kriminalistischer Spürsinn war

wiedererwacht und brach sich unaufhaltsam Bahn. Ob er ihr diese Idee noch ausreden konnte?

Statt auf ihre Frage einzugehen, versuchte er, das Gespräch auf ein anderes Thema umzulenken. »Den Gordischen Knoten entwirren, das ist ja ein passender Ausdruck für diese verwickelte Geschichte. Als ob er etwas mit Gordes zu tun hätte.«

Helga dozierte etwas schulmeisterlich: »Soviel ich weiß, heißt der Gordische Knoten nach Gordios, das war ein König in der Antike. An dessen Streitwagen hatten die Götter ein Seil geknüpft, das niemand entwirren konnte, bis Alexander der Große kam und die Knoten einfach mit dem Schwert durchgehauen hat. Und dann hat er Persien besiegt; das konnte nämlich wiederum nur der, der den Knoten zu lösen verstand.«

»Das war im Jahr 333 vor Christus.«

Helga schmunzelte erstaunt. »Du hast offenbar in der Schule aufgepasst. Aber nun lenk nicht ab: Was hältst du von meinem Vorschlag? Immerhin wolltest du schon auf der letzten Reise nach Bonnieux. Wenn das Geheimnis nichts mit Mireille Gillot und mit Robert Benoit zu tun hätte, wärst du wohl kaum von Robert verfolgt worden, nachdem er bemerkt hatte, dass ihr das Grundbuch eingesehen habt.«

Dobler schwieg, doch widerstrebend gestand er sich ein, dass Helgas Begeisterung für den Fall langsam wieder auf ihn übergriff. Seine Zurückhaltung wiederum spornte Helga nur noch mehr an. Sie hatte die Aufklärung der Geschichte zu ihrem Anliegen gemacht.

So befragte sie am nächsten Nachmittag den Verwalter des kommunalen Campingplatzes von Bonnieux nach der Adresse von Mireille Gillot. Kaum hatte er ihnen das Haus beschrieben, machten sie sich schon auf den Weg. Sie wollten das Ziel erreichen, bevor Mireille vom Verwalter alarmiert werden konnte, falls alle unter einer Decke steckten.

Hans und Helga Dobler rekapitulierten auf der Fahrt noch einmal alle Fakten und beratschlagten, mit welchem Anliegen sie Madame Gillot ansprechen sollten. Als Anwalt konnte Dobler nicht auftreten, da sein Mandat schließlich beendet war. Außerdem hätte Mireille Gillot allen Grund gehabt, ihren Mund zu halten, wenn der Rechtsanwalt der Dame aufkreuzte, die ihr das Haus in Gordes streitig machen könnte. Es sei denn, die Eigentumsverhältnisse waren dermaßen lupenrein, dass es überhaupt keinen Grund zur Vorsicht gab. Die wiederum war offensichtlich geboten, wie die bei der letzten Reise eingeschlagenen Scheiben bewiesen. Hans und Helga konnten auch nicht vorübergehend eine fremde Identität übernehmen, die von Kunsthistorikern beispielsweise, welche die Spuren von Künstlern aus den 60er Jahren verfolgten. Das kam schon deshalb nicht in Frage, weil Dobler in Betracht ziehen musste, dass er in Bonnieux über Benoit oder Houssin bereits bekannt war, und sich lächerlich gemacht hätte, wenn er nun, quasi mit angeklebtem Bart und gefärbten Haaren, erneut auf der Bildfläche erschienen wäre.

Das Ringen um den passenden Auftritt verdeutlichte die minimalen Aussichten des Unterfangens. Unterstellt, Madame Gillot war überhaupt zu Hause.

»Wenn ich Mireille Gillot wäre und nichts sagen wollte, würde ich vor deiner Nase die Türe schließen, ganz gleich, ob du Anwalt, Polizist oder Journalist wärst.«

Damit hatte Helga zweifellos Recht.

»Entweder fasst Madame Gillot zu uns, den Eheleuten Dobler, ein wenig Zutrauen, weil sie uns sympathisch findet, oder sie schweigt, ganz gleich, wer wir sind.«

Auch das überzeugte Hans. »Also gut, stellen wir uns als Helga und Hans Dobler vor.«

Obwohl der Campingplatz nur einige hundert Meter unterhalb des Dorfes lag, waren sie gehörig ins Schwitzen geraten, bis sie den kegelförmigen Hang von Bonnieux erklommen hatten. Mit Hilfe der präzisen Wegbeschreibung des Campingplatzverwalters verließen sie an einem Brunnen gegenüber dem Bäckerei-Museum die Hauptstraße und begannen, einen steilen Treppenweg zu ersteigen. Die Fensterläden der meisten Häuser waren verschlossen, was auf ein Zweit- oder Dritthausdasein hindeutete. Die schmale Gasse war so menschenleer und still, dass Hans und Helga eine Weile fürchteten, sie hätten sich verlaufen.

Dann aber, seitlich der von riesenhaften Zedern gesäumten Brüstung des Kirchenvorplatzes, endete der Weg vor einer Mauer, deren einzige Öffnung ein schmales Tor war, gerade breit genug für einen Maultierkarren oder einen neuzeitlichen Kleinwagen. Durch diese Pforte konnte man wegen der dichten Holzverkleidung nicht hindurchschauen. Auch einen Namen suchten Hans und Helga vergebens. So drückte Helga beherzt auf den neben der Tür montierten Klingelknopf. Das war offenkundig die einzige Möglichkeit herauszufinden, ob jemand zu Hause war und vor allem, wer das war.

»Im ungünstigsten Fall lauern Houssins Leute hinter der Mauer«, raunte Dobler, der ebenso wenig wie Helga ein Läuten vernommen hatte und nicht wusste, ob die Klingel überhaupt funktionierte. Sicherheitshalber drückte er nochmals auf den Knopf, woraufhin knirschende Schritte zu vernehmen waren. Jenseits des Tores war der Hof also mit feinem Kies bedeckt, und der Weg zum Haus durchmaß ein größeres Areal.

»Bonjour, Madame, ich bin Hans Dobler. Das ist meine Frau Helga.«

Mit dem Ausdruck größten Erstaunens stand ihnen eine Frau von Mitte fünfzig gegenüber. Sie antwortete nicht, und es schien Dobler, als sei ihre Sprachlosigkeit eher auf seine Person oder seinen Namen zurückzuführen als auf das unvermutete Erscheinen wildfremder Personen. Da sie weiterhin stumm blieb, fragte Dobler nach Madame Gillot.

»Ich bin Madame Gillot.«

»Verzeihen Sie, ich möchte nicht unhöflich erscheinen, aber die Frau Gillot, die wir sprechen möchten, müsste Ende zwanzig sein, sie heißt Mireille.«

Madame Gillots Züge entspannten sich ein wenig: »Das ist meine Tochter, sie wohnt hier schon länger nicht mehr. Ich bin Karine Gillot.«

»Dürften wir die aktuelle Adresse Ihrer Tochter erfahren?«

»Die wird Ihnen im Moment wenig helfen. Mireille ist nach Nancy verzogen, nach Lothringen.«

Unentschlossen standen sich die Unbekannten gegenüber, bis Dobler durch den Kopf fuhr, die Mutter könnte ihnen womöglich eher behilflich sein als die Tochter. Karine Gillot hatte das passende Alter, und vielleicht war sie sogar der Grund für den Erwerb des Hauses durch die Tochter. Hatte nicht der Bürgermeister von Gordes erwähnt, Mireilles Mutter sei die ehemalige Lebensgefährtin von Robert Benoit?

»Möglicherweise können auch Sie, Madame, uns weiterhelfen, mehr vielleicht als Ihre Tochter.« Dobler bemühte sich um größte Höflichkeit: »Wir kommen aus Deutschland, aus Heidelberg, und sind auf eine Geschichte gestoßen, die uns nicht mehr loslässt. Um es vorweg zu sagen: Sie müssten wenigstens eine Stunde Zeit haben.«

Madame Gillot blickte nun auf Helga, die ihr mit warmem Lächeln zunickte. Die Französin lächelte zurück. Sie hatte ein kluges Gesicht mit großen, braunen und ruhigen Augen. Das schon deutlich ergraute Haar trug sie halblang, in der Mitte über der Stirn gescheitelt. Man sah ihr das Leben im Süden an, aber sie besaß nicht den Teint vieler Provenzalinnen. Sie wirkte fein und gebildet, und Dobler hörte, dass sie nicht den harten Akzent der Gegend sprach. Madame Gillot war eine Frau, mit der man sich auf Anhieb verstand.

Zögernd, und wohl nur, weil sie nicht ungehörig reagieren wollte, bat sie die unbekannten Besucher herein und wies im gekiesten Hof auf einen großen runden Tisch. Von der Brüstung davor erstreckte sich ein atemberaubender Blick hinüber zur Burg von Lacoste und sogar bis zu den Ockerbrüchen von Roussillon. Schöner konnte man kaum wohnen. Auch der Hof mit den Olivenbäumen, die teilweise ein biblisches Alter hatten, war sehenswert. An seinem Rand standen große Kübel mit Oleanderbüschen und hinten im Garten eine der für Bonnieux so typischen Zedern. Alles wirkte natürlich. Das war nicht das Werk eines Gartenarchitekten, sondern einer Frau, die ihr Haus liebte, wie die Landschaft, in die es schon vor über hundert Jahren gebaut worden war.

Helga war überwältigt von dem Anwesen und dem Ausblick, und das brachte sie ganz spontan zum Ausdruck.

Als Französischlehrerin beherrschte sie die fremde Sprache bestens, und Madame Gillot freute sich offenbar über ihre Worte.

»Ich hole uns etwas zu trinken«, entschuldigte sich die Französin liebenswürdig für einen Moment. Helga flüsterte Hans zu, er müsse nun nicht mehr befürchten, von Houssins Leuten angegriffen zu werden, und fügte augenzwinkernd hinzu: »Obwohl sie sich hinter den alten Olivenbäumen wunderbar verstecken könnten!«

Bevor Dobler antworten konnte, war Karine Gillot zurückgekehrt und brachte Gläser, einen Krug Leitungswasser, Eiswürfel und eine Flasche Ricard; dazu eine Schale Oliven und einen Korb Brot. Hans und Helga entsagten dem Pastis, um einen klaren Kopf zu behalten, aber Madame Gillot goss sich ein wenig ein und verdünnte die sich sofort milchig verfärbende Flüssigkeit mit reichlich Wasser. Helga spürte, dass Frau Gillot sie mochte, und übernahm daher die Aufgabe, die Freundlichkeit der Gastgeberin zu loben, um dann zügig zur Sache zu kommen. Sie berichtete ganz offen vom Auftrag ihres Mannes und dessen Bekanntschaft mit Robert Benoit. Dabei ließ sie weder den Blick ins Grundbuch von Gordes aus noch die Andeutungen des redseligen Bürgermeisters, ohne diesen allerdings als Informanten bloß zu stellen. Sie erwähnte auch, Robert Benoit sei ihrem Mann sogar bis nach Cabrières gefolgt und dort im Dunkeln um das Wohnmobil geschlichen.

Karine Gillot hörte interessiert zu, mit einem seltsamen Lächeln, und unterbrach Helga an keiner Stelle. Nachdem Helga geendet hatte, tat sie allerdings kund, dass es sich nicht gehöre, mit wildfremden Menschen über andere zu sprechen. Und schon gar nicht dürfe, ohne triftigen Grund, Unrühmliches erörtert werden. Das nütze niemandem und schade möglicherweise sehr. Madame Gillot machte keinen Hehl daraus, dass sie die Recherchen für nicht seriös, oder – vorsichtig formuliert – für fragwürdig hielt.

»Hätte ich Sie beide nicht als sympathische Menschen kennen gelernt, würde ich das Gespräch nun beenden.«

Das war deutlich, und die beiden Doblers hätten sich als taktlos erwiesen, hätten sie diesen Hinweis überhört. So bedankten sie sich sogleich für Karine Gillots Geduld, um danach unverzüglich aufzustehen. Dobler drehte sich dann doch noch einmal zu Madame Gillot um.

»Sie haben Recht, wir dürfen nicht verhehlen, dass uns ein wenig die Neugierde treibt. Aber es geht auch um ein mir erteiltes Mandat, das meine Klientin schon viel Geld gekostet hat. Ich möchte ihr zum Abschluss wenigstens darlegen können, wie es zum Irrtum über ein Haus des Vaters in Gordes kommen konnte und weshalb der Vater so oft dorthin gefahren ist.« Dobler hielt einen Moment inne, um Madame Gillot Gelegenheit zu einer Reaktion zu geben. Da sie ihn bloß ruhig anblickte, fuhr er fort.

»Ich habe mit meinen Recherchen bislang erst zwei Dinge herausgefunden: Erstens habe ich festgestellt, dass Ihre Tochter als Eigentümerin des Hauses im Grundbuch steht, und zweitens, dass verschiedene Leute ein Interesse daran haben, eine mir unbekannte Wahrheit über dieses Haus im Dunkeln zu belassen. Ich bin zwar auch nur Rechtsanwalt und nicht Detektiv, aber ich habe bei der Auflösung dieses Rätsels bislang versagt. Meine Mandantin hatte vor meiner Beauftragung eine solch nebulöse Vergangenheit ihres Vaters kaum für möglich gehalten. Nun ist sie plötzlich mit vielen Fragen konfrontiert. Es ist meine Pflicht, oder besser: meine moralische Aufgabe, die Wahrheit um das Haus von Gordes herauszufinden, soweit Johannes Conrad dabei eine Rolle spielt. Dazu bedarf es näherer Erkenntnisse über Robert Benoit, denn der ist erwiesenermaßen nicht unbeteiligt.«

Dobler brach seinen Vortrag ab, irritiert, dass Frau Gillot weiterhin reglos dasaß. Er blickte zu Helga, die ihm aber aufmunternd zunickte. So wandte er sich wieder an die Gastgeberin.

»Ich respektiere Ihre rücksichtsvolle Verschwiegenheit, aber ich möchte Ihnen meine Absicht mitteilen, Erkundigungen über Monsieur Benoit einzuholen, auch wenn das nicht heute oder morgen sein muss. Und irgendwann werde ich Clara Conrad einen Bericht überreichen mit Angaben über den Lebensabschnitt ihres Vaters in Gordes und Umgebung.«

Dobler legte seinen Arm um Helgas Schultern und wandte sich zum Gehen. Nun endlich reagierte Karine Gillot. »Wollen Sie nicht zum Essen bleiben? Es gibt kein Menu, nur ein paar Kleinigkeiten. Ich habe Verständnis für Ihren Wunsch und ich werde Ihnen Roberts Geschichte erzählen.«

Karine musste die Antwort nicht abwarten. Sie entschwand in die Küche, nicht ohne nochmals den Ricard in Erinnerung zu bringen, was Hans Dobler ihr hoch anrechnete. Erleichtert nahm er wieder Platz und goss sich ein.

Bald stellte die Gastgeberin gewürfelte, pikant angemachte Rote Beete zu den Oliven, daneben eine Platte mit Salami und Schinken sowie eine Schüssel mit Selleriestangen zu einem Dipp von Anchovis-Paste. Es gab eine vorzügliche Mousse von Kichererbsen, eine Tapenade von schwarzen Oliven, hart gekochte Eiviertel, Tomatenstückchen und sogar kleine violette Artischocken.

»Das ist eigentlich eine provenzalische Vorspeise, zu der man reicht, was gerade im Hause ist. Heute Abend muss sie auch den Hauptgang und das Dessert ersetzen. Schließlich haben Sie sich nicht angemeldet. Möchten Sie roten oder weißen Wein?«

Hans und Helga entschieden sich für einen roten, und so brachte Madame Gillot zwei Flaschen des Weinguts *La Canorgue* mit dem Hinweis, das Château liege am selben Hang wie ihr Haus, nur weiter unten, und sei bekannt wegen seines biologischen Anbaus.

Schon während sie die ersten Selleriestiele in die Sardellensoße eintauchten, begann Karine Gillot zu erzählen. Schnell merkten ihre Gäste, wie gut sie über das, was sie wissen wollten, Bescheid wusste.

»Ich kann mich noch gut an Jean erinnern.«

Helga fiel fast die Gabel aus der Hand. Jean ist die französische Übersetzung von Johannes. Verblüfft schauten sie und Hans auf die Französin, die nun in ruhigem Tonfall zu erzählen begann.

»Ich bin im Herbst 1967 zur Gruppe um Luc Lambert gestoßen. Der war zu dieser Zeit ein noch wenig bekannter Maler und hatte sich in Gordes niedergelassen, einem damals fast verwaisten Dorf. Kein normaler Tourist hätte auch nur einen Fuß dorthin gesetzt. Damals ging der Run, soweit überhaupt vorhanden, zur Küste, und in der Provence allenfalls noch zu den römischen Überresten. Bei Künstlern und den jungen Linken hatte aber schon ein anderer Trend eingesetzt. Die suchten Orte, denen die etablierte Bourgeoisie, die Spießer und die Reichen, fern blieben, wo aber dennoch die Sonne ständig schien und der Liter Rotwein so wenig kostete wie ein Liter Benzin. Gordes war ein solcher Ort, Sie kennen ja dessen Reize, die damals, glauben sie mir, noch weitaus größer waren als heute.«

Karine nahm einen Schluck vom Rotwein, ihre Gäste, die aufmerksam gelauscht hatten, warteten gespannt auf die Fortsetzung.

»In Künstlerkreisen galt Gordes als schick. Victor Vasarély, der damals als Maler schon etabliert war, hatte hier in den 50er Jahren gelebt. Unter den Künstlern Ende der 60er Jahre galt er als großes Vorbild. Diejenigen, die nach Gordes kamen, konnten ihn zwar in Person nicht mehr dort antreffen, und ihm künstlerisch gleichtun vermochte auch keiner. Aber sie wollten sich dort niederlassen, wo der Meister eine seiner wichtigsten Kreativitätsphasen erlebt hatte .«

Madame Grillot griff erneut nach ihrem Glas, nachdem sie sich nachdenklich das Haar aus dem Gesicht gestrichen hatte. Eine Reaktion ihrer Gäste erwartete sie offenkundig nicht. Nachdenklich blickte sie in die Kronen der Olivenbäume im Hof. »Im Jahr 1967 kam ich im Sommer mit einer Freundin per Anhalter nach Gordes, die letzten Kilometer ab der Route Nationale mussten wir zu Fuß bewältigen. Wir blieben einige Wochen, ich verliebte mich, studierte über Winter wieder in Lyon und kehrte im März 1968 nach Gordes zurück. Die Künstler, das waren junge Maler und Bildhauer, blieben das ganze Jahr über dort; zu ihnen gehörte auch Johannes Conrad. Er war, wenn ich mich recht erinnere, im Sommer 1967 schon dort, als wir ankamen, und blieb von da an etwa ein Jahr.« Sie wandte sich nun an Helga und Hans.

»Mit dem von Ihnen erwähnten Haus hat das alles nichts

zu tun. Das Haus war damals übrigens eines der wenigen, die noch intakt und bewohnt waren. Jean hat es zu dieser Zeit vermutlich nicht einmal betreten.«

Karine Gillot war damit einer Frage von Dobler zuvorgekommen.

»Wie gesagt, im Sommer 1968, es könnte im Mai gewesen sein, zog Jean wieder zurück nach Deutschland. Er begann dort ein Jurastudium, was uns wunderte. Wir hätten eher Kunstgeschichte oder Soziologie erwartet, aber er hatte wohl schon vor dem Jahr in Gordes juristische Vorlesungen gehört. Der Kontakt zu ihm blieb noch ein paar Jahre erhalten und wurde dann aber immer spärlicher. In den ersten Jahren kam Jean gar nicht mehr selbst nach Gordes, sondern schrieb nur noch gelegentliche Briefe. Nach einigen Jahren aber kehrte er zurück und verbrachte Sommer für Sommer ein paar Wochen im Luberon. Und dass die Reise nach Gordes auch seine letzte war, bevor er auf dem Heimweg tödlich verunglückt ist, wissen Sie ja selbst.«

Dobler gab seiner Frau heimlich einen leichten Tritt und beschäftigte sich dann mit dem Rotwein. Er goss den Damen nach, lobte das Essen und überspielte seine Überraschung. Er hatte vergessen, Clara nach einzelnen Stationen der letzten Reise ihres Vaters zu fragen. Er wusste nur von einem Unfall auf der Autobahn im Rhônetal bei Vienne. Conrad war von der Fahrbahn abgekommen und an einen Betonpfeiler gekracht. Dobler hielt es für ratsam, sein Unwissen vor Madame Gillot zu verbergen, genauso wie er das Ende seines Mandats verschwieg.

»Sie sind seit damals hier in dieser Gegend geblieben?« Helga vermied die Indiskretion, zu fragen, ob es womöglich Robert Benoit oder Johannes Conrad waren, in die sich Karine damals verliebt hatte.

Karine Gillot nickte. »Zuerst war es jugendliche Schwärmerei für die progressiven Künstler, deren ungezwungenes Leben, ihre linke Weltanschauung. Bald wurde daraus eine tiefe Liebe zu Robert Benoit. Geblieben ist die Verbundenheit mit der Landschaft und den Menschen des Luberon.«

Karine schwieg eine Weile.

»Ich studierte und wurde Lehrerin. Heute arbeite ich an

einer Schule in Apt. Robert Benoit hingegen hat nie eine Ausbildung abgeschlossen. Erst studierte auch er ein paar Semester Jura, dann lebte er nur noch von der Malerei, die ersten Jahre auch ein wenig von mir. Seine Tante griff ihm auch immer wieder unter die Arme, ihr gehörte übrigens besagtes Haus. Roberts Ausstieg aus dem bürgerlichen Leben fand also nicht ohne Zufall gerade in Gordes statt. Hier war er finanziell abgesichert. Selbst als die Tante im Jahr 1970 wegzog …«

Dobler nutzte die Atempause:

»Ich möchte Sie nicht unterbrechen, aber über das Haus sollten wir nochmals sprechen.«

»Sie müssen sich noch ein wenig gedulden«, antwortete Karine Gillot, »Sie müssen vorher noch einige Dinge erfahren, insbesondere, warum Robert sein Studium nicht zu Ende geführt hat. Ein Grund mochte sein künstlerisches Talent sein. Er entwickelte sich nämlich zu einem regional recht bekannten Maler und verkaufte eine Zeitlang sehr ordentlich, bis ihm irgendwann die Ideen ausgingen. In den letzten Jahren hat er gar nichts mehr produziert. Vielleicht hätte er die Malerei mit seinem Studium unter einen Hut bringen können, wäre er nicht im Mai 1968 aus der Bahn geworfen worden.«

Gedankenverloren ergriff sie die Schüssel mit den Oliven, ließ einige auf ihren Teller gleiten und spießte zwei davon mit der Gabel auf, um sie in den Mund zu stecken. Nun blickte sie Hans und Helga ernst in die Augen und sprach dann weiter.

»Robert stand damals in Verdacht, in Lyon einen Polizisten umgebracht zu haben. Sie erinnern sich vielleicht an die sogenannten Mai-Unruhen der Studenten, die von Paris ausgingen und die, wie sie wissen, auch in Berlin für größte Unruhe sorgten. Lyon war eine Hochburg der protestierenden Linken, und die Gruppe aus Gordes war oft mittendrin. Auch Johannes Conrad.«

Das Ehepaar Dobler hing gespannt an ihren Lippen.

»Eines Tages raste ein junger Mann auf zwei Gendarmen zu, die das Auto zu Kontrollzwecken anhalten wollten, weil vor einer Demonstration gewalttätige Ausschreitungen befürchtet worden waren. Einer der beiden Gendarmen wurde dabei getötet. Ob das Ganze ein Unfall oder Absicht war, wurde nie endgültig geklärt. Der Wagen gehörte einem Bekannten von Robert, der seinen Kopf aber mit einem astreinen Alibi aus der Schlinge ziehen konnte. Der überlebende Polizist, ein anderer Demonstrant und zwei weitere Zeugen beschrieben den Fahrer so genau, dass eigentlich nur Robert als Täter in Frage kommen konnte. Der bestritt allerdings die Tat und war in der Lage, ebenfalls ein Alibi vorzuweisen, wenn auch nur durch mich. Er saß eine Zeitlang in Untersuchungshaft. Die Tat sowie die kriminalistischen Untersuchungen füllten damals die Titelseiten aller Zeitungen. Zu gerne hätte die Gaullistische Regierung einen Täter aus dem linken Umfeld präsentiert, aber Robert war zu keinem Geständnis bereit.«

Karine nahm einen Schluck Wasser und legte sich ein Tuch über die Schultern; ein leichter Abendwind hatte sich erhoben.

»Sie müssten eigentlich sogar in Deutschland von dem Kriminalfall gelesen haben, denn darüber wäre beinahe unser Justizminister gestürzt. Es war nämlich publik geworden, dass die Polizei den entscheidenden Entlastungsbeweis für Robert zwei Wochen lang dem Ermittlungsrichter vorenthalten hatte, beziehungsweise, wie es damals hieß, nicht auswerten konnte. Robert saß während dieser Zeit unschuldig hinter Gittern. – *Freiheit für Robert Benoit*, malten damals seine Freunde und Sympathisanten in großen roten Buchstaben an viele Hauswände, sogar an das Schloss von Gordes.«

Dobler nickte nachdenklich. An die Ereignisse des Mai 1968 in Frankreich konnte er sich gut erinnern, wenn auch nicht mehr an einen Justizskandal. Wobei er sich vorstellen konnte, dass der Staat in diesen Zeiten mit Entlastungsbeweisen wenig sorgfältig umgegangen war.

»Welcher Beweis wurde denn unterschlagen?«, fragte er nun.

Karine Gillot wusste bestens Bescheid: »Zwei Zeugen sahen zu, wie der Fahrer des Autos, das die Polizisten überfahren hatte, ein Renault Dauphine, nach der Tat ausgestiegen und zu den beiden am Boden liegenden Flics, den Polizeibeamten, hingegangen war. Sie lagen beide völlig regungslos auf der Straße. Doch einer von ihnen war bei Bewusstsein und hat den Vorfall ohne bleibende Schäden überlebt. Der andere allerdings blutete im Gesicht, über das die Uniformmütze gerutscht war. Den Schirm dieser Kopfbedeckung musste der Täter anfassen, um im Gesicht des Opfers nach einem Lebenszeichen zu sehen. Und dabei hinterließ dieser junge Mann, der gleich nach dem Vorfall geflüchtet war, allerbeste Fingerabdrücke auf diesem Kunststoffteil. Die Öffentlichkeit wurde davon aber erst viel später unterrichtet, da saß Robert schon etwa zwei Wochen im Gefängnis. Möglicherweise, weil zur selben Zeit der erste wilde Generalstreik in der Geschichte Frankreichs stattfand. Aber wenn es die Abdrücke von Robert gewesen wären, hätte Premierminister Pompidou davon sicher gerne persönlich die Presse informiert. Doch es waren nicht seine. Die Zeugen, die den Täter beim Berühren der Mütze beobachtet hatten, waren rechtschaffene Bürger, bar jeden Verdachts der Begünstigung. Sie wurden mehrfach befragt und blieben hartnäckig bei der Version, es sei auf jeden Fall der Fahrer gewesen, der das Opfer angefasst hatte. Sogar der andere Flic, der verletzte Gendarm, gab zu, gesehen zu haben, wie der Täter ausgestiegen und auf sie zugelaufen war und sofort danach die Uniformmütze berührt hatte.«

Karine lehnte sich zurück, man merkte ihr an, welche Anstrengung es sie kostete, sich diese aufreibenden Erlebnisse wieder in Erinnerung zu rufen. Doch von Helgas Vorschlag, die Schilderung für heute abzubrechen und am nächsten Tag damit fortzufahren, wollte sie nichts wissen.

»Robert war entlastet, er konnte nicht der Fahrer gewesen sein. Dennoch erholte er sich lange nicht von der Geschichte. Die Leute zeigten weiter mit dem Finger auf ihn, denn die Presse hatte ihn vorverurteilt. Das gab es damals schon.« Hans zog die Augenbrauen hoch und nickte.

»Robert brach sein Studium ab. Erst viel später, mit dem Erfolg seiner Bilder, kam er wieder auf die Beine. Seinen Unterhalt konnte er aber später durch die Malerei allein nicht mehr verdienen. Da erwies es sich als glücklicher Zufall, dass der damalige Bürgermeister Robert als ungelernte Kraft in die Gemeindeverwaltung übernahm, wo ihm im höheren Alter sogar noch eine kleine Karriere vergönnt ist.«

»Aber«, wandte Dobler ein, »ich sehe keinen Zusammenhang zu Robert Benoits Misstrauen mir gegenüber, erst recht keinen Grund, mir nachzuspionieren.«

Madame Gillot hatte sogleich eine Antwort darauf. »Robert kann seit den Tagen im Gefängnis nicht mehr vorbehaltlos mit Menschen kommunizieren. Einerseits stellt er zu Fremden leicht Kontakt her, genauso schnell fühlt er sich aber hintergangen und bedroht. Das hat sich weiter verschlimmert, seit nicht er, sondern unsere gemeinsame Tochter Mireille das Haus der Tante geerbt hat. Robert war der gesetzliche Erbe, er rechnete fest mit dem Haus und wäre dort auch sicher gerne eingezogen. Dann kam ein Testament zum Vorschein, das unsere Tochter als Erbin ausgewiesen hat. Robert versuchte, es anzufechten, aber wie Sie wissen, war es von Notar Houssin beurkundet worden, der auch bestätigte, die Erblasserin sei zum Zeitpunkt der Testamentserrichtung noch bei Trost gewesen. Robert hatte also keine Chance.«

Karine Gillot zuckte resigniert mit den Schultern: »Ich glaube nicht, dass der Notar Houssin es war, der den Schuldschein unterschrieben hat, von dem Sie sprachen. Houssin befand sich immer schon in guten Verhältnissen. Wenn er auf Sie unfreundlich reagiert hat, was ich ihm und seinem Umfeld ohne weiteres zutraue, geschah das wohl eher mit dem Ziel, das Haus nicht schon wieder ins Gerede zu bringen. Die Auseinandersetzung darum ist ja noch nicht lange her und hat hier in der Gegend für viel Wirbel gesorgt, weil Robert Houssin allerlei Machenschaften unterstellt hat. Als Robert Sie nachts belauschte, hat er vielleicht gehofft, Dinge zu erfahren, die ihm helfen könnten, seinen Erbanspruch doch noch durchzusetzen. Immerhin waren Sie ja auch dem Haus auf der Spur.«

Dobler wechselte einen Blick mit seiner Frau. So vieles klärte sich plötzlich, was sie ohne das überraschende Entgegenkommen von Madame Gillot vielleicht nie herausgefunden hätten.

Karine Gillot machte eine abschließende Geste. »Das alles hat mit Johannes Conrad nichts zu tun. Es geht um hiesige Geschichten, die Sie zufällig berührt haben, als Sie den Besitzverhältnissen dieses Hauses, dem Objekt des Streites, nachgegangen sind. Vielleicht hat Robert den verhassten Houssin mit dem Schuldanerkenntnis erpressen oder ihm sonst irgendwie schaden wollen. Er könnte Houssin von dem Papier berichtet und Ihren möglichen Besuch angekündigt haben. Aber das ist nur eine Vermutung von mir.«

Karine Gillot hatte ihren Bericht beendet. Was sie gesagt hatte, wirkte auf Hans und Helga Dobler absolut überzeugend.

»Eine Frage habe ich noch.« Tatsächlich hatte Helga noch viele Fragen, die meisten hielt sie aber für taktlos.

»Können Sie sich erklären, weshalb das Gartentor dieses Hauses auf dem Foto zu sehen ist?« Dabei hatte sie schnell das Bild hervorgekramt, um es Madame Gillot zu zeigen.

Diese wusste auch darauf eine Antwort: »Roberts Tante war von Gordes weggezogen. Das Haus stand danach leer und diente als private Herberge. Jean hat dort, wenn er nach Gordes kam, mehrfach logiert. Ich kann mich sogar an die Mandantin ihres Mannes erinnern, ein niedliches, scheues Mädchen, verewigt auf einem der besten gegenständlichen Ölbilder Roberts. Die kleine Claire brachte ihm sogar richtig viel Geld ein. Pierre Gueret war damals total vernarrt in das Bild und bezahlte Robert einen ordentlichen Preis. Sie können sich das Werk selbst ansehen. Pierre Gueret entstammt einem vermögenden Elternhaus und besitzt heute die *Auberge du Presbytère* in Saignon. Das ist ein prächtiges, auf einem Felssporn gelegenes Dorf, fünf Kilometer südlich von Apt. Das Mädchenbildnis hängt im Gastraum, gleich links neben dem Eingang.«

Dobler war verblüfft. Auch davon hatte er nichts gewusst, und Clara offenbar auch nicht.

»Sie schauen mich so verwundert an? Wahrscheinlich hat Conrad seiner Tochter nie von dem Bild erzählt, und sie selbst kann sich nicht mehr daran erinnern, wie sie einst Modell gestanden hat. Als er das Ölbild malte, befand sich Robert auf dem Zenit seines Schaffens. Am Anfang der 70er Jahre war er richtig erfolgreich, zumal er sich eine Technik angeeignet hatte, die an Luc Lambert erinnerte und ihn in dessen Aufwind mitgetragen hat. Niemand konnte verstehen, dass Robert immer seltener malte, zunehmend ins Triviale abglitt, um dann vor ein paar Jahren ganz damit aufzuhören.«

Melancholie hatte sich auf Karine Gillots Stimme und Mimik gelegt.

»Aber das hat mit Ihrer Geschichte nichts zu tun. Es fiel mir nur ein, weil wir über das hübsche Kinderbild Ihrer Klientin sprachen.«

Hans und Helga Dobler sahen zu, wie im Mondlicht die Silhouette des Schlosses von Lacoste mit dem sich dahinter erhebenden Plateau de Vaucluse vor dem Hang des Mont Ventoux verschmolz. Sie plauderten noch eine Weile mit der Gastgeberin, die ihnen inzwischen regelrecht ans Herz gewachsen war, und luden sie nach Deutschland ein. Zuletzt versprachen sie auf Bitten der Gastgeberin, bei ihrem nächsten Besuch in Bonnieux erneut vorbeizukommen.

Die Heimreise mussten sie am nächsten Morgen verschieben, weil das Restaurant in Saignon erst gegen Mittag öffnete. Als der Kellner auf sie zutrat, um ihnen einen Tisch zuzuweisen, taten sie so, als hätten sie sich im Lokal geirrt. Bereits unmittelbar nach Betreten des Speiseraums hatten sie an der von Karine Gillot beschriebenen Stelle das Kinderbild von Clara entdeckt: ein kleines Mädchen in einem weißen Kleid mit roten Punkten. Helga war sogleich entzückt; sie zögerte noch einen Moment, ehe sie ihren Blick von dem Bild losriss und ihrem Mann aus dem Lokal folgte.

13

Auf der Höhe von Vienne stellte Helga das Radio leiser und sagte: »Vor kurzem müssten wir an der Stelle vorbeigekommen sein, an der Conrad verunglückt ist.«

Dobler runzelte nur die Stirn. Er ärgerte sich erneut, Clara nicht nach der letzten Reise ihres Vaters und den weiteren Umständen seines Todes gefragt zu haben. Doch deswegen würde er nicht wieder den Kontakt zu ihr aufnehmen, entschied er.

Der Alltag hatte Dobler vom ersten Tag nach dem Urlaub an wieder fest im Griff. Er widmete sich intensiv seinem Beruf und hatte keine Zeit für Recherchen in Sachen Conrad und Benoit. Nur wenn er im Auto saß, um auswärtige Termine wahrzunehmen, gelegentlich auch morgens unter der Dusche, glitten seine Gedanken in Conrads Leben hinüber, und er hatte zunehmend das Gefühl, auch von Karine Gillot nur die halbe Wahrheit oder womöglich noch weniger erfahren und ein begonnenes Werk nicht beendet zu haben. Das wurmte ihn sehr. Halbfertige Arbeiten waren seinem Naturell zuwider, ganz gleich ob es sich um seine eigenen handelte oder die Werke anderer – wie etwa Gaudis *Sacrada Familia* in Barcelona. Er verspürte den dringenden Wunsch, aufgrund objektiver Fakten und mithilfe schlüssiger und unumstößlicher Beweise aufzuklären, was noch im Dunkeln lag.

So fasste er eines Abends im Herbst, nachdem er sich Helgas Hilfe und Rückendeckung versichert hatte, einen Beschluss: Er wollte von nun an so lange an der Aufdeckung von Conrads Leben arbeiten, bis er alle Fragen und Zweifel beseitigt hatte und überzeugt war, die Wahrheit zu kennen. Mit Halbwahrheiten wollte er sich nicht mehr begnügen. Und war es nicht beliebig, womit der Mensch seine Freizeit ausfüllte? Ob er mit Streichhölzern Neuschwanstein nachbaute, am Abend durch die Fernsehprogramme zappte oder über Golfplätze rannte, um kleine Bälle in weit entfernte Löcher zu bugsieren. Doblers Hobby, und auch das seiner Frau, sollte auf unbestimmte Zeit die Rekonstruktion der Lebensläufe von Johannes Conrad und Robert Benoit sein.

Dieser Entschluss brachte für Dobler erstaunliche Veränderungen mit sich. Er hatte neben seinem Beruf eine Aufgabe, die ihn erfüllte, und das beglückte ihn. Zum ersten Mal konnte er nachvollziehen, warum Menschen so scheinbar sinnlose Dinge taten wie Einkaufstüten zu sammeln oder durch die Welt zu reisen, um Lokomotiven zu fotografieren. Wenn es die Lebensfreude steigerte, genügte das zur Begründung. Helga war mit Interesse dabei, das war eine gute Voraussetzung, zumal Dobler auf ihr kriminalistisches Talent baute. Die Konstruktion seines Streichholz-Neuschwanstein begann, wie sich das für ein solides Gebäude gehörte, mit einem Plan und den notwendigen Vorarbeiten:

Seine erste Aktion war, sich mit Clara zu treffen; ohne Helga zwar, aber durchaus nicht ohne deren Wissen. Alte Vorsätze durften in begründeten Ausnahmefällen durchaus auch über Bord geworfen werden. Man traf sich zu einem gepflegten Abendessen im *Simplicissimus*, wohin Dobler eingeladen hatte. Nach freundlicher Überzeugungsarbeit und der Zusicherung, er werde keinen Missbrauch treiben und diskret zu Werke gehen, ließ er sich von ihr zuallererst von seiner anwaltlichen Schweigepflicht entbinden, da er ohne diese Formalität die ihm in seiner Rolle als Anwalt von Clara übermittelten Informationen nicht hätte weitererzählen dürfen. Dann erkundigte er sich nach diversen Einzelheiten aus Conrads Leben und insbesondere nach seinem Ableben. Es war in der Tat, wie man in solchen Fällen sagte, ein jähes Ende, das Johannes Conrad auf der Rückfahrt von einer Südfrankreich-Reise getroffen hatte. Über den Grund der Reise wusste Clara nichts Genaues; vorgeblich war es ein Erholungsurlaub. Conrad war auf der Autobahn bei Vienne, wie sie schon von Karine Gillot wussten, aus ungeklärten Gründen von der Überholspur auf den Grünstreifen geraten, dort an die Mittelleitplanke geknallt, davon abgeprallt und rechts an ein Betonteil geschleudert. Conrad war auf der Stelle tot, seine Leiche wurde ziemlich verstümmelt aufgefunden. Glücklicherweise musste man ihn nicht im Leichenschauhaus identifizieren, der Anblick wäre unschön gewesen, nach dem Zustand des Unfallwagens zu urteilen. Davon besaß Clara allerdings kein Foto. Es gab auch keine Zeugen des Unglücks, wie Dobler einem französischen Zeitungsausschnitt entnehmen konnte, den Clara aufbewahrt hatte. Den Obduktionsbericht hatte sie nie gesehen. Es war ihr lediglich berichtet worden, die von der Staatsanwaltschaft in Frankreich angeordnete Leichenschau habe als Todesursache ein Schädel-Hirn-Trauma ermittelt, hervorgerufen durch den Holm seitlich der Windschutzscheibe, die sogenannte A-Säule, die sich weit in den Fahrgastraum von Conrads Auto verschoben hatte.

Dobler hörte genau zu, fragte nach, verglich die Fakten und entschloss sich dann, seine Zweifel Clara mitzuteilen.

»Um diesen Unfall ranken sich so viele Merkwürdigkeiten. Da sollte man nicht ausschließen, dass der Tote im Wagen gar nicht dein Vater war, wenn weder seine Ehefrau noch du als seine Tochter die Leiche gesehen und einwandfrei identifiziert haben.«

Diese Bemerkung ließ Clara in Tränen ausbrechen. Sie hielt den Einwand für abwegig, da aus dem Auto ihres Vaters ein Leichnam herausgeschnitten worden war, der Conrads Ausweispapiere in der Tasche hatte. Und schließlich sei Conrad nicht mehr zu seiner Frau zurückgekehrt. Müsse man dann nicht sämtliche Unfallopfer von einem Angehörigen identifizieren lassen? Und letztlich sei auch ein Leichnam unter dem Namen Dr. Johannes Conrad unter großer Anteilnahme auf dem Bergfriedhof von Heidelberg begraben worden.

Dobler wusste nun, was er bei Clara hatte in Erfahrung bringen wollen. Er dehnte den Abend nicht länger aus als nötig; Abendessen und Verabschiedung – eine spontane, nicht oberflächliche, dennoch mit einem Rest von Distanz behaftete Umarmung – ließen ihn jedoch wünschen, er benötige noch häufiger Informationen.

Nach Hause zurückgekehrt und nach ausführlicher Erörterung der neuen Fakten mit Helga, beschloss Dobler, bis auf weiteres von Conrads Tod auszugehen, ohne davon wirklich überzeugt zu sein. Niemand konnte wissen, ob der auf dem Bergfriedhof Ruhende nicht ein Fremder mit Conrads Ausweis war.

Da Dobler fortan halbe Sachen nicht mehr akzeptieren konnte, überzeugte er sich auf dem Friedhof davon, dass in der von Clara angegeben Reihe Conrads Name und Daten auf einem Stein eingemeißelt waren. Es war kein Urnengrab, man hätte ihn also exhumieren und mittels einer DNA-Analyse identifizieren können.

Dobler erkundigte sich beim Rechtsmedizinischen Institut der Universität, ob Verkehrsunfallopfer üblicherweise den Hinterbliebenen zum Zwecke der Wiedererkennung noch einmal gezeigt wurden, und erfuhr, dies sei normalerweise nicht der Fall. Man ermittle die Todesursache meist durch eine Obduktion, es gebe auch ausnahmslos Fotos der Leiche, die jedoch den Angehörigen nicht zugänglich gemacht würden. Von Johannes Conrad habe man Derartiges nicht im Archiv, da die Obduktion in Frankreich vorgenommen worden sei und man nicht den Auftrag gehabt habe, sie in Deutschland zu wiederholen.

Als nächstes stand ein Treffen mit Conrads geschiedener Frau Christa an. Seit dem Besuch bei Karine Gillot, der einen so erfreulichen Verlauf genommen hatte, hatten Dobler und Helga ihre früheren Skrupel, ohne triftigen Grund in ein fremdes Leben einzudringen, abgelegt. Helga hatte per Telefon das Treffen in einem Restaurant arrangiert, zu dem Christa Conrad, sie hatte den Namen behalten, pünktlich und in sorgfältig ausgewählter Garderobe erschien.

Sie war eine gutaussehende, schlanke Frau von Mitte fünfzig, die auf ein gepflegtes Äußeres achtete und trotz einer eher ihrem Wesen als dem Anlass geschuldeten Zurückhaltung freundlich und verbindlich auf das Ehepaar Dobler einging. Sie sprach nicht schlecht oder gar verbittert über ihren geschiedenen Mann und ließ durchblicken, sie sei nach der Scheidung finanziell wie auch emotional unabhängig geworden.

Sie hatte Johannes noch als Studenten kennen gelernt und mit ihm und der bald zu Welt gekommenen Clara anscheinend harmonische Jahre verbracht. Die Gründe der Trennung erwähnte sie nicht. Hans und Helga Dobler erkundigten sich nach dem Vorleben von Johannes, und Christa Conrad war willens und in der Lage, es zu erhellen:

Johannes wurde am 3. April 1946 in der westpfälzischen Stadt Zweibrücken geboren. Sein Vater, ein französischer Besatzungsoffizier, hatte ein einheimisches Mädchen geschwängert, sie danach auch geheiratet und trotzdem mit ihr eine glückliche Ehe verbracht, ehe er im algerischen Unabhängigkeitskrieg fiel. Seine Frau und der einzige Sohn blieben in Zweibrücken im Hause des Großvaters, eines praktischen Arztes, wohnen. Als Conrad seiner Frau Christa begegnete, war der Großvater allerdings bereits verstorben. Auch Conrads Mutter, ihre Schwiegermutter, hatte Christa nicht mehr kennen gelernt, denn diese war, Duplizität der Ereignisse, ebenfalls an den Folgen eines Verkehrsunfalls ums Leben gekommen.

Dobler, der sich vorgenommen hatte, jedes Hölzchen seines Neuschwanstein mit höchster Präzision zu kleben, ganz gleich wie lange er dafür brauchte, hakte nach und wandte ein, Conrad sei nicht gerade ein typisch französischer Name. Das käme daher, antwortete Christa, dass die Vorfahren Elsässer waren.

Dobler erkundigte sich sogar nach der alten Adresse der Conrads in Zweibrücken, doch Christa musste hier passen. Aber sie berichtete, Johannes habe ihr nach einigem Drängen einmal das Haus des Großvaters gezeigt, in einer Straße, deren Name ihr entfallen war, der aber an irgendein Tier erinnere.

Mehr wusste sie über Johannes' spätere Jahre zu berichten. Nachdem er an einem altsprachlichen Gymnasium das Abitur abgelegt hatte, wurde er zum deutschen Wehrdienst eingezogen. Daraus durfte er sich alsbald wegen einer angeblich verbogenen Wirbelsäule, in Wahrheit aufgrund der guten Kontakte seines Großvaters, wieder verabschieden, um ein Kunststudium in Berlin zu beginnen. Nach zwei Semestern sattelte er auf ein Fach mit besseren Einkommensaussichten um und belegte juristische Vorlesungen in Heidelberg. Noch in seiner Berliner Zeit hatte er Kontakte zur Künstlergruppe um Luc Lambert geknüpft und sich vom Beginn seines rechtswissenschaftlichen Studiums an viel intensiver mit Kunst als mit Jura beschäftigt. Ab Sommer 1967 waren es dann bereits mehrere Monate, in denen er die südfranzösische Sonne der trockenen Jurisprudenz vorzog.

Zurück in Heidelberg stürzte er sich mit neuem Elan auf sein Studium, trotz häufig wechselnder Freundinnen inklusive der Bindung an Christa, und absolvierte ein frühes und respektables Examen nebst anschließender Promotion. So nahm ein durchaus erfolgreiches, aber auch wenig spektakuläres Leben seinen Lauf: Referendarzeit mit gleichzeitiger Vaterschaft, Heirat, Kanzleigründung, 10-Stundentag, größere Wohnung, Seitensprünge …

Dr. Johannes Conrad, der nie danach getrachtet hatte, in der etablierten Gesellschaft Ansehen zu erwerben – seine Funktionen im Kunstverein ausgenommen –, gelang es, sich in einem kleinen Atelier einen persönlichen Freiraum zu bewahren. Christa hatte den hellen Raum in einem Haus der Heidelberger Altstadt nur kurz nach der Anmietung ein paarmal betreten. Sie mochte ihn dort danach nicht mehr besuchen, aus Angst, ihren Gatten einmal in einer verfänglichen Lage mit einem Aktmodell zu überraschen. Sie nahm deshalb großen Abstand von seiner Maltätigkeit und duldete nur wenige Gemälde an den häuslichen Wänden. Das meiste wurde nach Gordes verschickt und dort für ein paar Francs verhökert. Größere Geldbeträge waren daraus, soweit Christa wusste, allerdings nicht auf das gemeinsame Konto geflossen.

Ob er ihr tatsächlich untreu war, wusste sie jedoch nie mit Bestimmtheit, bis er sich eines Tages, Clara war sieben Jahre alt, wegen einer anderen Frau, der heutigen Witwe, scheiden ließ. Sein hauptsächlich über die Tochter verbliebener Kontakt zu Christa wurde zunehmend spärlicher. Vor seinem Tod hatte Christa ihren Exmann mehr als zwei Jahre nicht mehr gesehen.

Es war die Geschichte einer alltäglichen Beziehung mit einem Mann, den Dobler aus der Erzählung nicht für einen Fiesling halten musste – und es auch nicht tat. Sogar Helgas Empörung hielt sich in Grenzen.

Christas Erinnerungen an Gordes waren verblasst. Sie konnte sich nicht mehr an die Lage des Hauses erinnern, das Johannes in späteren Jahren gelegentlich als »mein Haus« bezeichnet und zu dessen Möblierung er das eine oder andere kleinere Stück aus Deutschland herangeschafft hatte.

Christas Rückblick war kein positiver, weder in Bezug auf das Haus noch den Luberon oder überhaupt die Provence. Ihre Erinnerungen waren eher belastet. Während Johannes dort immer aufgeblüht war, war es ihr nicht gelungen, nette Freunde zu finden oder ein besonderes Faible für die Landschaft zu entwickeln. Sie sprach auch nicht Französisch, was die Situation erschwerte. Bei der ersten Reise im Jahre 1972 war Johannes vielen Einladungen zu ermüdenden Banketten mit französischer Konversation nachgekommen, der die mitgereiste Gattin nicht folgen konnte. Auch hatte sie das Gefühl, Johannes habe mit einer Französin, mit der sich das Ehepaar häufiger traf, mehr ausgetauscht als nur Erinnerungen.

Christa war erst wieder mitgefahren, als Clara vier Jahre alt wurde. In diesem Urlaub sei wohl das Lichtbild entstanden, das Dobler ihr gezeigt hatte, jenes Foto, das Clara ihm vor seiner allerersten Reise zum Aufspüren des Hauses übergeben hatte. Aber das Gartentor erkannte Christa nicht wieder. In diesen Ferien hatte Johannes sich häufig mit Robert getroffen, einem sympathischen Franzosen, der leider kein Wort Deutsch sprach und den Christa noch von ihrem ersten Besuch in Gordes kannte.

Im Folgejahr war sie an Ostern mit Clara nochmals hingefahren, doch das Wetter war schlecht und der Urlaub ihr zu eintönig, weshalb sie fortan andere Reisen vorzog. Im Gegensatz zu Johannes Conrad, der weiterhin mehrfach im Jahr in »sein« Haus fuhr. Doch Gordes hatte ein paar Jahre vor seinem Tod auch für ihn so sehr an Reiz verloren, dass es ihn nicht mehr hinzog. Bis zu seiner letzten Fahrt, deren genaue Ziele sie aber nicht kannte.

Robert Benoit hatte Johannes auch einmal in Heidelberg besucht, allerdings zu einer Zeit, als Christa und Johannes schon getrennt lebten. Von Philippe Houssin oder Karine Gillot hatte Christa nie gehört, auch die Vornamen sagten ihr nichts oder nichts mehr. Karine war wahrscheinlich die Französin, auf die sie damals eifersüchtig war, so viel ließ sich nach einer kurzen gegenseitigen Beschreibung von Karines Aussehen sagen.

Helga hatte Christa Conrad bei der Verabredung zu diesem gemeinsamen Treffen gebeten, ein paar alte Fotografien mitzubringen, die nun zwischen den Espressotassen ausgebreitet wurden: ein Hochzeitsfoto, viele Kinderbilder von Clara und ihrer Mutter, einige Ansichten von Gordes, Johannes vor dem Schloss – insgesamt nichts Sensationelles.

Christa trug in einer Aktentasche sogar drei Gemälde mit sich: eines von Clara, zu derselben Zeit entstanden wie dasjenige, das Robert dem Gastwirt in Saignon verkauft hatte; und zwei weitere mit farbenreichen grafischen Mustern, deren Stil Dobler bekannt vorkam, ohne ihn allerdings genau zuordnen zu können. Christa überließ ihnen alles für ein paar Tage, damit Dobler Farbkopien herstellen konnte.

Hans Dobler zeigte ihr nun seinerseits die Fotos, die er von Clara hatte. Christa erkannte darauf ihren noch jugendlichen Mann sowie Robert Benoit. Auch an einige andere der abgebildeten Personen glaubte sie sich erinnern zu können, entweder von den gemeinsamen Essen oder von anderen Gelegenheiten in Gordes.

Mit großem Interesse folgte sie dem Erlebnisbericht der Doblers, ohne jedoch eine Lösung für die Ungereimtheiten anbieten zu können. Aber sie wollte kaum glauben, dass Johannes Conrad als Eigentümer besagten Hauses nicht in Frage kam. Sie hatte Clara nicht ohne Grund den Tipp gegeben, einen Rechtsanwalt mit dem Anliegen zu beauftragen, dieses Haus, dessen genaue Lage in Gordes ihr erst im Nachhinein wieder eingefallen war, bei den Erbstreitigkeiten mit einzubeziehen.

Christa Conrad und die Eheleute Dobler plauderten im

Verlauf des Abends auch über andere Dinge, wobei sich herausstellte, dass Christa und ihr Lebensgefährte Werner seit Jahren eingefleischte Wohnmobilisten waren und bevorzugt die skandinavischen Länder bereisten. Das Thema füllte mühelos den Rest des Abends, bis der Kellner ungefragt die Grappagläser »auf Rechnung des Hauses« brachte und damit seine letzten Gäste zum Bezahlen drängte. Nachdem Dobler die Rechnung beglichen und außer seinem auch die Schnäpse der beiden Damen geleert hatte, hätte er Christa beinahe umarmt, weil sie ihn unwiderstehlich an ihre Tochter Clara erinnerte. Beim Abschied verabredeten sie sich zu einer Wohnmobiltour in die Pfalz, falls Werner am folgenden Wochenende noch nichts anderes vorhatte. Dobler schwärmte noch auf der Heimfahrt, auf den Beifahrersitz verbannt, von der angenehmen neuen Bekanntschaft, bis Helga ihm nach einer Weile geduldigen Zuhörens das Versprechen abverlangte, in Zukunft bei fremden Leuten nicht mehr gar so distanzlos zu sein:

»Christa ist ja wirklich eine nette Frau«, sagte sie, »aber wir kennen Werner noch nicht, und außerdem fahren wir an die pfälzische Weinstraße – du weißt ja, wie schnell man mit den Leuten dort in Kontakt kommt. Wir müssen aufpassen, dass wir uns bei der Spurensuche nicht verplaudern.«

Damit begann eine neue Phase: nun waren es bereits vier Menschen, die sich der Entwirrung des Gordischen Knotens widmeten. Die Anzahl der Gegenspieler – derer also, die über das knifflige Geheimnis der Verknotung wachten – sollte noch eine Weile im Dunkeln bleiben.

14

Werner Kleinschmidt entsprach nicht den mit seinem Namen verbundenen Erwartungen. Zumindest nicht bezüglich seines Nachnamens: Er war ein Hüne, dessen Hemd über dem Bauch ähnlich spannte wie an den Oberarmen. Man sah ihm an, wie gerne er aß, und dass er am Abend in der Regel mehr als ein Glas an die von einem Vollbart fast verdeckten Lippen führte. Wäre Dobler diesem Bären von einem Mann bei anderer Gelegenheit begegnet, er hätte gewettet, jener habe einen selbst ausgebauten ehemaligen Postbus zu seinem Wohnmobil erkoren.

Mit dieser Einschätzung lag Dobler nur knapp daneben, denn Werner Kleinschmidt fuhr in einem alten Reisebus der Marke *Setra* vor und genoss es, die Resultate seines handwerklichen Geschicks in aller Ausführlichkeit zu demonstrieren: die in seinem Ungetüm von fast neun Metern Länge eingebauten Wassertanks mit einem Fassungsvermögen von 250 Litern, die drehbaren Sessel vor einer Wohnlandschaft, die raffiniert vor den Blicken potentieller Diebe verborgene Stereoanlage und die an häusliche Dimensionen heranreichende Dusche. Auffallend viele Lämpchen zierten den Innen- und Außenbereich, wobei Dobler besonders von denen beeindruckt war, die vor einem Hindernis in Dachhöhe, einem zu niedrigen Torbogen beispielsweise, warnten. Der Urheber dieser Tüfteleien musste über viel freie Zeit verfügen, und so hätte Dobler abermals ins Schwarze getroffen, wenn sich Werner Kleinschmidt einem heiteren Beruferaten gestellt hätte: Er war Berufsschullehrer mit der Fachrichtung Elektrik.

Ein wenig war es Helga und Hans aber bange, weil sie befürchteten, diesem semiprofessionellen Heimwerker ein ganzes Wochenende lang ausgeliefert zu sein. Sie erwarteten endlose Fachsimpeleien über den Umgang mit Abwasser und Fäkalien, den fachmännischen Einsatz von Unterlegkeilen, Diebstahlwarnanlagen, Gasflaschen-Euro-Füllsets und Akkuschraubern. Daher bekundeten sie sicherheitshalber schon bald nach der Begrüßung, sie müssten am Sonntag leider wieder sehr früh zu Hause sein. Dobler harrte mit noch größerer Bangigkeit der Konservendosen und des Rotweins aus dem Supermarkt.

Werner Kleinschmidt aber strafte sie Lügen. Nachdem er zur Mittagszeit seitlich der pfälzischen Weinstraße den wunderbar über dem Dorf angelegten Stellplatz von Rhodt angesteuert hatte, bekundete er kurz vorm Betreten einer Gaststätte, dass er nicht geneigt sei, sich ein Gemisch von Leberknödelersatz, Phosphat und Dornfelder anzutun. Das ließ sich in einem Dorf an der pfälzischen Weinstraße aber kaum vermeiden. So konnte Werner nach kurzer Lektüre der Speisekarte mit dem Verkünden einer Lebensweisheit weitere Pluspunkte sammeln: »Wenn es im Wirtshaus nach Pommes frites riecht und die Gäste in der Kniebundhose zu Tisch sitzen, kommt nur ein Rumpsteak mit Kräuterbutter in Frage – mit Brot und einem Pils dazu.« ,Dobler grinste zustimmend, und selbst die beiden Damen mussten Werner später Recht geben, als sie im ersoffenen Salat nach den Putenbruststreifen stocherten.

Auch die Gespräche hatten nicht den befürchteten Inhalt, Werner und Christa erwiesen sich vielmehr als sehr belesen und schwärmten überdies von den Premiereabenden der Oper in Mannheim. Johannes Conrad füllte kaum mehr als eine halbe Stunde des außerordentlich kurzweiligen und zunehmend lustigen Abends.

Während der strammen Wanderung am nächsten Tag, die hinauf zur Rietburg führte, glänzte Werner mit botanischen Kenntnissen, ohne sich den neuen Freunden schulmeisterlich aufzudrängen. Sogar seine gesellschaftlichen und politischen Ansichten sprachen Dobler überwiegend aus der Seele. Am Abend brieten sie selbst gesammelte Steinpilze in Werners geräumiger Küchenecke. Irgendwann, bei der zweiten Flasche biologisch angebautem Riesling und nach dem gegenseitigen Du, kamen sie schließlich zum Thema, das sie zusammengeführt hatte und für die nächste Zeit zu herzlichen Freunden verbinden würde: die Rätsel um Johannes Conrad, Robert Benoit und das Haus in Gordes.

Christa beharrte auf ihrer Meinung, ihr Exmann sei Eigentümer des ominösen Hauses gewesen, Helga traute Karine Gillot nicht, Dobler ließ mittlerweile kaum noch ein Detail der ganzen Geschichte gelten und Werner, sich unablässig über den Bart streichend, schlug immer mal wieder mit der Hand auf den Tisch und rief: »Da ist doch was faul!« Damit konnte er zwar nur wenig zur allgemeinen Erhellung beitragen, verlieh aber ihrer Ratlosigkeit lärmend Ausdruck.

Es war ja auch was faul!

Aber was? Und wie konnte man das herausfinden?

Dobler sah sich durch das Gespräch mit Christa vor wenigen Tagen nicht weitergebracht; vielleicht käme er mit Werner als Co-Detektiv voran? Zumindest dürften die gemeinsamen Ermittlungen lustig werden, am Verlauf dieses Abends gemessen, der nicht nur wegen des sehr ordentlichen Rieslings unter viel Gelächter und bisweilen ziemlich pietätlosem Frotzeln über Johannes bestens verlief.

Sie waren sich einig, des Rätsels Schlüssel eher in Gordes als in Heidelberg zu finden, sonst hätte irgendjemand in den letzten Jahren von Merkwürdigkeiten aus Johannes' Umfeld vernommen. In Gordes hingegen waren die Ermittlungen rasant ins Rollen gekommen, kaum hatte man sie sanft angeschoben. Schließlich glaubten alle vier, eine gute Chance zu haben, wenn sie Robert nur lange genug auf den Zahn fühlten.

»Und dem Notar besonders intensiv«, meinte Werner, was die anderen jedoch nicht für einen Geistesblitz hielten.

Da keiner von ihnen Zeit hatte, erneut nach Gordes oder Apt zu fahren, blieb nur die Alternative, zunächst von Heidelberg aus tätig zu werden und sich noch genauer mit Johannes Vorleben zu beschäftigen. Christa hatte nichts dagegen einzuwenden, auch sie wollte mehr über ihren ehemaligen Mann erfahren. Warum nicht zu viert Neuschwanstein aus Streichhölzern erbauen, und vielleicht noch das Schloss von Gordes dazu?

Lange diskutierten sie, wie Brigitte, Johannes' Witwe, beizukommen sei und wer das machen solle, bis Sherlock Dobler endlich abwinkte. Das Risiko, wegen des früheren, von Clara ihm erteilten Mandats erneut hinters Licht geführt zu werden, sei groß und so kurz nach Mandatsende auch berufsrechtlich bedenklich.

»Wir müssen uns mit neutralen Zeitzeugen und objektiven Beweismitteln beschäftigen«, sagte er »und erst danach, falls wir nicht weiterkommen, womöglich etwas Riskanteres versuchen.«

Damit waren alle einverstanden, und Werner Watson wurde angehalten, Nachschub aus dem Rieslingvorrat zu holen, mit dem er sich am Nachmittag eigentlich für zu Hause eingedeckt hatte.

Helga und Hans traten am Sonntagmorgen doch nicht so zeitig die Heimreise an. Das lag weniger daran, dass man erst lange nach Mitternacht die Lichter gelöscht hatte, erst recht nicht am Wohlbefinden – einen dicken Kopf hatte niemand vom Weingenuss, der biologisch angebaute war bestens verträglich. Helga erfand schnell die Notlüge eines geplatzten Kaffeekränzchens wegen Erkrankung der gastgebenden Kollegin. So stand noch ein gemeinsamer sonntäglicher Spaziergang auf dem Plan. Hier überließen es die Damen ihren Männern, sich für den nächsten Donnerstag zu verabreden, um alle Informationsquellen zu analysieren, die sie zur Hand hatten: die alten Fotos von Johannes, den Schuldschein und die Gemälde. Außerdem verabredeten sich die Ehepaare zu einer gemeinsamen Wohnmobilfahrt nach Zweibrücken, der Heimatstadt von Johannes.

Werner klingelte am Donnerstag nach dem Abendessen. Dobler wischte den Küchentisch ab, ehe er darauf die Fotos, auch die von Christa zur Verfügung gestellten, sorgfältig in der Reihenfolge ihrer mutmaßlichen Entstehung nebeneinander legte. Nichts außer einem roten *Gigondas* aus der Provence, zwei Weingläsern und einer Dose Erdnüsse stand sonst auf dem Tisch und konnte vom Nachdenken abhalten.

Immer wieder nahmen Werner und Hans Bild für Bild in

die Hand: Johannes Conrad war auf den Fotos aus Gordes zu erkennen, genauso wie Robert und auch – jedoch nicht mit letzter Sicherheit – Karine Gillot. Ein junger Mann sah für Dobler, je länger er das Bild betrachtete, wie der Notar Houssin aus. Womöglich spielte ihm aber auch die Fantasie einen Streich.

»Johannes und Robert sehen sich sehr ähnlich«, bemerkte Werner plötzlich. »Vielleicht war Johannes Conrad in Wirklichkeit Robert«, fügte er hinzu. Er blickte Dobler erwartungsvoll an.

»Und umgekehrt«, vollendete Dobler nicht ganz unlogisch. Nach kurzem Nachdenken ergänzte er: »Auch Robert war nie Eigentümer des Hauses.«

»Aber er hätte es erben sollen. Wir müssen diesen Gedanken im Hinterkopf behalten.«

Werner nahm erneut einen kräftigen Schluck, was seine Denkarbeit sichtlich förderte. Er ging in der Küche auf und ab und leerte gedankenverloren ein Viertel der Erdnussdose in seine Hand, um die Ladung mit zwei hastigen Bewegungen förmlich einzuatmen.

»Wo ist das Telefon?«, rief er plötzlich in den Raum. »Ich muss Christa anrufen!«

Mit fettigen Fingern hackte er auf die Zifferntasten des ihm gereichten Apparates ein. »Hallo, ich bin's – war dein Ex Linkshänder?«

Als Christa dies offenbar erstaunt bejahte, warf Werner ihr vor, warum sie ihm dies bislang vorenthalten hätte – als drehte es sich um einen heimlichen Liebhaber oder eine Schramme an Werners Auto. Nach dem Grund für sein seltsames Ansinnen befragt, klärte Werner sie auf, Johannes halte auf dem alten Bild aus Gordes den Zeichenstift in der linken Hand. Aber Werner konnte ihr nicht erläutern, welche Rückschlüsse sich daraus ziehen ließen. Noch nicht, wie er mehrfach betonte.

Dobler hatte unterdessen die Brisanz der Entdeckung erkannt und versuchte, Werners These mit Hilfe des ältesten Fotos zu bestätigen. Mit dem Bild, das vermutlich zu Zeiten aufgenommen worden war, als Johannes in Berlin studierte. Dort stand der angehende Künstler vor einer Art Staffelei und hielt einen Pinsel – ebenfalls in der Linken.

»Weißt du, ob Robert auch Linkshänder ist?«

Die Frage drängte sich auf, der zweite Happen Erdnüsse offenbar ebenfalls. Werner, nach der Dose greifend, wollte kein Verständnis dafür aufbringen, dass Dobler sich nicht erinnern konnte, Robert beim Schreiben, Hämmern oder ähnlich verräterischen Tätigkeiten beobachtet zu haben.

»Mir ist nichts aufgefallen, also dürfte er Rechtshänder sein.«

»Was soll das schon heißen!« Die Dose war beinahe leer. »Dir ist doch über Monate nicht aufgefallen, dass Johannes Linkshänder war.«

Dobler antwortete sarkastisch: »Wir können Robert ja anrufen und ihn fragen. Ich besitze übrigens ein Foto von ihm, das ich im Sommer aufgenommen habe.«

Kaum hatte er das ausgesprochen, war er bereits in seinem Arbeitszimmer verschwunden, um das Diamagazin zu holen. Er hörte, wie Werner fragte, warum dieses Bild nicht auf dem Küchentisch liege, und konterte, als er mit den Dias zurückkam, man habe schließlich beschlossen, sich heute Abend mit Johannes zu beschäftigen. Der Einfall erwies sich aber als äußerst förderlich, denn als Dobler auch noch eine Lupe gefunden hatte, war auf einem der drei Fotos eindeutig zu erkennen, wie Robert seine Adresse aufschrieb; auf einen Zettel, den Dobler ebenfalls herbeiholte.

»Da haben wir es, Johannes kann nicht Robert gewesen sein.« Der Beweis war eindeutig, ein objektiver Beweis! Robert Benoit schrieb mit der rechten Hand, während Johannes Conrad auf dem Foto, das Christa in Besitz hatte und ihn aus seiner Zeit von Gordes zeigte, mit seiner Linken malte.

Dobler baute den Projektor auf und warf die Fotos von Robert groß an die weiße Küchenwand. Aber die Jahre hatten Roberts Züge so gefaltet, dass der Vergleich mit den Jugendbildern nichts Greifbares ergab. Kein Muttermal, keine Warze, kein angewachsenes Ohrläppchen, nicht mal eine schiefe Nase. Das Haar war leicht gewellt, fast glatt, genauso wie das von Johannes Conrad in jungen wie auch in älteren Jahren.

Der *Gigondas* war geleert, der Abend hatte keinen greifbaren Fortschritt erbracht. Aufgeben wollten sie jedoch nicht. So verabredeten sie sich beim Abschied fürs nachfolgende Wochenende, ihren Ausflug in Johannes' Heimatort.

Zweibrücken in der Westpfalz, unmittelbar an der Grenze zum Saarland, war alles andere als das typische Ziel eines Wohnmobilurlaubs. Im Krieg zu über achtzig Prozent zerstört, danach hässlich und planlos wieder aufgebaut, ließ es den Charme und die Anmut manch anderer Stadt ähnlicher Größe vermissen. Nur wenige Bauwerke erinnerten an die einstige Schönheit der Residenzstadt. Dazu gehörte das aus Trümmern wieder neu errichtete Schloss, einst Sitz der Herzöge von Pfalz-Zweibrücken. Heute war darin das Pfälzische Oberlandesgericht untergebracht. Dobler kannte den roten Sandsteinbau, weil er hier einige Male als Rechtsanwalt hatte agieren müssen. In der Nähe, in einer alten Allee am Rande des Schwarzbachs, parkten die vier ihre Fahrzeuge, um zu klären, in welchem Stadtviertel nach dem Zweiten Weltkrieg die französischen Besatzer interniert waren.

Im Rathaus konnten sie nicht fragen, dort war am Freitagnachmittag die Tür verschlossen. Auch in den traditionellen Gasthäusern kamen sie nicht weiter. An den Fassaden der *Winzerstube*, des *Hirschen* und des *Kronprinzen* hingen noch die verblassten Leuchtreklamen, aber die Etablissements waren schon länger aufgegeben. In den Fastfood-Lokalen und den Bistros nebenan wurde die Frage der Fremden nach einer französischen Garnison nur mit Achselzucken beantwortet. Sie kauften einen Stadtplan, um wenigstens die Straße mit dem Tiernamen ausfindig zu machen, und hatten endlich ein Erfolgserlebnis.

»Fasaneriestraße, das war es, ich bin ganz sicher!« Christa strahlte vor Stolz.

So durchquerten sie die halbe Stadt, um im *Bären* am Fuß der steil bergauf führenden Fasaneriestraße eine kleine Erfrischung zu sich zu nehmen. Werner trank gleich zwei »Schoppen«, wie man hier zu den Bieren in großen Gläsern sagte. Die Kneipe entpuppte sich als Glückstreffer – als

Hort pensionierter Beamter des nahen Gefängnisses und unerschöpfliches Lexikon für frustrierte Hobbydetektive und Streichholzschlossbauer gleichermaßen.

Die Franzosen waren bis in die 70er Jahre in der Stadt, dann wurden sie abgezogen. Die beiden Paare erfuhren auch, wo sich die Kasernen befanden, die zum Teil immer noch stünden, und wo die Cité, die Siedlung der Soldaten, gelegen war: unten im Tal seitlich der »Rennwiese«, einer angeblich weltberühmten Pferderennbahn.

Ein alter Mann erinnerte sich sogar an einen in der Fasaneriestraße wohnhaften praktischen Arzt, der in der Kaiserstraße seine Praxis gehabt hatte: ohne Zweifel Johannes' Großvater.

»Er besaß auf halber Höhe der Fasaneriestraße, auf der rechten Seite vor der Einmündung der Stengelstraße, ein Haus. Dort hat er viele Jahre gewohnt, zeitweise mit seiner Tochter und einem Enkel.«

Der Alte war kaum zu bremsen und meinte sogar, sich an den Namen des Enkels zu erinnern, der Johannes gewesen sei. Dobler versprach, ihn in den nächsten Tagen noch einmal anzurufen, da sich der hilfsbereite Gesprächspartner bei Altersgenossen noch genauer erkundigen wollte. Seine Neugier erklärte Dobler mit Recherchen über das humanistische Gymnasium.

Die beiden Paare gingen nun die steile Straße bergauf, und Christa hoffte, das Haus an der Stengelstraße wiederzuerkennen, das ihr Johannes einst als sein Großelternhaus gezeigt hatte. Sie blieb aber bereits weiter unten stehen und deutete auf ein Haus auf der linken Seite, das Eckhaus zur Richard-Wagner-Straße: »Das ist es, Johannes hat damals sogar auf die Gauben gedeutet, wo er früher sein Jugendzimmer hatte. Ich bin ganz sicher!«

Seitlich des Gartentores war die Hausnummer angeschlagen, es war die 21.

Beim Abendessen versprach Dobler, im Laufe der Woche dem humanistischen Gymnasium einen Besuch abzustatten, um zu klären, wo Conrad tatsächlich gewohnt hatte. Vielleicht war er in beiden Häusern zu Hause? Oder er war womöglich gar nicht der Gesuchte?

Das aufzuklären erwies sich insofern als problematisch, weil es diese Schule nicht mehr gab. Das Gymnasium war in den 80er Jahren aufgelöst worden, unter heftigen Protesten, wie ihm am Montag von einer freundlichen Dame der Stadtverwaltung telefonisch berichtet wurde. Das Archiv des ehemaligen Herzog-Wolfgang-Gymnasiums, eines der ältesten der Pfalz, und die *Bibliotheca Bipontina*, eine hochberühmte Sammlung uralter Bücher mit 12.000 Bänden aus den fürstlichen Bibliotheken der Zweibrücker Herzöge, waren in das Gebäude des Helmholtz-Gymnasiums integriert worden.

Der Hobbydetektiv hatte sich sodann am Morgen des Mittwochs als Dr. Dobler vom Badischen Landeskunstverein ausgegeben und seinen Besuch zum Zwecke der Recherche nach einigen ehemaligen Schülern angekündigt. Das tat er telefonisch und erst eineinhalb Stunden vor seiner Ankunft, damit dem Direktorat keine Zeit blieb, durch Rückfragen die Echtheit seiner Identität und seines Anliegens abzuklären. Im Rahmen einer Festschrift sollte des kürzlich verstorbenen Vizepräsidenten dieses Kunstvereins, Herrn Doktor Johannes Conrad, gedacht werden, wobei seine Vita und die sie prägenden Jahre am Herzog-Wolfgang-Gymnasium aufbereitet werden müssten. Stets habe sein alter Freund und Weggefährte Doktor Conrad betont, ohne die humanistische Erziehung dieses Gymnasiums wäre ihm der Zugang zu den Künsten verschlossen geblieben. So habe er, Doktor Dobler, von Herrn Professor Doktor Kleinschmidt den Auftrag, vor Ort nach den Wurzeln zu suchen.

Wortgeklingel und Titel öffneten noch immer Türen und Archive.

Der stellvertretende Direktor begrüßte Dobler persönlich und gestattete diesem, sich im Archiv frei zu bewegen und in den Verzeichnissen zu stöbern, die mit *Jahresbericht* betitelt waren. Dobler blätterte in Materialien einer überkommenen Zeit: Jahr für Jahr waren in einem Heft, das am Schuljahresende allen Pennälern kostenlos ausgehändigt worden war, Klasse für Klasse die Daten jedes einzelnen

Schülers aufgeführt, sortiert nach Klasse, Name, Vorname, Beruf des Vaters und Adresse. Den Schüler Johannes Conrad gab es tatsächlich, der Beruf des Vaters veränderte sich über die Jahre: Erst war er »Major«, danach »Oberstleutnant« und zum Schluss »verstorben«. Der elitäre Dünkel, der aus diesen Bezeichnungen herauszulesen war, ließ schnell Doblers Gewissensbisse ob seiner unverschämten Lüge schwinden. Wie sehr mussten sich die Kinder geschämt haben, bei denen »Kraftfahrer« oder »Arbeiter« preisgegeben wurde. Wie peinlich muss es dem Spross eines nicht intakten Elternhauses gewesen sein, wenn unter den Angaben bloß stand: »Mutter: Justizangestellte«

Danach hatte Dobler eigentlich nicht gesucht, aber es beschäftigte ihn länger, als er dachte. Die Adresse des Schülers Johannes Conrad lautete in der unteren Klasse Hofenfelsstraße, später, bis zum Abitur, Fasaneriestraße 36.

Der Alte aus dem *Bären*, mit dem Dobler inzwischen noch einmal telefonieren konnte, hatte Recht.

Johannes hatte seine Frau belogen, er hatte ihr ein falsches Elternhaus gezeigt.

Dobler schrieb die Namen der Mitschüler aus der Abiturklasse ab und betrachtete sich eingehend das im *Jahresbericht* veröffentliche Foto der Abiturfeier. Mit Mühe konnte er Conrad ausmachen, der erwartungsgemäß nichts in der Hand hielt, weder Pinsel noch Stift.

Hammer und Sichel hätten Dobler in diesem Heft ohnehin besser gefallen.

Dafür wurde er durch einen Artikel in der ebenfalls archivierten Schülerzeitung *Eulenspiegel* entschädigt, der dem Leser mitteilte, was die Abkürzung von *HWG (**H**erzog-**W**olfgang-**G**ymnasium)* bedeutete: eine Person mit ***h**äufig **w**echselndem **G**eschlechtsverkehr*. Autor dieser Persiflage war ein gewisser Connie, der sich auch mit einigen Karikaturen verewigt hatte, die in der Festschrift zu veröffentlichen Professor Kleinschmidt nicht gewagt hätte.

Doblers abschließende Frage nach handschriftlichen Arbeiten einzelner Schüler, nach einem bemerkenswerten Aufsatz beispielsweise, wurde vom stellvertretenden Direktor verneint. Die Abiturarbeiten waren vor wenigen Jahren weggeworfen worden, so dass sich der Abgesandte des Badischen Landeskunstvereins alsbald und zügig, jedoch mit verbindlichem Dank und der Versicherung, der Einblick in das Archiv mache das Wirken von Doktor Conrad ein wenig verständlicher, empfahl.

Dobler fuhr schnurstracks in die Fasaneriestraße, um die beiden Häuser noch einmal zu betrachten. Das Gebäude mit der Nummer 36, Conrads Adresse, war keineswegs schäbig und nicht weniger repräsentativ als das Haus mit Nummer 21. Conrad hatte demnach, als er seiner Frau sein früheres Zuhause zeigte, nicht deshalb auf das falsche Haus gedeutet, weil er sich des richtigen schämte oder weil er mit der falschen Immobilie Eindruck schinden wollte. Das Haus mit Nummer 21 beherbergte im Erdgeschoss ein Anwaltsbüro, dessen Betreiber im Obergeschoss wohnte. Das Kanzleischild war seitlich des Gartentors angeschraubt. Vielleicht hatte das bei Conrad die Assoziation zum Praxisschild seines Großvaters geweckt und ihn spontan auf dieses Gebäude deuten lassen.

Dobler läutete, und ein Herr in seinem Alter, der Anwalt selbst, öffnete. Dobler stellte sich als Kollege vor, der den Nachlass des verstorbenen Johannes Conrad regele und anlässlich eines Termins beim Oberlandesgericht vor Ort recherchiere. Der Hausbesitzer kannte Johannes noch als Jugendlichen und bestätigte, dass dieser schräg gegenüber gewohnt habe, im Hause seines Großvaters, das aber schon vor vielen Jahren verkauft worden sei. Dobler gab vor, möglicherweise selbst die Häuser verwechselt zu haben, und entlockte so dem Anwalt die Auskunft, dieses Haus sei in den 20er Jahren von seinen eigenen Großeltern erbaut worden. Außer in den Jahren von 1969 bis 1974, in denen sein Vater das Gebäude an einen höheren Justizbeamten vermietet habe, sei das Anwesen durchgehend von der eigenen Familie bewohnt worden.

Neuschwanstein nahm Gestalt an.

Während der folgenden Tage rief Dobler vier Mitschüler Conrads an, deren Namen er dem *Jahresbericht* entnommen hatte und die er im örtlichen Telefonbuch wiederfinden konnte. Aus allen war, wie man so sagte, etwas geworden.

Dobler gab vor, die Erben des verstorbenen Johannes Conrad zu suchen, und erhielt überall bereitwillig Auskunft.

Wie sehr erneut Titel und ein vermeintlich offizielles Anliegen die Menschen arglos machte, den Bankdirektor, den Leitenden Oberstaatsanwalt, den Direktor der Städtischen Wohnungsbaugesellschaft und einen Arzt.

Johannes war, wie Dobler erfuhr, ein guter und beliebter Mitschüler gewesen, der sich allerdings oft mit Lehrern und dem Direktor angelegt hatte. Er war allezeit zu Missetaten bereit, durchaus gesellig und ein begnadeter Zeichner gewesen. Nach dem Abitur hatte er jeden Kontakt zu den ehemaligen Mitschülern eingestellt. Obgleich immer wieder zu Klassentreffen eingeladen, war er niemals erschienen, weder zur Jahresfeier noch zum 25-jährigen Jubiläum des Abiturs.

Nach Fotos fragte Dobler nicht, weil das mit seinem Anliegen, der Suche nach Verwandten, schlecht in Einklang zu bringen war. Briefe oder Aufzeichnungen besaß keiner der Gefragten.

Dobler verglich das geschilderte Verhalten mit seinem eigenen Abiturjahrgang. Etwa ein Viertel seiner Mitschüler hatte er seit der Reifeprüfung nicht mehr gesehen, obschon die meisten im Turnus von fünf Jahren zum Wiedersehen eingeladen wurden. Vermutlich hatte Conrad am Tag des Abiturs mit diesem Teil seines Lebens gebrochen, lange vor seiner Zeit in Gordes.

So wandte sich Dobler erneut den Fotos zu, ein letztes Mal, wie er Helga versprach. Es wurmte ihn noch immer, dass er Conrads Linkshändigkeit übersehen hatte. Er nahm sich vor, die Abbildungen in einem größeren Maßstab zu studieren.

Als erstes scannte er das vermutlich älteste Bild ein, Johannes in Berlin und mit Stift in der linken Hand, um es am Computer mit einem Bildbearbeitungsprogramm zu vergrößern und anschließend auszudrucken. Das Schwarzweißfoto war hochkant aufgenommen, aber Dobler hatte es versehentlich quer auf die Glasplatte des Scanners gelegt, wodurch es seitlich gekippt auf seinem Monitor erschien. Dobler klickte mit der Computermaus einige Befehle, um das Bild aufzurichten, er verstärkte die Kontraste, setzte die Bildgröße erheblich herauf und schärfte es virtuell. Das Programm gehorchte den Befehlen, und sogar der Drucker funktionierte auf Anhieb.

So hielt Dobler nach fünfzehn Minuten einen etwas unscharfen und pixelbetonten, aber durchaus manierlichen und sehenswerten Ausdruck im Format von beinahe DIN A4 in Händen. Das Erstaunliche aber waren die Hände von Johannes: Der Stift wurde mit rechts geführt.

Dobler verglich das Computerbild mit dem Original, auf dem Conrad mit links schrieb.

Was war passiert? Doblers Bildbearbeitungsprogramm hatte alle Bearbeitungsaktionen in einem sogenannten Protokoll festgehalten und offenbarte dem Computerlaien, dass er nach dem Einscannen vor der Drehung des Bildes in die Senkrechte unbemerkt den Befehl zum Spiegeln des Bildes erteilt hatte. Das Foto wurde auf diese Weise seitenverkehrt.

Oder seitenrichtig?

Wie elektrisiert rief Dobler Christa an: »Hatte dein Exmann eine Dunkelkammer?«

Christa verstand erst gar nicht, was er meinte, bis Dobler erklärte, es handele sich um Gerätschaften zum Entwickeln und Vergrößern von Schwarzweißfotografien, wie sie früher durchaus auch in Privathaushalten gebräuchlich waren und mit denen man in einem dunklen Raum, vornehmlich in der Waschküche, Fotos entwickelte und vergrößerte. Christa verneinte die Frage, sie glaubte sich aber zu erinnern, Johannes habe bisweilen bei einem Freund, den sie selbst nicht näher kannte, fotografische Vergrößerungen hergestellt.

Dobler dozierte am Telefon: »Im herkömmlichen Fotoapparat wird bei der Aufnahme der Film belichtet und anschließend zu einem sogenannten Negativ entwickelt. Das legt man in ein Vergrößerungsgerät, welches das negative Bild auf Fotopapier, projiziert und das Papier belichtet. Dunkle Partien des Negativs lassen wenig Licht durch, das Papier wird dort wenig belichtet und bleibt hell oder weiß, umgekehrt ist es bei hellen Passagen des Negativs. Auf diese Weise entsteht das positive Bild als schwarz-weiß-graues Gegenteil des Negativs.«

Christa ahnte, was er ihr erklärte, aber sie verstand nicht, weshalb in diesem Prozess aus einem Linkshänder ein Rechtshänder werden kann.

»Das ist so«, Dobler gab sich jede Mühe der Verständlichkeit: »Wenn das Negativ verkehrt herum in das Vergrößerungsgerät eingelegt wird, entsteht ein seitenverkehrtes Positiv. Liegt im Vergrößerungsgerät beispielsweise die Hand mit dem Pinsel rechts, wird sie auf dem späteren Bild links dargestellt. Wenn man das Negativ herumdreht, dieselbe Hand auf demselben Bild im Vergrößerungsgerät also rechts liegt, dann erscheint sie auf dem Papierbild links.«

Er hörte, wie Christa seufzte. Er musste es ihr besser verständlich machen.

»Du kannst das genauso mit einem Diaprojektor ausprobieren. Steckt das Dia richtig im Projektor, kannst du auf einem Foto mit Autos beispielsweise deren Nummernschilder lesen und die in Deutschland fotografierten Autos fahren rechts. Drehst du das Dia im Projektor einfach herum, fahren die Autos links und die Nummernschilder sind seitenverkehrt. Genauso ist es mit einem Negativ bei Vergrößerungen.«

Endlich fiel bei Christa der Groschen: »Du müsstest also wissen, ob das Foto von Johannes mit dem Stift in der Linken richtig oder falsch herum vergrößert worden ist?«

Sie hatte das optische Prinzip tatsächlich verstanden, aber noch nicht ganz die Tragweite von Doblers Entdeckung. Denn diese widerlegte nur den Glauben an die objektive Beweiskraft eines Fotos. Johannes war Linkshänder, das hatte sie als seine Frau mit eigenen Augen gesehen, und es war so gut wie ausgeschlossen, dass er sich diese Hand als Schreib- und Arbeitshand im Erwachsenenalter antrainiert hatte. Folglich waren die Fotos, die ihn als Linkshänder abbildeten, nicht manipuliert. Das galt für die

Fotos aus Gordes wie für die aus späteren Zeiten. Die älteste Fotografie aber, die Dobler gerade eben eingescannt hatte, konnte richtig oder spiegelverkehrt sein. Dem Papierbild sah man das nicht an, da darauf keine Schriften oder Zahlen abgebildet waren, an denen man hätte erkennen können, ob das Foto nun richtig herum oder spiegelverkehrt war. Ohne das Negativ war es nicht möglich, die Seitenrichtigkeit festzustellen.

»Kurz gesagt«, versuchte Dobler den Nutzwert seiner physikalischen Überlegungen auf den Punkt zu bringen, »wir dürfen nun nicht mehr annehmen, das Studentenbild zeige deshalb Johannes, weil die dort aufgenommene Person Linkshänder ist. Die Person kann ebenso gut Rechtshänder gewesen sein, wenn das Negativ seitenverkehrt vergrößert wurde.«

Christa bedankte sich etwas verwirrt für diese Auskünfte und legte bald auf. Als gleich danach Werner anrief und Dobler ihm gegenüber erneut über Optik und Fotografie referierte, war der verblüfft über das so simple wie klare Prinzip von Doblers Entdeckung.

Danach griff Dobler zu seinen Dias und zur Lupe. Roberts Abbild zeigte jenen seitenrichtig, im Hintergrund las er die Leuchtschrift eines Restaurants in Gordes – *Renaissance*. Und Robert hielt den Kugelschreiber rechts.

Dobler musste seiner Denkarbeit optimale Bedingungen bieten: Er öffnete seinen besten roten *Châteauneuf-du-Pape* und ließ ein Bad ein, die Wanne aber nur halbvoll, damit er von Zeit zu Zeit heißes Wasser nachfüllen konnte, träufelte Rosmarin- und Thymianöl hinzu und legte sich, umnebelt vom Duft der Provence, hinein. Den Kopf auf ein gefaltetes Handtuch gebettet, die Augen zeitweise geschlossen, wartete er im abgedunkelten Badezimmer auf die Eingebung. Als ihm das abgekühlte Wasser fast am Halse stand und das Fassungsvermögen der Wanne keinen heißen Nachschub mehr erlaubte, streckte Helga kurz den Kopf zum Badezimmer herein und murmelte etwas von einem Ministerpräsidenten aus Schleswig-Holstein in der Badewanne. Dobler hatte keine Ahnung, was sie wollte, aber er konnte jetzt nicht darüber nachdenken. In seinem Kopf, gärte es … Er stieg aus der Wanne, trocknete sich rasch ab und begab sich zu Bett. Nach einem flüchtigen Kuss und den Worten »alles in Ordnung« drehte er sich von Helga weg, die ihm über das Haar strich und hoffte, er werde bald die Auflösung präsentieren.

Dobler lag unbeweglich da, aber er konnte die Augen nicht schließen. Das war es – welch lange und komplizierte Gedankengänge hatte er verschwendet für eine so einfache und naheliegende Lösung!

Doch er fand keinen Schlaf. Bis jetzt hatte er blauäugig angenommen, er könne das gordische Rätsel lösen, ohne Helga die kleine, scheinbar unbedeutende Modalität seiner Reise nach Gordes zu offenbaren. Und damit war er gut zurechtgekommen. Niemand hatte Grund zu bezweifeln, er wäre alleine unterwegs gewesen, zumal Clara gegenüber ihrer Mutter von dieser Fahrt nichts gesagt hatte. Ihre Männergeschichten waren ein Reizthema und wurden innerfamiliär schon seit Jahren nicht mehr erörtert.

Hätte Dobler nur von Clara erzählt! Er hätte schildern können, wie sie im Zug angereist war, bis hin zum Notbett im Wohnmobil; letzteres hätte er ja vielleicht auch weglassen können. Im Nachhinein aber ließ sich seine Lüge, das Verschweigen ihrer Anwesenheit, nicht mehr ausbügeln. Dobler hatte sich in seine eigene gordische Lüge verstrickt, die einen solch gravierenden persönlichen Konflikt nach sich zog, dass er in dieser Nacht nur noch einen Ausweg sah: alle weiteren Ermittlungen abzubrechen, kurz vor dem Ziel Halt zu machen. Er war bei der Aufdeckung einer großen Lebenslüge an seiner eigenen kleinen Lüge gescheitert.

Er würde sich eine zusätzliche Ausrede ausdenken und behaupten, er käme nicht weiter und habe die Lust verloren. Helga würde zunächst ihn ermuntern, nicht aufzugeben. Doch die Dinge würden sich verlaufen. In spätestens einer Woche würde er seinen Seelenfrieden wiederfinden, Helga würde nicht beunruhigt, er wäre kein Lügner, kein schlechter Mensch. Endlich fiel er in einen tiefen Schlaf.

Aber bis zum Morgen hatte er es sich anders überlegt. Er konnte Robert auch enttarnen, wenn er ihn zum Komplizen seiner Lüge macht. Dobler hatte kein Unrechtsbewusstsein, er hatte nur eine leise Befürchtung, sein Plan könnte schief laufen. Doch das nahm er in Kauf.

In der Kanzlei bat Dobler seinen Sozius Frank Bergmann ins Zimmer. Seine Sekretärin musste den Kaffee bringen und erhielt die Anweisung, die Herren bis auf weiteres durch nichts, auch keinen noch so dringlichen Anruf, zu stören. Dobler schrieb einige Sätze auf ein Stück Papier und schob es Bergmann hin mit der Bitte, das Geschriebene am Telefon aufzusagen. Da sich die Rufnummerübermittlung der Bürotelefonanlage nicht unterdrücken ließ – zumindest schaffte es keiner der beiden Anwälte –, nahm Dobler sein Mobiltelefon zur Hand und schaltete dort diese Funktion aus. Robert Benoit durfte beim Klingeln des Telefons nicht bemerken, wer ihn anrief.

Als Robert sich in seiner Amtsstube von Gordes meldete, sprach Bergmann das ihm Aufgetragene so überzeugend, als sei es sein eigenes Anliegen. Dobler schaute ihm gespannt dabei zu. Vor allem sprach Bergmann auf Deutsch:

»Guten Morgen, Herr Conrad! Mein Name ist Frank Bergmann. Ich bin der Vorsitzende des Freundeskreises des Herzog-Wolfgang-Gymnasiums aus Zweibrücken. Wir möchten Sie zu einer Jubiläumsveranstaltung einladen und nachfragen, ob Sie zu einem kleinen Beitrag bereit sind, beispielsweise einer Rede über die Bedeutung von Schülerzeitungen im Demokratisierungsprozess der BRD.«

Schweigen!

Robert hatte kurzerhand aufgelegt. Bis zum späten Nachmittag waren Dobler und Bergmann wieder uneingeschränkt – den diesbezüglich eingeschränkten Verhältnissen einer florierenden Anwaltskanzlei entsprechend – zu sprechen. Bis kurz vor 18 Uhr die Tür von Doblers Büro erneut geheimnisvoll verschlossen wurde. Bergmann rief wiederum in Gordes an, diesmal in Roberts Privatwohnung:

»Hallo, Herr Conrad! Hier ist nochmals Bergmann. Heute Morgen wurden wir gestört. Sie wissen doch, ich bin vom Freundeskreis des Herzog-Wolfgang-Gymnasiums!“

Kurzes Schweigen.

»Das Herzog-Wolfgang-Gymnasium wurde 1987 aufgelöst. Wer sind Sie?«

Robert antwortete auf Deutsch.

Bergmann blickte auf das vorbereite Papier: »Was bedeutet das Kürzel HWG? Oder soll ich Sie fragen, was DIW heißt?«

»Was?«

»DIW. Doppelter-Identitäts-Wechsel.«

»Wer sind Sie und von wo rufen Sie an?« Robert Benoit war beim akzentfreien Deutsch geblieben.

»Ich gebe Ihnen mal Herrn Dobler, den kennen Sie doch?«

Dobler übernahm: »Hallo Robert, ich darf doch weiter Robert zu dir sagen? Oder ist dir Johannes lieber?«

»Hallo Hans!«

Schweigen.

»Wie bist du draufgekommen?«

»Mach dir keine Sorgen. Mein Freund Frank und ich behalten die Sache einstweilen für uns. Wir sollten uns treffen und über alles reden.«

Benoit schien erleichtert: »Ich rufe dich in spätestens einer Stunde zurück, wenn ich nachgedacht habe.«

Damit war Dobler, der sicherheitshalber nochmals seine Nummer hinterließ, einverstanden. So viel Fairness musste sein.

15

Robert Benoit hielt Wort. Er meldete sich bei Dobler und kündigte seinen Besuch fürs kommende Wochenende an. Dobler erklärte mit ihm einige Details seiner Reise mit Clara, danach besprachen sie die Gestaltung von Roberts Fahrt in die alte Heimat. Dobler empfahl ihm ein Hotel und erbot sich auch an, dem Besucher ein Zimmer zu reservieren. Am Samstagnachmittag, nach seiner Ankunft, wollte Robert von sich wieder hören lassen.

Christa und Werner waren von Dobler erst am Vortag

mit der Ankündigung einer Überraschung in Doblers Wohnung eingeladen worden waren. Keiner wusste etwas, auch Helga nicht, was sie leicht irritierte. Alle vier saßen sie im gemütlichen Wohnzimmer der Doblers und warteten zunehmend ungeduldig. Als Robert bis zum frühen Abend nichts von sich hören ließ, rief Dobler im Hotel *Lamm* an.

Der Gast war eingetroffen.

Er entschuldigte sich, er werde noch aufgehalten von der *Sportschau*, wo Ausschnitte des Spiels des 1. FC Kaiserslautern gegen Schalke gezeigt würden. Seit Jahren verfolge er das Auf und Ab seines Lieblingsvereins über Satellit, der FCK führe 2:1. Dobler zeigte Verständnis und bat Helga, das Essen, das sie für den Abend vorbereitet hatte, erst später zu richten.

Erst gegen 20 Uhr nahm Robert am Esstisch Platz. Er hatte beim Anblick der Runde zunächst erschreckt reagiert und war nur allmählich im Stande, sein Misstrauen gegenüber den anderen Gästen abzubauen. Dobler hatte wahrheitsgemäß erklärt, was es mit Christa und Werner auf sich hatte, und sie mit Vornamen vorgestellt. Werners direkte, dröhnende Art, vor allem seine Liebenswürdigkeit überbrückten aber schnell die Distanz. Und als Bratwürste mit Kartoffelpüree aufgetragen wurden, dazu *Welde-Silber* und *Park-Pils*, Biere aus Schwetzingen und Zweibrücken, hätte ein Beobachter die Runde für einen Freundeskreis halten können.

Robert taute immer mehr auf, doch Werner und die Damen waren verunsichert. Helga hatte ohne längeres Fragen nach Doblers Vorgaben eingekauft: für fünf Personen. Dann stand aber ein fremder Mann im Zimmer und wurde von Dobler als »Robert Benoit, alias Johannes Conrad« vorgestellt. Werner entschlüpfte der Satz, er fühle sich »verarscht«, aber Dobler ging darauf nicht ein und füllte die Gläser. Robert bekannte, tatsächlich Johannes Conrad zu sein.

Dobler hieß den Gast herzlich willkommen und bekundete sein Mitgefühl wegen der Niederlage des 1. FCK trotz langer Führung. Als Werner auf eine Erklärung drängte, gebrauchte er die Ausflucht, sein Freund habe eine anstrengende Reise hinter sich, Werner müsse sich noch ein wenig gedulden. Sodann plauderte Dobler mit Robert über das Wetter in Gordes, erkundigte sich nach dem Wohnmobilstellplatz sowie nach den Straßenverhältnissen in Frankreich und Deutschland inklusive der Baustelle am Walldorfer Kreuz und genoss sichtlich die Spannung der Tischgesellschaft.

Erst nachdem er seinen Teller geleert und sich umständlich den Mund mit der Stoffserviette abgewischt hatte, die im Hause Dobler alltäglich gedeckt wurde, war der Rechtsanwalt endlich zur Auflösung bereit, auf die alle Anwesenden gespannt warteten.

Er begann mit seiner Begutachtung der Fotografien, erinnerte an den Moment der Erkenntnis, dass Johannes Conrad in Zweibrücken das falsche Haus als sein Elternhaus bezeichnet hatte, und schilderte seine Grübeleien, um den Schlüssel zur Wahrheit zu finden. Für das Zeigen des falschen Hauses habe er keine Erklärung finden können. Der Vergleich der Fotos wiederum habe keinen Beweis dafür geliefert, dass der junge Johannes dieselbe Person sei, die auch auf den Fotos aus Gordes zu sehen sei. So habe er nur noch nach einer objektiven Bestätigung der These gesucht, Robert sei nicht Robert, sondern Johannes. In der Badewanne sei es ihm plötzlich klar geworden:

An dem Tag, an dem er in Cabrières mit dem Bürgermeister von Gordes und seinem Anwaltskollegen aus Apt essen war, hätten sie im Lokal ein am Nachbartisch sitzendes deutsches Paar aus Mannheim kennen gelernt.

– Diese Notlüge mit der Mannheimer Zufallsbekanntschaft war Dobler noch nicht in der Wanne eingefallen. –

Zunächst seien einige Sätze von Tisch zu Tisch gewechselt worden, bis der Bürgermeister Doblers Landsleute auf einen Café und Digestif zum Platzwechsel animiert habe. Als sie am späteren Abend gemeinsam das Restaurant verließen, seien sie dann zu fünft auf den nahen Parkplatz geschlendert, wo das Wohnmobil der Mannheimer zufällig neben Doblers eigenem Wohnmobil gestanden habe.

Robert Benoit alias Johannes Conrad warf an diesem Punkt der Schilderung einen erstaunten Blick auf Dobler, der jedoch unbeirrt fortfuhr.

Dobler habe den beiden Mannheimern vorgeschlagen, man könne doch den Abend bei ihm ausklingen lassen. Das habe in den Ohren eines heimlichen Beobachters bedrohlich wirken müssen: Er konnte ja nicht wissen, dass die beiden deutschen Wohnmobile zufällig nebeneinander standen. An den Kfz-Kennzeichen habe er aber sicher bemerkt, dass es sich um Nachbarorte handelte, was zu erkennen ein normaler Südfranzose nicht fähig sei. Der Beobachter müsse also vermutet haben, in Doblers Wohnmobil würde abschließend der Stand der Ermittlungen besprochen.

Bei diesem in Wirklichkeit belanglosen Gespräch und einem letzten Bierchen sei er, wie Dobler der Runde erklärte, vor die Tür getreten, um so zu tun, als müsse er sich erleichtern. In Wirklichkeit habe er von innen im Rückspiegel eine kauernde Person an der Seite des Wohnmobils bemerkt, mehr einen Schatten, zweifellos aber einen geduckten Menschen. Schon das habe, wie Dobler nun erklärte, den Beweis der Identitätstäuschung spätestens in dem Moment geliefert, in dem er kurz darauf Robert Benoit weglaufen sah. Weshalb sollte ein Franzose, dem bestenfalls Bruchstücke der fremden Sprache geläufig waren, ein deutsches Gespräch belauschen, wo er doch annehmen musste, dieses werde nicht in Französisch geführt? Den schlagenden Beweis aber lieferte der Lauscher selbst. Er floh nämlich unverzüglich, wie Dobler seinen eiligen Schritten entnehmen durfte, als Dobler die Absicht, seinen Blasendrang zu beseitigen, mit der Redewendung »ich muss mal für kleine Königstiger« ankündigte. Diese Abwandlung des geflügelten Worts »für kleine Mädchen« konnte nur jemandem verständlich sein, der über gute bis sehr gute Deutschkenntnisse verfügte – über bessere jedenfalls, als Robert sie bei allen Begegnungen zuvor offenbart hatte.

Dobler kam zum vorläufigen Ende, und es war ihm, was er sich nicht anmerken ließ, peinlich, die wahre Geschichte so verbogen zu haben.

Werner war der erste, der sich vernehmen ließ, und dabei so kräftig auf den Tisch haute, dass die Gläser leicht klirrten. »Donnerwetter! Das ist ja ein Ding!« Neugierig betrachtete er Robert alias Johannes, der sich zu diesem Teil der Geschichte ausschwieg, wie er es mit Dobler vereinbart hatte. Die unverhohlene Aufmerksamkeit der anderen war ihm jedoch offenkundig ein wenig peinlich.

Auch Christa schwieg. Ihr gingen viele Gedanken durch den Kopf, hatte sie doch gerade vernommen, dass ihr ehemaliger Mann definitiv nicht der war, der er vorgab zu sein: Johannes Conrad.

Dobler fuhr fort: »Robert Benoit sprach also Deutsch, er fürchtete sich vor den Ermittlungen des Besuchers in Gordes und er hatte das Schuldanerkenntnis an sich genommen, er musste demnach mit Johannes Conrad in engstem Kontakt gestanden haben. Zudem war derjenige, der in Deutschland lebte, nicht Conrad, weil der richtige Conrad niemals auf das falsche Elternhaus gezeigt hätte, das ja nicht besser oder schlechter war als das richtige, also nicht aus Wichtigtuerei oder Understatement gewählt worden sein konnte. Es war dieser Umstand, der mich erst auf den richtigen Gedanken gebracht hatte. Weil es kein Motiv gab, ein falsches Haus als das Haus der Großeltern auszugeben, und weil niemand absichtlich seiner Frau ein falsches Haus als den Ort seiner Jugend zeigt, musste diese Fehlleistung den denkbar einfachsten Grund haben: Christas Ehemann wusste es nicht besser. Er hatte die Hausnummer vergessen und sich nur gemerkt, dass das Haus am Berg und an einer Straßeneinmündung lag, aber er hatte die beiden Straßen miteinander verwechselt und auf das falsche Eckhaus gedeutet.

Christas Mann war also nicht Johannes Conrad. Er war ein anderer: Robert Benoit.

Demnach lag es nahe, dass sich der leibhaftige Johannes Conrad wiederum Robert Benoit nannte.

Der Rest ergab sich von selbst, als Robert dem Bluff der beiden Anrufe von Doblers Anwaltskollegen auf den Leim gegangen war.

Nun war Robert alias Johannes an der Reihe, zu erzählen. Als erstes gestand er, von seiner Enttarnung durch Dobler nicht überrascht worden zu sein. Er wusste schon in dem Moment, als er auf dem Stellplatz von Cabrières vor Dobler floh, welchen Fehler er gemacht hatte. Und den hatte er nur noch vergrößert, als er – ungewollt, wie er betonte – die Schergen des Notars mobilisierte.

»Es tut mir leid«, sagte Robert, »dass dir dadurch Schaden zugefügt worden ist.«

Er sprach dabei ein Deutsch, bei dem Helga sich fragte, ob der Akzent eher ein westpfälzischer oder ein kurpfälzischer war.

Aber weshalb hatte Johannes Conrad die Identität von Robert übernommen?

Oder umgekehrt?

Und war der falsche Johannes Conrad, Christas Mann und Claras Vater, tatsächlich Robert Benoit?

Schweigen lag über den leeren Tellern. Alle warteten in höchster Anspannung auf die Lösung des Rätsels.

»Ja, ich bin eigentlich Johannes Conrad, und das Haus, in dem ich mit meiner Mutter und meinen Großeltern wohnte, war das Anwesen in der Fasaneriestraße mit der Nr. 36. Es ist mir unverständlich, dass Robert, also der, den Sie als Johannes kennen, diesen Fehler begangen hat. Gerade die Lebensumstände der letzten zehn Jahre vor unserem Identitätstausch hatten wir eingeübt und als Gedächtnisstütze aufgeschrieben.«

Dobler empfand Genugtuung, weil ihm diese Nachlässigkeit den Schlüssel zur Lösung geliefert hatte. Er drängte den Gast, die Gründe des Tausches aufzudecken. Er wusste, er brauchte nichts zu befürchten: Robert erwies sich als loyaler Komplize. Clara und den wirklichen Hergang in Cabrières hatte er bisher mit keinem Wort erwähnt.

Jener kam jedoch zunächst auf die Sprachverwirrung zu sprechen, die mit dem Identitätstausch einherging: »Ich schlage vor, bei den Namen zu bleiben, die seit über dreißig Jahren auch mir geläufig sind. Ich bin Robert Benoit und bleibe es, wie auch Johannes Conrad seinen Namen behält. «

Robert öffnete erst einmal eine weitere Bierflasche und griff dieses Mal zum *Park*, dem Bier, das über Jahrzehnte in Zweibrücken hergestellt worden war, ehe in den 90er Jahren die Braustätte dem landesweiten Brauereisterben zum Opfer gefallen war. Dobler hatte einen Kasten des nun in Pirmasens abgefüllten Getränks ganz bewusst bei einem Händler in Mannheim erstanden und damit dem Besucher eine große Freude bereitet. Robert setzte die Flasche an die Lippen und trank mit Genuss. »Wie früher«, ließ er sich vernehmen, nachdem er sich mit dem Handrücken den Mund gewischt hatte. »Damals hieß das Bier noch *Parkbräu*, und der Werbeslogan soll auch für uns gelten: ›Ein Bier, mit dem man Freundschaft schließt‹. Es gibt kaum ein besseres.«

Werner blickte ihn skeptisch an, hüstelte voller Ungeduld und setzte dann gleichfalls die Flasche an den Hals. Es bedurfte erst noch einer von Christa erbetenen Zigarette, die der Gast aus Frankreich umständlich in Brand setzte, bis er endlich zur Sache kam:

»Ihr wollt sicher wissen, weshalb wir im Jahr 1968 die Rollen getauscht haben. – Wir sagen doch Du zueinander?«

Die Gastgeber nickten, und Robert fuhr fort:

»Da muss ich jetzt ein bisschen ausholen. Wie ihr wisst, war in den Monaten April und Mai des Jahres 1968 ein großer Teil Europas in Unruhe geraten. Ich erinnere nur an den Juni 1967, als in Berlin bei einer Demonstration gegen das Regime des persischen Schah der Student Benno Ohnesorg von einem Polizisten erschossen worden war. Und in den USA wurde Martin Luther King ermordet, die Leitfigur der Schwarzen im Kampf für Gleichberechtigung mit den Weißen. In Deutschland regierte in der großen Koalition der Kanzler Kiesinger, ein angeblicher Altnazi; die Verabschiedung der sogenannten Notstandsgesetze war eingeleitet. Im April 1968 wurde dann Rudi Dutschke, der linke Studentenführer, durch Schüsse schwer verletzt. Von einem Mann, der von der reaktionären Presse zu dieser Tat angestiftet worden war.

In Frankreich regierte noch der konservative Staatspräsident de Gaulle, und in Vietnam leiteten die Amerikaner die schmutzigste Phase ihres Krieges gegen den kommunistischen Norden ein.«

Robert nahm noch einen kräftigen Schluck *Park*-Bier.

»Ich gehörte, ebenso wie Johannes, Karine und viele andere, zu denen, die sich für progressiv hielten, für berufen, die Revolution einzuläuten. Wir wollten eine anständigere und gerechtere Gesellschaft, den freien Zugang aller Bevölkerungsschichten zur akademischen Bildung und den Abbau der universitären Machtstrukturen. Wir wollten auch die freie Liebe jenseits fester Zweierbeziehungen, eine Welt ohne Krieg, jedenfalls ohne Beteiligung der imperialistischen USA.«

Robert hielt gedankenverloren inne und brach bei dem Versuch, sich eine zweite Zigarette anzuzünden, zwei Streichhölzer ab.

»Viele unserer Ziele habe ich längst vergessen.«

Die Zigarette brannte, Robert trank gierig an der Bierflasche, als könnte er damit die verblasste Erinnerung auffrischen.

»Wir hörten Platten von Bob Dylan, Joan Baez, Franz-Joseph Degenhardt, Steppenwolf, Antoine und vielen anderen – die Namen fallen mir gar nicht mehr alle ein. Unsere Welt war schwarz-weiß, es gab Gute und Schlechte, von letzteren unendlich viele. Hätte es in Gordes, in Apt oder in Avignon ein Kaufhaus gegeben, womöglich hätten wir es in Brand gesteckt. Fast jeden Tag fanden Aktionen statt, besonders in Lyon. Dort waren die Studentenunruhen in Frankreich nach Paris am heftigsten. Immer wieder fuhren wir dorthin, teils per Autostop, meist in regelrechten Fahrgemeinschaften, um uns hinter Barrikaden und brennenden Autoreifen einzuhaken und Arm in Arm den Protest herauszuschreien.

Der Feind allerdings hielt sich verborgen.

Nicht der imperialistische Yankee stand uns auf der Straße gegenüber, kein de Gaulle, kein Pompidou, kein konservativer Professor, kein Bourgeois, kein Ausbeuter.

Der Feind ließ sich vertreten. Von ganzen Armeen zusammengekarrter Polizisten, die mit Wasserwerfern und Mann gegen Mann mit Schlagstöcken Recht und Ordnung und die konservative Regierung verteidigen mussten. Das Gefecht um Weltanschauung und Vietnamkrieg wurde in den Straßen von Lyon gegen die Falschen geführt, gegen junge Burschen in blauen Uniformen, gegen ängstliche Familienväter, die sich lieber bei uns eingereiht oder sich mit der Fahndung nach Taschendieben beschäftigt hätten.

Aber das bemerkten wir damals nicht. Wir sahen nur die hilflose Schlagstockbrutalität, wir waren aufgestachelt von Horrorgerüchten über nazigleiche Polizeiführer und hochsensibilisiert, als der Generalstreik ausgerufen wurde und mehr als eine Million Menschen auf die Straße gingen, um gegen die Polizeigewalt zu protestieren. Neben den verbalen und mentalen Kampf war ein gewalttätiger getreten, den wir nicht angefangen hatten. Wir Studenten – in Frankreich standen im Gegensatz zu Deutschland sogar viele Arbeiter auf unserer Seite – führten Krieg gegen die Polizei.

›Mettez un Flic sous votre moteur‹ stand auf den Hauswänden der Stadt. Das war abgeleitet von der Esso-Werbung ›Mettez un tigre dans votre moteur‹ – wörtlich übersetzt heißt das: Pack einen Tiger in deinen Motor.«

Christa dankte Benoit für die Übersetzungshilfe und konnte sich gut erinnern:

»›Pack den Tiger in den Tank‹, hieß das doch bei uns in Deutschland. Ich denke, Esso wollte damit suggerieren, wie die geballte Kraft der Tiger auf die übergeht, die sich für Benzin mit dieser Marke entscheiden.«

Robert nickte zustimmend. »Die 68er-Bewegung hat das in ihrem Sinne verballhornt: Pack einen Polizisten unter deinen Motor.«

Alle außer Robert Benoit mussten schmunzeln, ihnen stand die Werbung des Benzinherstellers, eine der schlagkräftigsten der Nachkriegszeit, noch lebhaft vor Augen.

Robert war vom Tisch aufgestanden und fragte nach dem Weg zur Toilette. Die anderen Personen nutzten die Pause zu einer Diskussion über alte Zeiten, in denen sie das Leben noch vor sich hatten. An jenem Samstagabend schien ihnen, als habe ihr Herz, das mittlerweile brav, gottlob noch ohne Stolpern, vor sich hin arbeitete, damals noch nahezu täglich gehüpft. Heute war das nur noch gelegentlich der Fall, vornehmlich bei Wohnmobilausflügen, die ein warmes Brennen in ihrer Brust auslösten. Und es war ihnen, als seien sie in Lyon dabei gewesen.

Robert, alias Johannes, hatte bereits leichte Schwierigkeiten beim Artikulieren, als er endlich die Phase der Geschichte schilderte, die sein Leben grundlegend verändern sollte:

»Am Morgen des 13. Mai, dem Tag des Generalstreiks und einer Großdemonstration in Lyon, war ich mit Johannes, dem richtigen Robert, von Gordes nach Avignon getrampt. Dort wollten wir in das Auto unseres Freundes Gerhard umsteigen, um mit ihm gemeinsam in Lyon den gerechten Kampf aufzunehmen. In unserer Begleitung befand sich Karine Gillot, die ihr in Bonnieux besucht habt. Gerhard, ebenfalls ein Deutscher, war damals schon Eigentümer eines Autos, eines Renault *Dauphine*, in dem wir zu viert weiterfahren wollten. Aber es kam anders.

Gerhard hatte am Vortag über den Durst getrunken und zog es vor, den Rest des Tages im Bett zu verbringen. Genauer gesagt, er schlief und bemerkte nicht, wie Johannes seinen auf dem Küchentisch zurückgelassenen Autoschlüssel im Interesse der Arbeiterklasse konfiszierte. Karine und ich wollten dann aber doch nicht mitfahren. Wir waren damals dabei, in die Praxis umzusetzen, was wir uns über die freie Liebe in der Theorie schon angeeignet hatten. Bereits beim Trampen waren wir auf der Rückbank des fremden Autos eng aneinandergerückt. In Avignon waren wir scharf aufeinander und zogen für den Rest des Tages das Bett von Daniel, einem Kampfgenossen und Mitbewohner von Gerhard, den Straßen von Lyon vor. So gehorchten nur Johannes und Daniel der Pflicht und fuhren gemeinsam in Gerhards Renault nach Lyon. Nicht ohne uns zuvor als Verräter, Feiglinge und Arschlöcher zu beschimpfen. Ich nahm es gelassen und rief Johannes zu, als dieser mich beim Losfahren einen Spießbürger und Schlappschwanz nannte: ›Mettez un Flic sous votre Moteur‹. Meinen Rat hat Robert dann auch befolgt.

Der *Flic* starb noch an der Unfallstelle. Richtiger müsste man sagen, am Tatort.«

In Doblers Wohnung war es ganz still geworden, niemand stellte eine Frage. Selbst Werner konnte sich, trotz der erwähnten Bettgeschichte, eine Zwischenbemerkung verkneifen. Und Robert fummelte schon wieder mit den Streichhölzern.

»Ihr fragt, wie es zu diesem Unglück kommen konnte? Es ist für mich, auch wenn ich nicht dabei war und die Geschehnisse nur vom Hörensagen kenne, stets ein Unglück geblieben.

Zunächst nahm die Aktion einen planmäßigen Verlauf. Johannes und Daniel«, sagte Robert, der in Wahrheit Johannes hieß, »waren über Schleichwege ins Innere von Lyon gefahren, was gar nicht einfach war, denn die Polizei hatte die Stadt großräumig abgeriegelt, um den Zustrom der Demonstranten zu verhindern. In Zentrumsnähe reihten sie sich in einen Autokonvoi von Protestierenden ein, der frech auf eine Gruppe von Gendarmen zufuhr, die der Weiterfahrt Einhalt gebieten wollten, aber im letzten Moment zur Seite traten, weil sie ihre Gesundheit nicht einer überkommenen Ordnung opfern wollten. Laut hupend passierte die Fahrzeugschlange die an den Fahrbahnrand gesprungenen Beamten. Vor Freude johlten die jungen Leute und trommelten aus den offenen Seitenscheiben an das Blech der Autotüren. Sie fühlten sich auf einem richtigen, gerechten Weg und waren von ein paar Flics nicht aufzuhalten.

An der nächsten Ecke bog Johannes ab und gelangte in eine scheinbar menschenleere Seitenstraße. Daniel berichtete später, Johannes habe triumphierend auf das Lenkrad geschlagen und die Internationale angestimmt.

Der Feind hatte sich zurückgezogen.

Bis auf zwei Polizisten, die plötzlich mitten auf der Straße Haltesignale gaben. Johannes fühlte sich unbesiegbar, vertraute seiner Hupe und hielt Kurs.

›Halt an!‹, schrie Daniel, aber Johannes bremste nur so viel, wie erforderlich war, um nicht die Kontrolle über den Wagen zu verlieren und um die Flics zu umkurven.

›Rechts antäuschen und links vorbei!‹, rief er großspurig.

In dem Moment, als Johannes das Steuerrad herumriss, um an den beiden vorbeizufahren, machte einer von ihnen einen Schritt zur Seite, genau vor das Auto, das ihn frontal erfasste und in die Luft schleuderte. Der Renault kam von der Fahrbahn ab, streifte den anderen Polizisten, rammte geparkte Autos und blieb liegen.

Daniel rannte, so schnell er konnte, davon, aber Johannes blieb wie paralysiert auf der Straße stehen. Er taumelte ein paar Schritte zu den beiden auf dem Asphalt liegenden Polizisten. Der eine Beamte war nur leicht verletzt und stöhnte, während der andere bewegungslos dalag und am Kopf blutete. Johannes fasste ihn an und schob die Mütze aus dem Gesicht, um bei seinem Opfer noch ein Zeichen von Leben zu finden. Dann suchte auch er panisch das Weite.« Robert stand auf und trat ans Fenster. Das Erzählen nahm ihn sichtlich mit. Doch er war noch nicht am Ende angelangt.

»Das Läuten des Telefons erschreckte Karine und mich im Bett. Daniel hatte sich einen Rest von Übersicht bewahrt, uns telefonisch alarmiert und zum sofortigen Verlassen der Wohnung aufgefordert. Gerhard war auch nicht mehr da, weil er sich schon vorher entschlossen hatte, seinen Kater mit einem alkoholischen Nachtrunk bei Genossen zu bekämpfen. So war beim Eintreffen der Polizei niemand zu Hause. Über das deutsche Autokennzeichen war Gerhards Vater schnell als Halter des Unfallwagens identifiziert worden, der die Adresse seines Sohnes kannte.

Bei einem Freund von Daniel hörten wir während der ganzen Nacht die Meldungen im Radio, die sich nur noch mit der Ermordung eines Polizisten in Lyon beschäftigten. Angeblich einer kaltblütigen Exekution, einem vorsätzlichen heimtückischen Anschlag auf den Staat. Der junge Raymond hinterließ eine Frau, welcher der Staatspräsident noch in der Nacht das Beileid der Nation aussprach.

Johannes' Glück, wenn man das so nennen darf, war es, dass Gerhard erst am nächsten Morgen bei seiner späten Heimkehr verhaftet werden konnte und dabei so betrunken war, dass auch die härteste polizeiliche Gangart ihm nicht den Namen des Fahrers entlocken konnte. Man hielt ihn zunächst selbst für den Täter und die Radiostationen meldeten bereits voller Genugtuung die Festnahme des Mörders und ließen sich darüber aus, dieser habe sich vor Freude über seinen Erfolg sinnlos betrunken. Gerhard hatte natürlich gar keine Ahnung von den Geschehnissen in Lyon, er hatte ja noch nicht mal mitbekommen, dass Robert und Daniel in seinem Auto saßen.

Erst im Laufe des Tages setzte sich bei den Ermittlern die Einsicht durch, Gerhards Saufkumpanen hätten die Wahrheit gesagt, als sie ihm, dem Fahrzeugbesitzer, ein lupenreines Alibi bezeugten. Man konnte ihm auch nicht widerlegen, dass Freunde sich des Autoschlüssels bemächtigt hatten und ihm somit beim besten Willen der Fahrer nicht bekannt sein konnte. Selbst die Namen möglicher Verdächtiger behielt er während langer Verhöre für sich.

Robert zu denunzieren wäre ihm auch nicht möglich gewesen, sie kannten sich bis dahin nicht mal. Und mich konnte er genauso wenig beschuldigen. Als er am 13. Mai aufgewacht war, lag ich zusammen mit Karine im Bett eines anderen Zimmers – und war nachweisbar nicht in Lyon.

Am Morgen nach dem Unglück fuhren Johannes, Karine und ich mit dem Bus zurück nach Gordes. Wir hielten es nur für eine Frage von Stunden, bis die Polizei Johannes' Zimmer durchsuchen würde. Ich fühlte mich mitschuldig am Tod des Polizisten, genauso wie an Johannes' zerbrochener Zukunft. Immer wieder redete ich mir ein, dass ich Johannes' Fehlreaktion durch meine Bemerkung provoziert hatte und dass der Flic noch leben würde, wenn ich am Steuer gesessen hätte. So kam ich auf die Idee, unsere Identität zu tauschen.

Ich bot ihm mein Leben an und war bereit, meine Schuld damit abzutragen, dass ich sein Leben übernahm.

Johannes packte alle meine Sachen zusammen, meine Kleider, meinen Ausweis, den Führerschein und den Schlüssel meiner Wohnung in Heidelberg. So gut es in der Eile möglich war, bläuten wir uns gegenseitig Daten aus dem Leben des Freundes ein:

Johannes war mit einer deutschen Mutter in der Nähe von Straßburg aufgewachsen; dass mein Vater ein in Zweibrücken stationierter Franzose war, wisst ihr bereits. Wir beherrschten also beide zwei Sprachen wie unsere Muttersprache, und wir sahen uns ähnlich.

Johannes entschwand noch in der Nacht nach Deutschland, und ich wartete gemeinsam mit Karine auf die Polizei.

Die kam erst am dritten Tag.

Mehrere Mannschaftswagen spukten im Morgengrauen über zwanzig Flics aus, die das Haus umstellten und mich unsanft mitnahmen. Gerhard hatte dem Druck der mit leichter Folter angereicherten Vernehmungen nicht mehr standgehalten und seinen Freund Daniel verpfiffen, der seinerseits erfolgreich leugnete, in Lyon gewesen zu sein, aber Johannes als möglichen Fahrer bezichtigte.

Zu diesem Zeitpunkt hatte ich meinen eigenen Plan längst bereut und wäre ebenfalls geflohen, wäre ich nicht unsterblich in Karine verliebt gewesen, die mir immer wieder beteuerte, niemand könne mein Alibi besser bezeugen als sie. Womit sie ja auch Recht gehabt hätte, wäre ich Johannes Conrad geblieben. Keinen Sou war es aber wert, als sie von dem Liebesspiel mit mir berichtete, die Einrichtung des Zimmers, die Farbe des Bettzeugs und sogar die untrüglichen Geräusche aus Nachbarhäusern zum Besten gab. Obwohl Karine und ich bestätigen konnten, dem Gemüsehändler neben Gerhards Haus sei etwa zum Tatzeitpunkt eine ganze Holzkiste mit Weinflaschen klirrend aufs Trottoir gefallen, tat man das als Schutzbehauptung ab und schrieb wahrheitswidrig in die Akten, der Besitzer des Feinkostladens habe beschworen, an diesem Tag sei ihm kein Wein abgerutscht.

Ich wurde in Haft genommen und habe bis heute das Trauma nicht ganz überwunden. Aber dann kam mir das Glück zu Hilfe: Ein Anwohner des Tatorts, durch den Unfallknall aufmerksam geworden, war ans Fenster getreten und hatte gesehen, wie Johannes die Uniformmütze des am Boden liegenden Polizisten zur Seite drehte. Mit bloßen Händen, wie der Zeuge mit Gewissheit zu berichten wusste. So konnte man an der Kopfbedeckung, die sofort nach dem Vorfall asserviert worden war, beste Fingerabdrücke nehmen: von denen des Opfers, von denen der Sanitäter – und vor allem von denen des Täters.

Es waren definitiv nicht meine.

Auch mit größtmöglichem kriminalistischem Aufwand der damaligen Zeit, die DNA-Analyse gab es noch lange nicht, ließ sich von mir keine Spur finden. Nicht im Auto und nicht am Schirm der Mütze, den der Täter, auch das stand nicht in Frage, berührt hatte. Tagelang verschwieg man das meinem Verteidiger, mir und der Öffentlichkeit. Mehrere Tage ließ man mich unschuldig in Haft und tat so, als sei der Täter gefasst. Das löste einen kleinen Justizskandal aus, der dem zuständigen Minister fast den Kopf kostete.

Ich wurde freigelassen. Da der überlebende Polizist mich wiederzuerkennen glaubte, ich sah schließlich Johannes ähnlich, wurde ein Prozess gegen mich eröffnet, der viel Staub aufwirbelte, in dem der Zeuge aber bei seiner Aussage blieb, wie auch der überlebende Polizist, die beide gesehen hatten, dass es der Fahrer des Tatwagens war, der die Uniformmütze des getöteten Beamten angefasst hatte.

Ich wurde wegen der nicht passenden Fingerabdrücke freigesprochen. Niemand war auf die Idee gekommen, es könnte Johannes Conrad statt Robert Benoit auf der Anklagebank sitzen.

Man darf das Urteil nicht mal als Justizirrtum bezeichnen. Denn ich war ja nicht der Täter. Das Recht hatte gesiegt, das Urteil entsprach der Wahrheit.«

Lange herrschte Schweigen am Tisch. Bis endlich Dobler auf die Idee kam, seine neue Espressomaschine in Gang zu setzen. Der Kaffee hatte die Runde wiederbelebt. Dobler übernahm wieder das Wort und erzählte – selbstverständlich ohne Namensnennung – von seinem Mandat, in dem der fälschungsgewandte Stiefvater die Unterschrift der Tochter so täuschend nachgeahmt hatte und dass gerade dieser Fall mit dazu beigetragen hatte, ihn auf die Spur von Conrads Täuschung zu führen.

Robert protestierte schwach: »Wir mussten kein einziges Papier fälschen!«

Doch er war nun sichtlich zu erschöpft, um noch weitere Erklärungen abzugeben. Das wollte er sich für den nächsten Tag aufheben, wie auch die weitere Schilderung seines Lebenswegs und dem von Johannes. Er war müde und freute sich darauf, zu Fuß durch das nächtliche Heidelberg in sein Hotel zu gehen, schon wegen des Blicks von der Neckarbrücke auf das illuminierte Schloss.

16

Am Sonntagmorgen holten sie Robert in seinem Hotel im Stadtteil Handschuhsheim ab und spazierten bei strahlender Herbstsonne durch die Mühltalstraße, stiegen die Amselgasse hoch, querten die Bergstraße und gelangten auf einen Weg am Westhang des Heiligenberges. Von dort bot sich eine herrliche Aussicht über die Dächer von Heidelberg bis zur Rheinebene; nicht umsonst galt diese Strecke als einer der reizvollsten Wanderwege Südwestdeutschlands. Nach einer Dreiviertelstunde bogen sie auf den Philosophenweg ein. Unter ihnen floss der Neckar, an dessen anderem Ufer sich die Altstadt von Heidelberg ausbreitete, überragt von der weltberühmten Ruine des Schlosses. Robert erkannte vieles wieder: die Stadthalle zum Beispiel, daneben den Marstall, in dem immer noch, wie er hörte, die studentische Mensa untergebracht war. Doch der nach über 35 Jahre Zurückgekehrte suchte eher nach den einstigen Zentren seines studentischen Lebens. Zu diesen zählte die Universität zwar nicht, doch an ihrem markanten Hauptgebäude in Naziarchitekturstil orientierte sich Robert, um weit wichtigere Stätten zu finden: den *Weißen Bock*, *Kunos Goldener Stern*, die *Lupe* und in deren Nähe das Haus, in dem eine ehemalige Freundin wohnte. Keines der Etablissements hatte die Zeit überdauert, von der Universität natürlich abgesehen, sowie vom *Bock*, wo aber inzwischen statt der Studenten die besser Betuchten speisten.

Auf dem Schlangenweg erreichten sie wieder die Talsohle, schlenderten über die Alte Brücke und ergatterten im *Café Burkhardt* den letzten Tisch. Einen der wenigen in der Altstadt, der auch schon vor einem halben Leben an derselben Stelle stand und wo Robert einst als Aspirant einer Debatte der Kommilitonen vom SDS, dem Sozialistischen

Deutschen Studentenbund, lauschen durfte.

Wie sehr hatten ihm diese Umgebung, und deren Flair gefehlt. Die Zweifel der letzten Jahrzehnte stiegen in ihm auf. Sein schneller und, wie ihm schon nach wenigen Tagen in erschreckender Deutlichkeit bewusst geworden war, übereilter Entschluss, fortan ein fremdes Leben weiter zu führen, hatte ihn in der Anfangszeit in eine tiefe Krise versetzt. Oft war er drauf und dran gewesen, aus dem Leben zu scheiden oder den Tausch rückgängig zu machen. Weshalb sollte er die Last der Tat des anderen auf seinen jugendlichen Schultern tragen? Von den Einheimischen argwöhnisch beobachtet, die nicht an seine Unschuld glaubten, und gemieden von den wenigen Freunden, die eingeweiht waren und nicht ganz ohne Grund fürchteten, sie liefen Gefahr, sich als Helfershelfer auch ihr Leben zu zerstören.

Diese Mitwisser waren ein zentrales Problem des Identitätstausches. Es gab allein in Gordes mehr als eine Handvoll Menschen, die Robert und Johannes oder einen von beiden so gut kannten, dass der Austausch der Person nicht vertuscht werden konnte. Sie wurden bald weniger, und alle hielten dicht, aber sie mieden ihn. So musste er sich einen neuen Freundeskreis aufbauen, was Jahre dauerte.

Die bürokratischen Hürden hingegen waren niedrig, nachdem er vor Gericht freigesprochen und das Urteil rechtskräftig geworden war. Der formale Austausch der Identität war weit weniger schwierig als Robert ihn sich vorgestellt hatte. Er sprach fließend und akzentfrei Französisch, und entgegen der von Dobler gehegten Vermutung musste kein Dokument manipuliert werden, in Gordes so wenig wie in Heidelberg. Jeder der beiden Akteure lebte einfach mit den Papieren des anderen weiter.

Aber die Identität des jungen Mannes hing nicht an den sie dokumentierenden Urkunden. Robert war ein Fremder in einem fremden Land, allein gelassen, ohne Perspektive und enttäuscht von seinem Freund, für den er seine Zukunft geopfert hatte. Sie hatten verabredet, Johannes werde die Briefe Roberts aus Vorsicht vorläufig nicht beantworten. Jener hatte panische Angst, einer der Mitwissenden könnte ihn verraten und heimliche polizeiliche Ermittlungen durch Abfangen der Briefe bei Deckadressen in der Provence begünstigen. Johannes verbot Robert schließlich, ihn in Heidelberg anzuschreiben, falls dort seine Post observiert würde. Eines Tages legte Johannes sogar einfach auf, als Robert von einer Telefonzelle anrief, und meldete sodann das Telefon ab.

Aber der Freund ließ ihn auch nach dem Prozess, und nachdem sich die Wogen geglättet hatten, im Stich. Das brachte Robert in Frankreich beinahe zur Verzweiflung. Eines Tages hielt er dieses Leben nicht mehr aus. Er legte sich ins Bett, um sämtliche angesammelten Schlaftabletten auf einmal zu schlucken. Seine Vernunft behielt in letzter Sekunde die Oberhand und sagte ihm, er müsse nicht seinem Leben, sondern diesem Leben ein Ende setzen. Im Morgengrauen nahm er den Bus nach Avignon, und auf der Zugfahrt nach Heidelberg überdachte er immer wieder seinen Plan:

Er würde vom Bahnhof bis zur Polizeidirektion etwa 800 Meter zu Fuß zurücklegen, die Wache betreten und sofort nach einem hochrangigen Beamten verlangen. Vor diesem würde er ein Geständnis ablegen und sich notfalls wegen Begünstigung oder Beihilfe verhaften lassen. Vermutlich ließe man ihn bald wieder frei, ein paar Monate danach würde er eine Bewährungsstraße akzeptieren und ansonsten sein früheres Leben in der Heimat weiterführen.

Das wäre ein Kinderspiel gegen das Dasein in der Fremde.

Er würde den Freund verraten.

Als er am Abend in Heidelberg aus dem Bahnhofsgebäude auf den Vorplatz trat, malte er sich aus, wie in wenigen Stunden die Polizei an seiner Wohnung in der Klingenteichstraße klingeln würde. Und wie die Beamten den arglos öffnenden Johannes Conrad fragten: »Sind Sie Robert Benoit?«, und ihm sodann die Handschellen anlegten. Er stellte sich vor, wie Johannes Conrad zunächst unter Berufung auf seine Papiere, fremde Papiere, den Unschuldigen mimen, später aber, Ausflüchte suchend, zusammenbrechen würde, spätestens wenn der Mörder ihm, dem

Verräter, gegenübergestellt worden sei.

Wie sich ihre Blicke begegneten: Blicke voller Wut und Scham.

Robert Benoit ging nicht sofort zur Polizei, sondern beschloss, zunächst den Freund zu warnen und ihm Gelegenheit zur Flucht zu lassen. Robert lief zu Johannes' Studentenzimmer, um ihm eine schriftliche Warnung in den Briefkasten zu werfen. In der Dunkelheit stand er unter dem Parterrefenster. Das Zimmer war von einer flackernden Kerze schwach beleuchtet, die Musik der Rolling Stones drang bis auf die Straße. Aber Robert warf die vorbereitete schriftliche Warnung nicht in den Kasten. Ihm war bewusst geworden, dass er damit ein Beweisstück einer weiteren Begünstigung geliefert hätte, das ihm, wäre der Brief in die Hände der Polizei gelangt, die Bewährung vermasselt hätte. Denn wer Handlungen beging, die geeignet waren, den Täter der Strafverfolgung zu entziehen, machte sich strafbar.

Lange ging er vor dem Haus auf und ab. Die Kerze verlosch. Jetzt zu klingeln und dem in der Unterhose öffnenden Freund ins Gesicht zu sagen, er, der sich Robert Benoit nennen musste, werde ihn am nächsten Tag verraten, brachte Robert nicht über sich.

»So nahm ich mir in der St. Annagasse ein Hotelzimmer, um meinen Plan zu überschlafen. Sofort nach dem Frühstück fuhr ich wieder zurück in die Provence.«

Roberts Schilderung hatte die Heidelberger Freunde stark ergriffen, denen jeder Kommentar unpassend schien. Sie querten die Altstadt und gingen durch das Klingentor zur Klingenteichstraße. Das Haus schien unverändert, sogar die Briefkastenanlage rechts des Gartentors war noch vorhanden. Allerdings ließen es die modernen Schall- und Kälteschutzfenster nicht mehr zu, von der Straße aus der Musik der Bewohner zu lauschen. Christa erinnerte sich an einen ähnlichen Spaziergang in Begleitung ihres früheren Ehemanns, als er ihr das Eckzimmer im Parterre als das seiner früheren Studentenbude gezeigt hatte. Über den Gaisberg strebten sie am frühen Nachmittag zu Doblers

Wohnung, um sich dort von der weiteren Entwicklung in Roberts Leben informieren zu lassen:

Es hatte Robert psychisch aufgebaut, dass er aus freien Stücken vom Verrat des Freundes abgelassen hatte. Er konnte sich nun selbst vorgaukeln, nicht seine Feigheit, seine Angst, den Freund zu enttäuschen, hätten ihn verzagen lassen, sondern hehre Freundestreue. Anstand und Kameradschaft hätten ihn bewogen, die Last der Fremde auch in Zukunft auf sich zu nehmen.

Er war kein Schwein. Nur die Selbstbeweihräucherung, eine Version seiner Lebenslüge, brachte ihn in dieser Zeit über die Runden.

Ein wenig trug auch Karine Gillot dazu bei.

Und deren Schwangerschaft.

Sie wusste wohl von Roberts Fahrt nach Heidelberg, nicht aber von seinem Entschluss, sie und das Kind sitzen zu lassen. Er habe mit Johannes reden wollen, in letzter Minute aber nicht den Mut dazu aufgebracht, erzählte Robert ihr nach seiner Rückkehr. Und sie hielt weiter zu ihm, wie seit dem Tag, an dem Johannes die Polizisten überfahren hatte.

Diverse polizeiliche Verhöre, eine Hausdurchsuchung, sogar eine Vorführung vor dem Untersuchungsrichter musste sie über sich ergehen lassen. Stets gelang es ihr, mit Geschick verfängliche Fragen unverfänglich zu beantworten. Sie blieb eisern bei Roberts Alibi und manövrierte sich vermutlich nur deshalb unbeschadet durch das Dickicht der Ermittlungen, weil sie einfach bloß die Wahrheit über den Sachverhalt bekunden konnte.

Und weil kein Mensch auf die Idee kam, sie zu fragen, ob die Person, mit der sie in Avignon geschlafen hatte und die der Vater ihres Kindes war, in Blaesheim bei Straßburg geboren worden war und danach von den Eltern den Namen Robert erhalten hatte. Ihr Freund und Lebensgefährte war derselbe geblieben. Nur sein Name hatte sich geändert, was im Umfeld von Gordes nicht auffiel, da weder Robert noch Johannes von dort kamen.

Zu Mireille entwickelte Robert von ihrer Geburt an ein inniges, fast übersteigertes Verhältnis, und schon am ersten Tag des Lebens seiner kleinen Tochter dankte er der Fügung des Schicksals, die ihn in Heidelberg unter Johannes' Fenster hatte umkehren lassen. Um ein Haar hätte er das schönste Geschenk seines Lebens verpasst. Robert war vernarrt in das Kind, mit dessen Geburt sich in Frankreich für ihn eine Perspektive ergeben hatte.

Robert, Karine und Mireille bezogen ein Haus in Bonnieux. Das war, wie Robert mehrfach betonte, die schönste Zeit seines Lebens. Verflogen waren die Fremdheit des Landes und seine Heimatlosigkeit. Robert wurde von Karines Verwandten herzlich aufgenommen, er malte wieder und hatte wachsenden Erfolg, der ihm finanziell erlaubte, die Dauer seines Studiums höchstmöglich auszudehnen und dennoch die Familie zu ernähren. Sie waren wirtschaftlich gut gebettet, und Karine musste nach dem Examen nicht sofort eine Stelle als Lehrerin antreten.

Aber sie hatten nicht geheiratet. Während Johannes in Heidelberg Roberts Geburtsurkunde und das Familienstammbuch von dessen Eltern zur Verfügung hatte, blieben die vergleichbaren Dokumente von Johannes in Frankreich verschollen. Im Rathaus von Blaesheim war seine Geburt nicht registriert, ebenso wenig in Straßburg, und Johannes wusste nichts Genaueres über den Ort, an dem er das Licht der Welt erblickt hatte. Robert, den zu dieser Zeit kein härterer Schicksalsschlag als die Aufdeckung des Identitätsschwindels hätte ereilen können, fürchtete, weitere Aktivitäten zur Reproduktion dieser Papiere, behördliche Anträge oder gar eine Fälschung könnten seine wirkliche Identität auffliegen lassen.

Robert und Karine hielten es für bedeutungslos, ob sie verheiratet oder unverheiratet zusammenlebten.

Nur eine Anstellung als Jurist konnte Robert nach dem Ende seines Studiums ohne diese Dokumente nicht antreten, was ihn zunächst nicht beeinträchtigte, war er doch inzwischen ein über die Grenzen Frankreichs hinaus bekannter Maler. Er produzierte zwar selten, aber das wenige riss man ihm zu anständigen Preisen fast aus den Händen. Und fast so wie Mireille liebte Robert seine Lebensgefährtin Karine und deren ihn immer wieder aufs Neue erregenden Körper. Sie führten ein wildes Liebesleben, bei dem sich Karine wenigstens als so einfallsreich erwies wie er selbst. Robert Benoit war ihr uneingeschränkt treu, eine für einen Maler seiner Klasse und Attraktivität beachtliche Leistung. Annähernd wöchentlich hätte sich ihm die Gelegenheit geboten, bei einer anderen Frau einfach zuzufassen. Er lebte die polygame Seite des Mannes in der Phantasie aus, kam damit gut zurecht und war sich der Treue seiner Frau sicher.

Die wechselseitige Verlässlichkeit war dabei nicht aufgesetzt, herbeigeredet oder heraufbeschworen. Sie war einfach da. Wenn ihm Freunde, die er inzwischen zahlreich hatte, von ihren erotischen Abenteuern erzählten, von heimlichen Seitensprüngen und deren Vertuschung, war er dankbar, dass ihm ein Leben mit diesen Lügen erspart blieb. Seine Lüge war eine existentielle, vielleicht wollte er sich deshalb nicht mit weiteren kleineren Nebenlügen belasten.

Robert Benoit berichtete mit großer Ernsthaftigkeit von dieser Phase seines Lebens und bewirkte bei seinen Heidelberger Gastgebern damit erneut einen Zustand von Ergriffenheit. Werner hatte die Geschichte bereits zwischendurch mit der Bitte um einen Cognac unterbrochen. Nach dem Auftauchen von Robert in Heidelberg hatte er sich die spannende Auflösung einer Kriminalgeschichte erhofft. Stattdessen wurde ihm nun über Stunden eine anrührende Lebensbeichte präsentiert, die schon am frühen Nachmittag einen doppelten Schnaps erforderlich machte. Und ein Ende der Geschichte war nicht abzusehen.

»Eines Tages«, fuhr Robert fort, »plötzlich und unerwartet, bekam mein Lebensglück einen dauerhaften Riss.

Johannes Conrad hatte seinen Besuch in Bonnieux angekündigt. Knapp vier Jahre nach seinem Abtauchen stand er eines Abends vor der Türe. Von den früheren Kampfgenossen war keiner mehr in der Gegend, was Johannes aus gelegentlichen Telefonaten wusste und ihn vertrauen ließ, er werde nun nicht mehr verpfiffen. Er hatte kein Heimweh, doch eine Sehnsucht trieb ihn für ein paar Tage zurück in die Provence. Wir verbrachten gemeinsam schöne Tage, die nur am Anfang mit einer Mischung aus Vorsicht, Distanz und Fremdheit überwölkt waren. Aber als wir gemeinsam mit Karine und dem Kind, das wir abwechselnd auf den Schultern trugen, eine lange Wanderung von Bonnieux hinauf auf den Kamm des Luberon unternahmen, als wir abends zusammen bei *César*, einem Restaurant mit phantastischer Sicht auf Lacoste, speisten, wurde wieder ausgegraben, was die Jahre und meine Depression verschüttet hatten: die alte Freundschaft, eine hingebungsvolle Kameradschaft.

Schon nach ein paar Monaten kam Johannes erneut, dieses Mal mit Frau und Tochter, mit Christa und Clara.«

Christa unterbrach Robert und erzählte aus ihrer Erinnerung, wie sie mit der damals eineinhalbjährigen Clara in besagtem Haus in Gordes untergebracht waren. Sie berichtete von endlosen Essen, teils in Bonnieux, teils in Gordes, und wie ihr Ehemann oft spät nach Hause kam, während sie bei der kleinen Clara wachen musste.

»Verzeih mir, wenn ich das jetzt sagen muss«, Robert hatte sie unterbrochen, »aber ich glaube, Johannes hat dich damals mit Karine betrogen – und sie mich mit ihm.«

Christa winkte ab und signalisierte damit, Robert müsse bei seiner weiteren Schilderung auf sie keine Rücksicht nehmen. Viel schwerer wog für sie immer noch der Name des Fremden, der sich Robert Benoit nannte, in Wirklichkeit aber so hieß wie ihr Gatte, Johannes Conrad, wie der Mann, mit dem sie verheiratet war, der Vater ihres Kindes.

»Nach meinem Studium war ich«, fuhr Robert Benoit fort, » tagsüber am Gericht in Avignon tätig und fand, als ich abends nach Hause kam, meine Omega-Uhr im Wohnzimmer. Die Armbanduhr, die ich von meinem verstorbenen Großvater übernommen und die ich 1968 meinem Freund überlassen hatte, als Symbol der zur Uhr gehörenden Identität – und als Talisman der Unbesiegbarkeit. Die Uhr lag an diesem Abend einfach in meiner Wohnung, auf einem kleinen Tisch in der Ecke des Zimmers, als hätte ich sie dort abgelegt, als hätte ich sie nie einem anderen anvertraut; aber auch als habe der andere nach meinem Leben und meiner Uhr nun meine Frau in Besitz genommen.

Ich verschwieg damals meine Entdeckung. Erst viel später konnte ich mit Karine darüber sprechen, die mir versicherte, Johannes habe ihr wohl beim Geschirrspülen geholfen und die Uhr vorher ausgezogen. Sie habe sie an diesem Abend alsbald an sich genommen, um keine falschen Schlüsse heraufzubeschwören.«

»Vielleicht hast du dir ihre Untreue nur eingebildet!« Werner bemerkte, wie sehr seine Frau unter der Erzählung litt.

»Johannes, Christa und Clara«, fuhr Robert fort, »waren nach wenigen Tagen wieder abgereist. Meine Liebe hatte jedoch einen Knacks. Hinter fast allen Schilderungen aus Karines Alltag witterte ich Lügen. Wenn sie mich mit Johannes betrogen hatte, könnte sie das auch mit einem anderen Mann tun. Gelegentlich machte ich spaßige Bemerkungen über die Untreue, um ihre Reaktion zu testen. Aber sie gab mir kein Zeichen zur Bestätigung eines Verdachts.

Eines Tages, wir besaßen damals gemeinsam ein Auto, war sie mit meinem Wagen zur Schule nach Apt gefahren, wo sie als Lehrerin unterrichtete. Ich lag zu Hause mit Fieber, und sie brauchte nicht zu befürchten, dass ich das Haus verließ. Am Abend telefonierte ich mit einem Freund, der mich darauf ansprach, am frühen Nachmittag meinen Citroën parkend in Apt gesehen zu haben. Weitab von Karines Schule und zu einer Zeit, in der sie angeblich unterrichtete. Ich hielt ihr das vor und erwartete, sie werde meinen Freund des Irrtums bezichtigen. Aber sie stritt es nicht ab. Es war unser Auto, und es stand nicht auf dem Parkplatz ihrer Schule. Mit einem Schüler, der sich während des Unterrichts verletzt hatte, sei sie zur medizinischen Behandlung gefahren. Sie nannte sogar die Namen des Jungen und des Arztes. Zitternd vor Eifersucht telefonierte ich am nächsten Tag mit diesem Arzt an und gab vor, der Vater des Knaben zu sein und mich nach seinen Verletzungen zu erkundigen. Weder war dort der Name des Patienten bekannt noch war ein Schüler am Vortag wegen eines Unfalls behandelt worden. Ich rief sofort in der Schule an und wies mich als behandelnder Arzt aus, der das Befinden des Schülers überwachen wollte. Die Direktorin ließ mich wissen, es habe kein Unglück gegeben und empfahl mir, bei der anderen Schule von Apt nachzufragen.«

Der Zeitpunkt für Werners dritten Cognac war früher als erwartet gekommen. Dobler dachte an sein Treffen mit Clara in Gordes und bereute es noch mehr als bisher.

»Karine gegenüber verschwieg ich meine Nachforschungen, wie ich überhaupt meine Eifersucht bestmöglich in mich hineinfraß. Aber sie nagte an mir, das Vertrauen war zerstört, und ich nutzte die erste Gelegenheit, das Gleichgewicht in der Beziehung wiederherstellen zu können. Es blieb nicht bei einem Seitensprung durch mich. Karine bekam davon Wind, wir warfen uns monatelang gegenseitig Gemeinheiten an den Kopf. Und eines Tages trennten wir uns.

Mireille war sieben Jahre alt.«

»Ihr habt euch demnach im selben Jahr getrennt, in dem Johannes mich verlassen hat.« Christa hatte aufmerksam mitgerechnet. »Aber er hat mich nicht wegen Karine verlassen. Das täuscht, es kann nur eine zufällige Duplizität der Ereignisse sein.«

Robert ging darauf nicht ein: »Das Ereignis fiel in die Zeit, in der Gewissheit wurde, dass ich ohne die fehlenden Papiere meinen erlernten Beruf als Richter, Rechtsanwalt oder Notar nicht würde ausüben können. Anfang 1979 erlahmte nach einem Unfall zudem meine künstlerische Schaffenskraft. Ich produzierte fast nichts mehr, und was ich hervorbrachte, wollte niemand kaufen, da den Bildern meine frühere Genialität und Leichtigkeit fehlten.

Schließlich resignierte ich, ausgestattet mit den finanziellen Zuwendungen, die Karine mir freiwillig gab und dem, was ich durch Gelegenheitsjobs verdiente, und vegetierte in einem einfachen Haus in Gordes.

Johannes war zwischenzeitlich immer seltener gekommen. Die vorletzte Visite dürfte diejenige gewesen sein, bei der das ominöse Foto aufgenommen wurde, mit dem Clara vor Monaten Hans ins Rennen geschickt hat: Clara vor besagtem Gartentor.«

Christa warf an dieser Stelle ein, sie sei damals nur mitgefahren, weil das der Wunsch ihres Mannes gewesen sei.

»In der Folgezeit entwickelte sich allmählich der Tourismus in Gordes, und ich machte mich bei der Gemeindeverwaltung zunehmend nützlich. Ich übersetzte Prospekte ins Deutsche, baute das *Syndicat d'Initiative* auf, das örtliche Touristenbüro, beriet die heimische Gastronomie und übernahm aushilfsweise einen Posten in der Verwaltung. Meine juristische Bildung verhalf mir schließlich zu einer Dauerstellung als rechte Hand des Bürgermeisters, was wiederum im Departement Vaucluse für Irritationen sorgte. Sogar eine Anfrage des zuständigen Ministeriums in Paris musste elegant beantwortet werden, hatte ich nämlich nicht die vorgegebene Laufbahn eines Kommunalbeamten beschritten. Bei allem Hin und Her im Zusammenhang mit meinem Aufstieg dachte niemand daran, mich nach der fehlenden Geburtsurkunde zu fragen.

So habe ich dann doch noch die Kurve in ein bürgerliches Leben genommen, mit bescheidenem Gehalt, aber in sicherer Position. Meine Narben haben eine dauerhafte Bindung an eine Frau nicht mehr zugelassen, obgleich ich seit ein paar Jahren Karine nicht mehr ganz so feindlich gegenüberstehe.«

17

»Ihr müsst euch mal die Lebensbedingungen von Johannes Conrad betrachten – im Vergleich zu meinen.«

Robert Benoit sagte das nicht ohne Verbitterung, und seine Heidelberger Gastgeber ahnten, bevor er begonnen hatte, Einzelheiten zu schildern, dass Johannes in Heidelberg das bessere Los gezogen hatte. Schon, weil sein Alltag ungefährlicher war. Wer wusste in Deutschland von einem toten Flic aus Lyon? Im Gegensatz zu Robert, der in Gordes bei begründeten Zweifeln an seiner Identität mit der sofortigen Inhaftierung zu rechnen hatte.

Johannes konnte unbeschwert sein neues Leben strukturieren, das Waisengeld samt der Unterstützung nach dem BAföG vom Konto abheben und in Hörsaal 13 zwischen den Vorlesungen von seiner frühen Künstlerkarriere auf Ibiza prahlen. Er musste nur seine Erinnerungen von Gordes nach Spanien verlagern, niemand konnte das überprüfen. Die nächsten Verwandten waren verstorben, und einer Großtante von Robert aus Straßburg, die er in der sich später als berechtigt erwiesenen Hoffnung auf ein kleines Erbe frech schon nach wenigen Monaten besuchte, fiel nicht auf, dass ein Fremder mit ihr über den Großvater aus Zweibrücken plauderte. Johannes war klug, das Studium fiel ihm leicht, und er durfte mit den Papieren, die ihn als Johannes Conrad auswiesen, nach einem sogenannten Prädikatsexamen in den Referendardienst des Landes Baden-Württemberg eintreten. Danach wurde er Rechtsanwalt und den größeren Rest seines Lebensweges hatte Dobler ihn als Kollege, wenn auch in sehr großem Abstand, begleitet.

»Er genoss Ansehen, verfügte über ein ordentliches Einkommen, seine hübsche Frau liebte ihn« – Robert schaute zu Christa – »und er liebte seine niedliche Tochter. Schon nach wenigen Jahren hatte er ausgesorgt.

Mir hingegen hatte man die Arschkarte gezeigt.«

»Zudem standen ihm noch 100.000 DM zu, jedenfalls laut Schuldanerkenntnis, das du ja kennst.« Werner platzte dazwischen.

»Ich habe damit gerechnet, dass ihr mich nach diesem Papier befragt. Selbstverständlich habe ich es nicht aus Versehen eingesteckt, als ich betrunken noch einmal den unverschlossenen Wohnwagen von Hans betreten habe.«

»Es war ein Wohnmobil, und du hast auch meinen Geldbeutel nach meinem Ausweis durchsucht, weil du wissen wolltest, wer ich wirklich war.«

Dobler war der Ansicht, man dürfe die Fakten nicht übergehen. Robert Benoit aber behauptete, das Papier bis zu jenem Abend in Gordes noch nie gesehen, es auch nicht gekannt zu haben.

»Ich frage mich dann, weshalb du es mitgenommen hast.«

Dobler hätte um ein Haar »gestohlen« gesagt, er fand das

aber zu unhöflich und außerdem juristisch auch zu unpräzise, denn ein Diebstahl wird gemeinhin von der Strafrechtslehre nicht angenommen, wenn der Täter die »fremde bewegliche Sache« zurückbringt. Er hatte Robert außerdem in den letzten zwei Tagen mehr und mehr bemitleidet.

»Mir war spontan die Idee gekommen, Philippe Houssin mit diesem Papier unter Druck zu setzen oder ihn zu ärgern. Zunächst war ich selbst unsicher, ob der Unterzeichner dieser Urkunde tatsächlich der heutige Notar war. Noch in der Nacht habe ich in meinem Büro eine Fotokopie gefertigt und die Unterschriften verglichen. Den Namenszug auf dem entwendeten Papier mit dem auf jenem unsäglichen Testament, das mich um die Erbschaft des Hauses in Gordes gebracht hat. Die Unterschrift der Schuldurkunde war deutlicher, man konnte den Namen gut lesen, während die des Notars einen schwungvolleren, geübten Zug angenommen hatte, wie es Signaturen an sich haben, wenn deren Urheber häufig unterschreiben. Ich schaute mir auch noch weitere Urkunden mit Unterschriften Houssins an, von denen es in unserem Archiv eine ganze Reihe gibt. Aber ich hatte weiterhin Zweifel, ob der Notar Houssin sich in der Jugend tatsächlich zu einer solch hohen Schuld von 100.000 DM bekannt hatte.

So meldete ich mich am nächsten Morgen krank – mein schwerer Kopf erlaubte ohne weiteres diese Beschreibung meines körperlichen Zustandes –, um zum Notariat von Apt zu gehen. Dort wollte ich Houssin unter Übergabe einer Fotokopie fragen, ob er inzwischen seine Schuld beglichen hat – womöglich von dem Schweigegeld, das er im Zusammenhang mit der Erbschaft des Hauses in Gordes bekommen hatte. Weil er verschwieg, dass meine Tante bei der Niederschrift des meine Tochter begünstigenden Testamentes nicht mehr bei Sinnen, auf jeden Fall geschäftsunfähig war oder es am Ende gar nicht selbst gefertigt hatte.

In dem Prozess, den ich ein halbes Jahr zuvor verloren und in dem ich die Unwirksamkeit des Testamentes wegen Geschäftsunfähigkeit und Fälschung eingewendet hatte, war der Hausarzt meiner Tante als sachverständiger Zeuge gehört worden und hatte Zweifel an der Geschäftsfähigkeit der Erblasserin geäußert. Ich schien auf der Siegerstraße, bis der Notar als Zeuge bekundete, die alte Dame habe sich eines vortrefflichen geistigen Zustands erfreut, als sie den Wunsch an ihn herangetragen habe, meiner Tochter Mireille ihr Vermögen zu vermachen, da sie sich mehr um die Dame gekümmert habe und ich ihr immer fremder geworden sei.

Ich hatte daraufhin den Notar der Lüge bezichtigt, der seinerseits mit einer Strafanzeige reagierte, worauf ich die Presse mobilisierte. Mehrfach berichtete *La Provence* über den Erbstreit zwischen Vater und Tochter, eine im Grunde alltägliche gerichtliche Auseinandersetzung, die nur deshalb das Interesse der Öffentlichkeit auf sich zog, weil sie journalistisch aufbereitet worden war, mit dem Notar und dem Adlatus des Bürgermeisters als Protagonisten.

Vor allem, weil sie heimliche Vorurteile wachrief, wenn ich mit der Aussage zitiert werden durfte, der Notar Houssin sei in ein unsauberes Geschäft verwickelt. Ihm traute man nicht. Hinter vorgehaltener Hand stellten viele eine Verbindung zu Nasserres Leuten her.

Ich hoffte, mit diesem von Hans mitgebrachten Papier also ein wenig Rache zu üben und mit dem Hinweis, *La Provence* interessiere sich ebenfalls für die Schulden, im Notariat klammes Entsetzen zu verbreiten. Houssin hingegen verspottete mich nur. Ich müsse mir etwas Besseres ausdenken, zum Beispiel das Original des Papiers beschaffen oder an Houssins Unterschrift noch ein paar Wochen üben, am besten beides. Dann dürfe ich wiederkommen – aber nur in Begleitung eines Pfarrers, der die Verbindung zu Johannes Conrad im Himmel herzustellen in der Lage sei. Den müsse man schließlich befragen, ob die Schuld noch bestehe oder schon abgetragen sei. Houssin warf mich nicht hochkant raus, wie ich befürchtet hatte. Nicht mal mit Nasserre bekam ich Ärger.

Ich war übrigens gerade aus Apt zurückgekehrt, als Hans bei mir angerufen und nach dem verschwundenen Papier gefragt hat.«

Helga wandte ein, zu dieser Schilderung passe nicht der unfreundliche Empfang und die offensichtliche Abschreckung gegenüber ihrem Mann, drei Tage später. Robert fand das jedoch durchaus plausibel, er habe nämlich nach seiner Lauschattacke das Erscheinen eines Advokaten telefonisch angekündigt und Houssin verdeutlicht, nur mit Spott werde er das Problem nicht lösen, wenn sich nun auch ein deutscher Rechtsanwalt der Sache angenommen habe. Houssin musste befürchten, er werde bald wieder in der Zeitung stehen. Er sei zwar Notar, aber, wie Dobler sicher bemerkt habe, nicht der Klügste. Ob Nasseres Leute für die Schäden an Doblers Wohnwagen verantwortlich seien, sei nicht bewiesen, ebenso wenig wie die Identität des Notars mit dem Schuldner der 100.000,— DM.

»Du müsstest doch wissen«, antwortete Dobler leicht gereizt, »ob Houssin zu eurem Umfeld gehört hat, ob es damals überhaupt einen Philippe unter euren Freunden gab und genauso, wo der heutige Notar herkommt und ob du ihn von früher kennst. Karine ist er nämlich nicht unbekannt.«

Das war die erste unfreundliche und vorwurfsvolle Reaktion Doblers während des Besuchs des französischen Gastes. Der aber antwortete gelassen und blickte Dobler offen an:

»Karine verwechselt ihn. Der Notar Phillippe Houssin gehörte nicht zu uns. Ich habe ihn erst nach Jahren kennen gelernt. Seine Familie stammt aus St. Santurnin, einem reizenden Dorf nördlich von Apt. Sein Vater betrieb dort die einzige Tankstelle. Philippe muss ein ehrgeiziger Jüngling gewesen sein, entschlossen zum sozialen Aufstieg. Das weiß ich aber nur aus dritter Hand. Ich bin ihm erstmals begegnet, als er das Notariat bereits übernommen hatte.«

Sie hatten ihn nicht gefragt, wie lange er bleiben werde, und nahmen an, sie würden ihn auch am Montag wieder treffen. Kurz vor Mitternacht erwähnte er aber beiläufig, er wolle am morgigen Tag noch nach Zweibrücken und dann wieder nach Hause fahren. Das kam ihnen vor, als habe er den Abreisezeitpunkt vorgezogen, in Reaktion auf Doblers etwas zu harsche Frage nach Houssin und vielleicht auch als Flucht vor weiteren Fragen.

Wahrscheinlich wollte er zuletzt nur sein Image aufpolieren, als er noch einmal auf die Phase zu sprechen kam, in der er ein erfolgreicher Maler war. Mit Genugtuung unterstrich er, wie sehr er in diesem Bereich seinem Heidelberger Doppelgänger überlegen war. Er durfte in der Sonne malen, während der geflohene Demonstrant trotz allen Wohlstands seine langen Tage im dunklen Büro fristen musste und damit auch nicht mehr Geld verdiente. Eine Zeitlang wenigstens, solange der Kunstgeschmack sich nicht verändert hatte und seine Bilder noch Abnehmer fanden. Er schwärmte von dieser Zeit, und die Heidelberger Gastgeber kratzten nicht an seinem Selbstbild.

Ein Taxi brachte ihn in sein Hotel, ohne dass man eine weitere Verabredung getroffen hatte.

18

Gegen halb vier rief Werner an. Er hatte seinen täglichen Mittagsschlaf beendet. Aber er hatte nicht gut geschlafen. Christa habe ihm beim Mittagessen mit Zweifeln in den Ohren gelegen. Dobler war zunächst zu sehr beschäftigt, um sich eingehend darüber zu unterhalten. Erst gegen Abend konnte er sich Zeit nehmen und mit Helga telefonieren, der, wie sie sich ausdrückte, an Benoits Berichten einiges oberfaul vorkäme, um dann von Werner ähnliche Worte zu hören. Er selbst hielt den gesamten Bericht über die Kontakte zum Notar Houssin für unglaubwürdig. Das sei auch Christas Meinung, die sogar glaube, man habe gerade erst die Spitze des Eisberges gesichtet. Christa müsse es schließlich am besten wissen, immerhin sei sie mit einem der beiden Hauptakteure verheiratet gewesen.

Nicht, dass ihr handfeste Unrichtigkeiten aufgefallen seien, Dinge, die definitiv nicht stimmen konnten. Auch habe die Schilderung über Johannes nichts enthalten, was überhaupt nicht zu ihrem früheren Ehemann passe. Trotzdem habe sie die untrügliche Ahnung, sie seien der Sache noch längst nicht auf den Grund gekommen.

»Wir sollten unseren Jour fixe vorerst beibehalten; am Donnerstag bei euch! Vergiss die Erdnüsse nicht!«

Als sie am vereinbarten Abend zusammensaßen, konnte niemand verstehen, weshalb Robert Benoit sich nicht mehr gemeldet hatte. Dieses schon als unhöflich zu wertende Schweigen drängte die Frage auf, wieso er überhaupt in seine alte Heimat gereist war. Wenn es ihm darum gegangen wäre, Jugenderinnerungen aufzufrischen, hätte es eines Kontaktes zu den beiden Ehepaaren nicht bedurft.

»Der hätte auch ohne uns vom Philosophenweg aus die Mensa wiederentdeckt.«

»Dann ist er wohl gekommen, um uns ruhig zu stellen, in der Hoffnung, uns plausible Lösungen zu bieten.«

Helga analysierte logisch weiter: »Es gibt demnach noch einiges aufzudecken, was wir nicht enthüllen sollen.«

»So töricht wirkte er auf mich nicht«, konterte Dobler, und wies auf eine Ungereimtheit hin, die ihm am Morgen bei der Bearbeitung eines Unfallmandates aufgefallen war. Das sei ihm bisher entgangen, weil er sich so selten mit dem Verkehrsrecht beschäftigte:

»Es gab damals einen toten und einen verletzten Polizisten, und es gab auch schon im Jahre 1968 in Deutschland eine Kraftfahrzeug-Haftpflichtversicherung. Zudem war das Kennzeichen des Autos bekannt, das die Schäden verursacht hatte. Damals wie heute war es ein Klacks, mit Hilfe des Nummernschildes die Versicherung ausfindig zu machen und sie in Anspruch zu nehmen. Zwar galt in Frankreich nicht das deutsche Recht der Halterhaftung, dennoch stand fest, dass mit dem versicherten Auto schuldhaft ein schwerer Schaden verursacht worden war.

Worauf ich hinaus will: Die deutsche Versicherung hat sicher Zahlungen im fünfstelligen DM-Bereich erbracht.«

»Und danach nichts unversucht gelassen, um sich das Geld zurückzuholen.« Werner hatte verstanden.

»Der arme Gerhard, dem das Auto gehört hat, wird in erhebliche Erklärungsnot geraten sein. Der Haftpflichtversicherer hat, darauf würde ich alles verwetten, versucht, ihm mit dem Hinweis auf eine Obliegenheitsverletzung Angaben über den Fahrer zu entlocken.«

»Da dieser ihm aber unbekannt war, konnte er keine Obliegenheit verletzen. Und der Fahrer, der in Avignon bei der Abfahrt am Steuer saß, Robert Benoit, war nachweislich, wie die kriminalistischen Untersuchungen ergaben, nicht der Täter. Dennoch glaube ich«, Dobler sprach mit der Erfahrung vieler Berufsjahre, »dass es aus dieser Richtung gehörig Druck gegeben hat. Dabei dürft ihr nicht vergessen: Gerhard war einer der Menschen, die in den Identitätstausch eingeweiht waren. Ihm konnte man keinen Johannes für einen Robert vormachen.«

Werner reichte Dobler die Erdnussdose, Nüsse waren ja angeblich Gehirnnahrung. Sie verfehlten die erhoffte Wirkung nicht:

»Was hat nach eurer Meinung der junge Mann getan, der noch vor dem Ende seiner Ausbildung mit einer fünf-, wahrscheinlich sogar sechsstelligen Regressforderung beste Aussichten auf ein schon frühzeitig verpfuschtes Leben hatte?«

Dobler schaute in die Runde.

»Er hat der Versicherung geschrieben, was er wusste.«

Christa erntete für diese von Dobler provozierte Antwort sofort Protest, am meisten vom eigenen Ehemann: »Dann wäre dir die Ehe mit Johannes Conrad erspart geblieben.«

Damit hatte er zweifellos Recht. Man durfte aus der Entwicklung der Dinge zwingend schließen, dass Gerhard von seinem Wissen keinen Gebrauch gemacht hatte. Erstaunlicherweise hatte auch Robert von Scharmützeln mit der Versicherung nichts erwähnt.

»Man müsste Gerhard ausfindig machen und ihn fragen.«

»Am besten fangen wir morgen an, alle Gerhards in Deutschland anzurufen. Oder wir fragen Robert nach Gerhards Nachnamen und rufen dann an.«

Christa fand die Antwort ihres Mannes nicht witzig.

Sie waren in die Sackgasse geraten, sich dabei aber einig, eine weitere Ungereimtheit entdeckt zu haben.

»Wir müssen uns entscheiden, ob wir weitermachen, und dann gegebenenfalls überlegen, auf welchem Weg wir vorankommen. Wir können auch mit Letzterem anfangen und zwangsläufig aufgeben, wenn uns kein Weg mehr einfällt. Um am Wochenende zusammen in die Pfalz oder ins Elsass zu fahren, müssen wir uns nicht unbedingt mit dem rätselhaften Leben fremder Leute beschäftigen.«

Dobler war fürs Aufhören. Aber Werner wollte weitertüfteln, und Christa fand, die Leute seien gar nicht so fremd, was für ihre Person richtig war. So suchten sie einen Weg. Eine weitere Reise nach Gordes schien, abgesehen von der winterlichen Jahreszeit, nicht Erfolg versprechend, solange sie kein Konzept hatten. Schließlich konnten sie nicht erneut Robert, Karine und den Bürgermeister befragen – oder wahllos nach Zeitzeugen suchen. Diese Quellen waren ausgeschöpft, zumindest vorerst.

Die Heidelberger Runde ging ohne Ergebnis auseinander, aber mit dem Vorsatz, an der Sache dranzubleiben und sich gegenseitig anzurufen, falls jemand eine zündende Idee haben sollte.

Werner meldete sich bereits am nächsten Abend. Er hatte im Internet gesurft, zu *Robert Benoit* die Suchmaschine befragt und mehrere Hundert Treffer erzielt. Benoit war erwiesenermaßen ein namhafter Maler. Zu den ganz Großen seines Faches gehörte er zwar nicht, was Werner auch schon vor der Befragung des Netzes wusste. Zu wenig stabil war seine Genialität, zu inkonsequent sein Werk, Gegenständliches, Pop-Art, naive Malerei, Sonnenblumen und so fort. Benoit hatte nichts ausgelassen, jedoch ließ sein Œuvre keine Abschnitte erkennen, wenngleich die früheren Bilder zu hohen Preisen gehandelt wurden.

»Offenbar gab es aber weder eine klar umrissene geometrische Phase noch eine realistische, Hirsch vor Luberon-Gebirgslandschaft und so was. Trotzdem habe ich nach dem Gelesenen den Eindruck, Robert habe mit dem letztgenannten Genre seine aktive künstlerische Laufbahn beendet. Schmeichelhaftes ist über sein Spätwerk nämlich nicht zu lesen.«

Werner hätte auch nicht gern Schmeichelhaftes zitiert.

»Aber das alles hilft uns nicht weiter, denn über das Jahr

1968 und die folgenden Ereignisse wird nichts erwähnt. Den Menschen Robert Benoit gibt es in der Öffentlichkeit nicht, nur den Künstler. Es wird davon berichtet, ein Unfall habe seine Kreativität zerstört.«

Dobler wurde hellhörig. »Konntest du Einzelheiten über dieses Ereignis in Erfahrung bringen?«

»Der Aufsatz ist in Französisch. Offenbar war es ein Wanderunfall in den Vogesen.«

»Sagtest du Vogesen?«

»Ja, *Vosges* heißt doch Vogesen? Warum fragst du?«

»Weil mir aufgefallen ist, dass Robert weder den Ort noch die näheren Umstände dieses Unglücks je erwähnt hat, und weil die Vogesen nicht gerade vor seiner Haustür liegen.«

»Sagte er nicht, er wäre in der Nähe von Straßburg geboren?«

Dobler dachte kurz nach und musste lachen.

»Wir stolpern auch schon über die vertauschten Identitäten. Das war der richtige Robert, also der falsche und tote Johannes. Es ist trotzdem merkwürdig, dass sich Robert, also ›unser‹ Robert, in der Heimat seines Tauschpartners aufgehalten und ausgerechnet dort einen sein Leben verändernden Unfall erlitten hat.«

Dobler wandte sich nun selbst der Internetsuchmaschine zu, in der Hoffnung, er werde mit seinen besseren Französischkenntnissen Einzelheiten erfahren oder Dinge entdecken, die Werner nicht aufgefallen waren. Aber er stieß auf nichts Sensationelles. Nur das Angebot eines Kunsthändlers hatte Werner nicht erwähnt: 84.000 Euro für einen *Benoit*, eine geometrische Farbenkomposition, ließen nicht auf einen Amateurmaler schließen.

Dobler rief nun seinerseits Werner an:

»Kannst du dir erklären, weshalb er von diesem hohen Preis nichts erwähnt hat, als er sich alle Mühe gegeben hat, in unseren Augen zur Elite zeitgenössischer Maler zu zählen? Nichts hätte uns mehr beeindruckt, als der dezente Hinweis auf die Offerte dieses Händlers.«

»Vielleicht wusste er davon nichts. Der Händler wird ihn nicht informiert haben. Wo hat der denn seinen Laden?«

»In L'Isle-sur-la-Sorgue, das liegt fast in Sichtweite von Gordes. Robert muss davon gewusst haben, aber er wollte nicht, dass wir es wissen.«

»Das ist eine Hypothese, wenn auch eine ziemlich wahrscheinliche. Robert hat ja gerade sein Künstlerdasein besonders schwammig geschildert. Das Leben als erfolgreicher Maler verträgt sich nicht mit der Märtyrerrolle, die er uns vermittelt hat.«

»Schau dir das Bild mal an, ich gebe dir die Internetadresse. Es ist online zu sehen. Genauso wie übrigens ein weiterer *Benoit* für 4.000 Euro – und damit nach meinem Geschmack noch deutlich überteuert.«

Beide betrachteten dieselben Internetseiten. Sie schwiegen lange, obgleich sie miteinander telefonierten. Dobler fand als erster wieder Worte.

»Magst du Trüffeln?«

»Du meinst, wir sollten sie jetzt im Winter erntefrisch vor Ort verkosten und uns nebenbei als Bilderkäufer tarnen?«

»Ich meine, wir sollten die einzige Spur, die wir momentan haben, aufnehmen und das Nützliche mit dem Angenehmen verbinden.«

Noch nie hatte sich Dobler vor einer Reise in den Süden mit dem Straßenzustandsbericht beschäftigen müssen und mit den Schneeverhältnissen auf der Autobahn durch den französischen Jura. Das war auch vor dieser Fahrt nicht seine Aufgabe, sie fuhren nämlich mit Werners Reisebus.

Sie brachen am Morgen des zweiten Januar auf, es war noch stockdunkel. Sie hatten sich gegen Doblers Fahrzeug entschieden, um weniger leicht erkannt zu werden. Weder wollten sie Robert, noch Karine oder womöglich Houssin in die Arme laufen. Kurzzeitig hatten sie deshalb sogar ein Hotel ins Auge gefasst. Aber das Unternehmen, das eine Freizeitbeschäftigung, ein Kurzurlaub sein sollte, ein Abenteuer unter Männern, hätte zu sehr den Charakter einer Dienstreise angenommen. Sie hatten die Wanderstiefel im Gepäck und den Vorsatz, gut zu speisen und nicht schlechter zu trinken.

Es war eine lausige Fahrt, Regen von Karlsruhe bis zum Ziel. Werners Wohnmobil fuhr höchstens 90 km/h, was sich beim Überholen von Sattelzügen mehr als lästig erwies, wenn die von deren großen Reifen aufgewirbelten Wasserkaskaden kein Ende nahmen. Um kurz nach zwei tankten sie am *Relais de la Bresse*, etwa hundert Kilometer nördlich von Lyon, und Dobler konnte absehen, dass sie zum Abendessen Venasque erreichen würden. Er reservierte telefonisch einen Tisch, den letzten, der noch frei war. Nichts war von der Landschaft zu erkennen, in die Dobler sich im letzten Sommer verliebt hatte. Der Regen hüllte die Welt in Einheitsgrau und Dunst. Sie konnten die Berge nicht mal erahnen. Und dann wurde es schon um fünf Uhr dunkel.

Sie rangierten Werners Bus auf den kleinen Parkplatz von Venasque. Als ob Gefahr bestünde, zu spät zu kommen, eilten sie zur *Auberge de la Fontaine*. Hinter dem niedrigen Torbogen eines Bilderbuchdorfes am Nordrand des Plateau de Vaucluse weitete sich die Gasse schnell zu einem Platz, der von einem hohen Brunnen in seiner Mitte beherrscht war. Darüber lag der kräftige Geruch frischen Holzfeuers, der dem Regen Gemütlichkeit verlieh, mehr noch als das gelbe Licht aus den Fenstern der *Auberge*.

»Désirez vous un apéritif?«

»Diese Frage«, philosophierte Dobler, als der Kellner gegangen war, »ist das Synonym für die Ankunft in Frankreich, der Lohn einer langen Autofahrt und das Signal, sich etwas zu gönnen. Die Frage nach dem Aperitif verheißt erlebnisreiche Tage, aber zugleich geht es, wenn wir zum ersten Mal ein Getränk auswählen, dem Ende zu. Die Urlaubstage werden weniger und fühlen sich jeden Tag kürzer an. Die Frage des Kellners löst sozusagen den Beschleunigungsvorgang aus.«

Am liebsten hätte er noch einen weiteren Pastis genommen.

Sie aßen das Trüffelmenü mit einer gequirlte Eimasse als Vorspeise, in der Trüffelscheibchen schon mehrere Stunden ziehen mussten, um ihr intensives Aroma auf das Ei zu übertragen. Dazu tranken sie den schweren Rotwein aus Gigondas, wobei Dobler Mühe hatte, mit Werners

Trinkgeschwindigkeit Schritt zu halten. Schon vor dem Käse war die Flasche leer, aber der Wirt hatte Erbarmen und brachte noch einen kleinen Krug offenen Landwein.

Entsprechend zügig gingen sie zu Bett, Werner in ein Hubgestell über dem Lenkrad und Dobler auf die umgebaute Sitzgruppe. Sie hörten nicht mehr, als das Trommeln des Regens nachließ, genauso wenig wurden sie vom aufkommenden Mistral geweckt, der ihr Wohnmobil schüttelte. Erst mitten in der Nacht erschrak Dobler von dem durch einen Windstoß verursachten kräftigen Wackeln. Sie hatten das Fahrzeug mit der Breitseite nach Nordwesten ausgerichtet und nicht bedacht, dass in der Provence einem Regentag häufig der aus dieser Himmelsrichtung stürmende Mistral folgte.

Am nächsten Morgen hatten sie den Eindruck, als gäbe es keine die Luft trübenden Partikel. Noch nie hatten sie einen ähnlich klaren Tag gesehen. Der Blick aus dem Fenster erinnerte an ein mit dem Computer künstlich geschärftes Foto. Diese Klarheit sei, wie ihnen die Bäckereiverkäuferin erklärte, typisch für den Mistral nach Regen und in dieser Perfektion nur im Winter zu beobachten.

Sie wünschten sich einen ähnlich klaren Blick beim Galeristen, bei dem sie sich nicht angemeldet hatten. Sie konnten eine enge Verbindung der Galerie zu Robert Benoit nicht ausschließen und mussten, sollte das Unternehmen nicht von vornherein scheitern, den Händler sprechen, ohne dass Robert davon wusste. Nur die Öffnungszeiten hatten sie vorher erfragt – und ob die beiden *Benoits* noch zu haben waren. Dobler hatte bei diesem Anruf erneut auf eine Rufnummernunterdrückung geachtet.

Der Augenschein der Bilder selbst brachte nichts Überraschendes. Das teure Bild war, ohne dass Dobler und Werner den Grund konkret erkennen oder gar beschreiben konnten, ein richtig gutes Gemälde. Klare geometrische Formen harmonierten mit sparsamen Farben. Es war wie meist, wenn Laien ohne Fachwissen Bilder betrachten: Sie bemerkten, ob das Bild gut oder schlecht war, aber sie konnten die Gründe dafür, namentlich bei einem guten Bild, kaum erklären.

Das andere, neuere Werk hingegen erinnerte an die Provenienz und Machart, wie man sie inzwischen mit großer Verbreitung am gesamten französischen Mittelmeer antraf. Es war in dem Stil gemalt, mit dem die Künstler am Hafen von St. Tropez ihr Geld verdienten oder an den Häfen von Collioure und Cassis, in den Galerien von Bonnieux, Les Baux und unzähligen anderen malerischen Ferienorten.

»Keiner von uns kann so malen, aber wolltest du diesen Kitsch tatsächlich dauerhaft ansehen?«

Werner schüttelte nur den Kopf.

Der Händler bemühte sich, das schlechte Bild gut zu reden, räumte aber ein, als Dobler insistierte und unverkennbar geworden war, die Besucher würden dieses Bild nicht erwerben, die Begabung von Benoit habe unter dessen Unfall gelitten. Einzelheiten wisse er allerdings nicht, er habe Robert nur wenige Male persönlich getroffen, und das nur flüchtig, und nur selten Bilder von ihm im Programm.

Der Herr aus Deutschland, der an diesem klaren Januarmorgen in der ersten Etage eines gut gesicherten Patrizierhauses im Zentrum von L'Isle-sur-la-Sorgue bedächtig einige Bilder begutachtete, sah nicht so aus, als sei er gerade einem zum Wohnmobil umgebauten – weitab geparkten – ausgemusterten Reisebus entstiegen. Dobler trug, wie an jedem normalen Arbeitsalltag, Anzug und Krawatte, was in einer Region, in der Deutsche gewöhnlich nur als Urlauber mit Sandalen oder Turnschuhen auftraten, sogar in einer Galerie die Wirkung nicht verfehlte. Der Inhaber schätzte die Zahlungsfähigkeit seines Kunden höher ein als dessen Kaufbereitschaft und sah gute Chancen für ein größeres Geschäft, wenn er den distinguierten Herrn aus Deutschland, der anscheinend seinen Chauffeur mit in die Galerie gebracht hatte, würde überzeugen können.

Mit einer Sprache und Gestik, als ziehe er nun die harten Pornos hervor, führte er Dobler und Werner in einen Extraraum und offerierte ein Bild, das dem angepriesenen *Benoit* ähnelte, aber ein echter *Lambert* war – und doppelt so teuer. Die Verblüffung der beiden Deutschen war bezweckt, und Monsieur nahm die Antwort der Frage vorweg: Benoit sei ein Schüler von Luc Lambert und habe den Meister gelegentlich schon ein wenig imitiert, mit einigen Werken sogar, man müsse das unumwunden zugeben, übertroffen. Etliche Jahre habe sogar ein falsch signierter *Benoit* als echter *Lambert* im Schloss von Gordes gehangen, mit stillschweigender Genehmigung des Meisters und als eine Art Gag. Für den Liebhaber dieser Stilrichtung gehe dennoch nichts über ein Bild von Luc Lambert, zumal dessen Werke immer seltener in den Handel kämen.

Dobler ließ den *Benoit* holen und beide Bilder nebeneinanderstellen. Die Ähnlichkeit war unverkennbar.

Die Beflissenheit des Geschäftsmannes ließ allerdings spürbar nach, als er den Eindruck gewinnen musste, es sei eher darum gegangen, die Bilder zu fotografieren. Insgeheim wollte er nicht mehr ausschließen, dem Vorauskommando einer Einbrecherbande auf den Leim gegangen zu sein, und hüstelte deshalb nervös, nachdem Dobler sich zügig verabschiedet hatte. Der fand seinen Abgang noch weniger gelungen als seinen Auftritt und bedauerte versäumt zu haben, vor der Reise Insider über das richtige Gebaren gegenüber einem Galeristen zu befragen. Es wäre ihm lieber gewesen, wenn er gewusst hätte, wie der kundige Käufer in einer solchen Situation verfährt. Ob er ein Gegenangebot macht, wie beim Gebrauchtwagenkauf, um Bedenkzeit bittet, das Bild für zwei Tage zurücklegen lässt oder ankündigt, mittags seinen Chauffeur mit dem Kleingeld zur Abholung vorbeizuschicken.

Aber diese Verlegenheit war nichts gegen sein Erstaunen. Weder Karine noch der Bürgermeister noch Benoit selbst hatten auch nur die leiseste Andeutung gemacht, dass einige von Roberts Erfolgsbildern Imitate fremden Schaffens seien – und trotzdem hochpreisig.

Die Fahrt in die Provence hatte sich gelohnt.

Auch kulinarisch wurden die Erwartungen erfüllt. Am nächsten Morgen, einem Freitag, holten sie nach, was sie in der Galerie womöglich versäumt hatten. Aber es fiel ihnen auch leichter, über den Preis schwarzer, geäderter Trüffelknollen zu feilschen als über den von Gemälden, die sie doch nicht kaufen wollten. Das viele Geld für die edlen Pilze wurde auch nicht mit Karte, Scheck oder Banküberweisung bezahlt, sondern bar Fingern übergeben, unter deren Nägeln die provenzalische Erde klebte, in der sie am Vortag noch gegraben hatten. Der Geruch der Anschaffung – die Höhe des Preises rechtfertigte diese Vokabel – hing fortan selbst bei geschlossener Kühlschranktür in ihrem Wohnmobil und, wie Helga nach der Begrüßungsumarmung bei der Heimkehr erschnupperte, sogar in ihren Kleidern.

In der Nacht herrschte leichter Frost, aber am Mittag saßen sie in windgeschützten Ecken und lasen, nur mit einem Hemd am Leib. Sie fuhren nicht weit, nach Pernes-les-Fontaines, wo sie hervorragend aßen, sodann nach Fontaine-de-Vaucluse, wo sie sogar zu dieser Jahreszeit auf andere Touristen, vornehmlich aber auf Schulklassen stießen, und weiter bis zum entferntesten Punkt ihrer Reise, nach Saignon. In der *Auberge Presbytère* hatte man ihnen für den Abend einen Tisch reserviert, von dem aus sie freie Sicht auf das Bildnis der kleinen Clara hatten und es ebenfalls ausgiebig fotografieren konnten. So auffällig, dass sich der Kellner erbot, einen Schnappschuss von ihnen beiden zu machen, zwei vermeintlich Schwulen, die sich unter einem der wenigen frei zugänglichen *Benoits* zuprosteten.

19

So sehr sich Dobler und Helga, die mit Französischkenntnissen aushalf, auch mühten, so wenig kamen sie mit ihren Internetrecherchen über Luc Lambert weiter. Man konnte zigfach nachlesen, Robert Benoit sei ein Schüler von ihm und demnach vom Meister beeinflusst. Der falsche *Lambert* aus dem Schloss in Gordes fand jedoch keine Erwähnung. Immer wieder stieß Dobler auf die Internetseiten anderer Galerien und Auktionshäuser und bemerkte, dass deren Angebote oft lange im Netz präsent waren. Wahrscheinlich ließ man sie einfach stehen, um den Werbeeffekt auch noch Jahre nach dem Verkauf ausnutzen zu können. Das betraf auch mehrere *Benoits*, aber nur solche aus der späten Zeit, die Dobler und Helga nur noch die Kitschphase nannten. Daraus konnte man schließen, dass das Werk der frühen Abschnitte zahlenmäßig klein gewesen sein musste und nicht übermäßig gesucht. Sonst hätte man, getreu dem Gesetz von Angebot und Nachfrage, seltene Bilder zu hohen Preisen registriert.

Dobler erinnerte sich an manches Mandantengespräch der letzten Jahre. Durch verbesserte Zugangsmöglichkeiten, kurze Download-Zeiten, Flatrates und die Selbstüberschätzung der Klienten war das Internet zum Kontrolleur seiner Anwaltstätigkeit geworden. Während er früher nur bisweilen zur Übertragbarkeit von in der Zeitung veröffentlichten Urteilen auf den konkreten Fall Stellung beziehen musste, wurden ihm heutzutage Ausdrucke kompletter Urteile präsentiert. Selbst auf den Internetseiten des Bundesgerichtshofes tummelte sich die prozessierende Laienwelt. Aber in den meisten Fällen lagen die Mandanten mit dem Ergebnis ihrer Recherchen nicht richtig. Genauso wenig wie die in den Billigbuchläden feilgebotenen medizinischen Bücher den Arzt, konnte die Suchmaschine das Jurastudium ersetzen, eine Ausbildung mit hoher Durchfallquote.

Es bedurfte folglich auch professioneller Unterstützung, wenn es galt, das Œuvre eines Luc Lambert von dem seiner Schüler und Nachahmer abzugrenzen.

Dabei musste Dobler zunächst klären, wer ihm helfen konnte. Mit dem Branchenfernsprechbuch war diese Frage nicht zu beantworten. Wer Rat in Rentendingen sucht, geht zum Rentenberater, der Steuerzahler besucht den Steuerberater. Aber niemand bietet öffentlich seine Dienste als Kunstberater an. Dobler fragte sich ohne Ergebnis im Bekanntenkreis durch. Nach einigen Tagen las er einen Zeitungsbericht über die örtliche Kunsthalle und deren Leiter, wobei ihm einfiel, dass er vor vielen Jahren dessen Frau auf einer Party kennen gelernt hatte. Er rief sie an, sie konnte sich erinnern und war noch, das eigentlich Erstaunliche, mit demselben Mann verheiratet, sie wohnte sogar mit ihm noch zusammen.

Bereits am nächsten Tag saß Dobler im Büro des Kunsthallendirektors, der sich mit dem Vornamen Peter vorstellte und nicht nach Einzelheiten im Mandat dessen fragte, der sich als Hans Dobler bekannt gemacht hatte.

Peter war einer der Männer, die so eitel und selbstgefällig waren, dass nicht einmal die Neugier sie leitete, nach den Belangen des anderen zu fragen, weil sie nur darauf warteten, sich und ihre Kompetenz herauszustellen. Hans besaß die Lebenserfahrung, diese Eigenschaft unbemerkt für seine Interessen einzusetzen, ohne anbiedernd zu wirken. Er verspreche sich von Peters Fachwissen den entscheidenden Durchbruch bei der Bearbeitung eines anwaltlichen Auftrages. Dass er in Wirklichkeit hobbymäßig Neuschwanstein mit Streichhölzern zusammenfügte, verschwieg er geflissentlich. Der promovierte Kunsthistoriker konnte leider auf Anhieb nichts zu Doblers Erhellung beitragen. Aber er versprach, sich kundig zu machen und sich danach wieder zu melden.

Nach zwei Wochen hatte er immer noch nicht Wort gehalten. Aber Doblers Lebensklugheit riet ihm, sich in

Geduld zu üben, auch wenn Werner mehrfach voller Unruhe ein Erinnerungstelefonat für überfällig hielt.

Peter brauchte die Zeit, er hatte nämlich gründlich geforscht. Auch in der Fachliteratur war zunächst nur wenig auszugraben. Erst der Anruf bei dem Direktor eines anderen deutschen Museums, das sich auf zeitgenössische Kunst spezialisiert hatte, führte weiter. Dieser Kollege hatte seinerseits einen französischen Spezialisten kontaktiert und der hatte ein paar Tipps auf Lager, insbesondere empfahl er die Doktorarbeit einer gewissen Chantal Flamain, die sich ausschließlich mit Luc Lambert beschäftigte. Peter hatte die deutschsprachige Dissertation über die Fernausleihe der Universitätsbibliothek besorgt und freundlicherweise von einer in seinem Haus beschäftigten Doktorandin bereits fotokopieren lassen, die er Cornelia nannte und die sich ihrerseits umgehört und in Erfahrung gebracht hatte, man müsse vor Fälschungen auf der Hut sein. Die Herkunft vieler Werke sei zweifelhaft. Der Name *Benoit* sei Cornelia beim Fotokopieren nicht aufgefallen.

Dobler vervielfältigte das Druckwerk weitere drei Male, damit jeder der Hobbykunsthistoriker über die nötige Bettlektüre verfügte. Christa nahm davon kaum Notiz, während Werner als erster den trockenen, in weiten Bereich unverständlichen Stoff durcharbeitete. Ein täglicher Mittagsschlaf verlange, frotzelte Dobler, eben den passenden Lesestoff.

Letztendlich war nur das Kapitel ergiebig, welches eine nicht unbedeutende, in der Menge aber unbekannte Anzahl ernstzunehmender Bilder erwähnte, die definitiv nicht von Luc Lambert stammten, die aber so sehr seinem Stil entsprächen, dass sie bisweilen wie echte *Lamberts* gehandelt würden. Chantal Flamain hatte der Kunstwelt empfohlen, nicht mehr zu hinterfragen, ob bestimmte Bilder von Lambert eigenhändig gemalt worden seien, und ging sogar so weit, anzuregen, den Namen *Lambert* als Gattungsbegriff für eine bestimmte Stilrichtung einzuführen.

Die Autorin beschäftigte sich auch mit der Thematik, wie es zu dieser Verwässerung von Luc Lamberts Urheberschaft kommen konnte. Das Dilemma hatte nach Madame

Flamains Recherche mutmaßlich damit angefangen, dass ein Lambert nahe stehender Maler, wahrscheinlich sogar ein Schüler, den Lehrer aus Jux imitiert hatte, wobei ihm das so vortrefflich gelungen war, dass ihn alle anderen Kollegen aus dem Umkreis Lamberts für den Urheber hielten. Der Meister wollte kein Spielverderber sein und setzte dem Spaß die Krone auf, indem er jahrelang das fremde Bild unter den eigenen duldete, als die Ausstellung im Schloss von Gordes eröffnet wurde und neben den vielen *Vasarélys* einige *Lamberts* gezeigt werden durften. Der Ulk geriet aber außer Kontrolle, weil weitere Plagiate unter die Leute gebracht wurden. Lambert schritt dagegen nicht ein. Er machte gute Miene zum falschen Spiel, obwohl er einem Gerücht zufolge den Fälscher sogar persönlich kannte und ihn einfach hätte anzeigen können. Er tat es nicht aus berechtigter Sorge, die Preise seiner echten Bilder würden fallen, wenn die Existenz oder gar die Anzahl der Fälschungen publik würden. Hinter vorgehaltener Hand war eine Zeitlang erzählt worden, Lambert habe den Übeltäter mit Geld in die Schranken gewiesen und ihm letztlich dann doch mit der Polizei gedroht.

Der Spuk war erst mit Lamberts Tod zu Ende, beziehungsweise, als das künstlerische Schaffen des Meisters alters- und krankheitsbedingt eingestellt endete. Von da ab konnte zu seinem Werk nichts mehr hinzukommen. Wenn der echte Luc Lambert nicht mehr produzierte, war das dem falschen erst recht nicht mehr möglich.

Robert Benoit wurde in der Dissertation nicht erwähnt, obwohl es nahe gelegen hätte, ihn im Zusammenhang mit dem falschen Ausstellungsbild von Gordes beim Namen zu nennen. Das Gemälde hing dort mit dem Segen des Herrn, die Autorin hätte also nichts zu befürchten gehabt, wenn sie die Identität des wahren Malers preisgegeben hätte, noch hätte man sie wissenschaftlicher Scharlatanerie bezichtigen dürfen. Daraus musste man schließen, sie habe den Namen nicht gekannt. Dobler hielt es bei seinen weiteren Überlegungen sogar für möglich, dass der Galerist ihm einen Bären aufbinden wollte und im Schloss von Gordes zu keiner Zeit ein *Benoit* hing.

Sie hatten sich kunsthistorisch gebildet, bei der Aufklärung der Vergangenheit von Johannes Conrad alias Robert Benoit waren sie allerdings nicht nennenswert vorangekommen. Darüber waren sie sich einig, als sie sich nach mehrwöchiger Pause wieder einmal trafen. Sie saßen im Restaurant *Midi*, in der Hoffnung, ein Hauch von Südfrankreich und ein Glas Wein aus dem Languedoc würden ihre Inspiration fördern. Werner hatte anfänglich für das *Taj Mahal* plädiert, und Helga hatte sich deshalb zu der Androhung hinreißen lassen, sie gehe dann lieber nicht mit. Das wiederum nahm Werner persönlich. Er ließ durch seine Frau den Termin um eine Woche verschieben und empfahl als Kompromiss die *Weinstube Stadt Athen*. Diese kam für Dobler schon wegen des hohen Knoblauchanteils am Tsatsiki nicht in Frage, der *Weinstein* war wegen Betriebsferien geschlossen, so dass sie dann schließlich doch im *Midi* einkehrten, wo Werner demonstrativ den Salat mit Schafskäse und Peperoni bestellte.

Bis zu jenem Geistesblitz, den Helga vortrug, als handele es sich um eine Analyse von nahezu epochaler Bedeutung, waren nur belanglose Worte gefallen. Über die Speisekarte, die Preise oder die am Nachbartisch Hof haltende Prominenz:

»Wenn wir mal annehmen, dass ein *Benoit* kein falscher *Lambert*, sondern dass ein falscher *Lambert* allenfalls eine Fälschung von Robert Benoit ist, dann wissen wir doch, dass Benoit malen konnte wie Lambert. Meinetwegen könnt ihr auch fälschen sagen. Der *Benoit* aus der Galerie war ein *Benoit*. Also gibt es nicht nur falsche *Lamberts*, sondern auch richtige *Benoits* mit Roberts Signatur. Ich denke nur an das Bild von Clara in Saignon.«

»Er war also ein guter Maler und hat sicher den einen oder anderen Franc unter eigenem Namen verdient. Er hat uns nicht angelogen, sondern nur verschwiegen, dass sein Stil teilweise dem von Luc Lambert gleicht.«

»Vielleicht auch, dass er mit falschen *Lamberts* das meiste Geld verdient hat.«

»Nehmen wir mal an, der Heilige Benoit war ein Fälscher und Karine als seine Lebensgefährtin wusste davon, dann wäre ein Teil des Rätsels gelöst. Nichts wäre für ihn schlimmer, als wenn im Zuge der Aufdeckung seiner wahren Identität auch die schwarze Seite seines künstlerischen Lebens ans Licht käme.«

»Damit würde sich zugleich die Haltbarkeit des Gefüges erklären: Robert in Gordes hatte gewissermaßen Conrad in Heidelberg im Griff. Er hätte dessen Täterschaft als Fahrer des Renaults auffliegen lassen können, spätestens nachdem seine Beihilfetat, die er durch den Identitätstausch begangen hatte, verjährt war. Aber Johannes Conrad in Heidelberg hatte auch seinen Freund Robert Benoit in der Hand. Ein Helfershelfer, der selbst ein Fälscher ist, hat keine guten Karten. Und wegen des Ärgers mit der Versicherung hat Gerhard die Hand aufgehalten. Geld war ja da, bei Robert durch die Gemälde und bei Johannes durch seinen Beruf. Nicht schon zu Anfang, aber es war abzusehen, dass da irgendwann Geld zu holen sein dürfte.

Also bedurfte es eines Schuldanerkenntnisses.«

Dobler war in Hochform.

»Aber der Gläubiger heißt doch Johannes Conrad und nicht Gerhard«, wandte Helga ein, »und der Schuldner heißt Houssin.«

»Ich gebe zu, das ist ein Schwachpunkt bei meinen Überlegungen. Aber nur ein schwacher Schwachpunkt. Gerhard hat sicher Vorkehrungen getroffen, damit er seinerseits nicht fassbar wurde. Wenn alles aufgeflogen wäre, hätte man ihn wegen Erpressung verurteilt und – noch schlimmer – die Versicherung hätte ihn in Anspruch nehmen können. Er wäre der Falschaussage, den Fahrer nicht zu kennen, überführt und wegen Obliegenheitsverletzung zur Kasse gebeten worden. Deshalb wurden falsche Namen in dem Papier verwendet.«

»Das klingt nur teilweise logisch«, sagte Helga, »falsch und richtig, Wahrheit und Täuschung liegen noch zu dicht beieinander.

20

Die Tage wurden wieder länger, und Dobler war sicher, schon am 21. Februar das erste Amselflöten gehört zu haben. Wie in den Tagen, bevor Clara ihn aufgesucht hatte. Rund elf Monate waren seitdem vergangen, die für Dobler zumindest eine entscheidende Veränderung mit sich gebracht hatten: Er war in dieser Zeit ein Wohnmobilist geworden. Kein Camper, das würde er nie werden. Er verband mit seiner gefundenen Freiheit nichts Ideologisches, aber auch keine biedere Pfennigfuchserei. Er hatte ein neues Leben in der Natur entdeckt. Das war das Entscheidende.

Die Aufdeckung der gordischen Lüge war ihm nicht mehr so wichtig, obwohl sie viel Zeit und Energie verschlungen hatte. Wenn er in der Zukunft einmal zurückblickte, würde das vergangene Jahr auch wegen der Reisen in seiner Erinnerung haften bleiben. Robert und Johannes waren nicht alles

In dieser milden Februarnacht wurde er wahrscheinlich deshalb vor der Zeit wach und konnte die Amsel hören, weil ihm schlagartig eine Dimension des Geschehens klar geworden war, die er bis dahin nicht bedacht hatte: Bevor Roberts Tante ihr Testament geändert hat, war Robert Benoit ihr Erbe. Dobler hatte das erste Testament nie gesehen, aber sinngemäß stand dort vermutlich, Bernadette Brousse setze ihren Neffen Robert Benoit als alleinigen Erben ein.

Eine Auslegung ihres Testamentes konnte nur ergeben, dass sie den Menschen bereichern wollte, der tatsächlich mit ihr verwandt war, und nicht den, der im Jahre 1968 begonnen hatte zu behaupten, er sei Robert Benoit.

Die alte Dame war vor Conrad gestorben, sie wäre also,

hätte sie ihr Testament nicht geändert, zunächst von ihrem Neffen beerbt worden, der sich Johannes Conrad nannte. Und dieses Erbe, das Haus in Gordes mit seinem Millionenwert, wäre dann in Conrads Nachlass gefallen und würde kraft französischem Erbrecht wenigstens zum Teil Clara, Doblers Mandantin, zustehen. Die Umstände der Testamentsänderung wären demnach für seine frühere Mandantin von erheblicher wirtschaftlicher Bedeutung, ebenso für Brigitte, ihre Stiefmutter, die Witwe Conrads.

Diese Erkenntnis brachte Dobler endgültig um den Schlaf. Robert Benoit wäre also leer ausgegangen, wenn das Testament weiterhin auf seinen Namen gelautet hätte, aber bekannt geworden wäre, dass er gar nicht der Neffe Robert Benoit war. Robert hätte nichts bekommen, und zwar weder nach der von ihm so sehr beklagten Testamentsänderung, noch, wenn bei Fortgeltung des alten Testaments seine wahre Identität offenbar geworden wäre. War es dann nicht töricht, ausgerechnet Dobler gegenüber die Echtheit der Testamentsänderung in Zweifel zu ziehen und sogar seine wahre Identität preiszugeben? Hatte das nicht nachgerade die Gefahr heraufbeschworen, Dobler müsse nach einer etwaigen Aufdeckung der Testamentsfälschung zwangsläufig auch Roberts Identität ans Licht bringen, um sein Mandat zu erledigen? Hatte Robert das nicht bedacht? Möglicherweise konnte er dieses Dilemma nicht vermeiden, nachdem Dobler schon von Karine über die Testamentsänderung und Roberts Kampf gegen deren Wirksamkeit gehört hatte. Vermutlich steckte er unvermeidlich in der Klemme.

Am Nachmittag saß Dobler in seiner Kanzlei einem Mandanten in einer banalen Mietsache gegenüber. Der war Vermieter und unterstrich seinen Standpunkt bei der Auseinandersetzung um das vom Mieter geltend gemachte Recht, in der Wohnung eine Waschmaschine betreiben zu dürfen, mit zwei Aussagen, die kein Anwalt Deutschlands mehr hören kann: »Wenn es ihm nicht passt, kann er gerne ausziehen«, und: »Das ist immer noch mein Haus.«

Das waren die Stichworte, die den versiegten Gedankenfluss Doblers wieder in Gang brachten:

»Mein Haus« soll Conrad, wenn auch in anderem Zusammenhang, in Bezug auf die gordische Immobilie ebenfalls des Öfteren gesagt haben. Roberts Tante hatte dem Neffen wahrscheinlich schon früh ihr damals fast wertloses Domizil versprochen, lebte doch der Jüngling in diesem zu jener Zeit so abgeschiedenen Dorf. Später bemerkte sie den Identitätstausch nicht und bekräftigte von Zeit zu Zeit, an Geburts- und Festtagen zum Beispiel, ihre Zusage. Robert seinerseits gelobte gegenüber Johannes aus Solidarität, vielleicht auch aus Angst, seine Kunstfälschungen würden offenbar, er werde nach Antritt des Erbes – nach außen war er ja der Scheinneffe – die Immobilie an Johannes weiterreichen. Und der nannte sie schon im Vorgriff »mein Haus«.

Auch Werner schien bei einem abendlichen Umtrunk dieser Gedanke logisch:

»Eines Tages ist Bernadette verstorben, Robert und Johannes telefonierten das eine ums andere Mal, bis jenes Testament auftauchte. Wenn die alte Dame ihren Krankenpfleger, den französischen Staatspräsidenten oder meinetwegen auch ihren Hund als Erben eingesetzt hätte, wäre Johannes in Heidelberg nicht in Rage geraten. Aber dass Roberts Tochter die inzwischen wertvolle Immobilie erhalten sollte, war ihm dann doch zu plump.«

»Er fühlte sich verarscht.« Dobler formulierte es drastischer.

»Johannes in Heidelberg schäumte, weil er an ein Komplott, eine Fälschung, jedenfalls an eine Aktion glaubte, die ihn austricksen sollte. Er drohte wegen der Bilderfälschungen, vielleicht lancierte er diesbezüglich auch die eine oder andere Information an die Presse. Aber der Erfolg blieb aus. Weder bekam Johannes das Haus, noch wurde Robert in der Presse als Kunstfälscher bloßgestellt. Also fuhr Johannes nach Gordes, er wütete, drohte, erpresste – und kam auf der Heimfahrt ums Leben.«

»Weil Robert das Lenkgestänge vorsätzlich beschädigt hat? So könnte es gewesen sein.«

Werner spann den Faden weiter: »Dann kamst du nach Gordes, hast seine Identität enttarnt, und ihm blieb nur noch die Flucht nach vorne.«

»Das ist so nicht richtig, denn immerhin haben Helga und ich Karine in Bonnieux besucht, lange bevor an die Aufdeckung des Identitätstausches zu denken war. Und Karine hatte uns schon von dem Testament berichtet.«

»Vielleicht war sie eingeweiht. Stell dir vor, Johannes war bei der eben von mir ausgedachten Reise außer in Gordes auch noch in Bonnieux und in Apt. Er ließ dort die Sau raus, bedrohte alle mutmaßlichen Mitwisser und dann verunglückte er ausgerechnet auf der Heimfahrt. Da denkt man sich bald eine Story aus und präsentiert sie nicht ungeübt, wenn ein deutscher Advokat am Gartentor steht und um eine Unterredung bittet.«

»Wir sollten klären, ob Conrads Unfall und die Veröffentlichung des zweiten Testaments in der passenden zeitlichen Reihenfolge liegen – erst die Testamentseröffnung und danach der Crash.«

»Wir haben nicht zu Ende gedacht.« Dobler schob die Weinflaschen zur Seite. »Es gibt noch das Schuldanerkenntnis, von dem ich übrigens annehme, Conrad hatte es bei seiner Erpressungstour dabei. Möglicherweise hat es seinen Unfalltod erst ausgelöst.

Und es gibt uns! Wir haben die Rechnung durchkreuzt. Wir haben das Schuldanerkenntnis vorgelegt und aufgedeckt, dass das Haus nicht *Roberts* Tochter zusteht, sondern *Conrads* Frau und Tochter, falls das Testament gefälscht wäre. Das haben wir zwar noch nicht ausgesprochen. Aber Robert und etwaige Helfer warten nur darauf. Sie werden uns beim nächsten Besuch in Gordes aus dem Weg räumen, einen Überfall vortäuschen und uns erschießen.«

»Ein Wunder, dass wir noch leben – Prost, Hans!«

Werner hatte den Humor nicht verloren, und Dobler musste einräumen, dass es zu viele Menschen gibt, die inzwischen von dem Identitätstausch wussten; zu viele, um alle Mitwisser unter die Erde bringen zu können.

In den nächsten Tagen bestätigte Maitre Gaultier, der überraschend moderat abgerechnet hatte und der von Dobler zu größter Geheimhaltung vergattert worden war, die

Testamentseröffnung habe am 28 März 2003, also fast zwei Monate vor Conrads Unfalltod, stattgefunden. Das Spiel mit den Streichhölzern hatte sich zu einem Zündeln an der Lunte entwickelt. Ein Spiel mit dem eigenen Leben. Oder war das nur ein Hirngespinst?

Es ging um viel Geld, und alle zukünftigen Unternehmungen bedurften sorgfältiger Absicherung. Fahrten zu zweit mit einem Wohnmobil in den Luberon sollte man vermeiden. Die Mordtheorie war unbewiesen, aber sie war nicht abwegig. Ob der Ablauf wirklich so war, wie die Heidelberger sich das ausgedacht hatten, spielte keine Rolle. Aber ob Johannes tatsächlich gewütet hat, ob ihm überhaupt das Haus versprochen worden war, schien weniger belanglos. Er war keines natürlichen Todes gestorben, und es war nachträglich durch Doblers Recherchen offenbar geworden, dass auch seine Erben Anspruch auf das Haus in Gordes erheben könnten und es nicht damit getan war, wenn nur er diese Welt verlassen hatte.

Andererseits war das mentale Pulver wieder verschossen. Ohne neue Tatsachenfeststellungen und ohne zündenden Einfall traten Dobler und Co. auf der Stelle.

21

»Rate mal, mit wem ich heute telefoniert habe!« Mit einer Geste, als sei allein die Frage schon geistreich, legte Dobler beim Abendessen das Besteck gekreuzt auf seinen halbvollen Teller.

In mehr als fünfundzwanzig Ehejahren war es ihm nicht gelungen, die Unart solcher Fragen abzulegen. Dabei hatte Helga schon vor mehr als zwanzig Jahren die zunächst ernsthafte, später spielerische Suche nach der richtigen Antwort aufgegeben. Anfänglich hatte er sie noch mit der generösen Variante »Dreimal darfst du raten, wer …« zu animieren versucht. Ganz selten, wenn sie ungewöhnlich gut gelaunt war, scherzte sie dann: »Fritz Beckenbauer oder Herbert Kohl«, ohne es selbst witzig zu finden, und Dobler lächelte dann so wenig wie sie. Oft blieb das Rätsel ungelöst, weil Dobler säuerlich das Zimmer verließ. Irgendwann hatte er begonnen, nicht mehr auf eine Reaktion zu warten, sondern die Frage fast im selben Satz und Atemzug selbst zu beantworten.

Und jetzt war die Antwort: »Robert Benoit.«

Helga versuchte es mal wieder mit Humor: »Er hat dich eingeladen, um dich endlich aus dem Weg zu räumen.«

»Einen ähnlichen Gedanken hatte ich auch, aber er wollte sich nur nach unserem Wohlergehen erkundigen.«

Nun legte Helga Messer und Gabel ab: »Du machst Witze?«

»Nein, wirklich nicht.«

»Bestimmt hat ihn nicht die schiere Höflichkeit zum Hörer greifen lassen. Vielleicht war er unsicher, weil er so lange von uns nichts mehr gehört hat, und wollte auf den Busch klopfen.«

»Das ist ihm gelungen«, sagte Dobler. »Ich habe ihm nämlich ein Geschäft angeboten und ihn gefragt, ob er bereit ist, das Haus in Gordes mit Clara Conrad zu teilen, wenn es mir oder einem Dritten gelingt, nachzuweisen, dass das neuere Testament seiner Tante eine Fälschung ist.«

Dobler hatte das Besteck wieder aufgenommen, um hastig seinen Teller zu leeren. Er wollte mit dem Essen fertig sein, wenn er Helga gegenüber rekapitulierte, was er am Nachmittag Robert Benoit spontan vorgeschlagen hatte: die Unterschrift von Roberts Tante auf dem neueren Testament von einem ihm bekannten Schriftsatzverständigen begutachten zu lassen.

Wenn Robert selbst hinter der Fälschung gesteckt hätte, um Johannes auszutricksen, würde er diesem Vorschlag nicht zustimmen, Ausflüchte suchen und Zeit gewinnen wollen. Das würde beweisen, dass er den Erbantritt von Johannes unbedingt hatte vereiteln wollen, zugunsten einer Robert nahestehenden Person. Vielleicht auch, dass Robert die Fälschung des Testamentes aus Angst vorgenommen hatte, Johannes könnte, den Millionenwert vor Augen, Roberts falsche Identität ans Licht bringen, um selbst zu erben. Dobler berichtete, ihm sei während des Telefonats mit Robert schlagartig klar geworden, die zuletzt entwickelte These, Robert sei selbst der Fälscher und habe die Auseinandersetzung mit seiner Tochter nur simuliert, sei widerlegt, wenn Robert vorbehaltlos die Unterschrift seiner Tante überprüfen lasse.

Dobler habe in diesem Telefonat angedeutet, er besitze bislang von Clara keine Vollmacht zu irgendwelchen Zugeständnissen, falls sich die Fälschung bewahrheite und man davon ausgehen dürfe, dass der beerbte Neffe nicht der Scheinneffe in Gordes sei, sondern der leibliche, also Johannes, beziehungsweise die nach dessen Tod an seine Stelle getretene Tochter. Insbesondere könne er noch nicht versprechen, dass Clara am Ende bereit sei, mit Robert statt mit ihrer Stiefmutter Brigitte die Beute zu teilen.

Obgleich Robert also keine sichere Gegenleistung erhalten hatte, habe er ohne zu zögern sofort in die Untersuchung eingewilligt.

Dobler berichtete davon nicht ohne sichtbare Rührung. Er schämte sich ein wenig, Robert noch vor wenigen Tagen ein Sammelsurium von Straftaten bis zum Mord zugetraut zu haben. Diese hässlichen Verdächtigungen wären ausgeräumt, wenn Robert ihm die Papiere zum Zweck einer sachverständigen Analyse zuschicken würde. Als Ergebnis kamen zwei Möglichkeiten in Betracht, falls die dritte, dass der Gutachter sich nicht festlegen konnte, nicht eintrat:

Entweder war das neuere Testament gefälscht oder es war echt.

Im ersten Fall riskierte Robert das Erbe seiner Tochter, der Dobler unterstellt hatte, sie sei nur eine Strohfrau. Denn wenn das Testament gefälscht war, blieb es bei der Erbeinsetzung des Neffen und demnach bei der Gefahr, dass sich Clara und ihre Stiefmutter das Haus teilten. Im zweiten Fall hingegen hätte die alte Dame selbst unterschrieben, die Tochter wäre rechtmäßige Erbin und die von Dobler erwogene Manipulation wäre unwahrscheinlich.

»Du hast nicht bedacht, dass die Tante selbst unterschrieben haben könnte, die Unterschrift demnach echt ist, Bernadette Brousse aber von Robert zwangsweise zum Notar geschleppt worden ist, um das Testament zu ändern, damit die alte Dame nichtsahnend ihren leiblichen Neffen ausbootete. Robert könnte auch bei dieser Variante zum Schein mit seiner Tochter prozessiert haben.«

Helgas Einwand war berechtigt.

»Das können wir einstweilen nicht ausschließen, falls die Unterschrift der Tante echt ist«, antwortete Dobler. »Wenn das Gutachten hingegen eine Fälschung feststellt, scheidet diese Möglichkeit aus. Im Übrigen halte ich die Schilderung, wie sich Robert gegen das Testament zur Wehr gesetzt hat, für nicht erfunden. Dass er in der Öffentlichkeit, ja sogar vor Gericht, eine Fälschung behauptet, obgleich er selbst die Alte zum Notar geprügelt hat und demnach eine Fälschung nicht nachweisbar ist, macht keinen Sinn. Dann hätte er besser ohne Aufsehen Gras über das abgenötigte Testament wachsen lassen. Wenn das Gutachten erst vorliegt, werden wir klüger sein.«

»Warten wir ab, ob er die Unterlagen schickt oder sich nicht doch noch einen Rückweg ausdenkt.« Helga war weiterhin skeptisch.

Der dicke DIN-A4-Umschlag kam schon nach zehn Tagen, und Dobler zog daraus alle die Papiere hervor, die er angefordert hatte, allen voran das Corpus Delicti, das Testament in Fotokopie. Dobler besaß davon zwar schon eine Kopie, weil er sich diese an jenem Abend in Gordes gefertigt hatte. Das hatte er aber Robert gegenüber nie zugegeben. Der Bürgermeister hatte es auch nicht verraten, und vor Roberts Lauschangriff hatte Dobler die Rollos runtergezogen. Robert hatte außerdem siebzehn Schriftstücke im Original in den Umschlag gesteckt, auf denen sich die Unterschrift, meist allerdings nur der Vorname seiner Tante, befanden. Auch eine Fotokopie des früheren Testaments war beigelegt. Das enthielt sogar die Formulierung eines Ersatzerben, wonach die Kinder von Robert an seine Stelle treten sollten, falls Robert vor der Erblasserin versterben würde.

Der Schriftsachverständige wollte den Auftrag zuerst nicht annehmen, weil ihm von dem Testament und der zu begutachtenden Unterschrift kein Original vorlegt werden konnte. Wesentliche Beurteilungskriterien, praktisch alles, was die mechanische Schriftführung beträfe, würden ihm vorenthalten. Er könne, so seine Erklärung, mit einer Kopie kaum diagnostizieren, ob der Namenszug in einem und ohne Unterbrechung geführt worden sei. Und erst recht nicht, ob das Papier Spuren eines Pausvorgangs aufweise. Vielleicht wollte er Dobler abschrecken, auf jeden Fall bat er um einen Vorschuss von 450 Euro, der Hälfte seines Honorars.

Dobler bezahlte klaglos.

Er fragte nicht nach dem Stand der Begutachtung, als er nach Ablauf von vier Wochen nichts gehört hatte. Er vermutete, der Sachverständige lasse sich schon deshalb Zeit, um das Entgelt zu rechtfertigen. Wenn er das Gutachten bereits nach drei Tagen vorgelegt hätte, wäre die Unermesslichkeit seines Stundensatzes förmlich ins Auge gesprungen.

»Die Unterschrift stammt mit sehr hoher Wahrscheinlichkeit nicht von der Person, von der die Kontrollschriftproben herrühren, die ihrerseits mit an Sicherheit grenzender Wahrscheinlichkeit von ein und demselben Urheber gefertigt wurden.«

Diese Zusammenfassung auf der sechzehnten Seite des Gutachtens, dessen erste sieben Blätter aus aneinander gereihten Textbausteinen bestanden, enthielt eine klare und eindeutige Aussage:

Das Testament war gefälscht.

Alle hatten es geahnt, und Werner lud noch für denselben Abend zu Rotwein und Erdnüssen und verfocht bereits vor Leerung der ersten Dose die abenteuerliche These, Robert habe ein Ablenkungsmanöver gestartet. Und nach der zweiten Flasche war sich Werner sicher, Conrad sei noch am Leben.

Sie waren sich aber einig, Robert dürfe das Gutachten erst zugeleitet werden, wenn ein Konzept für das weitere Vorgehen entwickelt sei. Und Dobler fand bei Christa und

Helga einhellige Unterstützung, als er es für eine berufliche Selbstverständlichkeit hielt, Clara auch nach Beendigung seines Mandats unaufgefordert davon zu unterrichten, sie komme als Erbin des Hauses mit einem Millionenwert ernsthaft in Betracht. Dobler hatte, wenn auch auf unvorhergesehene Weise, nach fast einem Jahr erreicht, was ihm vor seiner Reise im Mietmobil aufgetragen worden war.

Am nächsten Samstag war Maître Brandt verhindert, in der Woche darauf das Restaurant ausgebucht, aber am dann folgenden Wochenende trafen sich Helga und Hans Dobler mit dem Kollegen aus Straßburg im elsässischen Lembach. Mitten im Zentrum des Dorfes, wo einst die Postkutschen Station machten, musste Dobler im Restaurant *Cheval Blanc* tief in die Tasche greifen. Zwei seit einer halben Kochgeneration gehaltene Michelin-Sterne und auch sonst viel Blech vor der Tür forderten ihren Tribut.

Dafür konnte er keineswegs auf einen weiteren Honorarvorschuss von Clara zählen, die nämlich auf seine telefonische und zu seiner Absicherung auch schriftliche Andeutung, es bahne sich bezüglich des Hauses eine vorläufig noch streng vertrauliche Wendung an, kühl reagiert hatte. Eine Besprechung in seiner Kanzlei hielt sie nicht für notwendig, und Geld wollte sie auch nicht mehr investieren. Ihr neuer Lebensgefährte, in Doblers Phantasie ein arroganter Schnösel mit Sportwagen und abgeschlossenem Studium der Betriebswirtschaft, sei der Meinung, wie sie in einem Rückruf nach zwei Tagen Bedenkzeit mit gekünstelter Fröhlichkeit erklärte, sie solle nicht weiter die Urlaube ihres Anwaltes finanzieren. Im Falle des Erfolges würde Dobler jedoch sein Honorar bekommen, falls er bereit sei, auf eigenes Risiko tätig zu werden. Dobler verhielt sich dennoch wie ein beauftragter und bevorschusster Anwalt. Und Maître Brandt tat so, als werde er mit Gattin nahezu wöchentlich von mit Millionen-Mandaten betrauten Kollegen zum Essen eingeladen. Wie überhaupt Anwälte dazu neigen, ständig so zu tun, als gehe es bei ihren Aufträgen nur selten um weniger als um sechsstellige Beträge.

Die Atmosphäre in der gemütlichen Gaststube neben

einem großen Kamin passte nicht zu diesem Habitus und war so leger, dass sich Dobler und Brandt ebenso wie die Mitglieder einer Wandergruppe am Nachbartisch bald ihrer Jacketts entledigten. Schneller als erwartet lobten sie den Rotwein, und sie verdarben sich und ihren Frauen nicht das köstliche Essen durch gestelztes Gerede über ihre beruflichen Erfolge. Es wurde ein richtig schöner Abend, nachdem sie auch noch beschlossen hatten, das Gespräch über das anstehende juristische Problem erst am nächsten Morgen bei einer kleinen Wanderung zur Burg Fleckenstein zu erörtern. Beide Paare hatten Zimmer gebucht, in die sie sich nicht lange vor Mitternacht weinselig zurückzogen.

Der geplante Dialog verlief von seinem äußeren Anschein wie solche Konversationen, finden sie unter Ehepaaren auf Wanderungen statt, stets geführt werden. Die Männer gingen voran. Dabei berieten sie sich über ein nicht wenig kompliziertes Vertragswerk:

Mireille sollte sich im Wege eines Vergleichs verpflichten, das Haus in Gordes zu verkaufen und zwei Drittel des Erlöses nach Abzug der Erbschaftssteuer an Robert, ihren Vater, abzuführen. Der sollte in einem gesonderten Vertrag seinerseits damit einverstanden sein, dass das Geld treuhänderisch an Maître Brandt bezahlt und von diesem hälftig an Robert und Clara weitergeleitet werde. Auf diese Weise sollte der Kaufpreis unter den drei interessierten Personen gleichmäßig aufgeteilt werden, um eine weitere gerichtliche Auseinandersetzung um die Testamente, deren Wirksamkeit und Auslegung zu vermeiden.

Andererseits sollte Mireille nicht bemerken, dass Robert seinen Anteil – in ihren Augen zwei Drittel – mit Clara teilte. Mireille schien von der falschen Identität ihres Vaters nichts zu wissen und hielt ihn daher für den legitimen Neffen der verstorbenen Tante. Auf die Idee, Conrads Erben wären an ihre Stelle getreten, konnte sie nicht kommen. Darauf sollte sie so wenig wie Clara gestoßen werden, weshalb ihr gegenüber Clara nicht erwähnt werden durfte.

Das bot zugleich ein hohes Maß an Sicherheit dafür, dass Brigitte, Conrads Witwe, die ja auch erbberechtigt wäre von der Sache nicht Wind bekam. Beide Anwälte waren der Auffassung, Brigitte habe nach französischem wie nach deutschem Recht nichts mehr zu bekommen, da in dem mit Clara abgeschlossenen Vergleich alle wechselseitigen Ansprüche im Zusammenhang mit dem Tod von Johannes, also auch Ansprüche von Brigitte gegenüber Clara, abgegolten waren. Forderungen konnten also von beiden Seiten gegenüber dem jeweils anderen nicht mehr geltend gemacht werden. Die Anwälte hielten das Vertragswerk deshalb beruflich auch nicht für anstößig. Sicherheitshalber sollte Clara aber in diesem Vertrag versprechen, Robert von Brigittes etwaigen Ansprüchen ›freizustellen‹, die Zahlungsverpflichtung also zu übernehmen, falls Brigitte solche Ansprüche geltend machen würde.

Avocat Brandt erklärte sich bereit, gegen ein pauschales Honorar die Verträge zu entwerfen.

Nach einem kleinen Imbiss im *Gimbelhof*, von dem sie zum Fleckenstein aufgebrochen waren, verabschiedeten sie sich voneinander und Dobler versprach Helga, mit ihr allein alsbald und ausgiebig in der schönen Gegend des Nordelsass zu wandern.

Als alle Verträge vorbereitet waren, musste zunächst Robert unterschreiben, was dieser ohne Murren tat. Dobler hatte mit ihm ein langes Telefongespräch geführt und ihn an sein Versprechen erinnert, niemandem gegenüber Claras finanzielle Beteiligung zu offenbaren. Außerdem hatte er gefragt, ob Robert sich noch an den Nachnamen des jungen Mannes erinnern könne, dem damals, im Jahre 1968, das Unfallfahrzeug gehört hatte, also an den Familiennamen von Gerhard. Dobler hatte die Frage so geschickt in die frohe Kunde über das günstige Gutachten eingemischt, dass Robert ohne Umschweife antwortete:

»Selbstverständlich, den vergesse ich nie: Grasemann. Gerhard kam aus Pirmasens.«

Erst nachdem Robert unterschrieben hatte, schickte Dobler ihm und Mireille eine ins Französische übersetzte Fassung des Schriftgutachtens. Mireille war nach zwei Telefonaten und nur kurzer Bedenkzeit mit der von Dobler vorgeschlagenen Aufteilung des Erbes einverstanden. Sie scheute einen weiteren Prozess und hatte ohnehin schon daran gedacht, sich mit ihrem Vater auszusöhnen und ihm einen Anteil am Haus zu übertragen. Auch Clara unterschrieb bei der Aussicht auf einen unerwarteten Geldsegen hocherfreut.

Ein reicher Engländer, der alle Bücher von Peter Mayle gelesen hatte, kaufte noch im April die Immobilie, und schon im Mai war die Transaktion von Maître Brandt treuhänderisch abgewickelt.

Er durfte 223.000 Euro auf Claras Konto überweisen. Dobler konnte seinerseits das Honorar in Rechnung stellen und hatte damit das Mandat zu einem auch für ihn finanziell angenehmen Abschluss gebracht.

22

Sein Osterurlaub war in diesem Frühjahr ausgefallen. Ein Kollege hatte sich beim Skilaufen verletzt, Dobler musste dessen Arbeit mit erledigen und konnte zudem während seines eigenen Urlaubs nicht vertreten werden. So gönnte er sich mit Helga nur zwei verlängerte Wochenenden im Elsass.

Bevor sie sich für ein Ziel über Pfingsten entschieden hatten, kam überraschende Post. Karine kündigte in einer mit Schmuckschrift am Computer verfassten Einladung an, sie feiere am Pfingstsonntag ihren Geburtstag. Hauptanlass des Festes sei aber das Ende des Erbstreits zwischen Robert und ihrer Tochter. Sie habe das Restaurant *Le Fournil* in Bonnieux an diesem Abend für ihre Freunde reserviert. Helga und Hans waren ebenso geladen wie Christa, Werner und natürlich auch Clara. Für jeden befand sich ein eigener Ausdruck der Einladung im Umschlag.

Dobler gefiel das zunächst nicht, weil er befürchtete, Robert habe sein Versprechen gebrochen, Claras Anteil an dem Deal nicht zu verraten. Womöglich war Brigitte Conrad informiert und Dr. Schwarz diktierte bereits einen scharfen Schriftsatz, in dem er die Herausgabe des Erlöses an seine Mandantin forderte und die Hinterhältigkeit des Kollegen Dr. Dobler tadelte. Davon abgesehen freute sich Dobler auf die gemeinsame Fahrt mit Helga, Christa und Werner. Clara wollte er lieber von der Fahrt abraten, um ihr Drittel nicht noch mehr publik zu machen. Und ein Zusammentreffen zwischen ihr und Helga, zudem in seinem Wohnmobil, hielt er für geschmacklos. Aber er verschwieg Clara gegenüber die Einladung nicht. Sie hatte ohnehin schon einen anderen Urlaub geplant, sich aber über Doblers Anruf gefreut und ihre kürzlich aus Anlass des Geldsegens angedeutete Einladung bekräftigt. Anscheinend hatte sie sich von dem Betriebswirt getrennt.

Die gemeinsame Reiseplanung geriet aber schon bald ins Stocken. Christa erklärte sich für verhindert, was eher wie ein Vorwand schien. Wahrscheinlich fürchtete sie sich vor den mit der erstmaligen Rückkehr in den Luberon wieder erwachenden Erinnerungen an unerfreuliche Reisen mit Johannes Conrad. Selbst Helga gelang es nicht, sie umstimmen.

Wenige Tage später stornierte Werner, weil er ohne seine Frau und zu dritt nicht fahren würde. Das wiederum bewog Helga zur Absage, weil sie Werner und einer Fahrt unter Männern nicht im Wege stehen wollte. Es lag also nicht an mangelnder Höflichkeit, wenn sie Karine nach zehn Tagen immer noch nicht geantwortet hatten. Dobler war keinesfalls bereit, alleine zu reisen.

Schließlich sagten sie für zwei Personen zu, Hans und Werner, sie wollten dieses Mal mit Doblers Wohnmobil fahren und sich Zeit nehmen. Danach rief Karine wieder an, um Helga umzustimmen. Genau genommen war es bis zum Vorabend der Reise noch nicht mit letzter Sicherheit geklärt, wer nach Bonnieux reisen werde.

Es blieb bei den beiden Männern. Und sie fuhren, wie nur Männer reisen, wenn sie unter sich sind. Sie tankten zweimal und pinkelten nicht öfter. Die Musik aus dem im Auto eingebauten CD-Spieler übertönte den Motor, dem fast auf der ganzen Strecke das Äußerste abverlangt wurde.

»Unser Schnitt lag bei 95 km/h.«

Gegenüber Helga hätte sich Dobler diese Prahlerei nicht getraut. Mit Sicherheit hätte er auch nicht schon nach weniger als zehn Minuten, nachdem sie in Bonnieux angekommen waren, Wasser zum Pastis gegossen. Sie parkten oberhalb der alten Häuser, wo der Blick auf den Kamm des Luberon schweift. Durch das ehemalige Stadttor schlenderten sie auf einem gepflasterten Sträßchen zwischen Häusern mit blauen Läden hinab zur Hauptstraße der Oberstadt und traten an die Balustrade, an der zu stehen sich Dobler an manch grauem deutschen Wintertag gewünscht und von der er während der Fahrt, wenn der Geräuschpegel es bei einem CD-Wechsel zuließ, Werner vorgeschwärmt hatte.

Ganz am Ende, auf der anderen Seite eines breiten abwechslungsreichen Tals, weit hinter zahlreichen Hügeln und über einer Hochebene, glitzerte die weiße Steinkuppe des Mont Ventoux im Abendlicht, als würde dort der letzte Schnee des vergangenen Winters beschienen. Direkt unter ihnen plätscherte ein Brunnen, um den die Tische des Restaurants *Le Fournil* gruppiert waren. Hier würden sie morgen feiern. Gegenüber, an einem schiefen, mit wildem Wein berankten Haus leuchtete das rote, eine Zigarre symbolisierende Blech des Tabakladens. Eine Clique alter Männer saß seitlich auf einem Mäuerchen, und sie taten so, als ob sie den Schwalben nachsehen würden, die ihre Jungen unter den Dachvorsprungen fütterten. In Wirklichkeit warteten sie auf Mädchen in kurzen Röcken, die über ihren Köpfen auf einer steilen, an jener Balustrade beginnenden Treppe hinabstiegen. Eine Etage tiefer schlug die Kirchturmuhr sechs Mal.

Das war der Urlaub.

Sie mussten nur wenige Schritte seitwärts gehen, und schon saßen sie auf dem winzigen Vorplatz des Restaurants *César* vor dem ersten Pernot des Urlaubs. Kaum weniger schnell saß Werner vor seinem zweiten.

Auf dem kurzen Weg vom Parkplatz liefen sie an der Treppe vorbei, über die man Karines Haus erreichte. Sie waren aber so rücksichtsvoll, nicht schon an diesem Tag am hölzernen Hoftor zu läuten, und ersparten sich am ersten

Urlaubsabend den Zwang zum Austausch von Höflichkeiten.

»Müssen wir eigentlich noch die Ermittlungen abschließen?« Werner stellte beim Abendessen die Frage, die ihn seit Wochen bewegte und deren Beantwortung dringlicher wurde, je näher sie der Provence kamen.

»Lass uns erst mal eine Nacht darüber schlafen. Morgen spazieren wir durch den Zedernwald, anschließend vergnügen wir uns auf dem Fest von Karine und spätestens danach werden wir uns entscheiden.«

In der Dämmerung bummelten sie zurück zu ihrem Wohnmobil jenseits des Stadttores. Werner schlug vor, auf der niedrigen Einfassungsmauer des Parkplatzes einen letzten Schluck zu nehmen, wobei er bedauerte, noch kein Gewächs aus Bonnieux erstanden zu haben. Sie hatten vergessen einzukaufen und mussten mit der Notreserve, einem Chianti aus dem deutschen Getränkemarkt, den Tag beschließen.

»Wir hätten ein Bier trinken sollen, der Wein ist eine Sünde an diesem lauschigen Ort.«

Werner goss sich trotzdem nach. Sie saßen auf der Mauer, schauten an der den Hang hinaufkletternden Kleinstadt vorbei ins Tal und warteten einfach ab, bis die letzten Lichter in den wenigen dauerhaft bewohnten Häusern erloschen waren und die Fledermäuse ihre lautlose Jagd eingestellt hatten.

»Der Platz ist einsam, das ist mir im Hellen nicht aufgefallen.« Dobler fürchtete sich nicht, es war ihm auch nicht unheimlich. Er registrierte nur das Fehlen bewohnter Häuser und auf dem Boden zerbröseltes, grünliches Sicherheitsglas, das als untrügliches Zeugnis eingeschlagener Autoscheiben den Winter überdauert hatte. Er behielt das für sich, wenngleich er dachte, Werner als altem Wohnmobilhasen müsste das sofort aufgefallen sein.

Dobler erwähnte am nächsten Morgen beim Frühstück auch nicht die Schritte, die er nachts vernommen hatte. Sie waren langsam näher gekommen und im dichten Abstand zum Auto kurz verharrt. Als sei der nächtliche Besucher unschlüssig gewesen. Vorsichtig hatte Dobler die Gardine des kleinen Alkovenfensters beiseite geschoben und gesehen, wie eine Gestalt leicht gebeugt durch die Beifahrerscheibe ins Auto spähte.

Hätte er schreien, Werner wecken, auf die Paniktaste der Fernbedienung seiner Alarmanlage drücken sollen? Kein Einheimischer würde ihn hören, und Hilfe war nicht zu erwarten. Der nächtliche Besucher würde stattdessen die von Dobler installierten Sicherheitsbügel an den Vordertüren und die Aussichtslosigkeit eines Einbruchs durch Einschlagen der Scheibe bemerken. Schlimmstenfalls würde der Fremde das Fenster zertrümmern, beruhigte sich Dobler und verhielt sich ganz still. Zudem trug der nächtliche Spaziergänger – der Statur nach hätte es auch eine Frau sein können – ersichtlich kein Werkzeug bei sich. Beide Hände waren wie ein Trichter vor dem Gesicht an die Scheibe gepresst.

Dobler stockte fast der Atem.

Mit dem Beobachter wechselte er die Seite des Fensters, wobei das kaum hörbare Geräusch und das fast unmerkliche Schaukeln des Autos den unheimlichen Späher zögern ließ. Der wartete still einige Minuten, ehe er durch das Fenster auf der Fahrerseite ausdauernd nach innen schaute und sich danach mit leisem Schritt wieder entfernte.

Dobler lag noch lange wach. Es war nichts passiert, der Besuch war auch nicht bedrohlich. Wie viele Millionen Menschen finden nachts keinen Schlaf, lesen, stehen auf, rauchen oder vertreten sich die Beine! Es war auch erst halb zwei. Wie viele Menschen gehen erst so spät zu Bett! Was würde er tun, wenn er von Schlafstörungen gepeinigt nachts durch die Gassen streifen müsste. Würde er nicht auch durch die Scheiben eines ausländischen Wohnmobils lugen? Würde er nicht sogar klopfen oder rütteln und sich daran ergötzen, wie er die beneideten Schläfer für eine Weile um den Schlaf gebracht hat? Wahrscheinlich äugen im Sommer in ganz Europa im Durchschnitt weit über tausend Spanner pro Nacht durch fremde Wohnmobilfenster!

Man musste sich also nicht sorgen, man konnte bald wieder einschlafen, und es wäre verantwortungslos gewesen, den Mitreisenden unnötig aufzuschrecken – weder nachts noch am nächsten Morgen.

»Wir sollten nach unserem Ausflug durch den Zedernwald auf den Campingplatz fahren. Heute Nacht, auf dem Fest, wird es sicher spät. Wir sollten das Auto nicht den ganzen Abend über auf diesem einsamen Parkplatz alleine lassen!«

Werner fand Doblers Idee gut: »Ich wollte das auch schon vorschlagen. Schau dir nur mal die Scherbenhaufen an. Dort wurden im letzten Sommer mehrere Autos aufgebrochen.«

Nach dem Frühstück fuhren sie auf dem Kamm des Luberon bis zum Ende der Asphaltstraße. Sie hielten mehrfach an, um unter sich Bonnieux zu betrachten, in der Ferne Gordes und den alles überragenden Ventoux.

»Siehst du das Château von Lacoste?«

Dobler zeigte auf einen Hügel links hinter Bonnieux, wo sich die weißen Quader eines eckigen Bergfriedes deutlich von ihrer braunen Umgebung abhoben.

»Dort wird mit viel Aufwand die Burg restauriert, seit der Modeschöpfer Pierre Cardin das Gemäuer erworben hat, das einst Sitz des Marquis de Sade war.«

»Hier fanden also die Spielarten statt, die man Sadismus nennt; in diesem Kaff?«

Werner hatte noch nicht viel über die Provence gelesen.

»Nein, sie entstammen vermutlich nur der Phantasie des Marquis, während dieser wegen der Beteiligung an Umsturzversuchen im Gefängnis saß.«

Als sie nicht mehr weiterfahren konnten, folgten sie zu Fuß unter riesigen Atlaszedern einem Lehrpfad, wo ihnen Tafeln die Botanik und Tierwelt des Luberon erklärten. Ein Förster namens Renou hatte hier gegen Ende des 19. Jahrhunderts eine größere Zederngruppe angepflanzt. Es war ein Spleen, der sich Jahrzehnte später als botanisch so erfolgreich erwies, dass man im Atlasgebirge mit im Luberon gezogenen Zedern Wiederaufforstungsarbeit leisten konnte. Dobler erklärte das ein wenig schulmeisterlich.

»Wir wollten doch über die weiteren Ermittlungen sprechen.«

Werner wurde ungeduldig.

»Warte, bis wir uns gesetzt haben. Wenn unser Blick besonders weit reicht, werden auch unsere Gedanken fliegen.«

Dobler, der im Vorjahr mit seiner Frau schon hier oben gelaufen war, hatte nicht übertrieben. Unter ihnen glänzte die stellenweise aufgestaute Durance, und sie konnten auf der einen Seite über die Alpilles bis zum Étang de Berre schauen, der aussah wie das Meer. Am anderen Ende des Panoramas ragte die markante, steile Südseite der von Cézanne so oft gemalten Montagne Ste. Victoire vor der Unendlichkeit. Werner entdeckte sofort die von Dobler erwähnte Sitzgelegenheit, den runden, kniehoch über den Boden ragenden Zementdeckel einer Zisterne, beschriftet mit einer aus der Luft, vom Flugzeug aus, zu erkennenden Nummer. Der in das Erdreich eingelassene Behälter sammelte Regenwasser und diente als Reservoir zur Bekämpfung von Waldbränden.

»Wir haben wenigstens zwei Rätsel nach wie vor nicht gelöst«, sagte Dobler, nachdem sie lange in die Weite geblickt hatten. »Welchem Zweck diente das Schuldanerkenntnis und weshalb hat sich der Notar Houssin an der Fälschung des Testamentes der Tante beteiligt?«

»Ich habe noch weitere Fragen: Weshalb starb Conrad, um nur eine zu stellen«, antwortete Werner trotzig.

»Es ist ja schon auffällig, dass Houssin sowohl an dem Schuldanerkenntnis wie auch an der Testamentsfälschung beteiligt war.«

»Du wirst heute Abend voraussichtlich nicht an seinem Tisch sitzen, der wird bestimmt nicht eingeladen.«

»Ich habe dir noch nicht über das Telefongespräch berichtet, dass ich mit Gerhard geführt habe; mit Gerhard Grasemann aus Pirmasens.«

Werner schaute Dobler ungläubig an.

»Gerhard war der Besitzer des Autos, mit dem die Polizisten umgenietet wurden. Meine vage These, das Schuldanerkenntnis habe seiner Absicherung gedient, ist widerlegt.«

Dobler erzählte von seinem ausführlichen Telefonat mit

Gerhard, einem Augenarzt, der in Pirmasens schon Mitte der 70er Jahre die Praxis seines Vaters übernommen hatte. Er war ein Mitschüler von Robert, als dieser noch Johannes Conrad hieß, und hat mit ihm in Zweibrücken das Abitur bestanden. Nach Doblers Überprüfungen war Grasemann tatsächlich im Jahresbericht des Gymnasiums erwähnt. Der Arzt hatte Dobler am Telefon die näheren Umstände seiner Bekanntschaft mit Johannes mitgeteilt. Gerhard musste eineinhalb Jahre vor dem Abitur die Schule in Pirmasens verlassen, weil er dem Hausmeister den Schlauch eines Feuerlöschers in die Wäsche gesteckt und abgedrückt hatte. Die Eltern waren also schon Kummer gewöhnt, bevor am Abend des Unglücks die Polizei auf der Matte stand und der Ärger mit der Versicherung begann. Aber er hielt sich in Grenzen und hatte nach Gerhards Aussage keinen Pfennig gekostet. Das Auto war nämlich auf den Vater zugelassen, der auch der Versicherungsnehmer war und wahrheitsgemäß bekunden konnte, er habe den Unfallfahrer nicht gekannt, weil er das Auto seinem Sohn überlassen hatte. Der wiederum war nachweislich nicht der Lenker, so dass die Ermittlungen der Versicherung, Herrn Dr. Grasemann senior eine Obliegenheitsverletzung nachweisen zu können, bald eingestellt werden mussten.

»Der Papa hat seinem Filius ein neues Auto gekauft, und es gab nicht den geringsten Grund, Gerhard mit Geld abzufinden.«

»Es sei denn, Gerhard hätte erpresst«, wandte Werner ein.

»Kennst du einen Erpresser, der sich statt mit Barem mit einem Schuldanerkenntnis zufrieden gibt?«

»Kennst du überhaupt einen Erpresser?«

Sie lachten.

»Wenn du Lust hast, besuchen wir nochmals einen Kunsthändler, dieses Mal in Avignon. Und wenn uns das noch nicht reicht, fahren wir weiter bis nach Paris.«

»Bist du übergeschnappt? Ich habe auch deinen Anzug nicht im Schrank gesehen.« Werner war erstaunt.

»Wir interessieren uns dann nicht für den *Benoit*, sondern für den *Lambert*, der neu im Angebot ist. Binnen kurzem kamen drei Bilder des Meisters auf den Markt. Das erste kennst du, wir haben es im Januar angeschaut. Seit Mai wird in Avignon ein zweites angeboten und seit etwa demselben Zeitpunkt in Paris ein drittes. Letzteres könnte ein Zufall zu sein, aber zwischen den beiden hiesigen und unserem Fall scheint eine Verbindung zu bestehen.«

Dobler war zwei Tage vor der Abreise von Cornelia, der Doktorandin, angerufen worden, die inzwischen selbst Interesse an Lamberts Werk gefunden hatte. Sie war der Ansicht, es interessiere Dobler, dass diese Bilder zum Verkauf stünden, was insoweit ungewöhnlich sei, als nunmehr drei Bilder gleichzeitig offeriert würden. Den Preisen sei das abträglich. Den oder die Verkäufer kenne man nicht. Man vermute allerdings bezüglich der beiden Werke in der Provence einen einzigen Sammler.

»Hast du nicht mal die Auffassung vertreten, seit Lamberts Tod sei sein Werk endlich geworden? Es könne nichts mehr dazu kommen?«

»Du hast völlig recht«, antwortete Dobler. »Denselben Einwand habe ich Cornelia entgegengebracht. Das ist aber hier insofern kein Problem, als die Bilder laut einer Expertise bislang in Privatbesitz waren. Sie hingen wohl über dem Wohnzimmersofa – bis die Eigentümer in einen kleinen finanziellen Engpass geraten sind und sich nun in der guten Stube mit ein paar Kunstdrucken begnügen müssen.«

»Hast du Erkenntnisse über den Gesamtwert der drei Werke?« Werner beschäftigte sich lieber mit den Fakten.

»Der ist schwer zu bestimmen, weil die Bilder meistbietend verhökert werden sollen. Die Summe der Mindestpreise liegt bei 0,8 Melonen Euro.«

»Wieso Melonen?«

»Das sagt man so unter Sammlern. Für Dienstag habe ich einen Besichtigungstermin in Avignon vereinbart, wir können auf der Heimfahrt dort vorbeischauen.«

»Unter welchem Namen bieten wir dieses Mal?« Werner machte sich lustig.

»Unter Dobler, es war mir am Telefon so rausgerutscht.«

»Hoffentlich war das kein Fehler.«

Dobler berichtete, wie ihn der Anruf der Doktorandin

auf den Gedanken gebracht habe, es sei wahrscheinlich der falsche Weg, das künstlerische Werk von Robert Benoit zu erforschen. Wenn Benoit falsche *Lamberts* hergestellt hatte, musste man, wenn man den Kunsthandel mit Werken von Lambert beobachtete, irgendwann auf eines der zweifelhaften Bilder stoßen. Wenn nun beinahe auf einen Schlag drei *Lamberts* angeboten wurden, sei das genau die Auffälligkeit, auf die man gewartet hat.

»Meinst du nicht, dass wir bei diesen Beträgen vorsichtig sein müssen? Immerhin hat man dir schon einmal die Scheiben eingeschlagen.« Werner hatte Angst.

»Es geht doch nur um Melonen!«

»Lass uns aber bitte wenigstens heute Abend an etwas anderes denken. Ich bin hier, um ein Fest zu feiern. Bei 0,8 Millionen hört der Spaß auf.«

Unter Zedern wanderten sie zurück, und Dobler wäre nicht überrascht gewesen, hätte man an seinem Auto auf diesem abgelegenen Parkplatz erneut die Scheiben zertrümmert. Ihm kam wieder der nächtliche Spanner in den Sinn. Sollte der mit Bildern von Lambert oder Benoit in Verbindung stehen?

Er war froh, auf dem kleinen Campingplatz unterhalb des Ortes nicht der einzige Urlauber zu sein. Aber bot ihm das Sicherheit? Oder nur die Illusion von Sicherheit?

»Nehmen wir mal an, du seist ein Holländer. Du wachst nachts auf dem Campingplatz auf und siehst aus deinem Wohnwagenfenster, wie ein Unhold mit einer Eisenstange die Tür des benachbarten Wohnmobils aufbricht. Was würdest du tun?«

»Spielt es eine Rolle, ob ich ein Holländer bin und das Wohnmobil ein deutsches?«

»Du würdest hupen, schreien, die Scheinwerfer einschalten; würde das die Gefahr nicht vergrößern? Würdest du aussteigen und dem Deutschen Hilfe leisten, dich den Einbrechern in den Weg stellen? Wäre es nicht ratsam, erst gar nicht aus dem Fenster zu schauen oder zumindest den Mund zu halten?

Oder ist es nicht viel gefährlicher, am Stadtrand von Heidelberg bei geöffneter Tür abends auf deiner Gartenterrasse zu sitzen?«

»Ich fahre«, antwortete Werner, »seit über dreißig Jahre auf Campingplätze, ich stand auf mehr als hundert freien Stellplätzen, niemals habe ich dort von einem nächtlichen Einbruch gehört. Lass uns jetzt nur noch an das Fest denken!«

Werner wollte die Diskussion abbrechen. Sie sprachen fortan nicht mehr über die Gefahren des Reisens im Wohnmobil. Sie dösten auf dem Campingplatz noch eine Weile in der Nachmittagssonne, ehe sie sich umzogen und erwartungsvoll dem Abend entgegenblickten.

Sie waren die ersten Gäste. Nicht einmal Robert war vor ihnen im *Le Fournil* eingetroffen. Karine, Mireille und deren Freundin Marlène beschäftigten sich noch mit der Tischdekoration. Vor dem Gasthaus, an einer Stelle, an der man eigentlich den Dorfplatz erwartete, war ein einziger, schier endlos langer Tisch aufgebaut. Dobler erinnerte sich an solche Tische, die er häufig in französischen oder italienischen Filmen gesehen und sich dabei stets gewünscht hatte, unter den Gästen zu sitzen, wenn sich die Tafel biegt, die Flaschen kreisen und die südländische Lebensfreude schäumt. Die Wirklichkeit hielt dem filmischen Symbol, der lange Tisch als Synonym der Zusammengehörigkeit, der Leichtigkeit des Lebens, des Genusses und der Toleranz, leider nicht stand:

Nach 20 Uhr trudelten allmählich die Gäste ein, alle mit einem verpackten Geschenk in der Hand und deutlich sorgfältiger gekleidet als Dobler und Werner. Nach den üblichen Küssen blieben die Ankömmlinge nur kurz mit einem Aperitif stehen, ehe sie von Karine mit Hilfe eines Sitzplanes gestenreich an die lange Tafel geführt wurden. Dort saßen sie dann nach Familienzugehörigkeit und Verwandtschaft sortiert. Nur wenige tauschten verstohlen die Plätze. Dobler hatte den Eindruck, er werde von den meisten Männern beneidet, weil der Plan ihm Mireilles Freundin Marlène als Tischnachbarin bewilligt hatte. Sie waren gegenüber von Werner platziert, an dessen Seite Marie-Thérèse, eine Deutschlehrerin am Lycée in Apt, ihre Fertigkeiten in deutscher Konversation auffrischen durfte. Auch sie sah so gut aus, dass Werner gerne und intensiv parlierte.

Der Abend verlief aber weniger furios als in besagten Filmen. Das Bedienungspersonal trug nicht über Kopf große Platten mit halben Ochsen zu den Gästen, sondern normale Teller-Arrangements einer festgelegten Menufolge. Kein aus der Carmargue herbeigerittener Zigeuner fiedelte auf der Geige zum Tanz, nicht mal große Reden wurden geschwungen. Der Abend plätscherte dahin. Man aß und man trank weniger als Dobler erwartet hatte, nur selten prostete man sich zu, und die ersten Damen stöckelten schon um kurz nach 23 Uhr wieder nach Hause.

Weniger als die Hälfte der Geladenen harrte nach dem Kaffee aus und bestellte Whisky oder Cognac. Die Einzigen, die danach noch Wein tranken, waren Hans und Werner, aber sie steckten mit ihrer guten Laune die Tischnachbarinnen an, die zu guter Letzt, als es auf Mitternacht zuging und Karine schon ungeduldiger wirkte als die Kellner, ähnlich angeheitert waren wie die beiden Herren aus Heidelberg. Die umarmten Marlène und Marie-Thérèse, nicht wie man eine Tischdame verabschiedete und nicht, wie sie es sich nüchtern getraut hätten. Auf dem Fußweg zum Campingplatz schwankten sie um einige Kurven, bis sie die Straßenbeleuchtung hinter sich ließen. Sie sprachen nicht viel. Ihre Gedanken kreisten noch um die neuen Bekanntschaften – und sie mussten sich erheblich darauf konzentrieren, einigermaßen gerade zu gehen.

»Die beiden Schnäpse zum Schluss hätte ich besser nicht mehr gekippt.«

Solche Worte hatte Dobler von Werner noch nie gehört.

»Wir hätten eine Taschenlampe mitnehmen sollen.«

Etwa auf der halben Strecke zwischen Landstraße und Campingplatz und seitlich des stockdunklen Weges, der gerade so breit war wie zwei Autos, lag ein vergammelt aussehendes Gebäude, dem auch im Hellen nicht mehr anzusehen war, ob es einst einem Zweck gedient hatte. Aber in der Finsternis bot es zwei Gestalten die Möglichkeit, sich dahinter vor den nach Hause torkelnden Männern zu verbergen. Wortlos und bedrohlich traten sie den Heimkehrern plötzlich in den Weg.

»Was wollen Sie?« Dobler stammelte es auf Deutsch. Werner hatte der Schreck die Sprache verschlagen. Nicht einmal schreien konnten sie, bevor Dobler infolge der Faustschläge in Gesicht und Magen zu Boden sackte. Dobler hört neben sich ein grauenhaftes Krachen, Werner stöhnte laut auf, und der nächste Schlag knirschte noch schlimmer.

Dann sah Dobler Sterne und fiel in Ohnmacht.

»Hans, wach auf!«

Werner kniete neben ihm.

»Brauchst du einen Arzt?«

»Ich weiß nicht. Hast du den Autoschlüssel?«

»Nein, du hattest ihn eingesteckt.«

Werner griff in Doblers Hosentasche und zog den Schlüsselbund hervor.

»Schaffst du den Weg?«

Werner schleppte Dobler zum Auto, wusch dessen blutende Wunden im Gesicht und an den Armen, schenkte ihm Wasser ein und sich ein Bier.

Langsam kam Dobler wieder zu sich. Um so mehr schmerzte sein Gesicht.

»Meine Fotoausrüstung ist weg!«

»Nein, sie lag auf der Straße. Ich musste sie nur aufheben.«

Erst jetzt fiel Dobler auf, dass Werner der Angriff kaum anzusehen war.

»Bist du nicht verletzt?«

»Siehst du was?«

»Dieses Knirschen und Stöhnen, das warst du gar nicht?«

»Mein Kampfpartner wird die Sportart wechseln müssen, vom Faustkampf zum Pistolenschießen. Wir sollten morgen auf der Straße die Blutlache vermessen. Ist dein Geld auch noch da?«

Es war nichts gestohlen, auch die Wohnmobilfenster waren unversehrt geblieben.

Aber Dobler musste sich am nächsten Tag Werners Gespött wegen seines blauen Auges anhören und sich ausgiebig fotografieren lassen.

»Das Bild schicken wir an den WOMO-Verlag für das *Allgemeine Wohnmobilhandbuch.*«

»Wenn wir uns am Abend wieder mit Karine, Robert und den beiden Tischdamen treffen, sollten wir nachfragen, ob heute Nacht jemand mit gebrochenem Kiefer oder mit eingeschlagenem Schädel im Krankenhaus eingeliefert worden ist.«

»Es könnte doch auch ein Auftragskiller gewesen sein! Vielleicht sollten wir vertrieben werden, aus Bonnieux und von den beiden *Lamberts*.«

»Oder von den beiden Damen! Vergiss nicht, wie du ihr die Schultern getätschelt hast.«

»Es waren nicht nur die Schultern.«

Dobler war es peinlich, weil sie sich wie zwei ältere Herren beim Ausflug des Kegelclubs blamiert hatten.

»Dann können wir ja hier bleiben, solange wir die Damen meiden. Wollen wir es ausprobieren? Wenn wir morgen noch leben, haben uns nur zwei feurige Südfranzosen aufgelauert, vermutlich besoffen wie wir.«

»Für den Heimweg am heutigen Abend fordern wir Polizeischutz an?«

»Oder wir bitten Robert um Begleitung.«

Werner war fürs Bleiben. *Er* hatte kein blaues Auge.

Schließlich erwogen sie, noch eine Nacht anzuhängen, jedoch ausreichenden Sicherheitsabstand zu den beiden Damen einzuhalten. Sie stellten die Campingliegen in den Schatten, Dobler legte sich einen Eisbeutel aufs Auge und schlief wieder ein.

Er wurde von Werners dröhnender Stimme geweckt, die dieser gebrauchte, als veranstalte er eine Schlossführung. Dabei präsentierte er mit einigen Brocken Französisch nur die Gemächer von Doblers Wohnmobil. Mireille, Marie-Thérèse und Marlène hatten noch nie ein Reisemobil von innen gesehen, und Werner hatte den Sicherheitsabstand schon bei der ersten Gelegenheit unterschritten.

»Mon dieu!«

Entsetzt schlug Marlène die Hände vor das Gesicht. Werner brachte das mit der Erläuterung der Toilettenbenutzung in Verbindung. Anlass war aber nur der Anblick von Doblers malträtiertem Gesicht, welches im offenen Seitenfenster auftauchte.

»Was ist passiert?«

Dobler berichtete vom Überfall während des nächtlichen Heimwegs und hatte das Gefühl, das Erstaunen der Damen sei echt, zumindest habe sich die Attacke noch nicht bis zu ihnen herumgesprochen.

»Mein Vater sah auch mal so aus; damals, nach seinem Unfall in den Vogesen.« Mireille wollte mit dieser Äußerung Trost spenden. »Brauchst du einen Arzt? Was sagt die Gendarmerie?«

Medizinische Hilfe hielt Dobler nicht für erforderlich, und die Polizei konnte seine Wunden nicht heilen. Da nichts gestohlen worden war, brauchte er keine Bescheinigung für die Versicherung. Er hatte das Gefühl, mit einer Anzeige die Affäre aufzubauschen. Wenn ihnen ernsthaft ein Feind ans Leder wollte, waren Polizisten die letzten, die ihnen helfen konnten. Dann würde wahrscheinlich nur eine schnelle Abreise das Problem lösen.

»Wir fahren noch heute Abend! Könntest du Karine bitten, das Essen früher zuzubereiten? Wir brechen vor Einbruch der Dunkelheit auf.« Dobler hatte sich nun doch für die Abreise entschlossen, und Werner widersprach nicht. Auch ihm wurde mit fortschreitendem Tag zunehmend bange.

Die weiblichen Besucher blieben zum Tee und hielten Doblers Einsilbigkeit für eine Traumafolge. Der Geschundene wartete aber nachdenklich und ungeduldig, bis er endlich in seinen Dokumenten kramen und einige Telefonate führen konnte. Danach sagte er geheimnisvoll zu Werner:

»Stell dich auf ein längeres und ernstes Gespräch bei Karine ein. Wir lassen das Wohnmobil einstweilen auf dem Campingplatz. Ich kann eine weitere Nacht in diesem netten Winkel der Welt doch nicht mehr ausschließen.«

Mehr verriet er zunächst nicht.

23

»Wenn Gendarmen bei euch säßen, würdet ihr auch nichts anbieten.« Verärgert schob Dobler den Pastis von sich. Er saß mit Werner, Robert und Karine im bekiesten Innenhof, wo ihm vor etwa neun Monaten schon einmal Pernod offeriert worden war.

»Ich könnte tot sein, ein etwas härterer Schlag, ein spitzer Stein, auf den ich gestürzt wäre, oder ein Herzinfarkt vor Schreck!«

Er goss aus der Karaffe reines Wasser ein und hielt sich demonstrativ einen Eiswürfel ans Auge.

»Es tut uns leid, aber wie hätten wir deine Verletzung verhindern können?« Karine war nicht bereit, auch nur symbolisch Schuld zu übernehmen.

»Ihr seid Heuchler! Bewusst habt ihr uns an einen Tisch mit fremden Frauen gesetzt. So war die Wahrscheinlichkeit eines Gesprächs über eure Vergangenheit am niedrigsten. Aber ihr habt vergessen, eurer Tochter einzubläuen, nichts, aber auch gar nichts über das Künstlerleben des Papas zu verraten – auch nichts über sein blaues Auge.«

Dobler wandte sich an Robert:

»Du musst doch am besten wissen, welch persönliche Niederlage man nach solchen Schlägen empfindet; die Faust im Gesicht als Geste schlimmster Kränkung. Du weißt wie es ist: Benommen steht man auf, man möchte weiterleben wie vorher, wie nach einem Fahrradsturz als Kind, wenn du den Lenker gerade gebogen hast, in der Hoffnung, damit alle Folgen des kleinen Missgeschicks beseitigt zu haben. Das gelang schon damals nicht. Wenn das Blut aus der Schürfwunde am Arm tropfte, war das Leben ein bisschen anders als zuvor. Selbst wenn niemand zugesehen hatte.

Als du dich in den Vogesen aufgerappelt hattest … Geschah es überhaupt in den Vogesen?« Dobler schaute Robert zornig an, »... hast du vielleicht sofort Blut gespuckt, und es sah dir jemand grinsend zu, der dir mit Schlägen klar machen musste, dass dein Malerdasein fortan eine Legende sein würde. Ich habe noch nicht herausbekommen, weshalb es der Prügel bedurfte, aber der Maler Benoit hatte von diesem Tag an ausgemalt. Es blieben ihm nur noch Sonnenblumen, kitschige Lavendelfelder und ähnliche Schinken.«

Doblers Stimme hatte einen verächtlichen, leisen Ton angenommen, und Benoit sagte nichts. Er wusste, dass es feige gewesen war, Dobler zu belügen. Spätestens nach dessen Erfolg bei der Einigung bezüglich des Hauses hätte er mit der vollen Wahrheit herausrücken müssen.

»Dein künstlerisches Wirken wurde nicht durch einen Unfall beendet. Malen verlernt man nicht. Ein von einem Künstler gepflegter Stil kann aus der Mode kommen, das macht einen aber nicht zum Stümper. Der Grund war vielmehr Johannes Conrad, der dich nicht mehr mit Bildern belieferte!

Der Maler *Benoit* hieß in Wirklichkeit *Conrad*.«

»Wie absurd, wo dieser doch tatsächlich *Benoit* hieß!« Werner platzte dazwischen.

Benoit sagte nichts, und Karine schaute unter sich.

»Ich wundere mich, dass mir das nicht schon viel früher klar geworden ist. Gestern Abend, als Mireille – ihr habt sie bewusst ans andere Ende des Tisches gesetzt, aber ich bin dennoch mit ihr ins Gespräch gekommen – mir sagte, sie habe dich nie malen sehen, weil du dein Atelier nicht zu Hause hattest, wurde mir bewusst, dass diese Duplizität kein Zufall sein konnte. Johannes Conrad malte bekanntlich ebenfalls außer Haus. Wenn ausgerechnet ihr beiden, die ihr gar nicht diejenigen seid, für die man euch hält, im Verborgenen gemalt habt, konnte das nur einen Grund haben: Es durfte niemand wissen, wie eure Bilder entstanden sind.

Sie wurden dann nachträglich ausgetauscht, verschickt oder überbracht. Conrad schenkte seiner Frau, wie Christa mir heute nochmals telefonisch bestätigt hat, provenzalischen Kitsch: ›Schau mal Liebes, was ich heute für dich gemalt habe, *Die Schafe am Ventoux!*«

»Diese Schafe waren die Strafe aus Gordes.« Werner hatte seinen Humor nicht verloren, aber niemand schmunzelte. Dobler griff den Einwand auf:

»Ganz richtig, Johannes Conrad konnte zu Hause nicht sein eigenes Werk an die Wand hängen und begnügte sich überwiegend mit dem scheußlichen Zeug, das du, Robert, ihm gegeben hast. Nur wenige seiner eigenen Bilder behielt er für sich.

Diese Bilderlüge wäre uns vielleicht schon früher aufgefallen, wenn es in Heidelberg den Kitsch noch gäbe. Aber Conrad hat den Plunder bei der Trennung mitgenommen und tunlichst vernichtet. Christa muss die Ähnlichkeit mit Roberts Spätwerk, also den Bildern die Robert selbst gemalt hat, übersehen haben – oder sie hat sie verdrängt. Wir haben nie danach gefragt. Aber seht euch das an!«

Dobler legte zwei Fotos zwischen die Pastis-Gläser. Es waren Ausschnitte zweier Lichtbilder, die er mit Clara auf dem Speicher gefunden hatte. Die Aufnahmen waren von Dobler am Computer etwas geschärft, wodurch man Details besser erkennen konnte.

»Bis heute habe ich nicht bemerkt, dass Robert an einem Landschaftsbild arbeitet. Das habe ich übersehen, weil das alleine nichts zu bedeuten hat. Warum sollte ein jugendlicher Robert Benoit am Beginn seiner Karriere nicht auch mal Lavendelfelder zeichnen?

Aber wie gelangte ein ähnliches Gemälde mit diesem Motiv in Christas Esszimmer? Clara kann sich an die *Lavendelfelder* über dem Wohnzimmersofa gut erinnern. Mit »das hat mein Papa gemalt« durfte sie gegenüber Freundinnen angeben, woran sie sich im Telefongespräch, das ich gerade eben mit ihr geführt habe, noch gut erinnern konnte.

Ihr schaut mich so ungläubig an. Habt ihr es nicht verstanden? Keiner hat Robert je malen sehen. Es gibt nur diese beiden Fotos hier, mit einem Motiv, das zu den Bildern passt, die Johannes Conrad zu Hause abgeliefert hat. Wenn aber Robert der Schöpfer *dieser* Werke war, musste Johannes die *Benoits* hergestellt haben.

Ihr habt die Bilder getauscht!

Dann hat sich Mireille heute Mittag mit dem blauen Auge verplappert und entlarvt, dass der Unfall in den Vogesen gar keiner war. Ich weiß ja jetzt, wie ein Veilchen entsteht. Nicht durch einen Sturz unterhalb des Hohneck, sondern durch einen Faustschlag!«

Dobler goss sich reichlich Pernod ins Glas, füllte es ganz mit Wasser und trank einen großen Schluck.

»Ich habe Christa, als ich sie eben am Telefon noch einmal nach dem Bild im Wohnzimmer gefragt habe, gebeten, die Polizei anzurufen, wenn sie bis 22 Uhr von mir kein telefonisches Lebenszeichen erhalten sollte.«

Dobler war aufgestanden.

»Es besteht dann der Verdacht einer strafbaren Handlung, begangen von Robert Benoit zur Verdeckung einer früheren strafbaren Handlung, dem Mord an Johannes Conrad.«

Entgeistert und regungslos starrte Karine ihn an. Robert hingegen sprang auf und blieb dabei mit seinem Gürtel an der Kante des Tisches hängen, wodurch dieser leicht angehoben wurde und sämtliche Gläser und Flaschen umfielen. Wie wenn er aus Wut den Tisch umstoßen wollte.

»Du bist wahnsinnig! Das lass ich mir nicht gefallen! Hau ab!«

Er schrie es auf Deutsch und wies mit einer Geste zur Tür, in deren Nähe Werner bereits den Fluchtweg freihielt. Dobler trat so weit zurück, dass Robert ihn nicht anfassen oder ihm eine Flasche über den Schädel schlagen konnte.

»Du kannst ja die Polizei rufen, wenn dir nicht heute wieder einer aufs Maul haut.« Robert starrte ihn noch eine Weile empört an, dann streckte er abwehrend den Arm aus, mit der Handfläche gegen Dobler. »Ich will mit euch nichts mehr zu tun haben. Ihr bringt nur Unglück!«

Er ließ sich schwer auf einen Stuhl fallen und sagte mit einem Unterton von Resignation, als könne er an dem Vorurteil Doblers nichts mehr ändern: »An dem Tag, an dem Johannes starb, war ich tagsüber mit dem Bürgermeister auf der Préfecture von Aix und danach habe ich an der Gemeinderatssitzung teilgenommen. Ich schicke dir ein

Protokoll, in dem du das schwarz auf weiß nachlesen kannst. Das ist es doch, was ich dir vorlegen muss. Der Herr Rechtsanwalt fordert ein Alibi!«

Dobler schaute ihn eindringlich an, und Robert hielt seinem Blick stand.

In Karines Garten herrschte bedrückende Stille.

»Wir sollten über alles reden.« Karine hatte den Wunsch nach einem Rest von Harmonie. Immerhin waren die Besucher zu einer Feier nach Bonnieux gereist. Man konnte sie nicht im Bewusstsein ziehen lassen, die Gastgeberin sei die Helfershelferin eines Mörders. Sie empfand den Vorwurf gegenüber Robert als ungerecht und sah es als eine Demütigung an, dass dieser sich dazu hinreißen ließ, seine Unschuld mit einem Alibi zu beteuern. Der von dem Gast ausgesprochene Verdacht war schlimmer als eine Unhöflichkeit. Dennoch wollte sie nicht, dass sie so auseinandergingen.

»Wir verübeln dir deine Worte nicht, du kannst es nicht besser wissen, so wie wir euch belogen haben. Aber glaubst du, ich hätte mich mit einem Mörder ausgesöhnt, ich hätte euch zur Feier eingeladen und damit die Gefahr der Aufklärung eines Mordes heraufbeschworen?«

Werners feines Gespür für die Situation erlaubte ihm, von dem Gedanken an Flucht nahezu übergangslos zum Wunsch nach einem alkoholischen Getränk zu wechseln: »Wir brauchen neue Gläser.«

»Und vielleicht auch neuen Mut für neues Vertrauen.«

Dobler wollte gerne glauben, nicht von einem Mörder bewirtet zu werden. Und so gab er mit seinem Handy Christa schon lange vor 22 Uhr das telefonische Lebenszeichen: »Ich habe mich geirrt, es ist alles in Ordnung.«

»Ich habe euch von der schweren Zeit nach dem Identitätstausch erzählt.« Robert hatte sich beruhigt.

»Genauso schlimm wie das Heimweh war am Anfang die finanzielle Not. Ich mied den Kontakt zu meinen neuen Verwandten, die Leute im Ort wichen mir aus, ich verdiente nichts und bekam nichts zugesteckt. Eines Tages lernte ich einen wohlhabenden Engländer kennen, den es nach Gordes verschlagen hatte, und ich präsentierte meine Bilder.

Benoit stand dort unten rechts.

Doch dieser *Benoit* hieß, nachdem er das Bild gemalt hatte, Johannes Conrad und war nach Heidelberg verzogen. Das wusste der Tourist aus England selbstverständlich nicht. Er ahnte nicht einmal, wie gut er sein Geld für eines dieser Werke angelegt hatte.

Bald meldete sich ein Freund aus London, er bekam ebenfalls einen echten *Benoit*. Wie der Geschäftspartner aus Köln. Aber für dessen Schwägerin aus München war nichts mehr vorrätig. So musste *Benoit* in Heidelberg, also Johannes, produzieren. Ich verschwieg die von mir erzielten Preise und gab ihm einen zu niedrigen Anteil. Unrechtsbewusstsein hatte ich nicht. Ihm ging es besser als mir, und er war mir zeitlebens zu Dank verpflichtet.

Philippe Houssin, den ich entgegen meiner kürzlichen Beteuerung von früher kenne und der schon damals ein Schwein war, schickte Conrad die Zeitungsartikel: Zuerst aus dem *Provençal*, dann aus dem *Midi Libre* und zuletzt aus dem *Figaro*, wo man den jungen *Benoit* aus Gordes über den grünen Klee lobte und für fast so begnadet hielt wie seinen Lehrmeister Luc Lambert – und einige seiner Bilder für zum Verwechseln ähnlich.

Robert Benoit in Heidelberg, alias Johannes Conrad, malte fortan dennoch nur Bilder von *Benoit*. Fälschungen waren mit ihm nicht vereinbart. Er hätte sich darauf schon wegen der Sorge, darüber die Aufdeckung seiner wahren Identität zu riskieren, nicht eingelassen.

Wir trafen uns ausschließlich in Deutschland. Den Transport über die Grenze, wo ja damals noch Zöllner wachten, überließ er mir. Bei einer Fahrt geriet ein rahmenloses Bild, das ich offen in den Kofferraum gelegt hatte, in die Hände des französischen Zolls. Ich konnte mich aber als Robert Benoit ausweisen, als der bekannte Maler, dem niemand verbieten durfte, sein eigenes Werk spazieren zu fahren. Ich bewunderte Johannes' Vorsicht. Wäre er der Grenzgänger gewesen, wäre für ihn das Filzen des Kofferraums möglicherweise im Gefängnis geendet.

Ich war der gefeierte Künstler und hatte nur wenige

Regeln zu beachten: Mich nie beim Malen beobachten oder gar fotografieren zu lassen und den heimlichen Meister in Heidelberg nicht zu vergraulen, dem ich stets ein paar von meinen Bildern im Austausch brachte – die ich übrigens für nicht so dilettantisch halte wie Hans Dobler. Johannes musste, damit hat Hans völlig Recht, zu Hause etwas abliefern, das Christa übers Sofa hängen konnte. Wir teilten redlich und nach Anlaufschwierigkeiten sogar hälftig. Etwa zwölf Jahre lang.

Bis Conrad mal wieder in Gordes Urlaub machte. Er hatte inzwischen Brigitte geheiratet und führte ihr, ohne es ihr zu erklären, ein Stück seiner alten Heimat vor – und die Ausstellung von Vasarély im Schloss von Gordes mit den Bildern von Luc Lambert. Zum ersten Mal seit seiner Flucht hatte er das Schloss wieder betreten. Er hätte es besser nicht getan. So aber stand er staunend vor einem seiner eigenen in Gordes zurückgelassenen Bilder, einem *Lambert*, einem der bedeutendsten Frühwerke, wie es in der Bildlegende hieß. Seine Signatur war übermalt, ersetzt vom Namenszug *Lambert*. Wir speisten gemeinsam zu Abend. Johannes ließ sich nichts anmerken und schwärmte so nachhaltig von dem interessanten Tag, dass ich annahm, er habe sein eigenes Bild nicht wiedererkannt.

Ich konnte noch zwei Gemälde in Heidelberg abholen, heimlich mit *Lambert* signieren und in Apt dem Notar Houssin übergeben. Dem standen geeignete Leute zur Seite, die wussten, wie man mit einem gefälschten *Lambert* die Käufer glücklich macht – und den Kurier ein wenig reicher, ebenso den Zwischenhändler und sogar den Maler. Die beiden Sammler schwelgten in der Illusion, einen echten *Lambert* zu besitzen. Die Fälschungen sind bis heute nicht publik geworden.«

Robert sprach mit Rücksicht auf Karine Französisch, wobei er nach jedem Satz innehielt, damit Dobler für Werner übersetzen konnte; vor allem, um beiden Gelegenheit zu geben, sich beifällig oder zumindest verständnisvoll zu äußern. Immerhin waren zwei Käufer von den Bildern beglückt worden. Am Tag des Kaufes hatte wahrscheinlich jeder von beiden das Werk still auf den Schreibtisch oder auf zwei Böcke gestellt, sich einen Cognac oder einen Whisky eingeschenkt und mit pochender Brust bestaunt, mit welch einmaliger Genialität Luc Lambert das Bild gelungen war. Und falls dieser Kunstfreund nicht mehr lebte, hat der Käufer das vom Erben erworbene Bild auf einem hochglänzenden Sideboard an die Wand gelehnt, und sich über das Werk gefreut, ein Schnäppchen für lächerliche 270.000 Euro.

Was sollte man ihm, Robert Benoit, verübeln. Nicht die Fälscher oder deren Hehler waren die Glückszerstörer, sondern die Pedanten, denen es darum ging, Recht zu haben und am Ziel zu sein, wenn die Illusionen mit einem Schlag schwanden und die Ermittler ihren Erfolg feierten.

Aber Dobler und Werner schwiegen sich aus.

Dobler fiel der Fall eines Mandanten ein, der für 30.000 Euro bei einem Heidelberger Kunsthändler eine Federzeichnung von Dali erstanden hatte – mit Echtheitsgarantie. Eines Tages war in Stuttgart ein Fälscher aufgeflogen, das Landeskriminalamt ermittelte alle Abnehmer seiner Plagiate und versah den vermeintlich echten *Dali* auf der Rückseite mit dem Aufdruck *Fälschung*. Der Händler musste Insolvenz anmelden, der Fälscher kam in Haft und Doblers Mandant blieb auf dem Schaden sitzen. Er hängte das Bild nicht mehr auf. Es gefiel ihm nur, solange er es für ein Original hielt – weil es wertvoll schien. Der Frust stellte sich durch die Polizei ein. Nicht, weil die Fälschung dilettantisch ausgesehen hatte.

Werner dachte während Roberts Worten daran, wie er eine antike Lokomotive der Firma Märklin, ein Vorkriegsmodell in Spur Null, wochenlang nicht mehr ausgepackt hat, weil, wie ihn ein Spezialist aufgeklärt hatte, die Originalräder durch Nachbauten ersetzt worden waren. Die hatten keine Zinkpest und sahen aus wie alt. Aber sie waren neu, und das ansonsten wunderschöne alte Spielzeug hatte seinen Reiz verloren. Wie sehr bedauerte Werner es damals, die Wahrheit über die Räder erfahren zu haben.

»Eines Tages wurde bei einem Wohnungseinbruch eine der Fälschungen geklaut, und der Bestohlene überließ der Zeitung zu Fahndungszwecken ein Foto des entwendeten

Bildes. Alle Sachverständigen Südfrankreichs konnten auf diese Weise erfahren, wie ein ihnen bis dahin nicht bekannter *Lambert* in fremde Hände gelangt war. Wir rechneten täglich mit einer Hausdurchsuchung und mit einer Reaktion des Meisters, der ja zu dieser Zeit noch lebte. Das Bild im Schloss von Gordes war von ihm als Gag empfunden worden. Nun, wo ein weiteres Plagiat bekannt geworden war, hätte Lambert reagieren müssen. Er tat es nicht, jedenfalls wurde nichts bekannt. Vermutlich fürchtete er, der Wert seines gesamten Œuvre werde sinken, wenn die Existenz von Fälschungen ruchbar würde.

Doch auch Conrad hatte davon gehört und weigerte sich weiterzumachen. Er fürchtete, seine wahre Identität könnte auffliegen. Ich musste ihn daher davon überzeugen, dass ohne Nachschub an Bildern sein wirklicher Name bald in der Heidelberger Rhein-Neckar-Zeitung stehen werde.«

»Du hast ihn also erpresst?« Werner war sichtlich empört.

»Ganz so sehe ich das nicht. Mir stand ein Ausgleich zu, eine Belohnung für meine Hilfe in der Jugend. Außerdem hat Conrad die Hälfte des Verkaufspreises abbekommen.

Ich holte schon nach wenigen Monaten zwei neue Gemälde ab. Bevor ich sie verkaufen konnte, wurde bei mir eingebrochen, was zu dieser Zeit längst nicht so alltäglich war wie heute. Zwei Bilder wurden gestohlen und ich brauchte Nachschub, den Conrad mir in einem Bauernhaus bei Les Trois-Epis, in den Vogesen, übergeben wollte. Der Treffpunkt hätte mir verdächtig sein müssen. Conrad hatte keinen Grund, das Risiko des Grenzübertritts mit den Bildern im Kofferraum auf sich zu nehmen, wo gerade er das stets thematisiert hatte.

Er war ohne Gepäck gekommen, dafür in Begleitung eines breitschultrigen Mannes, den er als einen Mandanten vorstellte, der ein wenig Ärger mit der deutschen Polizei habe und deshalb ein paar Wochen bei mir in Gordes logieren müsse. Die Bilder habe er vergessen.

Ich begriff schnell, Conrad hatte den Spieß umgedreht. Ich versuchte, heimlich nachts zu fliehen. Darauf hatte der Ganove nur gewartet und endlich den willkommenen Vorwand, mich zusammenzuschlagen. Conrad wünschte mir eine langsame Genesung, und der Zuchthäusler kündigte seinen Besuch für die nächsten Tage an. Er werde mir eine Weile beim Malen zusehen und mich bei meinen Besuchen in den Galerien und bei meinen sonstigen Verkaufsaktivitäten beratend begleiten.

Ich war kaltgestellt.

Conrad hatte begonnen, mich als Künstler verhungern zu lassen. Er malte fortan nichts mehr für mich. Möglicherweise hat er einige Bilder noch selbst verhökert, viele waren es sicher nicht.«

»Das glaube ich aber doch!« Dobler berichtete von dem Buch, in dem eine nicht geringe Anzahl von Fälschungen erwähnt war.

»Die Menge erstaunt mich«, antwortete Robert Benoit, »aber ich kann natürlich nicht ausschließen, dass Conrad ohne meine Mitwirkung mehr falsche Bilder verkauft hat als mit meiner Hilfe. Ich weiß nicht, wie oft er in Frankreich war.

Beispielsweise an seinem Todestag. Er ist, wie ihr wisst, südlich von Lyon verunglückt, etwa zweihundert Kilometer von hier entfernt, aber erst zwei Tage, nachdem er in Gordes weggefahren war. Vielleicht hat er zwischendurch noch ehemalige Geschäftspartner besucht.

Ich jedenfalls musste mir damals eine Ausrede für meine Wunden einfallen lassen – und erst recht für den Verlust meiner künstlerischen Begabung: einen Unfall und diverse Erkrankungen, darunter eine tiefe Depression.

Lange hörten wir nichts mehr voneinander. Ich verarmte, nachdem keine offiziellen und heimlichen Einnahmen aus dem Bilderverkauf mehr flossen. Mein Leben plätscherte dahin, nicht unangenehm, aber eintönig. Bis der Tod meiner Tante, die ja eigentlich Johannes' leibliche Tante war, meinen Alltag durcheinanderbrachte. Bald danach saß mir Houssins aufgetakelte Sekretärin gegenüber, und ich durfte das zweite Testament von Conrads Tante lesen. Den Inhalt kennt ihr.

Tante Bernadette, zu der ich in den letzten Jahren ein inniges Verhältnis hatte, konnte die Erbeinsetzung zugunsten meiner Tochter nicht selbst verfügt haben. Mireille und meine Tante kannten sich so gut wie nicht.

Conrad musste damit gerechnet haben, dass ich mich nach unserem Zerwürfnis und den Schlägen seines Vogesen-Bauern nicht mehr an mein Ehrenwort gebunden fühlen würde, ihm die Nutzung an dem Haus in Gordes zu überlassen. Diese Immobilie war für ihn ein Rest von Heimat, eine Brücke aus seinem Scheinleben zurück in die reale Vergangenheit. Es war ihm wichtig, diese Verbindung zu halten, auch wenn er sie nicht genutzt hätte. Sie musste aber nutzbar bleiben. Wenn ich das Erbe angetreten hätte, wäre sein Faden in sein richtiges, eigentliches Leben abgeschnitten worden.

Ich glaube, er hat das Testament eigenhändig manipuliert. Er war ein begnadeter Zeichner. Und er hat es erst nach Tante Bernadettes Tod getan. Bis dahin konnte er die Entwicklung abwarten. Aber er musste Houssin einbeziehen, was ihn sicher eine Stange Geld gekostet hat. Er kannte Houssin, wie ich, von früher.«

Robert stand auf und trat an die Brüstung in Karines Hof, an die Stelle, von der man den Mont Ventoux, Lacoste, Gordes und das breite Tal des Calavon sehen konnte.

»Ihr solltet einfach noch eine Nacht bleiben. Ich richte euch eines der Gästezimmer.« Karine wechselte das Thema.

»Das alles erklärt nicht den gestrigen Überfall, nicht Conrads Tod – und vieles andere auch nicht. Ich glaube dir, dass du nicht malen konntest. Meinetwegen auch, dass Conrad die Bilder gefälscht hat ebenso wie das Testament zugunsten deiner Tochter, um es von ihr mieten oder kaufen zu können. Tante Bernadette musste einen nahen Verwandten einsetzen, sonst wäre die Fälschung nicht plausibel gewesen. Insoweit ist deine Vermutung logisch.

Aber warum ist Conrad tot?«

Robert Benoit antwortete nicht, Dobler hatte auch keine Antwort erwartet.

Hans Dobler hatte genug gehört und lange genug in diesem Hof gesessen. Den Rest des Tages wollte er woanders verbringen – wo auch immer, nur nicht im Beisein von

Robert und Karine. Er empfand Widerwillen, mit Robert Benoit weiter die Geschehnisse der letzten siebenunddreißig Jahre zu erörtern, die ihm doch nur bruchstückhaft und geschönt übermittelt wurden.

Robert Benoit und Johannes Conrad langweilten ihn.

Er wollte nicht mehr wissen, wer wen erpresst, übers Ohr gehauen, geschlagen oder sonst wie geschädigt hatte. Er war auf eine Gruppe von Menschen gestoßen, die schicksalhaft auf ungute Weise miteinander verwoben waren.

Dobler trat neben Robert an die Balustrade. Sie standen an einem der schönsten Flecken Frankreichs, aber Dobler hätte in diesem Moment lieber an seinem Schreibtisch gesessen und sich durch die Ordner eines Bauprozesses gekämpft, durch Leistungsverzeichnisse, Nachträge und Mangelpositionen.

Der größte Schurke dieser Gemeinschaft lebte nicht mehr. War er am Ende selbst das Opfer seines Tuns geworden, auf der Autobahn abgedrängt von einem noch größeren Schurken? Von Houssin, in dessen Auftrag oder vielleicht doch von Robert? Oder von einem enttäuschten Kunstsammler, dem elsässischen Bauern oder einem noch Unbekannten?

Hatte er wieder eine Geliebte und diese einen eifersüchtigen Ehemann? Oder war er nur am Steuer eingeschlafen?

Dobler war der Einzige der vier Personen, die am Spätnachmittag in Karines Hof versammelt waren, der nicht mit dieser Täter-Opfergemeinschaft verwandt oder über eine Ehe verbunden war. Sogar Werner durfte nicht ausgenommen werden. Seine Frau war die frühere Gattin des Haupttäters. Besteht bei einer solchen mittelbaren Verbindung nicht doch eine Wesensnähe? Immerhin hat Christa ihren Mann geliebt, den Polizistenmörder und Kunstfälscher, den, dessen Leben nur durch den Schein, ein anderer zu sein, möglich war. Sie war ihm körperlich nahe, sie hat ihn gestreichelt, geküsst, und sie hat gestöhnt, wenn er mit ihr schlief.

Als sich in den 70er Jahren junge Menschen in Deutschland der terroristischen RAF angeschlossen und Wirtschaftsbosse erschossen hatten, war in vielen Zeitungen das Elternhaus eines der Täter abgebildet. Die Eltern waren rechtschaffene, unbescholtene Leute, hieß es, seit Jahrzehnten in der Gesellschaft angesehen. Aber auf dem Foto waren die Rollläden der Häuser heruntergelassen. Die Menschen darin hatte man ausgegrenzt. Das Blut des Mörders war auch ihr Blut. In der öffentlichen Meinung hatten sie genetisch und pädagogisch versagt.

Die gleichen geschlossenen Läden wurden an den Wohnungen von Ehefrauen fotografiert, wenn deren Männer am Vortag von der Polizei als Mörder oder, noch schlimmer, als Kinderschänder abgeholt worden waren. Der nie ausgesprochene Vorwurf der schweigenden Gesellschaft konnte sich in diesem Falle nicht auf das weitergegebene Erbgut oder die zu laxe Erziehung richten. Der Vorwurf war härter: Nur der Schuldlose vertat sich nicht bei der Auswahl des Partners, oder er trennte sich, bevor der eigene Mann fremden Jungen in die Hose griff.

Dobler starrte in die Weite des Luberon. Hatte er mit zunehmendem Alter reaktionäre Ansichten übernommen? Steckte dahinter nicht sogar der nationalsozialistische Gedanke der Sippenhaft? Aber könnte er lustvoll mit einer Frau schlafen, die zuvor mit einem Kinderschänder verheiratet war?

Werner war ihm in diesem Moment fremd geworden. Wie er dasaß und mit Zahnstochern die von Karine servierten Oliven aufspießte! Wie er sich von Robert Wasser in den Pastis gießen ließ! Warum stand er nicht auf und sagte: Danke für eure Gastfreundschaft, wir machen uns auf den Heimweg?

Kannte er Roberts Geschichte schon länger?

Wortlos ging Dobler zum großen Hoftor und erinnerte sich, wie er vor knapp einem Jahr mit Helga davorgestanden und wie sie Karine als sympathische Frau erlebt hatten.

Er brauchte Abstand.

24

Dobler ließ Werner einfach zurück, und während er das schwere Holztor öffnete, erblickte er Marlène und Marie-Thérèse, die ihm entgegenkamen.

»Oh là là, willst du schon gehen?«

»Wir hatten eine kleine Meinungsverschiedenheit. Ich muss mir die Füße vertreten und ein wenig durchs Dorf laufen.«

»Darf ich dich begleiten?«, fragte Marlène.

Doblers Stimmung hellte sich auf.

Der Alkohol, der Überfall, seine Verletzung und die Fälscherstory hatten die nette Unterhaltung vom Vorabend überlagert und die Erinnerung an Marlènes schönes Gesicht. Sie war nur acht Jahre nach Dobler geboren, aber sie sah eher fünfzehn Jahre jünger aus und war ein Typ Frau, wie man ihn in Frankreich häufig trifft: Sie hatte eine zierliche Figur mit schmaler Hüfte, einem augenscheinlich überraschend straffen Busen und langen, schlanken Fingern. Die Gesichtszüge unter dem dunklen glatten Haar wirkten sehr jugendlich, wie es Dobler von deutschen Frauen dieses Alters, hatten sie fast schwarze Haare mit ersten grauen, ungetönten Strähnen, nicht kannte. Marlène bewegte sich wie ein junges Mädchen, und auch im Gespräch bewies sie, dass sie mit dem Leben noch lange nicht abgeschlossen hatte. Ihr aufmunternder Blick ließ Dobler augenblicklich hoffen, der Bummel durchs Dorf würde Stunden dauern.

Ihr schien es genauso zu gehen.

Von Karines Haus erreichten sie schnell die Gasse, die oberhalb der Durchgangsstraße zum südlichen Stadttor führte und zu jenem Parkplatz, auf dem in der vorletzten Nacht ihr Wohnmobil von einem nächtlichen Besucher inspiziert worden war.

»Siehst du das große Haus dort oben?«

Marlène deutete zu einem kastenartigen Gebäude auf der Spitze eines Kamms der niedrigen Hügelkette vor dem Luberon-Massiv. Es war eindeutig das größte Anwesen weit und breit, und Dobler erinnerte sich, dass es ihm schon vor zwei Tagen abends wegen der Illumination aufgefallen war.

»Das ist die *Bastide de Capelongue*. Edouard Loubet ist gerade erst dorthin umgezogen, einer der begnadetsten Köche Südfrankreichs. Vorher kochte er in Lourmarin.«

»Bist du plötzlich auch so hungrig?«

Dobler hatte außer zwei Oliven seit seinem, allerdings späten, Frühstück nichts gegessen. Der dringliche Wunsch nach einem endlosen gemeinsamen Spaziergang wich urplötzlich dem Wunsch nach einem gemeinsamen Mahl. Und Marlène wünschte schon wieder dasselbe.

»Meine Freundin Agnès ist Loubets rechte Hand und rangiert als Restaurant-Chefin noch über dem Oberkellner. Sie wird uns sicher einen kleinen Tisch auf der Terrasse richten.«

Ohne Doblers Zustimmung abzuwarten, hatte Marlène die Kurzwahltaste ihres Handys gedrückt und sofort eine Zusage erhalten. Die Hausdame war tatsächlich eine gute Freundin.

»Ich komme in einer Viertelstunde mit einem reizenden deutschen Freund. Setz uns bitte an den Rand der Terrasse, mein Begleiter sieht so aus, als sei er unter die Räuber gefallen. Bitte mit Blick ins Tal!«

»Für ein feines Restaurant bin ich nicht passend gekleidet.«

Dobler hatte nach der morgendlichen Rasur sein Gesicht nicht mehr im Spiegel betrachtet, sonst hätte er in seiner zweifellos legeren, aber dennoch ordentlichen Kleidung nicht das Haupthindernis gesehen.

Schöner konnte man kaum zu Abend essen. Sie genossen vom Zweiertisch, zu dem Agnès sie geleitet hatte, ein ähnliches Panorama wie von der Aussichtsbalustrade in Bonnieux. Es reichte nach Norden in dieselbe Richtung, nur lag hier der Rücken des Petit-Luberon noch links im Sichtfeld. Sie blickten zu den Wipfeln des Zedernwaldes und, zu ihren Füßen, auf die Rückseite von Bonnieux mit dem oberen Stadttor. Als Dobler die Speisekarte und die stattlichen Preise studierte, war ihm klar, diese Fernsicht würde auch weiterhin nur einer Minderheit zugänglich sein. Agnès hatte zwei »Herren-Karten« bringen lassen. Auch Marlène bekam also ein Exemplar mit Preisen.

Das Lokal war bald bis auf den letzten Platz besetzt, und keiner der Gäste war unangemeldet hereingeschneit, obgleich man von Bonnieux in zwanzig Minuten herauflaufen konnte. Agnès stellte sich für einen Moment an ihren Tisch. Sie war Marlène offenbar herzlich nahe und hatte dennoch alle Gäste und Kellner im Blick. Auf Doblers erstaunte Frage beteuerte sie mit gedämpfter Stimme, es sei fast immer noch ein kleiner Tisch frei, auch wenn man eigentlich ausgebucht sei. Einen Prominenten – oder die beste Freundin – könne man schließlich nicht abweisen. Kürzlich habe man dem Staatspräsidenten nebst Gattin und zwei Leibwächtern binnen einer halben Stunde einen Tisch richten müssen.

Es sei auch unbedeutend, ob diese Spezialgäste das große Menü bestellten oder teuren Wein. Der Ruf des Hauses und die Freude der Köche würden nicht nur von den Gästen zehren, die hier ein Menü abarbeiteten und zwei Tage darauf beim Starkoch Ducasse in Monaco säßen.

Agnès war an Grundsätzlichem gelegen: »Feinschmeckerrestaurants in Frankreich, sind sie auch noch so gediegen, stehen jedem Genießer offen, der sich an den Kreationen der Küche erfreut.«

»... und das Geld hat, sie zu bezahlen.« Marlène durfte sich diesen Einwand erlauben. Er war berechtigt.

Dobler war nicht entgangen, wie die anderen Gäste mit unverhohlener Neugier sein blaues Auge begafften. Die meisten von ihnen zählten nicht zu den Gourmets. Dobler erinnerte sich an einen Fernsehbericht, in dem das Urteilsvermögen solcher Kunden von Spitzenrestaurants getestet worden war. Mehr als die Hälfte konnte den Geschmack einer Himbeere nicht von dem einer Erdbeere unterscheiden, nicht Rind von Schwein und beides nur mit Mühe von Geflügel.

Ob diese Leute Loubets Küche zu würdigen wussten, schien Dobler eher zweifelhaft, als er die berauschende Kräutersuppe löffelte, sie geradezu einatmete, das weich gekochte Ei mit Kaviar oder die Crème Brûlée mit Lavendel, im Grunde simple Gerichte mit explosivem Eigengeschmack. Der Sommelier hatte ihnen dazu einen fantastischen weißen Châteauneuf-du-Pape empfohlen, der auch dem kräftigen Aroma des Fleischgangs standhalten konnte.

Sie saßen dennoch in einer Scheinwelt. Zu lieblich war der Blick in den dunstigen Abend, und zu übertrieben war die Auswahl an Rohmilchkäse.

Agnès hatte nicht Recht. Es ging nicht darum, gut zu essen oder zu trinken; nicht in erster Linie, und allenfalls für eine verschwindende Minderheit. Es ging um das Elitäre, das Unalltägliche, die gedankliche Möglichkeit, Sterne und Kochmützen zu vergeben; mehr noch, sie zu entziehen. Man konnte sich vor dem Oberkellner ein wenig fürchten, ihn gleichzeitig aber knechten. Man erkaufte sich mit Hilfe der *Carte-Bleu* scheinbar ein gutes Essen, in Wirklichkeit aber mehr nur die Illusion davon: Himbeeren, die wie Erdbeeren schmeckten, aber an die Kindheit erinnerten. Und weil der Besuch solcher Lokale vom Gedankenspiel lebte, von der Erinnerung an ähnliche Geschmacksnuancen, bei der man sich nicht ablenken lassen durfte, saßen schweigende Paare an den Tischen.

Den Sex hatten sie hinter sich, die meisten viel länger als zwei Stunden.

Doblers Fantasie orientierte sich zeitlich eher in die andere Richtung.

Marlène hatte ihm ihren familiären Hintergrund geschildert. Sie war verwitwet, die jüngste der beiden Töchter weilte nach dem Schulabschluss gerade bei ihrer größeren Schwester in Paris. Marlène lebte also zurzeit allein in einem Haus am Rande von Apt.

Sie hatten sich während des Essens über Frankreich unterhalten und seine Gastronomie, von Agnès' Äußerungen animiert. Über Robert sprachen sie nicht. Auch nicht über ihre Vergangenheit oder über Einzelheiten ihres aktuellen Lebens. Doblers für den nächsten Tag fest geplante Heimreise und die Gewissheit, jeder von ihnen würde dann wieder in seinen Alltag eintauchen, an dem der andere nicht teilhaben konnte, machte eine genauere Schilderung, das übliche Abklopfen der Lebensumstände überflüssig. Die Eckpunkte des fremden Daseins ließen sich nicht taxieren. War Dobler ein erfolgreicher Anwalt, ein guter Golfspieler, liebte er Brahms? Es war für diesen einen Abend belanglos. Nicht einmal der gesellschaftliche Status der Personen war fassbar.

Sie gefielen sich trotzdem.

Auf dem Heimweg trug Marlène immer noch keine Jacke über ihrem ärmellosen Kleid. Sie umfassten sich, als seien sie derart schon hundertmal gemeinsam auf unbeleuchteten Wegen nach Hause gelaufen. Mehrfach blieben sie beim Blick auf die wenigen Lichter von Bonnieux stehen, aber sie küssten sich dabei nicht.

Marlène öffnete an ihrem Auto, das vor dem Stadttor parkte, zunächst die Beifahrertür und schloss sie wieder von außen, nachdem Dobler wortlos und spürbar unentschlossen Platz genommen hatte. Erst dann ging sie um den Wagen herum und stieg ebenso schweigend ein, wobei der Rockrand des leichten Sommerkleides über ihr Knie rutschte. Sie legte den rechten Arm auf Doblers Schultern und schaute ihn lange an. Zögernd startete sie den Wagen, und Dobler sah fasziniert zu, wie sich ihr Oberschenkel im schwachen Schein der Straßenbeleuchtung beim Treten der Kupplung spannte. Gebannt vertiefte er sich in dieses Spiel ihrer Muskulatur: Treten, Bremse lösen, Kupplung kommen lassen, Bremse wieder treten und anhalten.

Sie stellte den Motor wieder ab und küsste Dobler leidenschaftlich. Und langsam schob sich seine Hand auf ihrem glatten und kühlen Bein nach oben.

»Es war ein wunderbarer Abend, ich würde ihn gerne morgen wiederholen. Und übermorgen wieder. Ich bin dabei, meine Vernunft zu verlieren. Aber ich werde jetzt aussteigen.«

Dobler duckte sich noch einmal von außen an die geöffnete Seitenscheibe der Fahrertür: »Wenn du willst, rufe ich dich morgen an. Ich hoffe, du willst.«

Dobler ging alleine durch die Nacht, auf dem unheimlichen Weg zum Campingplatz, wo er vor weniger als vierundzwanzig Stunden überfallen worden war. Er fürchtete sich aber nicht. Zu sehr war er damit beschäftigt, Reste des fremden Parfüms in seinem Geruchsgedächtnis zu speichern.

Im Wohnmobil brannte eine Kerze. Dobler hielt es deshalb für höflich, zaghaft zu klopfen und »ich bin's« zu sagen. Damit Werner ihm nicht als vermeintlichem Angreifer das Brotmesser in die Brust rammen würde. Aber Werner hatte ihn schon kommen gesehen und öffnete sofort.

»Bist du alleine?«

»Fragst du wegen der Kerze?«

»Und wegen Marie-Thérèse. Ich bin überrascht, dich überhaupt hier anzutreffen. Ich habe vermutet, du würdest mich morgen dazu vergattern, in Heidelberg kein Sterbenswort darüber zu verlieren, dass du in dieser Nacht nicht im Wohnmobil geschlafen hast.«

Dobler meinte das ernst.

»Haargenau dasselbe dachte ich von dir.«

Sie lachten.

»Wir sind doch nicht auf einer Dienstreise! Oder einem Kegelclubausflug.«

Dobler wusch sich nur noch flüchtig das Gesicht.

»Wir schließen besser die Fenster, es hat stark abgekühlt.«

»Schläfst du schon?« Werner schob den Alkovenvorhang zaghaft zur Seite.

»Nein.«

»Wollte sie dich nicht, oder wolltest du nicht?«

»Weder noch! Und bei dir?«

»Genauso.«

Dobler verschränkte im Liegen die Arme hinter dem Kopf. Plötzlich spürte er wieder sein geschundenes Auge. Und er vermisste Marlène. Wäre er doch weniger standhaft geblieben!

»Betrügst du Christa ab und zu?«

»Es könnte ja sein, dass ich mit anderen Frauen schlafe und sie es weiß. Würde ich sie dann betrügen?«

»Tust du es?«

»Es ist schon lange her, beinahe acht Jahre.«

Dobler hatte Werner eher für einen Mann gehalten, der nichts anbrennen ließ. Der gab sich aber abgeklärt:

»Du hast, wenn sich die Frauen noch für dich interessieren, drei Möglichkeiten: Du beichtest es deiner Frau, du machst es heimlich oder du machst es gar nicht und denkst nur daran, wie schön es sein könnte.

Die ersten beiden scheiden aus. Kennst du eine funktionierende sogenannte offene Beziehung? Die Wahrheit schockiert und entwertet, die Heimlichkeit hingegen nagt an deinem Schuldbewusstsein, sie ist unfair. Ich behalte die Illusion, begehrt zu sein, flirte nur noch und freue mich an Christa.

Und wie gehst du damit um?«

Dobler antwortete nicht.

25

Ihren Entschluss, die Galerie in Avignon zu besuchen, gaben sie auf. Robert Benoit hatte selbst gestanden, die ihm zugeschriebenen Bilder nicht gemalt zu haben.

Mehrfach war Dobler drauf und dran, Marlène anzurufen. Vor dem Beginn der Heimfahrt hatte er morgens, noch vor dem Frühstück und während Werner noch schlief oder wenigstens so tat, mit ihr telefoniert. Aber beiden fehlten die passenden Worte. Was sollten sie sich auch sagen? Für Liebesgeflüster waren sie sich zu wenig nahe, für Floskeln zu fern.

Daran hätte sich auch Tage später wenig geändert. Trotzdem klopfte sein Herz jedesmal, wenn während der

Arbeit im Büro eine Tonfolge den Eingang eines elektronischen Briefes meldete. Ein Geräusch, das untrennbar mit der Neugier verbunden war, wer welche Botschaft oder welche Bilder zusandte.

Es war Marlène, die ein paar wohlgesetzte, unverfängliche Worte gefunden hatte; spürbar aus einer Mischung von Zurückhaltung, Taktgefühl, Vorsicht, aber auch mit einer kleinen Spur von Traurigkeit.

Dobler bezweifelte, ob sie ihm auch geschrieben hätte, wenn sich ihr nicht ein vortrefflicher Anlass geboten hätte, der so zwingend war, dass er die Existenz des Briefes sogar entwertete: Marlène hatte einen Zeitungsartikel eingescannt und als Anlage beigefügt. Die tüchtigen Gendarmen von Cavaillon waren von einem anonymen Anrufer in eine Wohnung in Robion geschickt worden, wo sie eine Menge von Diebesgut vorfanden, hauptsächlich Kameras, Laptops und Telefone aus Fahrzeugeinbrüchen, aber auch zwei verdutzte Männer, die ihre Wunden leckten. Der ältere soll, so behauptete die Presse, Erleichterung geäußert haben, weil seine schwere Kieferverletzung endlich fachärztlicher Behandlung zugeführt werden konnte. Ein unbekannter Tourist habe ihn am letzten Samstagabend in Bonnieux angegriffen, was, so die Zeitung, der Polizei nicht glaubhaft schien. Die Bevölkerung war um die berühmten sachdienlichen Hinweise gebeten worden.

Dobler rief nicht bei den Behörden an, um nicht als Zeuge oder Opfer zum Prozess geladen zu werden. Er wollte vorläufig diesen Teil Südfrankreichs meiden. Der Artikel berührte ihn nicht sehr, er war nur ein wenig enttäuscht, ganz normalen Ganoven in die Hände gefallen zu sein.

Es war ihm nicht mehr wichtig, ob die noch angebotenen Bilder echte *Lamberts* waren oder *Conrads*, oder ob Houssin damit Handel getrieben hatte, Robert oder beide. Ob Conrads Tod auf der Autobahn ein Mord war, hätte ihn noch interessiert. Aber das herauszufinden war unmöglich. Ohne Untersuchung des Unfallwagens hätten auch Spezialisten der Polizei keine Chance, den Hergang zu rekonstruieren. Wie sollte Dobler nach Jahren klären, ob Conrad am Steuer eingeschlafen war, ob er von einem Mörder oder einem unachtsam Ausscherenden abgedrängt worden war oder ob er nur einem Hasen ausweichen wollte?

Und eine vernünftige Erklärung für das Schuldanerkenntnis hätte er auch gerne noch gefunden und vielleicht auch, wer der Fälscher des zweiten Testamentes von Bernadette Brousse war.

Dobler spazierte mit Helga von Heidelberg aus am Rand der Bergstraße und den Hängen des Odenwaldes entlang nach Norden. In Leutershausen wollten sie im *Hirschen* zu Abend essen und mit der Straßenbahn zurückfahren. Zwischen Dossenheim und Schriesheim setzten sie sich auf eine Bank und blickten über Mannheim bis zur Kalmit, der höchsten Erhebung der Hardt, der Abbruchkante des Pfälzer Waldes, westlich der Rheinebene. Vor ihren Füßen fiel der mit Weinbergen bedeckte Hang steil ab.

Dobler hatte Helga längst vom verlängerten Wochenende in Bonnieux berichtet und sogar sein Abendessen mit Marlène nicht verschwiegen. Dann hatte er mehrere Tage nicht mehr über die Sache gesprochen und Helga versichert, das Thema sei für ihn erledigt.

»Der Blick über die Rheineben erinnert mich an die schöne kleine Wanderung mit Werner durch den Zedernwald, als wir über dem Tal der Durance saßen.« Die Doppelleben von Robert Benoit und Johannes Conrad ließen ihm doch keine Ruhe.

»Wenn alles geklärt oder wenn wenigstens aufgedeckt wäre, was noch aufzudecken ist, würden wir nicht ständig darüber reden.« Helga ging die Sache nicht aus dem Kopf.

Mit der Schuhspitze schob Dobler unauffällig einen Stein über die steil abfallende Böschung, aber der hüpfte zu seiner Enttäuschung nur ein kleines Stück talwärts in den Weinberg hinein.

»Fassen wir noch einmal die Geschichte zusammen, vielleicht fallen uns dann eine Lücke oder eine Ungereimtheit auf.«

Helga rutschte auf der Bank ein Stück nach vorne und erwischte mit ihrem Schuh einen größeren Brocken, der daraufhin so laut bergab rumpelte, dass sich andere Spaziergänger umdrehten.

»Gute Idee«, sagte Dobler, »fangen wir mal an:

Robert Benoit und Johannes Conrad waren befreundet, sie lebten eine Zeitlang in Gordes und liebten dasselbe Mädchen. Conrad überfuhr im Jahre 1968 einen Polizisten und hinterließ deutliche Fingerabdrücke. Damit Johannes Conrad nicht ins Gefängnis wanderte, bot Robert Benoit ihm einen Identitätstausch an. Conrad zog an Benoits Stelle nach Deutschland und setzte dessen Studium fort. Benoit blieb in Gordes und wurde, da seine Fingerabdrücke nicht die des Täters waren, nicht behelligt. Aber …«

»Es ist völlig ungewöhnlich«, unterbrach Helga ihn, »dass das nicht auffiel und die Eingeweihten dicht hielten, auch wenn es nur wenige waren. Dennoch scheint es wirklich so gewesen zu sein, wie wir hinlänglich selbst feststellen konnten. Ich glaube, bis hierhin haben wir nichts übersehen.«

Dobler fuhr fort: »Johannes Conrad, der Täter, führte in Heidelberg ein erfolgreiches und unbeschwertes Leben, während Robert Benoit, der sich für den Freund geopfert hatte, in Gordes nicht vorankam. Er fuhr nach Heidelberg, um die Rollen zurückzutauschen. Aber ihn verließ der Mut, und er reiste unverrichteter Dinge zurück in die Provence.«

»Halt!« Helga bückte sich, um drei Steine nebeneinander auf das Grasstück am Wegesrand zu legen. »Haben sie wirklich nicht wieder getauscht?«

»Sie haben nicht, das ist doch geklärt!« Dobler reagierte gereizt. »Conrad hat seiner Frau ein falsches Haus als Elternhaus gezeigt, was er nicht getan hätte, wenn er dort aufgewachsen wäre. Hätten sie zurückgetauscht, wäre er der richtige Zweibrücker und hätte gewusst, wo er einst gewohnt hat.«

»Vielleicht hat Christa die Geschichte mit dem Haus erfunden?«

»Dafür gibt es nicht den Hauch eines Motivs. Er hat tatsächlich, wie wir objektiv geklärt haben, in der Fasaneriestraße gewohnt. Wenn Conrad wirklich Conrad geblieben, also nach kurzer Unterbrechung wieder Conrad geworden wäre, hätte Christa keinen Grund gehabt, uns derart in die Irre zu führen. Das war alles echt. Christa kannte die falsche Identität ihres Mannes nicht. Sie hätte uns doch gar nicht in die Fasaneriestraße leiten oder überhaupt uns helfen müssen. Nein, bei Christa und Werner gibt es nichts anzuzweifeln.

Folglich blieben Robert in Gordes und Johannes in Heidelberg.«

Als kein Spaziergänger in Sicht war, durften die drei Porphyrbrocken zu Tal stürzen, Dobler hatte es die ganze Zeit schon in den Füßen gejuckt. Erstaunlicherweise flog der kleinste am weitesten.

Helga protestierte: »Das waren meine Steine.«

»Die Bilderstory entspricht ebenfalls der Wahrheit. Robert kann nicht gut malen, soviel steht fest. Wenn er es könnte, würde er es tun und hätte vor allem gemalt, als es ihm schlecht ging und er in der Not eine Fälschungsserie in Gang setzen musste. Erst verkaufte er einen *Conrad* als *Benoit*, und dann lieferte Conrad Nachschub und produzierte *Benoits* und *Lamberts*. Aber dann wurde Johannes Conrad das Geschäft zu heiß und er hörte auf. Robert versuchte ihn zu erpressen, was nicht gelang.«

Dobler schwieg eine Weile.

»In diesem Bereich ist Roberts Darstellung allerdings nicht ausreichend belegt. Und Conrads Tod könnte schon damit zu tun haben, dass der eine den anderen unter Druck gesetzt hat. Hier sollten wir nochmals ansetzen.«

Helga gefiel das nicht. »Du wirst dich doch nicht erneut in Gefahr begeben?«

»Es waren normale Kriminelle! Diebe, Ganoven, die mir zugesetzt haben.«

»Denk an die eingeschlagene Scheibe!«

»Gut, dass du es erwähnst.«

Dobler hob den Finger: »Wir haben noch nicht über Houssin gesprochen und das Schuldanerkenntnis. Auch insoweit kennen wir nur Benoits Version, die zwar schlüssig ist, aber nicht zwangsläufig richtig. Danach …«

»Es bleibt noch das Haus in Gordes.« Helga war aufgestanden: »Wir sollten weitergehen, sonst kommen wir zu spät nach Leutershausen. Die Keimzelle unserer Hobbykriminalistik, das Haus, gehörte Conrads Tante, aber Conrad konnte es nicht erben. So verpflichtete sich Benoit, ihm jederzeit Zutritt zu gewähren und ihm die Nutzung der Immobilie zu überlassen. Aber dazu kam es nicht mehr.

Nachdem Conrad keine Bilder mehr produzierte und Benoit auf dem Trockenen saß, befürchtete Conrad, Benoit würde sein Versprechen nicht halten. So manipulierte er gemeinsam mit Houssin das Testament zugunsten von Mireille, die mit Johannes Conrad unter einer Decke gesteckt haben könnte. Zumindest muss er erwartet haben, sie werde ihm die Nutzung überlassen. Ich hatte nicht den Eindruck, sie sei eingeweiht gewesen. Gewiss, sie hatte ein gestörtes Verhältnis zu ihrem Vater. Das haben viele junge Leute. Aber sie hat mit Johannes bestimmt keine Verabredung getroffen. Sie wirkte auf mich arglos.«

Dobler ergänzte: »Johannes könnte es auch nur darum gegangen sein, Robert das Haus vorzuenthalten. Oder er hatte mit der Testamentsfälschung gar nichts zu tun.

Dann starb die alte Dame, Mireille sollte das Haus bekommen, und Robert zog den Kürzeren. Conrad fuhr nach Südfrankreich. Und er verunglückte auf dem Heimweg.«

»Und dann trat der große Sherlock Holmes auf die Bühne. In Gestalt des Rechtsanwalts Dr. Hans Dobler, der herausgefunden hat, dass das Testament vor seiner Fälschung Conrad bedacht hatte und somit, da dieser zeitlich nach der Tante verstorben ist, Doblers Mandantin Clara. Um die Vergangenheit ruhen zu lassen, die Beteiligten nicht bloßzustellen und aus wirtschaftlicher Vernunft wurde das Haus verkauft, die Geprellten und die Begünstigten teilten den Erlös redlich durch drei. Die Witwe wurde nicht einbezogen.«

»Du musst das nicht so zynisch ausführen.« Dobler war sauer. »Die Einigung war eine anwaltliche Großtat.«

Eine Zeitlang gingen sie schweigend weiter.

»Dass Conrad der Fälscher des Testaments war, ist eine nicht bewiesene Hypothese. Genauso könnte es von Mireille gefälscht worden sein – oder von deren Mutter. Warum sollte Conrad zugunsten von Mireille manipulieren?«

»Weil er sich nicht selbst begünstigen konnte; ein deutscher Rechtsanwalt als Erbe einer provenzalischen Dame, zu der keinerlei verwandtschaftliche Beziehungen zu bestehen schienen, wäre verdächtig gewesen. Conrad wollte jemanden als Erben des Hauses, den er kannte und der als Verwandter der Tante in den Kreis möglicher Erben fiel. Zwar konnte er auf diese Weise ein Nutzungsrecht nicht sicher erwarten, aber Robert bekam das Haus jedenfalls nicht. Mireille und Karine hätten natürlich, wenn du so willst, das bessere Motiv gehabt. Aber glaubst du, dass diese beiden ein Testament gefälscht haben, ganz abgesehen davon, dass sie das vermutlich auch nicht können? Gut, sie könnten einen Dritten mit der Fälschung beauftragt haben, und wir wollen das nicht völlig ausschließen.«

»Wer das Testament gefälscht hat, ist eigentlich auch unwichtig geworden, wo ihr gerade vor einer Woche die friedliche Beilegung des Konflikts in einer großen Feier und einer intimen Nachfeier begossen habt.«

Dobler ärgerte sich, das Essen mit Marlène erwähnt zu haben, zeigte jedoch keinerlei Regung. »Von einigen Ungereimtheiten abgesehen, haben wir also sauber gearbeitet. Der Fall ist geklärt, bis auf die Umstände von Conrads Tod und die Gründe seiner Fahrt.«

»Sind damit nicht die entscheidenden Fragen noch offen?«

Diese von Helga provokativ betonte Frage veranlasste Dobler zu längerem Nachdenken.

»Dem Kriminalisten oder dem Leser eines Kriminalromans ist die Ermittlung des Mörders der Lohn für Fleiß und Ausdauer. Aber wäre es für uns nicht besser, wir könnten uns die Phantasie bewahren, die wir mit Conrads Tod verbinden? Und gilt das nicht auch für die, die von unserem Wissen erfahren? Ich für meinen Teil glaube an einen ordinären Unfall; Werner wiederum hält Houssin für den Täter.«

»Sagtest du nicht, Karine hätte dir beim Fest zugeflüstert, sie habe Johannes kürzlich in Marseille gesehen?«

»Sie war angeheitert. Das hat sie nicht ernst gemeint.«

»Er ist zweifellos nicht mehr da, niemand hat ihn wirklich zu Gesicht bekommen, und bis auf seine Witwe wissen alle Nahestehenden, dass er gar nicht Conrad war. Wir nehmen jedenfalls an, Brigitte weiß davon nichts. Der echte Johannes Conrad ist ohnehin schon 1968 gestorben. Wäre es legitim, dass wir uns mit der weiteren Aufklärung seines Todes zwangsläufig auch noch in das Leben seiner Frau einmischen und ihr die Illusion rauben, ihr Mann sei der gewesen, als der er sich ausgab? Conrad war ein Lump, zumindest meistens, aber seiner Frau erschien er vielleicht als ein korrekter Mensch, und sie hat ein Recht darauf, ihren Mann nicht als Schwindler in Erinnerung haben zu müssen, ihn so im Herzen zu behalten, wie sie ihn gekannt hat.«

Dobler dachte nach.

»Ebenso seine Sekretärin, sein Friseur und der Friseur seiner Witwe … Sie alle hielten ihn für einen angesehenen Mann. Ist es zulässig, ohne Grund daran zu kratzen und die scheinbare Realität durch Aufdecken der Wahrheit zu zerstören?«

Helga nahm Doblers Hand: »Lass uns ein paar Tage darüber nachdenken.«

26

Brigitte Conrad hatte nach dem plötzlichen Tod ihres Mannes in der gemeinsamen Wohnung nichts verändert. Der Tisch am Fenster sah so aus, als habe Johannes soeben dort noch einen Schriftsatz diktiert. Selbst seine Anzüge hingen noch im verspiegelten Kleiderschrank.

Das konnte Dobler nicht sehen, aber er ahnte es, als Brigitte ihn an jenem Schreibtisch vorbei zu einer Sitzgruppe führte. Sie war eine der Frauen, die nach dem Ableben ihrer Männer nichts veränderten, nicht mal den Telefonbucheintrag. Noch nach Jahren war das Auto auf den Verblichenen angemeldet; teils wegen des Andenkens an den Gatten, genauso aber auch wegen der Weltfremdheit der Witwe, die sich zu nichts aufraffen konnte und zudem nicht wusste, wie man ein Telefon ummeldet oder das Klingelschild auswechselt.

Jedenfalls war noch so viel Erinnerung präsent, dass Dobler sich fest vornahm, nichts Schlechtes über Conrad zu erwähnen. Dobler hatte lange mit sich gerungen, aber dann kurz entschlossen angerufen und um ein Gespräch gebeten, das mit seinem Beruf, wie er betonte, um nicht Brigittes Anwalt zu begegnen, nichts zu tun habe. Brigitte wusste nichts von seiner Befassung mit Johannes Conrads Tod, da er nie nach außen als Claras anwaltlicher Berater aufgetreten war. Er hatte telefonisch gebeten, unter vier Augen ein Anliegen vortragen zu dürfen.

Wie es in Anwaltskreisen üblich geworden war, überreichte er zu Beginn der Unterredung seine Karte, die Brigitte sorgfältig und ein wenig misstrauisch betrachtete. Erst dann wies sie auf eine zu tiefe und mit schwarzem, leicht glänzendem Leder überzogene Sitzgarnitur.

Brigitte Conrad war eine zierliche Frau, deren Alter man schlecht taxieren konnte. Dobler konnte sich nicht entscheiden, ob er sie für gut aussehend hielt. Etwas Schlichtes haftete ihr an, ein leichter Hauch von Derbheit, die in jüngeren Jahren wie Frivolität gewirkt haben könnte. Sie hatte immer noch eine gute Figur, die von den teuren Strümpfen, die sie unter einem relativ kurzen Rock trug, angenehm betont wurde, als sie sich auf ein zweites Sofa im rechten Winkel zu Dobler setzte, der dabei glaubte ahnen zu können, weshalb Conrad ihretwegen Christa verlassen hatte. Eine leichte Spannung lag zwischen ihnen, aber genauso viel von dem Gefühl, das man bei der ersten Begegnung mit einem Menschen verspürt, der einem näher ist als man es zuvor erwartet hat.

Sie bot ihm nichts an. Sie saß nur da, die ansehnlichen Beine leicht abgewinkelt, und wartete auf Doblers Erklärung für den Grund seines Besuchs. Dabei lächelte sie kaum merklich, aber aufmunternd und mit einem kaum wahrnehmbaren schamlosen Zug um den Mund, den Dobler ständig, und wie er glaubte verstohlen, anschauen musste.

Sie wirkte, als würde sie am liebsten den Fremden schnell wieder verabschieden.

»Ich habe vor ein paar Tagen in Gordes die Bekanntschaft von Robert Benoit gemacht. Wir kamen ins Gespräch, wobei sich herausstellte, dass er Heidelberg gut kennt und mit ihnen seit vielen Jahren befreundet ist.«

Dobler sagte das so dahin, als ob es üblich wäre, nach der Rückkehr von der Reise die Bekannte eines Urlaubsbekannten aufzusuchen, um die besten Grüße zu überbringen.

»Ich soll Ihnen seine Grüße übermitteln.«

»Danke.«

»Sie fragen sich, weshalb ich wegen einer solchen Banalität zu Ihnen komme?" Dobler lächelte sie an und gab sich vollkommen entspannt: »Um ehrlich zu sein, es war ein spontaner Entschluss, Sie anzurufen. Ich hatte den Eindruck, Robert Benoit tue es leid, nach dem schrecklichen Tod Ihres Mannes nicht auf Sie zugegangen zu sein. Jetzt weiß er nicht, wie er es anfangen soll, «

»Er hat mir doch kondoliert.«

Dobler wurde frecher: »Aber nicht richtig.«

»Was wollen Sie wirklich?«

»Robert macht sich Vorwürfe, dass Ihr Mann seinetwegen überhaupt nach Südfrankreich aufgebrochen war. Wir saßen in Gordes im *Provençal* zusammen und hatten reichlich getrunken, als Robert in Tränen ausbrach. Ich habe nicht nachgefragt, welche konkreten Umstände – ich meine nicht den Anlass, das waren zwei Flaschen von *Canorgue* – zu diesem emotionalen Ausbruch geführt haben. Aber ich sah ihn leiden und dachte mir, Sie sollten das wissen. Ich glaube, seine Anteilnahme am Tod Ihres Mannes ist noch nach Jahren größer als Sie es vermuten.«

»Die Reise meines Mannes hatte mit ihm nichts zu tun. Meines Wissens haben sie sich nicht mal getroffen.«

»Sind Sie sicher?« Dobler war sichtlich irritiert.

»Sind Sie denn sicher«, konterte Brigitte Conrad, »dass Herr Benoit, der vor Jahren den Kontakt zu meinem Mann eingestellt hat, ernsthaft betroffen war? Mein Mann hätte mir von einem Kontakt zu Herrn Benoit berichtet. Johannes hat einen Kunsthändler in Avignon aufgesucht, der sich von ihm immer mal wieder wegen Geschäften mit deutschen Kunden beraten ließ. Mein Mann sprach fließend Französisch und genoss einen guten Ruf als Spezialist für Mandate im Zusammenhang mit Kunsthandel. Seinen Andeutungen zufolge hatte der Kaufmann aus Avignon Probleme mit der Echtheit eines oder mehrerer Bilder. Johannes hat mir stets berichtet, wenn er in Gordes war oder Bekannte aus alten Tagen getroffen hat.

Verzeihen Sie, wenn ich unhöflich bin. Aber ich möchte mit Ihnen darüber nicht länger reden. Ein Gespräch über den Unfall meines Mannes belastet mich nach wie vor. Und ich bin auch nicht überzeugt, ob Benoit Sie nicht für etwas einsetzt, das ich nicht durchschaue. Versetzen Sie sich mal in meine Lage: Da kommt ein wildfremder Rechtsanwalt, berichtet von Urlaubskontakten und Tränen bei Alkoholexzessen sowie von einer Reise meines Mannes nach Gordes, die es nicht gab. – Woher weiß ich überhaupt, wer Sie sind?«

»Entschuldigen Sie, ich kann Ihnen meinen Ausweis zeigen.«

»Nein, lassen Sie es!«

Der Besuch wurde Dobler zunehmend peinlich. »Ist Ihr Mann nicht in Südfrankreich verunglückt?«

»Doch, auf der Autobahn bei Vienne. Das liegt zwanzig Kilometer südlich von Lyon. Aber er war nicht in Gordes, sondern in Avignon und Bonnieux. Zuletzt kam er aus Vernioz. Das weiß ich genau.«

Frau Conrad schaute auf die Uhr. Sie stand nicht unter Zeitdruck, aber Dobler verstand die Geste:

»Verzeihen Sie nochmals. Mein Gespür für den richtigen Stil hat mich ein wenig im Stich gelassen, vielleicht auch meine Menschenkenntnis. Ich finde es gleichwohl nicht schade, hier gewesen zu sein, sonst hätten wir uns nie kennen gelernt.«

Das klang gesülzt, Brigitte Conrad verstand es trotzdem und legte, nachdem er gegangen war, seine Karte sorgfältig in die Schreibtischschublade.

Dobler kaufte sofort in der Buchhandlung am Universitätsplatz eine Michelin-Karte. Vernioz war ein Dorf etwa dreizehn Kilometer südlich von Vienne, neuneinhalb Kilometer von der nächstgelegenen Autobahnauffahrt südlich der Rhône-Brücke entfernt.

Dobler hatte einen komplizierten Schriftsatz anzufertigen, der ihm schwer fiel, weil seine Gedanken unaufhörlich abschweiften. Selten war ihm etwas unangenehmer gewesen als dieser verlogene Auftritt bei Brigitte Conrad. Die traurigen Augen, der seltsame Zug um den Mund, die schräg gestellten, schlanken Beine vor der Couch, auf der schon Johannes Conrad saß, der vielen Menschen Leid zugefügt hatte, zuletzt ersichtlich auch seiner Frau, waren eine Mischung, die jeder produktiven Arbeit im Weg standen. Dobler beantragte Fristverlängerung und tippte auf einer Internetsuchmaschine den Namen des Dorfes:

Vernioz

An oberster Stelle der Trefferliste erschien die offizielle Michelin-Karte, wie bei vielen französischen Ortsnamen. Es gab Treffer für einen Campingplatz, den Metzger, den Friseur, drei Makler- und ein Ingenieurbüro sowie diverse andere Betriebe. Dobler klickte sich durch die Liste, mehr unentschlossen als gezielt, bis ein Schauder seinen Körper durchfuhr. Erschrocken hielt er inne. Die Gemeindeverwaltung unterhielt eine amtliche Internetseite, der man die Einwohnerzahl von 883 Personen entnehmen konnte und von der ältere Links nicht gelöscht waren: auf das Boules-Turnier von Ostersamstag 2004 zum Beispiel und auf die Gedenkfeier zum 35. Todestag von Raymond Rinaud am 13.5.2003, Treffpunkt um 18 Uhr am Friedhofseingang.

Dobler versuchte vergeblich, mit dem Namen weitere Treffer zu erzielen.

»Hallo Helga, erinnerst du dich an den Namen Raymond Rinaud?«

Dobler hatte vor dem Telefonat die Türe geschlossen und einen verschwörerischen Ton: »Hörst du? Kein Wort zu Christa und Werner! Raymond war der Vorname des getöteten Polizisten. Ich bin sicher und erinnere mich deshalb so genau, weil ich mich gewundert habe, dass Robert uns gegenüber sogar den Namen des Opfers erwähnt hat.«

»Mir ist das auch aufgefallen.«

»Conrad war vor seinem Tod nach Aussage seiner Frau in dem Dorf Vernioz, in dem Raymond Rinaud beerdigt ist und wo noch eine Familie dieses Namens, vielleicht die Eltern oder andere Verwandte, wohnhaft ist, wie ich herausgefunden habe. Conrad ist fünfunddreißig Jahre und neun Tage nach seinem Opfer und etwa zwölf Kilometer von dessen letzter Ruhestätte entfernt verunglückt. Wenn du mich fragst, ist das kein Zufall!«

Helga war eine Zeitlang sprachlos.

»Warum dürfen Christa und Werner davon nichts erfahren?«

»Aus Gründen der Sicherheit. Wir sind einem Mörder auf der Spur!«

»Du übertreibst!«

Am Abend sichtete Dobler noch einmal alle in seinem Besitz befindlichen Dinge, die er mit Clara auf dem Dachboden gefunden hatte und die ihm danach zu treuen Händen überlassen worden waren. Nichts deutete auf das Dorf Vernioz hin. Auch der Name des Opfers tauchte unter den Sachen nicht auf.

Brigitte Conrad hatte das letzte Reiseziel ihres Mannes unbedacht oder aus Verunsicherung preisgegeben. Dass sie das Dorf wahllos genannt hatte, konnte Dobler ausschließen. Kaum ein Ort dieser Welt hatte eine nähere Beziehung zu Johannes Conrad, der, Dobler war sicher, auch wirklich dort verweilt hatte.

Als Täter am Grab des Opfers – aus Anlass des Jahrestages.

Der Fall nahm eine unerwartete Wende.

»Glaubst du an himmlische Rache nach fünfunddreißig Jahren?« Dobler knipste die Leuchte über dem Bett aus.

»Nein, du?«

»Ich auch nicht.«

»Dann war sein Tod an diesem Ort und in diesem zeitlichen Zusammenhang kein Zufall. Johannes Conrad wurde demnach ermordet.«

»Schrecklich!«

»Wir reden darüber nicht – vorerst mit niemandem.«

27

Um die Provence machten Hans und Helga einen großen Bogen. Sie verließen die Rhônetal-Strecke schon weiter im Norden und fuhren zwischen Meer und Cevennen nach Westen. Das Languedoc begegnete ihnen dort, solange sie sich von der Küste und einigen Touristenhochburgen im Landesinneren fernhielten, mit viel unverfälschtem Frankreich. Sie hätten Monate durch das Midi vagabundieren können. Sie fuhren bis an den Rand der Pyrenäen, von dort nach Norden zur Kathedrale von Albi und den Bildern von Toulouse-Lautrec. Hier begann schon wieder die Heimreise, durch die malerische Tarnschlucht und an den Pont du Gard, einen Aquädukt, das spektakulärste Bauwerk der Römer in Frankreich.

Für den vorletzten Tag hatten sie sich einen Abstecher nach Vernioz vorgenommen. Sie hatten ihn bewusst an das Ende ihres Sommerurlaubs gesetzt, damit nicht auch diese Reise vom Schicksal fremder Leute überlagert wurde. Und auch aus Vorsicht, falls etwas schief gehen würde.

Das Haus der Familie Rinaud lag am Rande des Dorfes. *Miel*, Honig, war mit der Hand auf ein Holzschild gepinselt, welches im Vorgarten hing.

Hans und Helga hatten das Wohnmobil am anderen Ende der kleinen Ortschaft geparkt und sahen von weitem, wie ein gebückter Mann mit schweren Schritten das Grundstück verließ. Dobler wartete, bis er außer Sicht war, und Helga blieb im Auto sitzen.

Das Haus wirkte alt, es war nicht ungepflegt, aber lange nicht mehr modernisiert. Es sah aus wie das Haus von Menschen, die beim Warten auf den Tod schon über Jahre keine weiteren Investitionen emotionaler wie auch finanzieller Art mehr aufbringen wollten. Die Bewohner hatten mit dem Leben abgeschlossen, selbst wenn sie in diesem Jahr nochmals Cosmea wuchern ließen, Blumen, die mit dem ersten Frost verschwanden und mit dem nächsten Frühjahr keiner Pflege mehr bedurften. Man konnte sie neu aussäen, wenn man noch lebte.

Zum Haus führte eine kurze Einfahrt, in der ein Peugeot 203 Kombi abgestellt war. Der Wagen wurde noch benutzt, wenngleich er aussah, als sei das nicht mehr möglich oder jedenfalls nicht mehr erlaubt. Ein Scheinwerfer des rundum beschädigten Autos war blind. Der Besitzer musste zu den technischen Kontrolleuren, die Frankreichs legendären Altautobestand schon vor Jahren drastisch dezimiert, aber nicht ausgerottet hatten, in freundschaftlichen Beziehungen stehen. Oder sie hatten beide Augen zugedrückt.

Es gelang Dobler mit Hilfe seines Taschenmessers, am linken vorderen Kotflügel unauffällig ein Stück abplatzender Spachtelmasse zu lösen und einzustecken. Auf dem matten, weinroten Lack befanden sich breite silberne Farbantragungen.

»Kann ich Ihnen helfen?«

Dobler erschrak über die Stimme direkt hinter seinem Rücken.

»Ich möchte Honig kaufen«, antwortete Dobler schlagfertig.

»Monsieur Rinaud ist weggegangen. Der sitzt im Café, wie fast jeden Tag. Meistens kehrt er gegen vier Uhr zurück.«

Der Nachbar kam mehr als gelegen.

»Ich bin nicht sicher, ob ich hier richtig bin. Ein Arbeitskollege aus Deutschland hat mir von dem guten Honig vorgeschwärmt.«

»Recht hat er! Trotz seines Alters stellt Rinaud die Bienen immer noch an die passenden Stellen.«

Die Redseligkeit des Nachbarn machte die Sache leicht.

»Sie meinen, ich sollte warten? Haben Sie denn bei Rinaud ab und zu ein Auto mit deutschem Kennzeichen gesehen?« Am liebsten hätte Dobler nach dem 22. Mai 2003 gefragt.

»Es kaufen hier nur wenige Deutsche. Regelmäßig habe ich nur den Advokat aus Heidelberg gesehen. Aber der kann die Adresse nicht mehr weitergeben. Der ist nämlich mit dem Auto auf der Autobahn verunglückt, ganz in der Nähe, im Anschluss an einen Besuch bei Rinaud.«

»Dann stammt der Tipp letztlich von ihm. Mein Kollege wohnt auch in Heidelberg. Der Advokat hat also häufig Honig eingekauft?«

»Jedes Jahr.«

»Hat er sich länger aufgehalten?«

»Er blieb zuletzt höchstens zwei Stunden.«

»Wohnt hier im Dorf eine weitere Familie Rinaud?«

»Sie sind schon richtig.«

»Wir möchten nicht warten, wir kommen in ein paar Tagen auf der Rückreise nochmals vorbei. Ich danke Ihnen.«

Dobler fotografierte heimlich den Peugeot, die Einfahrt und die Gesamtansicht des Hauses. Dann lief er zügig zum Wohnmobil, um hastig die Heimfahrt fortzusetzen. Auf den ersten Kilometern schaute Dobler ständig in den Rückspiegel, aus eingebildeter Angst, ein weinroter Peugeot könne ihn überholen und von der Straße abdrängen.

Sie hielten erst wieder bei Einbruch der Dunkelheit im südlichen Elsass an.

»Wenn die silberne Farbe am Kotflügel des Peugeot von Conrads silbernem Volvo stammt, muss der alte Rinaud der Mörder sein.« Helga sprach aus, was sie beide dachten.

»Die beiden Autos können sich auch an der Grundstückseinfahrt beim Honigkaufen gestreift haben. Wahrscheinlich ist das aber nicht, wenn man weiß, dass eines der beiden Autos von der Straße abgekommen und verunglückt ist. Einen solchen Zufall«, wandte Dobler ein, »gibt es nicht. Aber er wäre möglich, und deshalb kann man Rinaud nicht der Tat überführen, selbst wenn eine Lackanalyse unsere Hypothese stützt.«

Helga dachte nach: »Rinaud wusste nicht, dass Conrad seinen Sohn überfahren hatte. Andererseits muss Conrad das schlechte Gewissen nachhaltig geplagt haben. Sonst hätte er nicht, als Täter unerkannt, regelmäßig den Vater seines Opfers besucht. Wenn der Alte gewusst hätte, dass Conrad der Mörder seines Sohnes war, und wenn er ihn deswegen umgebracht hätte, wäre dieser Racheakt schon vor Jahren vollzogen worden.«

Dobler machte eine Pause.

»Unterstellt, Monsieur Rinaud hat Conrad um die Ecke gebracht, hat er erst jetzt erfahren, wer der deutsche Honigkäufer wirklich war.«

»Das klingt überzeugend.«

Helga schauderte. Sie dachte lange nach und fragte Dobler dann:

»Kannst du dir erklären, weshalb Conrad sich freiwillig dieser Situation ausgesetzt hat? Wir wissen noch längst nicht alles.«

»Christa hat nie von dem Dorf Vernioz gesprochen, ebenso wenig wie sie den Namen Rinaud erwähnt hat. Womöglich hat Conrad den Kontakt zur Familie seines Opfers erst nach der Trennung von Christa aufgebaut.

Seine Witwe hingegen kannte diese Affinität, durch sie sind wir erst auf Vernioz gestoßen. Wir sollten uns demnach näher mit Brigitte Conrad beschäftigen, und wir sollten eine Lackanalyse durchführen lassen. Denn bislang haben wir ja nur unterstellt, die beiden Autos des Täters und des Vaters des Opfers, also des möglichen neuen Opfers und des potentiellen neuen Täters, hätten sich berührt.«

Hans Dobler beauftragte mit der Lackuntersuchung einen ihm bekannten Sachverständigen, ohne diesem nähere Anhaltspunkte für die mögliche Herkunft von bestimmten Fahrzeugen zu liefern. Nach einer Woche legte der Diplomingenieur Dobler den Bericht eigenhändig auf den Schreibtisch:

»Ich hatte heute Morgen hier am Gericht zu tun und war deshalb in Ihrer Nähe. Ich würde Sie gerne in besonderer Weise von der Richtigkeit meines Gutachtens überzeugen.«

Dobler schätzte die hohe Sachkunde des Ingenieurs seit Jahren, über seine Selbstgefälligkeit würde er allerdings nie hinwegsehen können.

»Schreiben Sie auf einen Zettel, von welchem Fahrzeug der rote Lack stammt und welchen Autotyp Sie als Opferfahrzeug vermuten. Dann schauen wir gemeinsam im Gutachten nach, ob ich richtig liege.“

Er lag richtig.

»Peugeot und Volvo.«

»Darf ich den Volvo noch untersuchen?«

»Der wurde in Frankreich verschrottet – vor über zwei Jahren. Kann man dem Tatfahrzeug ansehen, ob es einen anderen Pkw, den silbernen Volvo, von der Straße gedrängt hat?«

»Ich bedaure, Herr Doktor Dobler, nur bei nennenswerten Schäden am Tatfahrzeug und möglicherweise, wenn man beide Autos hätte und korrespondierende Anstoßflächen ausmessen könnte.«

Dobler schilderte dem Sachverständigen den Ort und die Umstände der Entnahme seiner Lackprobe.

»Sind Sie wirklich sicher, dass das Opfer – vertreten Sie die Witwe oder die Versicherung? – einen Volvo S 80 gefahren hat?«

»Ich bin absolut sicher.«

Dobler hatte nämlich zwischenzeitlich auf nicht ganz legalem Wege über die Zulassungsstelle seine Informationen über den Fahrzeugtyp untermauert. Er konnte sich sogar noch an das Auto erinnern, weil er einmal beobachtet hatte, wie Conrad vor dem Gericht parkte. Dobler war dabei die Eitelkeit aufgestoßen, mit der jener – wie so mancher Kollege – seinen Status mit der Buchstabenfolge des Kennzeichens kundgetan hatte: HD – RA und eine Ziffernfolge.

»Haben Sie irgendwelche Informationen über den Unfallhergang?«

»Ein Familienmitglied, das beim Unfall nicht dabei war, hat mir vom Hörensagen berichtet, der Volvo sei auf der Autobahn zunächst an die linke Leitplanke gestoßen, dort abgeprallt und dann an einem rechts der Fahrbahn aufragenden Brückenpfeiler zerschellt. Von Zeugen ist übrigens nichts bekannt.«

»Und die Lackprobe wurde zweifellos am linken Kotflügel des Peugeot entnommen?«

»Ganz sicher.«

„Der Peugeot könnte, als er vom Volvo überholt worden ist, plötzlich nach links ausgeschert sein. Der Volvofahrer hätte darauf versucht, nach links auszuweichen, und wäre an die Mittelleitplanke gestoßen. Dann könnte das gefolgt sein, was Sie beschrieben haben.

Dass das die Fahrspur wechselnde Fahrzeug bei einem solchen Unfallhergang nur leicht beschädigt wird, treffen wir häufig an, weil der Ausscherende meist mit deutlich geringerer Geschwindigkeit unterwegs ist, in der Regel nicht bremst, nachdem er seinen Fehler bemerkt hat, sondern sich mit fahrtechnisch einfachen Mitteln wieder auf die rechte Seite zurückbegeben kann. Der Überholende hingegen kombiniert vielfach eine Ausweichbewegung nach links mit einer Vollbremsung, was auch in Zeiten von Antiblockiersystemen und anderen technischen Sicherheitsvorkehrungen immer noch oft zu einem Schleudervorgang führt. Wenn dann das Fahrzeug an die Mittelleitplanke stößt, gerät alles außer Kontrolle.

Meist melden sich allerdings Zeugen, die den Vorgang beobachtet haben.«

Der Sachverständige runzelte die Stirn: »Sagten Sie nicht, Sie vermuten eine vorsätzliche Herbeiführung des Unfalls? Dann müsste der Peugeot-Fahrer auf der Autobahn gelauert haben, bis er vom Volvo überholt wurde. Dazu hatte er nur eine einzige Chance. Wenn der Volvo erst einmal vorbei war, konnte er vom Peugeot vermutlich nicht mehr eingeholt werden. Bei dieser einzigen Gelegenheit des Peugeot mussten aber die Begleitumstände stimmen: Es durften sich keine anderen Fahrzeuge in der Nähe befinden, beispielsweise kein weiterer Überholer hinter dem Volvo, möglichst auch kein Fahrzeug hinter dem Peugeot. Sonst wären deren Insassen ebenfalls gefährdet worden. Außerdem hätten in diesen Autos Zeugen gesessen. Eine klug geplante Tat wäre das sicher nicht, eher ein Zufall. Aber die Nähe zum Unfallort und die persönliche Bekanntschaft lassen schon mit an Sicherheit grenzender Wahrscheinlichkeit annehmen, dass die beiden Fahrzeuge sich berührt haben.«

28

Dobler ließ die neuen Einsichten einige Tage auf sich wirken. Angst hatte er keine mehr. Selbst wenn Monsieur Rinaud Conrad umgebracht hatte, war das ein Zufallserfolg, und der Alte sah nicht so aus, als sei er fähig, weitere Morde zu begehen. Er war ein verbrauchter Mann, der Rache genommen hatte.

Aber wie ließ sich das beweisen?

Einige Tage später läutete Dobler erneut bei Brigitte Conrad. Er hatte sie zuvor angerufen und höflich gefragt, ob er sich mit ihr noch einmal eine halbe Stunde lang über Robert Benoit unterhalten dürfe. Sie hatte kurz gezögert, bevor sie einen Termin vorschlug: am Donnerstag um 18 Uhr.

Dobler hatte schon am Telefon das Gefühl, sein Besuch sei ihr nicht unwillkommen. Sie wirkte nicht mehr ängstlich, als sie ihn durch das Wohnzimmer auf die Terrasse führte, vorbei an Conrads Schreibtisch, an dem nichts verändert schien. Sie hatte sogar ihr eigenes Bild dort stehen lassen. Mit wehendem Haar lächelte sie dort überlegen in die Kamera.

Wie schon bei Doblers erster Visite war Brigitte Conrad sorgfältig gekleidet, nun sogar ein wenig zurechtgemacht. Sie bot Dobler den Stuhl mit dem besten Blick ins Neckartal an und holte eine Karaffe mit klappernden Eiswürfeln, dazu eine Flasche Pernod, als gäbe es an der Vorliebe des fremden Mannes für dieses Getränk keinen Zweifel. Länger als es Doblers Eigenart entsprach, tauschten sie Phrasen und Höflichkeiten: über den wunderbaren Blick, den milden Frühherbstabend, die tieforangefarbene Kapuzinerkresse, die Freundlichkeit der Gastgeberin und worüber andere Besucher am selben Abend mit ähnlichen Worten geplaudert hätten. Aber Dobler lobte, nachdem er sein Glas auf einem biederen Holzuntersetzer abgestellt und etwas Mut geschöpft hatte, auch Brigitte Conrads Deutschkenntnisse und wie gut es ihr gelinge, ohne ausländischen Akzent zu sprechen, nur mit einem Rest von falscher Betonung, die man auch für einen Dialekt halten könne.

»Nicht alle Elsässer sprechen derart gut Deutsch.« Dobler lächelte ihr aufmunternd zu.

Es überraschte sie nicht, dass er sich mit ihrer Vergangenheit beschäftigt hatte. Sonst wäre er nicht wiedergekommen. Seine Kontaktaufnahme verfolgte spürbar nicht das Bett als Endziel.

»Ich habe in Gordes Menschen im Umfeld von Robert Benoit kennen gelernt, die mir erzählt haben, wie Robert im Jahre 1968 in den Verdacht geraten war, einen jungen Polizisten überfahren und tödlich verletzt zu haben. Ihr Mann soll zum damaligen Freundeskreis gehört haben. Das Ereignis wurde nach meinem Eindruck nie aufgearbeitet; wie ich hörte, nicht mal aufgeklärt. Und es scheint Fernwirkung bis in unsere Zeit zu haben – sogar bis zu Ihnen. Stutzig wurde ich, als Sie mir den letzten Aufenthaltsort Ihres Mannes nannten und ich herausgefunden habe, dass dort das junge Opfer im Jahre 1968 begraben wurde, im Wohnort seines Vaters.

Da Sie Ihren Mann erst Jahre nach dem tödlichen Unfall geheiratet haben, die damaligen Genossen also nur aus gelegentlichen Besuchen in Gordes kennen konnten, ich aber den Eindruck hatte, als gäbe es eine Nähe Ihrer Person zu dem Tod des Polizisten, hielt ich es für sinnvoll, Ihre Herkunft zu klären; aus Neugier und weil mich die Verstrickung ergriffen hatte, die ja zwischen Ihrem Mann als Freund des damaligen Tatverdächtigen und später auch mit dem Vater des Opfers bestanden hat. Ich wollte mehr über Ihre Rolle in diesem Geflecht erfahren. So ermittelte ich, zugegebenermaßen nicht ganz legal, beim Bürgeramt der Stadt Heidelberg Ihre Daten:

Sie sind 1947 in Stoßwihr geboren, einem Dorf im Elsass, am Fuße der Vogesen. An einem mir nicht bekannten Tag heirateten Sie in Colmar Raymond Rinaud. Ihr Glück kann nicht lange gedauert haben, denn Ihr Mann wurde als junger Polizist am dreizehnten Mai 1968 von einem bis heute unbekannten Mann in Lyon überfahren und starb noch an der Unfallstelle.

Sie nahmen danach wieder Ihren Mädchennamen an, Kapp, ein deutscher Name, wie ihn viele Elsässer tragen, weshalb es nicht auffiel, dass Johannes Conrad später eine Französin heiratete, Brigitte Kapp. Die Beziehung zu Robert Benoit, der nie als Täter überführt wurde, der sich aber auch nicht überzeugend entlasten konnte, musste zwangsläufig schwierig und mit Vorbehalten beladen bleiben. Das Schicksal war grausam: Ihren ersten Mann verloren sie durch einen Unfall und den zweiten im Anschluss an das Gedenken daran ebenfalls durch ein Autounglück.«

Brigitte Conrad schwieg lange. Dobler war darauf vorbereitet, von ihr hochkant hinausgeworfen zu werden, wo er sich in das Leben einer ihm wildfremden Frau eingemischt hatte.

Aber sie sagte: »Ich nehme Ihnen Ihre Ergriffenheit ab. Haben Sie Lust auf einen Spaziergang? Wir könnten hinunterlaufen zum Neckar und dort etwas essen.«

Sie gingen zunächst ein Stück nebeneinander bergauf, zum schönsten Blick der Gegend. Oberhalb des Klosters Stift Neuburg und einer Wiese schauten sie bei zwei Picknicktischen weit nach Westen, wo in Heidelberg das Neckartal zwischen den Ausläufern des Odenwaldes in die Rheinebene übergeht. Zwei Wohnmobile hatten sich bei den Bänken nachtfertig aufgestellt, aber Dobler erwähnte nicht, dass auch er auf diese Art zu reisen pflegte, und dass er an dieser Stelle er mit seinem Wohnmobil auch gerne einmal stehen würde.

»Es war im Sommer, etwa fünf Jahre nach dem Tod von Raymond, als ich in Vernioz an einem Nachmittag zum Friedhof ging. Es muss ein höchst ungewöhnlicher Zufall gewesen sein. Denn Johannes blieb ausgerechnet in diesem Augenblick vor dem Grab stehen. Franzosen besuchen nämlich nicht so häufig die Friedhöfe, wie das in Deutschland üblich ist, weil wir die Gräber nicht bepflanzen. Johannes fragte mich, ob ich den Mann gekannt habe. So kamen wir ins Gespräch.

Ich hatte mich nach dem Tod von Raymond stark zurückgezogen. In den ersten Wochen lauerten mir ständig und überall Fotografen auf. Bei der Beerdigung stiegen die Reporter auf fremde Grabmäler, um mein verheultes Gesicht einem Millionenpublikum zur Schau stellen zu können. Man hätte den Friedhof absperren müssen, aber mein Leid kam der Regierung gelegen. Ich war noch ein Mädchen, in den Zeitungen des ganzen Landes jedoch wurde ich als schwarze Witwe abgebildet. Als ob ich das Leben schon hinter mir gehabt hätte.

Ich kapselte mich ab und zog zu meinen Schwiegereltern nach Vernioz. Es fiel mir immer schwerer, meinem Leben eine neue Wende zu geben, zu arbeiten, mich zu verlieben, neu anzufangen.«

»Aber es scheint mir, als seien Sie eine attraktive Witwe gewesen.«

Doblers Einwand ließ sie zögern. Sie drehte kurz den Kopf zu ihm. sprach dann aber weiter, als habe sie die Bemerkung überhört:

»Gibt es hier ein Café, fragte Johannes vor dem Grab, und ich log, erst zwei Dörfer weiter könne man gegen Abend etwas trinken. Ich hätte mich unmöglich mit einem jungen Mann in der Öffentlichkeit zeigen dürfen. Ich bemerkte zunächst nicht, dass er Deutscher war, und er verschwieg seine Bekanntschaft mit Robert Benoit, dem Tatverdächtigen. Mir imponierte seine sichere Art, sein schickes Auto, er machte mir Komplimente, und je mehr ich an diesem Spätnachmittag von meinem Schicksal durchblicken ließ, um so stärker wuchs sein Interesse.«

Sie schwieg eine Weile.

»Ich weiß bis heute nicht, welche Bedeutung es für seine Liebe hatte, dass ich Raymonds Witwe war. Ich habe mich oft gefragt, ob das Zusammentreffen auf dem Friedhof wirklich ein Zufall war, oder ob er mir schon länger gefolgt war. Er hat das übrigens stets verneint.

Wir sahen uns am nächsten Tag wieder, und er schrieb mir nach seiner Abreise lange Briefe, ehe er nach wenigen

Wochen nach Vernioz zurückkam. Wir trafen uns zunächst heimlich, weil ich mich vor Raymonds Eltern schämte. Erst nachdem ich mit ihm geschlafen hatte und die Tage bis zu seiner Rückkehr zählte, schrieb er mir, dass er verheiratet sei, eine Tochter hätte – und Robert Benoit kannte.

Ich war schockiert, beinahe schlimmer als nach Raymonds Tod. Die Adresse, die er mir gegeben hatte, war die seiner neu gegründeten Kanzlei.

Ich wurde seine heimliche Geliebte.

Dann schrieb ich ihm, er dürfe nicht mehr kommen. Aber er kehrte dennoch nach Vernioz zurück, ich wurde wieder schwach, und ich wies ihn erneut zurück.

Diese Begegnungen weckten aber meine Lebensgeister, und ich verliebte mich in einen Franzosen aus Lyon. Zwar nicht so intensiv wie in Johannes, aber wir planten bereits die Zukunft und hätten vermutlich geheiratet, wenn Johannes nicht nach einer längeren Pause im Jahr 1977 gemeldet hätte, er lebe getrennt, habe Christa und seine Tochter verlassen und er erwarte mich in Heidelberg.

Ich bin froh, dass ich damals gefahren bin. Wir hatten eine schöne Zeit.«

Hans Dobler und Brigitte Conrad waren im Neckartal angekommen und fanden unter alten Kastanien einen freien Tisch.

»Sind Sie verheiratet?«

Sie wartete die Antwort nicht ab.

»Vielleicht verstehen Sie, wie schrecklich sein Unfalltod vor zwei Jahren für mich war – und danach die Erbstreitigkeit mit seiner Tochter. Er war ein fürsorglicher Ehemann, und er verstand es, den Kontakt zu den französischen Verwandten zu bewahren: zu meinem Bruder, der heute noch in Stoßwihr lebt, vorher zu meinen Eltern, genauso wie zu Raymonds Eltern. Leider verstarb dessen Mutter früh. Aber mein Schwiegervater war wie ein eigener Vater zu Johannes, der ja selbst keine Eltern mehr hatte.

Jahr für Jahr fuhren wir nach Vernioz, häufig in Verbindung mit einer Reise nach Gordes, wo wir in einem zauberhaften Haus von Benoits Tante wohnen durften.«

Der Kellner tischte auf, und sie aßen lange schweigend.

»Hat Ihr Mann viel gemalt?« Dobler bemühte sich, einen lauernden Unterton zu vermeiden.

Unsicher schaute sie auf. »Sie sind Rechtsanwalt und zum Schweigen verpflichtet.«

»Ich bin nicht dienstlich hier, aber ich werde den Inhalt unserer Unterhaltung nicht hinausposaunen.«

Sie zögerte. »Johannes hielt es nicht für illegal oder gar strafbar, wenn er Bilder gemalt hat, die Robert Benoit als seine ausgeben durfte. Ich bitte Sie aber wirklich, das nicht weiterzusagen!«

»Ich habe mir das fast gedacht«, antwortete Dobler, »nachdem Karine, die Sie sicher kennen und die in Gordes mit uns am Tisch saß, die mehrdeutige Bemerkung fallen ließ, auch andere hätten Schuld an Benoits Kreativitätsverlust.«

»Johannes hatte nicht mehr geliefert. Das war die Reaktion auf Benoits Versuch, ihn zu betrügen, indem er einen zu niedrigen Verkaufspreis genannt hatte. Wer weiß, wie oft zuvor schon seine Preisangaben falsch waren. Johannes hat nach dem Abbruch der Beziehung nur noch wenig gemalt. Ich zeige Ihnen nachher ein paar Bilder – wenn Sie mögen.«

»Ich verstehe nicht, weshalb er dennoch immer wieder nach Gordes gefahren ist.« Dobler wollte prüfen, ob Roberts Angaben mit denen von Brigitte Conrad übereinstimmten.

»Die beiden hatten einmal vereinbart, Johannes erhalte als Gegenleistung für Benoits Ruhm jenes Ferienhaus von seiner Tante. Nachdem der Wert dieser Immobilie aber erheblich gestiegen war und Johannes nicht mehr für Benoit malte, hat dieser seine Tante überredet, das Haus nicht ihm, sondern Benoits Tochter zu vererben. Der Herr aus Gordes konnte sich somit elegant herausreden und musste Johannes gegenüber sein Ehrenwort nicht einlösen. Johannes hatte vor, mit Benoits Tochter und mit dem Notar zu reden, der das Testament aufgesetzt hat, um nachzusehen, ob sich nachträglich noch etwas ändern oder vereinbaren ließ.

Gordes hatte sich zwar nicht zu seinem Vorteil in einen Touristenort verändert, aber Johannes hing daran – wegen der Jugenderinnerungen. Zwei Tage vor seinem Tod rief Johannes mich an, um mir zu berichten, er werde mit Benoits Tochter eine Vereinbarung treffen. Gegen Bezahlung der Erbschaftssteuer, die das Mädchen offenbar nicht aufbringen konnte, und eine Aufzahlung werde er das Haus für fünfzehn Jahre mieten.«

Brigitte Conrad zögerte. »Sie sagten, Sie würden wie ein Anwalt schweigen? Dieses sich anbahnende Geschäft war nämlich ein etwas wunder Punkt in der Erbauseinandersetzung mit Johannes' Tochter aus erster Ehe. Ich wollte es angeben, aber mein Anwalt war der Auffassung, das sei nicht nötig, weil noch kein Rechtsanspruch, keine Anwartschaft, wie er sich ausdrückte, entstanden war, nur eine Hoffnung. Ich hatte jedoch gehörig Angst vor dem Rechtsanwalt von Johannes Tochter, einem Doktor Schwarz. Kennen Sie ihn? Ein hervorragender Anwalt, der fast herausbekommen hätte, wer ich war. Johannes hielt es für besser, meine Vergangenheit zu verschweigen. Ich war als Polizistenwitwe nicht standesgemäß, und seine Verbindung zum möglichen Mörder meines ersten Mannes entsprach auch nicht den Vorstellungen der besseren Gesellschaft. Beinahe hätte ich Doktor Schwarz beweisen müssen, woher ich meinen Beitrag zu unserem Haus hatte. Es war die Entschädigung der Haftpflichtversicherung des Mörders meines ersten Mannes.

Nach den ständigen Attacken dieses Doktor Schwarz war ich schließlich bereit, einen Vergleich abzuschließen, um endlich Ruhe zu haben.

Johannes starb, bevor der Vertrag mit Benoits Tochter zu Papier gebracht worden war. Mich hat das nicht mehr interessiert. Ich konnte Benoit nie leiden und bin nach wie vor der Überzeugung, dass er es war, der meinen ersten Mann überfahren hat.«

Sie bestellte sich noch ein Glas Wein, obgleich sie schon ein wenig beschwipst war.

»Benoit hat einen minderwertigen Charakter. Ich habe ihn mehrfach der Lügen überführt. Er erzählte bei unseren Besuchen in Gordes, wenn Johannes mit ihm Erinnerungen von früher austauschte, immer wieder Dinge, die nicht zutreffen konnten, oder die er beim letzten Mal im Detail anders berichtet hatte. Johannes wollte das nicht wahrhaben und winkte ab: Ich hätte ihn nicht richtig verstanden oder die Erzählung falsch im Gedächtnis. Benoit war eben bis fast zuletzt Johannes' Freund.

Ich werde auch den Gedanken nicht los, Benoit könnte mit dem Fall zu tun gehabt haben, der den Händler aus Avignon veranlasst hat, meinen Mann um Hilfe zu bitten.

Sie haben ja bisher schon alles herausgefunden, meine Herkunft und meinen Mädchennamen. Können Sie nicht auch über Benoit ermitteln?«

Dobler fühlte sich in der Rolle des Doppelagenten und sah den Zeitpunkt gekommen, den Abend zu beenden.

»Vielleicht sollten Sie mir mal die genauen Daten der letzten Reise Ihres Mannes nach Südfrankreich aufschreiben – und deren Ziele. Um aber mal über etwas ganz anderes zu reden: Wie hat ihnen die Vasarély-Ausstellung in Gordes gefallen?«

»Um ehrlich zu sein, ich war nie dort. Johannes hat mir immer davon abgeraten. Ihm gefiel Vasarélys Malstil nicht, diese Effekte, die Illusion von Dreidimensionalität und optischen Täuschungen.«

Gedankenverloren schaute sie eine Weile in ihr Weinglas.

»Ich werde nie über Johannes' Tod hinwegkommen. Vielleicht lerne ich noch einmal einen Mann kennen oder ich verliebe mich sogar. Aber eine derart glückliche und harmonische Beziehung wie mit Johannes werde ich nicht mehr erleben.

Sie kannten ihn sicher als Kollegen?«

»Ich hatte nur wenige Fälle mit ihm. Genau genommen gegen ihn. Er galt als guter Anwalt.«

»Er war herzensgut und einfühlsam. – Sind Sie verheiratet?«

»Mir fällt spontan eine für Ihren Mann charakteristische Begebenheit ein: Wir stritten in einem Prozess über die Tierhalterhaftung. Ich erwähnte eine Entscheidung des Oberlandesgerichtes Karlsruhe als Beleg für die Richtigkeit meiner Rechtsauffassung. Er antwortete daraufhin: ›Verehrter Kollege, wenn Sie die Entscheidung wirklich kennen würden, wüssten Sie, dass es die Richter des OLG Zweibrücken waren, die zu der Rechtsfrage nach einem Unfall bei einem Festumzug in Ludwigshafen Stellung genommen hatten.‹ Diese Äußerung ließ mich vor meinem Mandanten wie ein Anfänger aussehen, aber sie war zugleich beeindruckend. Ich fragte ihn später, ob er geblufft hatte, und er antwortete: ›Genauso viel oder wenig wie Sie. Aber unter uns, ich weiß es deshalb, weil ich in Zweibrücken gewohnt habe und nur wenige Urteile des dortigen Oberlandesgerichtes in die Rechtsgeschichte eingegangen sind.‹«

»Er hing an seiner Heimatstadt, wir standen schon vor seinem Elternhaus, noch ehe wir zusammen wohnten.«

»Mir gegenüber erwähnte er es auch«, antwortete Dobler, »irgendwo in der Nähe des Rosengartens.«

»Das verwechseln sie, er wohnte woanders, am Fasanerieberg.«

»Oh ja, ich erinnere mich.«

»Sie sind bestimmt verheiratet? Können Sie sich vorstellen, wie es ist, wenn man von einem auf den anderen Tag alleine ist und im Leben nicht zurechtkommt, weil man nicht einmal gelernt hat, ein Telefon oder ein Auto umzumelden? Johannes hat sich um alles gekümmert und mich auf Händen getragen.«

Auf dem Heimweg bergauf hängte sie sich bei Dobler ein.

Ihm gefiel das.

Sie zeigte ihm zwei Gemälde von Johannes Conrad, typische *Benoits*. Sie hingen im Schlafzimmer, in dem noch das Ehebett stand mit allen Zudecken für zwei. Er erwartete, sie werde ihm noch einen Drink anbieten und hatte vorsorglich die Antwort, weshalb er nach Hause müsse, parat.

Aber sie sagte nichts.

Helga schlief bereits. Er legte sich vorsichtig im Dunkeln neben sie.

Erst am nächsten Abend berichtete er und erwähnte, Brigitte Conrad habe ihn morgens in seiner Kanzlei angerufen, um ihm zu sagen, wie gut ihr der Abend getan habe, aber auch, um ihn nochmals um Stillschweigen zu bitten.

»Wir sollten Christa nicht darüber aufklären, dass Johannes sie verlassen hat, um die Witwe seines Opfers zu heiraten.«

»Glaubst du, er hat Brigitte geliebt? Oder hat er es aus Reue getan, um den Mann zu ersetzen, den er ihr genommen hat?«

»Oder aus Perversion? Vielleicht war sie als junge Frau attraktiv? Jedenfalls nimmt sie an, er habe sie geliebt, so wie sie mutmaßt, er habe sie zufällig kennen gelernt. Sie glaubt, Robert habe ihren Mann getötet, und Christa geht davon aus, Johannes habe sie wegen einer Zufallsbekanntschaft verlassen.«

»Dieses Gespinst von Illusionen dürfen wir nie zerstören. Die Beteiligten leben glücklicher, wenn sie die Wahrheit nicht kennen.«

»Niemand hat das Recht ihr zu sagen, dass ihr zweiter Mann den ersten getötet hat und dessen Vater womöglich den zweiten Mann.«

»Das ist auch für niemanden von Bedeutung – außer für die Betroffenen.«

Helga hatte ihren Arm auf seine Schulter gelegt: »Wenn es richtig ist, dass Raymonds Vater Conrads Wagen von der Straße gedrängt hat und wenn das vorsätzlich, also in Tötungsabsicht, geschehen ist, muss es einen Grund geben, weshalb er es nach vierunddreißig Jahren getan hat. Der kann nur sein, dass er vorher nicht wusste, wer Conrad wirklich war.«

»Warum wusste er es jetzt, nach so langer Zeit?«

»Jemand muss es ihm gesagt haben.«

»Es kommen dafür nicht viele Mitwisser in Frage.«

»Zum Beispiel Brigitte selbst.« Helga hielt diesen Einfall für klug.

»Ausgeschlossen! So viel Menschenkenntnis habe ich.«

»Vielleicht hat sie es unabsichtlich getan.«

Dobler nahm Brigitte Conrad in Schutz: »Sie weiß doch gar nicht, dass er der Täter des Jahres 1968 war.«

»Woher kennst du Ihren Informationsstand über seine Vergangenheit? Sie scheint dir gut zu gefallen. Du könntest sie doch, wenn sie wegen Gattenmordes im Gefängnis sitzt, verteidigen.«

Der spöttische Unterton verriet Dobler, er hätte den letzten Abend weniger positiv darstellen sollen.

»Wir ziehen keine voreiligen Schlüsse.«

29

»Ich habe Robert Benoits Strategie durchschaut.«

Helga traute dieser Überzeugung nicht. Zu oft war sie schon von Doblers Meldung, nun endgültig Robert enträtselt zu haben, enttäuscht worden. Jedes Mal musste Dobler einsehen, zu kurz gedacht oder auf Roberts Halbwahrheiten hereingefallen zu sein. Nur selten hatte er ihm das verübelt und meist Verständnis für dessen Taktieren gezeigt. Er meinte, für Robert sei das taktische Verhalten lebensnotwendig geworden, nachdem er, wie Dobler entschuldigend anführte, in einen nicht ganz passenden Anzug geschlüpft war.

Sie trafen sich dennoch nach Büroschluss bei *Romer*. Dobler wollte nicht am Küchentisch mit einem schnöden Bier den Triumph der Lösung begießen.

»Benoit hat uns ausnahmslos erzählt – und zwar in relativ simplen Varianten –, was wir vorher ohnehin herausgefunden hatten. Erst hat er die Gründe seiner falschen Identität erläutert, ohne seine Malerlüge offen zu legen. Nachdem wir diese schwarze Seite seines Lebens enthüllt hatten, hat er versucht, mit einer einleuchtenden Erklärung Conrads Zorn plausibel zu machen: mit der Story, in der Conrad ihm die Gnade, *Benoit* sein zu dürfen, für immer entzogen hat; den Rest, der vom richtigen Benoit über die Jahre in Gordes zurückgeblieben war. Eine traurige Geschichte über den Verlust der schönen Seite der fremden Identität.

Robert war erneut das Opfer.

So einfach kann das Leben nicht sein, dachte ich, aber mir fehlte ein Beweis, oder zumindest ein Indiz für meine These, Robert habe auch hiermit die Wahrheit verfälscht.

An dem Abend vor etwa zwei Wochen, als ich mich für Stunden an meinen Schreibtisch zurückgezogen hatte, schrieb ich alle Auffälligkeiten und Ungereimtheiten, die mir aus Roberts und Karines Geschichten erinnerlich waren, auf ein Blatt Papier, dazu die ungelösten Rätsel der Begleitumstände.

An oberster Stelle stand: Tod – Johannes Conrad.

Houssin kam auf diesem Papier so gut wie nicht vor, obgleich es doch dieses Schuldanerkenntnis von ihm gibt, das Robert damals nach unserem Kennenlernen zu einem mir nach wie vor unbekannten Zweck eingesetzt hat oder einsetzen wollte. Die Bedeutung dieses Papiers haben wir möglicherweise unterschätzt, und Houssin wurde uns nur präsentiert als korrupter Notar, der das zweite Testament von Roberts Tante gefälscht oder der wenigstens zur Fälschung Beihilfe geleistet hatte. Aber nicht einen einzigen wirklich zwingenden Grund für diese Urkundenfälschung haben wir gefunden. Es gab mehrere in Frage kommende Motive unterschiedlich Interessierter. Nur Robert selbst konnten wir als Fälscher definitiv ausschließen.

Ungeklärt waren die Umstände der auffällig hohen Anzahl von in den Handel gelangter *Lamberts*, der Anlass zu Conrads letzter Reise, ja sogar deren Ziele und Anlaufpunkte. Wir wussten nicht, was aus dem falschen *Lambert* geworden ist, der im Museum von Gordes hing. Das Museum wurde 1997 aufgelöst, und irgendjemand musste den Bestand an sich genommen haben.

In diesem Zusammenhang stolperte ich über eine weitere Lüge: Nach Roberts Darstellung hat Conrad endgültig die Produktion eingestellt, nachdem er im Vasarély-Museum sein eigenes Werk als echten *Lambert* wiederentdecken musste, und zwar anlässlich einer gemeinsamen Visite mit seiner Frau. Das konnte so nicht stimmen, denn hat Brigitte mir überzeugend berichtet, sie selbst habe das Museum nie betreten, weil Conrad die Bilder Vasarélys abgelehnt habe.

Ich hinterfragte, inwieweit diese auf meinem Papier zusammengetragenen offenen Fragen untereinander Schnittpunkte haben, und stieß als erstes auf das Vasarély-Museum, mit dem wir uns noch nicht beschäftigt hatten. Keiner von uns war je dort, und darüber gelesen hatten wir auch nichts.«

Der Kellner servierte die Vorspeise und ließ Dobler den Wein, einen pfälzischen Chardonnay vom Weingut Schneider aus Ellerstadt, kosten.

»Lass uns erst essen«, sagte Dobler. Er hatte den Wein unanständig lange im Mund behalten.

»Am liebsten würde ich dir nur zuhören und dazu diesen aromatischen Tropfen trinken. Ich bin so gespannt, was du herausgefunden hast.« Helga hatte allen Grund, ihrem Mann zu schmeicheln.

»Um das Museum im Schloss von Gordes unterzubringen, mussten vertragliche und bauliche Vorarbeiten geleistet werden. Nach der französischen Revolution war das Gebäude in den Besitz der Gemeinde übergegangen, die aber nicht die Mittel für dessen Erhaltung aufbringen konnte. Das Dach samt oberstem Stockwerk war stark zerstört, als der reiche Mäzen in Gestalt des ungarischen Künstlers Victor Vasarély den Vorschlag unterbreitete, gegen einen symbolischen Zins von einem Franc pro Jahr für dreiunddreißig Jahre das Schloss zu pachten und es im weiteren Gegenzug auch zu restaurieren. Bonfil hieß der damalige Bürgermeister, der den Vertrag unterzeichnen und am fünften Juni 1970 im hergerichteten Gemäuer Vasarélys sogenanntes *Didaktisches Museum* eröffnen durfte – in Begleitung des Ministers und im Rahmen einer Feier, bei der fast alle Einwohner des Dorfes anwesend waren.«

Dobler goss Helga und sich Wein nach, die Flasche ging schon vor dem Hauptgang zur Neige.

»Das Datum sagt uns zunächst nichts, aber es steht auf meinem Notizblatt. Es ist der Tag, an dem Houssin das Schuldanerkenntnis unterschrieben hat. Das war kein Zufall, sondern eine brandheiße Spur.

Ich rief Cornelia an, die Doktorandin, die schon wegen der *Benoits* für mich ermittelt hatte, und bat sie, nach

Informationen über die Gründung und Eröffnung dieses Museums, über das Inventar der Bilder und über die beteiligten Personen zu suchen. In weniger als zwei Wochen trug sie alles zusammen, mit Hilfe des Auslandsdienstes der Universitätsbibliothek und des Internets, Treffer auf Treffer.«

Zu Helgas Leidwesen unterbrach der Hauptgang Doblers Redeschwung. Sie musste ihm ausreden, noch eine weitere Flasche Wein zu bestellen, woraufhin er so griesgrämig blickte, dass sie befürchtete, er werde weitere Enthüllungen vertagen.

»Wo waren wir stehen geblieben? Weißt du, wer in der Dokumentation mehrfach genannt wird?«

Helga ahnte es: »Philippe Houssin.«

»Wie kommst du darauf? Warum sagst du nicht Robert Benoit?«

»Wenn Benoit im Zusammenhang mit dem Museum eine tragende Rolle gespielt hätte, wüssten wir das längst: vom heutigen Bürgermeister, vom Anwalt aus Abt, am ehesten von ihm selbst.«

»Du hast Recht, er ist nur in der langen Reihe der zur Eröffnung erschienenen Künstler erwähnt, alphabetisch korrekt vor Luc Lambert.

Es ist Houssin, der sich als organisatorische Hilfskraft bei der Einrichtung der Sammlung hervorgetan hat, er wird als Student bezeichnet wie auch – halt dich fest – in neueren Quellen als Notar der von Vasarély ins Leben gerufenen Stiftung. Nur über seine Rolle bei deren Ende, einem unrühmlichen Insolvenzverfahren, schweigen sich die Annalen aus.

Und noch einen Hammer hat die Doktorandin herausgefunden: Die vier *Lamberts*, von denen bekanntlich einer ein von Benoit verfälschter *Conrad* war – welcher es war, ließ sich übrigens nicht ermitteln –, wurden schon 1974 wieder abgehängt, weil Vasarély ab dieser Zeit keine fremden Werke mehr zwischen seinen eigenen geduldet hat.«

»Wir sollten nach dem Dessert zu Hause weiterreden.« Helga fürchtete, ihr Mann werde sonst doch noch eine Flasche ordern.

Im heimischen Wohnzimmer mischte sie ihm eine dünne Weinschorle, in der Hoffnung, er würde, so sehr konzentrierte er sich auf sein Ermittlungsergebnis, den geringen Weingehalt nicht wahrnehmen.

Sie wollte das Ende der Geschichte hören und wurde ungeduldig: »Wem hat der Museumsdirektor den falschen *Lambert* mit nach Hause gegeben?«

»Wer ihn aufgehängt hat, willst du nicht wissen?« Der Unterton in Doblers Frage verriet, wie überflüssig sie war. Ohne auf Helgas Antwort zu warten, fuhr er fort:

»Benoit hat uns auch insoweit angelogen, zum Grund dafür äußere ich mich später. Zumindest hat nicht er das falsche Bild ins Museum gehängt. Es hat sich hier wohl um einen der größeren Skandale der neuen Kunstgeschichte gehandelt – und um einen der am wenigsten dokumentierten. Die Eröffnung des Museums war nicht unumstritten. Vasarély wollte übrigens später noch ein Kongresszentrum angliedern, was der Gemeinderat nicht mehr zuließ, weshalb der Ungar nach Aix-en-Provence ausweichen musste.

Damals, im Jahr 1970, vermutete man einen Coup linker Aktivisten, von denen es ja in der Umgebung, wie wir wissen, einmal viele Sympathisanten gegeben hat. In der Nacht vor der Eröffnung war ein *Lambert* durch Conrads Plagiat ersetzt worden. Luc Lambert erhielt sein Original nach ein paar Tagen anonym per Post. Bei den Feierlichkeiten machte er gute Miene zum bösen Spiel. Nur der Katalog der Vernissage war nicht mehr ganz aktuell, er enthielt ein falsches Bild. Luc Lambert griff auch in den nächsten Tagen nicht ein, warum auch immer. Wahrscheinlich aus pekuniärem Interesse. Das im Verzeichnis gelistete Bild stand ihm nun frei verkäuflich zur Verfügung, veredelt durch die vorübergehende museale Zweckbestimmung.

Zweifellos hat Johannes Conrad davon erfahren. Er war der Maler des Bildes, das nun im Museum hing und dadurch drastisch an Wert gewonnen hatte. Er durfte nicht tatenlos bleiben. Aber was konnte er tun? Beim Museums-Chef anrufen, einen anonymen Brief schreiben? Nichts wäre unklüger gewesen, als sich auch nur ansatzweise zu outen. Raymond Rinaud war gerade zwei Jahre unter der Erde. Das

Tötungsdelikt war noch lange nicht verjährt. Conrad musste schon zu seinem Selbstschutz den Mund halten.

Aber er konnte sich von Houssin ein abstraktes Schuldanerkenntnis geben lassen, symbolisch auf den Tag der Vernissage zurückdatiert. Du erinnerst dich, der fünfte Juni 1970 war nicht nur der Tag der Eröffnung des Vasarély Museums, sondern dieses Datum steht auch auf der Urkunde.«

»Weshalb hat Houssin sich darauf eingelassen?« Helga sah hier einen Bruch in Doblers Argumentationskette und setzte nach: »Houssin hätte doch Conrad mit der Androhung der Aufdeckung des Identitätstausches und der Polizistentötung unter Druck setzen können!«

»Eine Drohung ist nur dann eine solche, wenn der Bedrohte damit rechnen muss, der Drohende werde die Androhung wahr machen.« Dobler argumentierte schlüssig weiter: »Conrad hätte – oder hat – diese Erpressung nicht ernst genommen. Im Falle einer Anklage hätte er nichts mehr zu verlieren gehabt und ausgepackt. Houssin hatte dafür selbst zu viel Dreck am Stecken, nachdem er nun schon die Fälschung ins Museum gehängt hatte und weil zusätzlich herausgekommen wäre, dass er versucht hat, Conrad zu erpressen. Seine hoffnungsvolle Juristenkarriere wäre beendet gewesen, noch ehe sie begonnen hatte. Dabei hätte er noch keinen Centime verdient. Solange nämlich das Plagiat im Museum hing, war es wertvoll, aber Houssin hatte nichts davon.«

»Ich verstehe nicht, auf welche Weise Houssin als Notar der Museumsstiftung jemals von einem Bild profitieren konnte, das Luc Lambert zugeschrieben war. Es wäre doch Lambert gewesen, der das Bild gegebenenfalls verkauft hätte.« Helga konnte Doblers Logik nicht folgen.

»Warte, ich komme gleich darauf zurück. Houssin musste Conrad mit Geld ruhig stellen. Eine Andeutung Conrads in den richtigen Kreisen hätte schon genügt, den Wert des Bildes, war er auch noch nicht realisierbar, auf nahe Null schrumpfen zu lassen. Es gab kein Gleichgewicht der Bedrohung.

Und warum sollte Houssin Conrad nicht etwas von dem

vielen Geld abgeben, das wahrscheinlich irgendwann durch den falschen *Lambert* zu gewinnen war? Immerhin war Conrad der Schöpfer des Werkes. Da Houssin noch keinen Erlös erzielt hatte, war das abstrakte Schuldanerkenntnis, auch aus juristischer Sicht, das einzig adäquate Mittel.

Vielleicht hat Houssin als juristischer Berater von Vasarély eines Tages vorgeschlagen, Bilder fremder Künstler aus dem *Didaktischen Museum* zu entfernen, um endlich Kasse zu machen. Jedenfalls kam der Zeitpunkt, an dem das Plagiat abgehängt wurde. Houssin kann eigentlich nichts anderes getan haben, als Luc Lambert zum Essen einzuladen. ›Mein lieber Freund Lambert‹, hat er wohl bei Café und Cognac gesagt, sich zurückgelehnt und sich mit beiden Händen von oben nach unten über den Bauch gerieben, ›wir könnten korrekterweise hälftig teilen, was übrig bleibt, wenn ich dem Urheber hunderttausend DM gegeben habe. Es wird einiges sein.‹ – ›Gute Idee‹, hat Lambert dann geantwortet, ›als Alternative bleibt mir nur, das Plagiat über mein Sofa zu hängen, ein grässlicher Gedanke. Ich sehe ein, dass ich das Bild ausschließlich mit Ihrer Zustimmung, mein lieber Houssin, verkaufen kann. Eine böse Sache, wenn die Kunstwelt von Fälschungen erfährt. Aber Sie, mein lieber Houssin, müssen aber dafür sorgen, dass dieser Scharlatan, der so stümperhaft versucht, mich zu imitieren, den Pinsel auf die Seite legt. Wir verkaufen und teilen erst, wenn ein Jahr lang kein falscher *Lambert* mehr in den Läden steht.‹

Houssin zahlte das Essen, und sie trennten sich wie Freunde.«

»Das hast du dir ausgedacht!« Helga protestierte.

»Ich habe ausgeschmückt, wie es sich zugetragen haben muss. Die Fakten kennen wir: Das Bild aus dem Museum erzielte dreizehn Monate, nachdem es dort abgehängt worden war, eine Million Francs, das war damals etwa eine halbe Million Mark. Conrad kaufte sich knapp drei Monate später sein schönes Anwesen über dem Neckar. – Könntest du noch einen Espresso kochen? – Die Fotokopie des Anerkenntnisses hat er wohl versehentlich zwischen den Erinnerungsstücken vergessen.«

Dobler schlürfte den stark gesüßten Kaffee.

»Nun komme ich zurück auf Robert Benoit, den ewigen Verlierer.«

»Das darfst du nicht sagen, denk bitte an seinen Anteil vom Hausverkauf.«

»Na ja, bis dahin zog er stets den Kürzeren. Conrad musste ihm die Künstlerkarriere abschneiden, um weitere falsche *Lamberts* zu verhindern. Benoit hatte den Bogen überspannt und Conrad, dem es gesellschaftlich und wirtschaftlich gut ging, in Gefahr gebracht. Johannes Conrad hätte damals alles verlieren können, und den Anteil aus dem Verkauf des Bildes aus Gordes hätte er ebenfalls nicht realisiert. So stellte er sicherheitshalber seine Maltätigkeit ein und ließ Benoit körperlich bedrohen. Die Rechnung ist ja aufgegangen, bis auf das Haus – und bis auf unsere Ermittlungen.«

»Das erklärt nicht ausreichend Roberts Lügen.«

»Doch, er musste Houssin heraushalten. Houssin besitzt Macht mit Strukturen, die man mafiös nennen könnte. Denk an meine Reifen und an die Scheibe. Es wäre Benoit übel ergangen, wenn wir noch öfters bei Houssin aufgekreuzt wären. Ich bin fest davon überzeugt, dass Robert Benoit es bereut hat, Houssin überhaupt auf das Schuldanerkenntnis angesprochen zu haben. «

»Siehst du etwa einen Zusammenhang mit Conrads Tod?«

Helga fröstelte.

30

»Weißt du, was Juristen unter *Mittelbarer Täterschaft* verstehen? Der Täter bedient sich eines menschlichen Werkzeugs, das ahnungslos sein kann oder auch nur nicht bemerkt, wenn es instrumentalisiert wird.«

»Du plädierst hier nicht vor dem Schwurgericht!« Helga zog die Brauen zusammen, aber Dobler ließ sich nicht beirren:

»Der mittelbare Täter verbirgt sich hinter dem Täter. In unserem Fall war das Werkzeug des mittelbaren Täters Monsieur Rinaud, Raymonds Vater. Der mittelbare Täter hat dem alten Mann Informationen geliefert, die Rinaud verzweifelt sein Auto, den alten Peugeot, als Waffe benutzen ließen.

Ich habe lange über die Theorien des Sachverständigen nachgedacht und dachte zunächst, sie seien ein Indiz gegen eine Täterschaft Rinauds. Niemand, überlegte ich, begeht einen so stümperhaften Mord, indem er auf die unwahrscheinliche Gelegenheit lauert, unter eigener Gefahr das Opfer von der Straße zu drängen. Dieser Angriff, zumal er im Hellen stattfand, musste fast zwangsläufig Zuschauer haben. Aber mir wurde klar, dass diese Unvernunft nicht gegen Rinauds Täterschaft spricht, sondern eher dafür. Es war eine spontane Tat, ein Ausbruch ungezügelter Wut. Raymonds Vater hat unüberlegt Rache genommen, für den Tod des Sohnes und für die Schmach, jahrelang denjenigen bewirtet zu haben, der sich als Freund in die Familie eingeschlichen hatte, obwohl er selbst am besten wusste, wie sehr er seine engsten Angehörigen belog.

Es ist, dachte ich, so gut wie sicher, dass sich die beiden Autos berührt haben. Ich musste daher nur ein Motiv für Rinauds Angriff finden und eine plausible Erklärung für den Tathergang, der bei kriminalistischer Betrachtung so unwahrscheinlich war. Denn es konnte nur so gewesen sein, die Farbspuren an Rinauds Auto und der Unfallverlauf lassen keinen anderen Rückschluss zu. In Rinauds Hauseinfahrt war, du erinnerst dich, gerade genug Platz für ein Auto. Conrads Wagen konnte dort von Rinauds Peugeot nicht gestreift worden sein. Vor dem Grundstück gibt es keine Parkmöglichkeiten. Ich habe das anhand meiner Fotos nochmals überprüft. Ein Zusammenstoß der beiden Fahrzeuge längere Zeit vor dem tödlichen Crash ist daher so gut wie ausgeschlossen.

Raymonds Vater war nicht fähig zu verstehen, dass Conrad ein Heuchler war, um die Schuld abzutragen.«

»Das klingt überzeugend. Aber weshalb sprichst du von einem mittelbaren Täter?« Helga war ungeduldig.

»Der mittelbare Täter verfolgt ein eigenes Tatmotiv. Er beabsichtigt den Taterfolg, ohne sich die Hände schmutzig zu machen und ohne das Risiko der Entdeckung sowie der Bestrafung. Er ist ein feiger, hinterhältiger Kerl, zugleich ein Täter am Werkzeug, also an Rinaud.«

»Wer aber war der mittelbare Täter, die Person hinter Rinaud?« Helga wollte Fakten hören und keine rechtsphilosophischen Betrachtungen.

»Ich musste mich noch einmal intensiv mit der Frage beschäftigen, wer das Testament von Roberts Tante gefälscht hat. Robert Benoit hatten wir bereits mit großer Sicherheit als Täter ausgeschlossen und vermutet, Conrad habe ihn als Täter verdächtigt. Das war ein Trugschluss. Wenn Conrad nämlich selbst an der Testamentsfälschung beteiligt war, konnte er logischerweise Robert Benoit nicht für den Täter halten.

Und es konnte bei genauem Hinsehen keinen anderen Täter als Conrad geben. Ob Conrads Tatbeitrag nur in einer Anstiftung von Houssin oder in eigenen Fälschungshandlungen lag, bleibt dabei zunächst offen. Der Notar Houssin musste zwangsläufig ebenfalls beteiligt gewesen sein, weil ja das Testament von ihm beurkundet worden war und er gerade das als Zeuge in einem Prozess, wie wir wissen, bestätigt hat. Conrad und Houssin hatten, wie ich vorhin dargelegt habe, schon bei dem falschen Museumsstück ein kongeniales Duo gebildet.

Conrad war ein Künstler. Er war im Kreise der Verdächtigen, zu denen ich theoretisch noch Karine und Mireille zähle, vermutlich der Einzige, der die Fähigkeit besessen hat, eine Unterschrift einigermaßen täuschend nachzuahmen. Er war bei genauer Betrachtung auch der Einzige mit einem Motiv, wenn ich Mireille einmal ausblende. Sie kann ich nämlich als Täterin völlig ausschließen. Ich habe sie kennen gelernt, sie machte mir einen viel zu naiven Eindruck. Conrad hingegen wusste von Houssin, der es mit seinem Berufsgeheimnis nicht genau genommen hat, Robert werde von seiner Tante das Haus erben, und konnte sich an seinen fünf Fingern abzählen, dass Robert Benoit das Versprechen, ihm, dem wirklichen Erben und Neffen, das Haus einen längeren Zeitraum zu überlassen, nicht einhalten werde. Folglich durfte es den Erben Robert Benoit nicht geben. Sich selbst konnte Conrad stattdessen schlecht einsetzen, das wäre zu auffällig gewesen, Karine war zu eigenständig und mit der Tante überdies nicht verwandt. So war es sicher ein Wagnis, aber unter allen schlechten Lösungen vermutlich die beste, Benoits Tochter das Haus zu übertragen, in der Hoffnung, mit ihr zu gegebener Zeit eine Vereinbarung auszuhandeln.«

»Der Gedanke ist aber nicht neu«, warf Helga ein.

»Du hast Recht. Mit diesen Überlegungen kam ich mit sehr hoher Wahrscheinlichkeit, ich würde sogar sagen mit Gewissheit, auf den Testamentsfälscher. Aber damit hatte ich noch nicht den mittelbaren Täter hinter dem alten Rinaud.

Ich schaute immer wieder auf meine Liste mit den Auffälligkeiten, und ich blieb an der Notiz über den Bericht der Doktorandin hängen, die mich informiert hatte, zwei Bilder Lamberts seien kurz nacheinander in den Handel gelangt: das Werk, das ich im Januar 2005 mit Werner angeschaut hatte, und ein weiteres in Avignon, das Werner und ich nach dem Fest in Bonnieux eigentlich noch ansehen wollten.

Ich fragte mich, woher Cornelia diese Information hatte.

Wer weiß schon, wann und wo welches Bild angeboten wird? Vielleicht besaß sie auch präzise Erkenntnisse über länger zurückliegende Angebots- und Verkaufsvorgänge? Dieser Gedanke war ein Volltreffer!

In der Galerie von L'Isle-sur-la-Sorgue waren, wie ich über Cornelia erfahren habe, Mitte April 2003, rund sechs Wochen nach dem Tod von Roberts Tante Bernadette Brousse, zwei bis dahin unbekannte Bilder von Luc Lambert aufgetaucht. Das war zugleich etwas über einen Monat vor Conrads Tod. Offenbar traute sich jemand, Vorräte zu verkaufen, die früher nicht unter die Leute gebracht werden konnten. Du erinnerst dich an den Schläger aus den Vogesen, vermutlich Brigitte Conrads Bruder, der Jahre zuvor die Verkaufsaktivitäten Roberts unterbunden hat?

Zwei Tage vor seinem Tod rief Johannes Conrad seine Frau an, um ihr zu berichten, er habe sich mit Mireille geeinigt, er könne gegen eine Zahlung in Höhe der Erbschaftssteuer und einen weiteren Geldbetrag das Haus für fünfzehn Jahre mieten. Das wussten wir ja schon, folglich hatte Robert insoweit die Wahrheit gesagt.

Was wir aber noch nicht wussten, waren die Auswirkungen von Conrads letzter Reise auf dem Kunstmarkt. Nach seiner zweiten Nacht wurden die beiden Bilder wieder aus dem Handel genommen. Der Galerist hat der Doktorandin, die vorgespiegelt hat, an einer großen wissenschaftlichen Arbeit über Luc Lambert zu arbeiten, freiweg die Auskunft erteilt, aus seinen Büchern ergebe sich die Herausgabe an den Notar Houssin.«

»Wie ist es dazu gekommen?«

»Robert Benoit hatte uns, du erinnerst dich vielleicht, berichtet, ihm seien zwei seiner Bilder gestohlen worden. Diese Merkwürdigkeit stand auf meinem Zettel, weil ich kaum glauben konnte, dass ausgerechnet solch delikate Ware durch Diebstahl abhanden kommt. Ich muss dir auch nicht mehr erklären, mit welch einfachen Mitteln Bilder von Conrad zu einem *Lambert* mutierten. Robert Benoit hatte die Bilder selbst gebunkert.

Und er hat offensichtlich in einem Schub von Enttäuschung und Wut, als er nach der Eröffnung des Testamentes erkennen musste, dass ihm das Letzte und Einzige, worum ihn Conrad beneiden konnte, genommen worden war, die Gemälde aus dem Versteck geholt und ist zum erstbesten Galeristen gelaufen. Vermutlich hatte er die Erwartung, seine Verkaufsabsichten würden nicht bis zu Conrad und Houssin dringen...«

»Wahrscheinlich hat er in seinem Hass gar nicht nachgedacht,« unterbrach Helga ihren Mann.

»... und ausgerechnet in dieser Phase ist Conrad nach Gordes gefahren und, wie das Leben so spielt, ins benachbarte L'Isle-sur-la-Sorgue. Dort streifte er auf der Suche nach einem Mitbringsel für seine Frau durch die legendären Antiquitätengeschäfte. Auch das habe ich recherchiert, telefonisch hat er ihr einen kleinen Barockrahmen versprochen, den er nicht mehr zu Hause abliefern konnte. Vermutlich kam das Souvenir nach dem Unfall mit dem Volvo in die Schrottpresse.

Was ich sagen wollte, Conrad war in L'Isle-sur-la-Sorgue und hat bei dieser Gelegenheit auch mal in die Galerie hineingeschaut – und sie mit dickem Hals wieder verlassen. Zwei seiner eigenen Bilder wurden dort für ein Heidengeld angeboten. Zur Polizei konnte er weiterhin nicht gehen. Aber es fiel ihm vermutlich nicht schwer, Robert Benoit, der als Einlieferer der Kunstwerke zu identifizieren war, zu zwingen, ein Papier zu unterschreiben, wonach der Galerist berechtigt war, die Bilder an einen Notar herauszugeben.«

»An den ehrenwerten Monsieur Houssin.«

Dobler ließ sich von Helga nicht aus dem Konzept bringen. »Eines dieser beiden Werke war, was Cornelia, die Doktorandin, nachvollziehen konnte, dasjenige, welches derselbe Galerist im letzten Januar Werner und mir andrehen wollte. Das zweite wurde kurz danach in Avignon wieder eingeliefert.

Nachdem sich die Wogen etwas geglättet hatten, vielleicht auch, weil Robert Benoit zwischenzeitlich mit dem von mir entwendeten Schuldanerkenntnis gewedelt und Houssin die Werke herausgerückt hatte, waren die Bilder wieder zum Verkauf gegeben worden. Allerdings lässt sich nicht ermitteln, wer dieses Mal den Verkauf in Auftrag gegeben hat.

Zurück zum mittelbaren Täter: Robert Benoit stand im Mai 2003, nachdem die beiden *Lamberts* in den Besitz von Houssin gelangt waren, mit leeren Händen da, mit ein paar abgetragenen Kleidern aus besseren Tagen, ein unbedeutender kommunaler Beamter, eine graue Maus vor der Pensionierung.

Und wieder war Johannes Conrad schuld.

Wie konnte der schwache Robert Benoit den übermächtigen Johannes Conrad fertig machen? Benoit brauchte ein Werkzeug, um Conrad zu schaden. Die Polizei kam, wie wir mehrfach erörtert haben, nicht in Frage. So muss er auf Rinaud gestoßen sein. Entweder würde der im Affekt Conrad umbringen, was er dann auch getan hat, wenn auch nicht auf eine Weise, die Benoit sich ausgemalt hat, oder er würde es in die Welt hinausschreien: Dieser Drecksack aus Deutschland, ein angeblich ehrenwerter Advokat, ist der Mörder meines Sohnes.

Rinaud hat sich für die leisere Alternative entschieden.

Der Kreis musste sich eines Tages schließen. Robert Benoits Leben war von Johannes Conrad fremdbestimmt worden, sein Umfeld, das Land, in dem er lebte, seine Künstlerkarriere und deren Ende. Fünfunddreißig Jahre lang hat Robert Benoit geschwiegen.

Am Ende hat er den Freund aber doch noch verraten.«

31

»Was wirst du jetzt tun?«, fragte Helga.

»Was schlägst du vor?«

»Ich weiß es nicht, aber es schaudert mich, wenn ich mir vorstelle, dass hier, an diesem Tisch, ein Mörder gesessen hat … Hättest du das gedacht?«

»Er wird sich nicht für einen Mörder halten. Was hat er schon verbrochen? Einen Anruf? Vielleicht ist er für ein kurzes Gespräch unter vier Augen nach Vernioz gefahren? Er wird sich die Illusion der Unschuld bewahren.

Es ist nicht unsere Pflicht, den alten Rinaud ins Gefängnis zu bringen. Beweisen können wir ohnehin nichts. Und Robert kann man strafrechtlich schon gar nicht belangen. Vielleicht kommt heraus, dass er Rinaud aufgeklärt hat. Aber wie sollen wir ihm bezüglich Conrads Tod einen Vorsatz nachweisen, den er möglicherweise nicht einmal hatte?

Wie soll Justitia über Robert urteilen, ohne seine Bürde, die er fünfunddreißig Jahre trug, in die Waagschale zu werfen? Hatte er nicht seine Strafe schon lange abgesessen, bevor er die Tat begangen hat?«

Helga kochte noch einmal Espresso. Sie saßen am Küchentisch auf ihren angestammten Plätzen, Dobler an der schmalen Stirnseite. Sie drückte seine Hand, und musste schniefen.

»Wie verhalten wir uns gegenüber Christa und Werner?«

Helga überlegte lange: »Wenn ich mir als Frau vorstelle, ich würde über meinen toten Ex-Mann nachdenken, wäre es mir lieber, er hätte mich wegen einer anderen verlassen, richtig betrogen, weil er scharf auf sie war – und nicht weil er eine Schuld abtragen wollte. Vielleicht hat er sie ja wirklich geliebt.

Zu einer solchen Trennung gehört wenigstens die Illusion, der Mann habe die andere Frau begehrt. Möchtest du von mir verlassen werden, weil ich mich einem anderen Kerl verpflichtet fühle?

Christa hat ein Recht darauf, dass wir in ihrer Vorstellungswelt nicht noch mehr verrücken. Es muss schlimm für sie gewesen sein, als du die wahre Identität ihres früheren Mannes aufgedeckt hast. Der Mensch war derselbe, und es war doch ein anderer Mann.

Und auch Werner hat ein Recht darauf, dass die Vergangenheit so bleibt, wie Christa sie überliefert hat. Ihr Vorleben ist über die Jahre Bestandteil seiner Gegenwart geworden.

Hast du gemerkt, wie sie sich in den letzten Wochen zurückgezogen haben? Sie wollten nichts Neues mehr hören. Die Wahrheit wollten sie schon lange nicht mehr erfahren.

Wir tun so, als hättest auch du nichts mehr herausgefunden. Wir treffen uns mit ihnen wie früher, wir sind vorsichtig bei der zweiten Flasche Wein, wir küssen uns bei der Begrüßung und umarmen uns beim Abschied und wir gehen dem Thema aus dem Weg.«

Dobler war ans Fenster getreten und schaute lange in die Nacht. »Vielleicht wird man auch beim Abtragen von Schuld geil.«

32

»Hallo Hans!«

»Welche Überraschung, dass du anrufst!«

»Ich habe dir doch schon im Sommer versprochen, dich mal einzuladen; als Dank für alles, was du für mich getan hast. Wie wäre es mit einer kleinen Probefahrt in meinem neuen Cabrio in den Odenwald? Morgen soll es nochmals über zwanzig Grad warm werden.«

Clara Conrad holte ihn zu Hause ab. Helga sah vom Fenster aus heimlich zu, wie er ihr zwei freundschaftliche Küsse gab, links und rechts auf die Wangen. Das Verdeck war offen, und Helga konnte so auch beobachten, wie er mit einem Bewegungsablauf, der sportlich wirken sollte, auf den zu tiefen Beifahrersitz glitt.

Am liebsten hätte sie ihm Schal und Mütze hinterhergetragen.

Nachdem Clara und Dobler ein paar Kilometer gefahren waren, rief er gegen den Fahrtwind und die laute Musik: »Könntest du das Verdeck schließen?«

Nun roch sie wieder nach Maiglöckchen, wie an jenem Abend, an dem sie ihm das Mandat erteilte, dessen Erfolg ihr diesen schicken Wagen ermöglicht hatte. Sie war jung und schön wie damals, aber es störte ihn, wie sie hinter Schriesheim demonstrativ sportlich die Kurven hinauf nach Wilhelmsfeld nahm.

»Willst du mal fahren?«

Wie sehr hatte er sich früher einen Sportwagen gewünscht. Aber es war ihm lästig geworden zu schalten, sich in den Kurven an den Grenzbereich des Fahrwerks heranzuwagen.

Nie zuvor war ihm der Generationenunterschied so deutlich gewesen.

Er hätte absagen sollen.

In Eiterbach, in der gemütlichen Stube des *Goldenen Pfluges*, warteten sie auf das leckerste Essen, das im südwestlichen Odenwald serviert wurde. Nachdem Clara ihm mit vielen herzlichen Worten für seine Hilfe und die moderate Honorarrechnung gedankt hatte und als er die Wirkung des Alkohols bereits spürte und sich nicht mehr um ganz so viele Jahre älter als seine schöne Begleiterin fühlte, legte er das Foto auf den Tisch, das er Clara schon seit langem zeigen wollte.

»Kennst du das Mädchen auf dem Bild?«

»Das bin ich. Wo hast du das her? Sieht das nicht aus wie das Foto von einem Gemälde?«

»Das Bild hängt in der Provence, in Saignon, in der *Auberge du Presbytère*.«

Clara betrachtete mit Sorgfalt das große Foto, das Dobler zum Schutz in einen mit Karton verstärken Umschlag gesteckt hatte.

»Ich kann mich nicht erinnern, wie Robert Benoit mich hierbei gemalt hat. Aber es gibt kein Kleid in meinem Leben, das mit ähnlich intensiven Erinnerungen verbunden ist wie dieses hier; obwohl ich es nur wenige Tage, höchstens drei Wochen, besessen habe. Es war ein teures Kleid, und es hat mir offenbar gut gestanden. Dummerweise ließ ich es nach kurzer Zeit in der Umkleidekabine des Schwimmbads hängen. Es gab ein entsetzliches Theater. Meine Mutter machte mir heftige Vorwürfe und bekam deshalb mit meinem Vater Streit. Die Streitereien verselbständigten sich und das Ganze endete in einer Art Ehekrieg. Wochenlang schaute ich im Freibad jedes Mädchen an, immer in der Hoffnung, das Kleid wiederzuentdecken.«

Sie lachte bitter.

»Darf ich das Foto behalten?«

»Meinst du, deine Mutter erinnert sich heute noch an dieses Kleid und an den von dir erwähnten Ehekrieg?«

»Sie wird ihn nie vergessen.«

»Ihr seid in diesen drei Wochen, in denen du das Kleid besessen hast, nicht in Gordes gewesen?«

»Nein, sicher nicht. Ich frage mich, wie Benoit das Kleid

malen konnte. Er hat es nie gesehen. Robert Benoit war wohl ein phantasievoller Mensch. Möglicherweise saß ich ihm mal Modell. Ich kann mich aber nicht erinnern. Schade, ich hätte das Original gerne aus der Nähe betrachtet, wenn ich an Pfingsten mit nach Bonnieux hätte fahren können.«

»Du kannst das sicher noch in den nächsten Jahren nachholen.«

Dobler schwenkte gedankenverloren sein Cognacglas.

»Bevor du das Licht ausknipst, muss ich dir noch etwas erzählen, was ich dir nicht im Dunkeln sagen möchte.«

Dobler hielt Helgas Arm fest.

»So früh, wie du zu Hause warst, gibt es doch gar nichts zu beichten!«

»Mir ist nicht nach Scherzen zumute.«

Dobler lag starr wie eine Mumie auf dem Rücken und schaute zur Decke.

Er berichtete von seiner Unterhaltung mit Clara über das Gemälde aus Saignon und wie ihm aufgefallen war, dass das Bild in Heidelberg entstanden sein musste. Dieses Kleidchen hatte zweifellos in Christas Erinnerungen einen festen Platz, wenn es deshalb sogar zu einem größeren Ehekrach gekommen war.

Helga richtete sich auf: »Christa kennt das Foto. Ich erinnere mich, wie wir darüber gesprochen und es gemeinsam angeschaut haben. Sie weiß also schon seit Monaten, dass Robert Benoit das Kleid nie gesehen hat und deshalb nicht der Maler des Kinderbildes sein konnte. Spätestens seit dem Betrachten dieses Fotos wusste sie also vom Bildertransfer nach Gordes und von Benoits Malerlüge.

Und sie hat nichts gesagt.«

Sie starrte ihn an:

»Du glaubst doch nicht, sie habe Raymonds Vater informiert?«

»Warum nicht? Ein Motiv wäre denkbar: Die Enttäuschung darüber, jahrelang von ihrem Ex-Mann belogen worden zu sein.«

»Aber sie kannte damals die Vergangenheit ihres Mannes noch gar nicht. Denk an unseren Ausflug nach Zweibrücken, als sie selbst erst mühsam das Elternhaus wiederfinden musste. Und wie sehr sie über das Ergebnis deiner Ermittlungen erstaunt war! Vor allem weiß sie nicht, wer die zweite Frau ihres Mannes ist, und konnte demnach nicht mal ahnen, wer der alte Rinaud ist.«

»Weißt du, ob das alles echt war? Vielleicht war es Teil ihrer Taktik, Johannes allmählich unauffällig zu enttarnen. Vielleicht waren wir ihre Werkzeuge?«

»Oder sie wollte sich und uns nicht eingestehen, mit einem Fälscher verheiratet gewesen zu sein, nachdem es ihr schon peinlich war, sich einen Polizistenmörder auserwählt zu haben. Wer gibt solche Fehler bei der Partnerwahl schon gerne zu?«

»Wir könnten sie fragen.« Dobler meinte das ernst.

»Hast du das Gefühl, sie hat uns am Beginn unserer gemeinsamen Unternehmungen und Entdeckungen etwas vorgeflunkert – und ihrem Mann ebenfalls? Oder ihr Mann war sogar eingeweiht?«

Nach einer längeren Pause sprach Helga weiter: »Ich schließe beides aus. Es gibt eine Reihe von Indizien, die gegen diese Theorie sprechen: An erster Stelle die Entwicklung, mit der wir den Irrtum Conrads beim Vorzeigen seines Elternhauses aufgeklärt haben. Eine solche Nuance, uns ein falsches Gebäude zu zeigen, um uns so von der richtigen Spur abzubringen, der Spur, auf die Christa selbst uns erst geführt hat, erfindet niemand. Kein Mensch denkt derart um die Ecke, Christa schon gar nicht.«

Dobler pflichtete ihr bei: »Wenn sie uns bis zu diesem Zeitpunkt nicht getäuscht hat, wusste sie nicht, wer ihr Mann wirklich war und hatte auch kein Motiv, ihn umbringen zu lassen, schon gar nicht durch den Vater des ihr nicht bekannten Raymond. Christa hat irgendwann bemerkt, dass ihr früherer Mann Bilder gefälscht hat. Mehr wusste sie nicht.«

Helga verschränkte die Arme über dem Kopf.

»Schaudert es dich, wenn du daran denkst, wie der alte Mann nach Roberts Anruf sein nichts ahnendes Opfer empfangen hat und dann losgefahren ist, um Conrad umzubringen? Und wie Robert sich gefreut hat, als er von dem Unfall gehört hat?«, säuselte sie in sein Ohr.

»Nein«, flüsterte er, »wir denken einfach nicht mehr daran und stellen den Kotakt zu ihm und zu Karine ein. Das ändert zwar an den Tatsachen nichts, aber wir haben mit dieser unschönen Geschichte nichts mehr zu tun.«

»Und Christa?« Sie liebkoste sein Ohr.

Dobler lag eine Weile mit geschlossenen Augen. Gedankenverloren strich er Helga über das Haar. »Manchmal ist die Illusion der Wahrheit ein höheres Gut als die Wahrheit selbst. Christa wollte uns die Vorstellung lassen, sie wisse nicht mehr als wir. Und wenn wir sie darauf nicht ansprechen, wird sie auch künftig glauben, das sei uns nicht aufgefallen.«

»Versprichst du mir, dass du nicht weitererzählst, was wir heute herausgefunden haben? Und dass du das niemals niederschreibst?«

Dobler antwortete nicht mehr. Er war eingeschlafen.